Desaparición para expertos

HOLLY JACKSON

Desaparición para expertos

CROSS BOOKS

CROSSBOOKS, 2024
crossbooks@planeta.es
www.planetadelibros.com
Editado por Editorial Planeta, S. A.

Título original: *Good Girl, Bad Blood*
© del texto: Holly Jackson, 2020
Publicado originalmente por Egmont UK Limited, The Yellow Building,
1 Nicholas Road, London, W11 4AN
© de la traducción: María Cárcamo, 2021
© Editorial Planeta, S. A., 2021, 2024
Avda. Diagonal, 662-664, 08034 Barcelona

Primera edición de esta presentación: enero de 2024
ISBN: 978-84-08-28259-4
Depósito legal: B. 20.940-2023
Impreso en España

Para Ben,
y para cada una de tus versiones
de estos últimos diez años

Rio Kilbourne

High Street

A413

Beechwood Bottom

Ellwood Place

Hogg Hill

Cedar Way

High Street

Church Street

A413

Ten Wood

Highmoor

Road

tle
on

ANTES Y DESPUÉS

Crees que sabrías identificar a un asesino.

Que sus mentiras tendrían una textura diferente; un giro apenas perceptible. Un tono que se espesa, se afila y se desequilibra a medida que la verdad se resbala por los bordes irregulares. Eso crees, ¿verdad? Todo el mundo piensa que podría hacerlo en un momento dado. Pero Pip fue incapaz.

«Es una tragedia que todo acabara como acabó.»

Sentada frente a él, mirándolo a los ojos tiernos y arrugados, el teléfono entre los dos grabando cada sonido, cada respiración, cada carraspeo. Se lo creyó todo, palabra por palabra.

Pip movió el ratón y volvió a reproducir el audio.

«Es una tragedia que todo acabara como acabó.»

La voz de Elliot Ward resonó una vez más por los altavoces, llenando su habitación. Llenándole la cabeza.

Stop. Clic. Repetir.

«Es una tragedia que todo acabara como acabó.»

Ya lo había escuchado unas cien veces. Puede que incluso mil. Y no había nada, ni un desliz, ni un cambio de tono al pasar de mentiras a medias verdades. Era el hombre al que ella había considerado casi como un padre. Pero Pip también había mentido, ¿no? Se decía que lo hizo para proteger a las personas a las que más quería, ¿no fue ese también el motivo de Elliot? Pip ignoró esa voz de su cabeza; la verdad había salido a la luz —la mayoría—, y a eso se aferraba.

Continuó reproduciendo el audio hasta llegar a la parte que le ponía el vello de punta.

—Y ¿tú crees que Sal mató a Andie? —preguntó la voz de la Pip del pasado.

—... era un chaval encantador. Pero, si tenemos en cuenta las evidencias, no veo cómo no pudo hacerlo. Así que, a pesar de que parezca una locura, supongo que tuvo que ser él. No hay otra explicación.

La puerta de la habitación de Pip se abrió de golpe.

—¿Qué estás haciendo? —interrumpió una voz del presente, seguida por una sonrisa, porque sabía perfectamente lo que estaba haciendo.

—Qué susto me has dado, Ravi —dijo molesta, volviéndose hacia el ordenador para pausar el audio.

Él no tenía necesidad de escuchar la voz de Elliot Ward nunca más.

—Estás sentada a oscuras escuchando eso, ¿y soy yo el que da miedo? —dijo dándole al interruptor.

La luz se reflejó en el mechón de pelo oscuro que le caía sobre la frente. Puso esa mueca a la que ella no se podía resistir, y Pip sonrió porque era imposible no hacerlo.

Se apartó del escritorio rodando en la silla.

—¿Cómo has entrado?

—He pillado a tus padres y a Josh saliendo. Llevaban una tarta de limón impresionante, por cierto.

—Ah, sí —dijo—. Están en misión de bienvenida. Se acaba de mudar una pareja a la casa de los Chen, al final de la calle. Mi madre se ha encargado de la venta. Los Green... o los Brown, no me acuerdo.

Le resultaba muy raro pensar en otra familia viviendo en esa casa, nuevas vidas reorganizándose para ocupar espacios antiguos. El amigo de Pip, Zach Chen, siempre había vivido allí —cuatro puertas más abajo—, desde que ella se había mudado con cinco años. No se lo tomaron como una despedida, al fin y al cabo, veía a Zach todos los días en el instituto, pero sus padres decidieron irse del pueblo porque había «demasiados problemas». Y era evidente que consideraban a Pip gran parte de esos «demasiados problemas».

—Ah, la cena es a las siete y media —dijo Ravi con una voz que saltaba torpemente por encima las palabras.

Pip lo miró: llevaba su camisa más elegante metida por la cintura del pantalón y... ¿zapatos nuevos? Le llegaba también el olor del *aftershave* a medida que Ravi caminaba hacia ella. Se detuvo cerca, pero no la besó en la frente ni le pasó la mano por el pelo, sino que se sentó en la cama, sin saber dónde meter las manos.

—O sea, que llegas casi dos horas antes. —Pip sonrió.

—S-sí —Ravi tosió.

¿Por qué estaba tan raro? Era San Valentín, el primero desde que se conocieron, y Ravi había reservado una mesa en The Siren, a las afueras del pueblo. Su mejor amiga, Cara, estaba convencida de que le iba a pedir esta noche que fuera su novia. Incluso quiso apostar dinero. Ese pensamiento hacía que a Pip se le encogiera el estómago y se le acelerara el corazón. Pero tal vez no fuera eso: San Valentín coincidía con el cumpleaños de Sal. El hermano mayor de Ravi tendría veinticuatro años si hubiera pasado de los dieciocho.

—¿Hasta dónde has llegado? —preguntó Ravi señalando con la cabeza el ordenador con el programa Audacity abierto y cubriendo la pantalla de puntiagudas líneas azules.

Ahí estaba toda la historia, en esas líneas azules. Desde el principio hasta el final del proyecto; cada mentira, cada secreto. Incluso los suyos.

—Ya está —dijo Pip mirando el micrófono USB conectado al ordenador—. Lo he terminado. Seis episodios. He tenido que utilizar la reducción de ruido para algunas de las entrevistas telefónicas, pero está acabado.

Y en una carpeta de plástico verde, al lado del micrófono, estaban los formularios de autorización que había enviado a todo el mundo. Firmados y devueltos, dándole permiso para publicar las entrevistas en un pódcast. Hasta Elliot había aceptado desde la cárcel. Solo dos personas se lo denegaron: Stanley Forbes, del periódico del pueblo, y, por supuesto, Max Hastings. Pero Pip no necesitaba sus voces para contar la historia, había rellenado esos huecos con las entradas de sus registros de producción, grabados como si fueran monólogos.

—¿Ya has terminado? —dijo Ravi, aunque no lo pilló por sorpresa. Seguramente él la conocía mejor que nadie.

Solo habían pasado un par de semanas desde que se había plantado en el salón de actos del instituto y había explicado a todo el mundo lo que había pasado. Pero la prensa seguía sin contar bien la historia; todavía se aferraban a sus propios puntos de vista, porque eran más limpios, menos problemáticos. Y eso que el cadáver de Andie Bell no se encontró precisamente impoluto.

—Si quiero que las cosas se hagan bien, tengo que hacerlas yo misma —dijo Pip recorriendo los clips de audio con la mirada.

Todavía no tenía claro si todo aquello era el final o el principio de una historia. Pero sí sabía lo que ella quería que fuera.

—¿Y ahora qué? —preguntó Ravi.

—Tengo que exportar los archivos, subirlos a Sound-Cloud de uno en uno, cada semana, y copiar el feed RSS a directorios de pódcast, como iTunes y Stitcher. Aunque todavía no he terminado del todo —aclaró—. Tengo que grabar la introducción con este tema musical que he encontrado en Audio Jungle de fondo. Y para eso necesito un título.

—Ah —dijo Ravi estirándose hacia atrás—, ¿todavía no tienes título, lady Fitz-Amobi?

—Así es —contestó—. Lo he reducido a tres opciones.

—Dispara —la animó Ravi.

—No, porque te vas a reír.

—No me voy a reír —dijo él sinceramente, con una sonrisa casi imperceptible.

—Está bien. —Miró sus notas—. La opción A es: *Análisis de un error judicial*. Qu... Ravi, te estás riendo.

—Era un bostezo, te lo prometo.

—Tampoco te va a gustar la opción B: *El estudio de un caso cerrado: Andie Bell*... Ravi, ¡para!

—¿Qué? ¡Lo siento! No puedo evitarlo —dijo llorando de la risa—. Es que... tienes muchas cualidades, Pip, pero te falta una cosa...

—¿En serio? —Giró la silla para mirarlo—. ¿Me falta algo?

—Sí —dijo, sosteniéndole la mirada—. Chispa. No tienes prácticamente nada de chispa, Pip.

—Sí que la tengo.

—Necesitas atraer a la gente, intrigarlos. Hay que meter alguna palabra como «matar» o «muerte».

—Pero eso sería sensacionalismo.

—Exactamente lo que hace falta para que la gente lo escuche —dijo él.

—Pero todas mis opiniones son veraces y...

—¿Aburridas?

Pip le lanzó un subrayador amarillo.

—Necesitas algo que rime, o una aliteración. Algo con...

—¿Chispa? —dijo Pip imitando la voz de Ravi—. Pues piensa tú.

—*Muerte adolescente* —dijo él—. No, espera. Little Kilton... *Little KILLton*.

—¿Qué dices? No —respondió Pip.

—Tienes razón. —Ravi se levantó y empezó a deambular por la habitación—. Tu único atractivo comercial eres tú. Una chica de diecisiete años que resolvió un caso que la policía hacía tiempo que consideraba cerrado. ¿Y tú qué eres? —La miró entornando los ojos.

—No lo bastante atrayente, según parece —dijo ella fingiendo estar ofendida.

—Una estudiante —pensó Ravi en voz alta—. Una chica. Un proyecto. ¿Qué te parece *El proyecto de asesinato y yo*?

—Qué va.

—Vale... —Ravi se mordió el labio y Pip sintió un cosquilleo en el estómago—. Algo de asesinato, o muerte, o muerto. Y tú eres Pip, una estudiante, que es una chica a la que se le da bien... ¡claro! —dijo de pronto con los ojos muy abiertos—. ¡Ya lo tengo!

—¿Qué?

—¡Claro que lo tengo!

—¡Dímelo!

—*Asesinato para principiantes*.

—Noooooo. —Pip negó con la cabeza—. Es malísimo. Muy forzado.

—¿Qué dices? ¡Es perfecto!

—¿Para principiantes? —dijo dudosa—. Suena a una guía para aprender a matar. No quiero parecer una asesina en potencia.

—*Asesinato para principiantes* —dijo Ravi con una voz profunda, como de tráiler de película, agarrando la silla de Pip y girándola hacia él.

—No —dijo ella.

—Sí —replicó él, colocándole una mano sobre la cintura y subiendo lentamente por las costillas.

—Ni hablar.

Reseña de «Asesinato para principiantes»: el último grito en pódcasts de crímenes con un final escalofriante

BENJAMIN COLLIS, 28 DE MARZO

Si todavía no has escuchado el episodio 6 de «Asesinato para principiantes», deja de leer inmediatamente. Este artículo contiene muchos spoilers.

Sí, muchos de nosotros ya sabíamos cómo terminaba este misterio desde el pasado noviembre, cuando estalló el escándalo, pero el culpable no es lo único que importa aquí. La verdadera historia de «Asesinato para principiantes» ha sido el recorrido, que empezó con la corazonada de una chica de diecisiete años sobre un caso cerrado —el del asesinato de la adolescente Andie Bell, presuntamente a manos de su novio, Sal Singh— y que desencadenó una serie de oscuros secretos que la joven fue descubriendo en su pequeño pueblo. Cambios continuos de sospechosos, mentiras y giros inesperados.

Al episodio final no le faltan giros, desde luego, ya que nos descubre la verdad, empezando con la asombrosa revelación de que Elliot Ward, el padre de su mejor amiga, fue quien escribió las notas amenazantes que Pip recibió durante su investigación. Prueba irrefutable de su implicación y un verdadero momento de «pérdida de la inocencia» para nuestra joven detective. Ella y

15

Ravi Singh, el hermano pequeño de Sal y ayudante en la investigación, pensaban que Andie Bell podía continuar con vida y que Elliot la había tenido secuestrada todo ese tiempo. Pip se enfrentó sola al principal sospechoso y, con su relato, se resuelve toda la historia. Una relación ilícita profesor-alumna, supuestamente iniciada por Andie. «Si esto fuera cierto —teoriza Pip—, creo que Andie buscaba una forma de escapar de Little Kilton, concretamente de su padre, quien, supuestamente, según una fuente, era controlador y un maltratador psicológico. Puede que Andie creyera que el señor Ward podía ayudarla a entrar en Oxford, como a Sal, y así darle la oportunidad de alejarse de su familia.»

La noche de su desaparición, Andie fue a casa de Elliot Ward. Discutieron. La chica se tropezó y se golpeó la cabeza contra un escritorio. Pero cuando Ward llegó con el botiquín, ella había desaparecido en mitad de la noche. En los días siguientes, cuando declararon oficialmente desparecida a Andie, Elliot Ward entró en pánico creyendo que su joven amante podía haber muerto a causa de la herida y que, cuando la policía encontrara su cuerpo, hallarían pruebas que lo señalaran directamente. Su única opción fue darles un sospechoso más convincente. «No paraba de llorar mientras me contaba cómo mató a Sal Singh», dice Pip. Ward manipuló las pruebas para que la policía creyera que él había asesinado a su novia y luego se había suicidado.

Pero meses después, Ward se sorprendió al ver a Andie vagando por un arcén, muy delgada y desaliñada. Parecía que, a fin de cuentas, no había muerto. Ward no podía permitir que volviera a Little Kilton, y así acabó siendo su prisionera durante cinco años. Sin embargo, en un giro que ni en las mejores películas de suspense, la persona que vivía en el desván de Ward no era Andie Bell. «Se parecía mucho a ella —afirma Pip—, incluso llegó a confirmarme que era Andie.» Pero, en realidad, era Isla Jordan, una chica muy vulnerable con una discapacidad mental. Todo ese tiempo, Elliot se había convencido a él mismo —y a Isla— de que se trataba de Andie Bell.

Esto dejó una última pregunta sin responder: ¿qué le ocurrió a la auténtica Andie Bell? Nuestra joven detective también superó a la policía en eso. «Fue Becca Bell, la hermana pequeña de Andie.» Pip descubrió que habían abusado sexualmente de Becca en una fiesta en una casa (conocidas como «fiestas *destroyer*»), y que Andie vendía drogas como Rohypnol, la que Becca sospechaba que le habían administrado antes de su violación. La noche que Andie fue a casa de Ward, Becca, presuntamente, encontró en la habitación de su hermana las pruebas de que Max Hastings le había comprado Rohypnol, por lo que era muy probable que fuera el atacante de Becca (Max se enfrentará pronto a un juicio por varias acusaciones de abuso sexual y violación). Pero cuando Andie volvió, no reaccionó como Becca esperaba, sino que impidió que esta fuera a la policía porque la metería a ella en problemas. Comenzaron a discutir y a empujarse, hasta que Andie terminó en el suelo, inconsciente y vomitando. La autopsia de Andie —que se completó el pasado noviembre, cuando por fin se recuperó el cuerpo— reveló que «la hinchazón cerebral debido al trauma no fue mortal. Aunque, sin duda, fue lo que provocó la falta de consciencia y el vómito. Andie Bell murió por asfixia, ahogándose en su propio vómito». Supuestamente, Becca se quedó paralizada viendo cómo su hermana moría, demasiado impactada y enfadada como para salvarle la vida. Entonces, escondió su cadáver porque temía que nadie creyera que había sido un accidente.

Y así termina esta historia. «No hay sesgos ni filtros, es la pura y triste verdad sobre cómo murió Andie Bell y cómo asesinaron a Sal, orquestándolo todo para que él pareciera el asesino y que todo el mundo se lo creyera.» En su mordaz conclusión, Pip menciona, con nombres y apellidos, a todo aquel que considera culpable de las muertes de estos dos adolescentes: Elliot Ward, Max Hastings, Jason Bell (el padre de Andie), Becca Bell, Howard Bowers (el camello de Andie) y la propia Andie Bell.

«Asesinato para principiantes» llegó a lo más alto de la lista de iTunes con su primer episodio hace seis semanas y, de momento, no parece que vaya a bajar de ahí en un tiempo. Con el lanzamiento anoche del último episodio, los espectadores ya están pidiendo una segunda temporada del exitoso pódcast. Pero, en una declaración publicada en su página web, Pip dijo: «Me temo que mis días detectivescos han llegado a su fin y no habrá una segunda temporada de APP. Este caso casi acaba conmigo; era lo único en lo que podía pensar una vez que me metí en él. Se convirtió en una obsesión malsana, poniéndonos en peligro a mí y a los que me rodean. Pero sí que voy a terminar esta historia. Grabaré las actualizaciones de los juicios y los veredictos de todos los involucrados. Prometo que seguiré aquí hasta que se diga la última palabra».

Un mes después

JUEVES

Uno

Todavía lo oía cada vez que abría la puerta de casa. No era real, lo sabía, era solo su mente llenando la ausencia, conectándola a ese vacío. Pero ella escuchaba las pezuñas de su perro deslizándose por el suelo, corriendo para darle la bienvenida. Aunque no era de verdad, no podía serlo. Era un simple recuerdo, el fantasma de un sonido que siempre había estado allí.

—¡Pip, ¿eres tú?! —gritó su madre desde la cocina.

—Hola —respondió la chica.

Soltó la mochila en el suelo con un ruido sordo.

Josh estaba en el salón, sentado en el suelo frente a la tele, embobado con la publicidad de Disney Channel.

—Se te van a poner los ojos cuadrados —le advirtió Pip al pasar.

—Y a ti el culo cuadrado —respondió Josh.

Una réplica malísima, objetivamente hablando, pero bastante rápida para un niño de diez años.

—Hola, cariño, ¿qué tal el instituto? —preguntó su madre con una taza de flores en la mano mientras Pip entraba en la cocina y se sentaba en unos de los taburetes de la encimera.

—Normal. Sin más.

En el instituto siempre le iba normal. Ni bien, ni mal. Normal, sin más. Se quitó los zapatos y cayeron golpeando las baldosas.

—Ay, hija —se quejó su madre—, ¿por qué dejas siempre los zapatos tirados en la cocina?

—¿Por qué me regañas siempre que lo hago?

—Porque soy tu madre —respondió golpeando a Pip suavemente en el brazo con un libro de cocina—. Ah, Pippa, tengo que hablar contigo.

Dijo su nombre completo. Esa sílaba extra significaba mucho.

—¿Me he metido en algún lío?

Su madre no contestó a la pregunta.

—Me ha llamado Flora Green, del colegio de Josh. ¿Sabías que es la nueva maestra auxiliar?

—Sí... —Pip asintió para que su madre continuara.

—Joshua ha tenido un pequeño incidente hoy, lo han enviado al despacho del director. —Su madre levantó una ceja—. Por lo visto, desapareció el sacapuntas de Camilla Brown y Josh decidió interrogar a sus compañeros, buscar pruebas y escribir una lista de «personas de interés». Ha hecho llorar a cuatro niños.

—Ah —dijo Pip notando cómo se le volvía a abrir el agujero del estómago. Sí, se había metido en un lío—. Vale, ¿hablo con él?

—Sí, deberías hacerlo. Cuanto antes —dijo su madre levantando la taza para tomar un ruidoso sorbo.

Pip se bajó del taburete con una sonrisa forzada y caminó hasta el salón.

—Oye, Josh —dijo cariñosamente mientras se sentaba en el suelo a su lado y le quitaba el sonido a la televisión.

—¡Eh!

Pip lo ignoró.

—Me han contado lo que ha pasado hoy en el cole.

—Ah, sí. Tengo dos sospechosos principales. —Se giró hacia ella con los ojos brillantes de emoción—. Igual podrías ayudarm...

—Mira, Josh —dijo Pip colocándose el pelo detrás de las orejas—. Ser detective no es tan divertido como te crees. De hecho..., no es nada divertido.

—Pero...

—Escúchame un momento, ¿vale? Ser detective hace infeliz a la gente que te rodea. Y también a ti... —dijo aclarándose la garganta para evitar que se le quebrara la voz—. ¿Recuerdas que papá te contó lo que le pasó a *Barney*? ¿Por qué le hicieron daño?

Josh asintió con la cabeza y los ojos se le tornaron tristes.

—Eso es lo que pasa si eres detective. Hacen daño a quien tú más quieres. Y tú también les haces daño, sin darte cuenta. Tienes que guardar secretos, y a veces no estás seguro de si deberías o no. Por eso me retiré yo, y tú también deberías dejarlo. —Las palabras fueron cayendo en el agujero de su estómago, donde deberían estar—. ¿Entendido?

—Sí... —asintió, alargando la i para enlazarla con la siguiente frase—. Y lo siento.

—No seas tonto. —Pip sonrió y le dio un abrazo rápido—. No pasa nada. Bueno, ¿vas a dejar de jugar a los detectives?

—Te lo prometo.

Qué fácil había sido.

—Listo —dijo Pip volviendo a entrar en la cocina—. Supongo que la desaparición del sacapuntas seguirá siendo un misterio.

—O puede que no —dijo su madre disimulando una sonrisa—. Estoy segura de que fue ese tal Alex Davis, el muy capullo.

Pip soltó una carcajada.

Su madre apartó de una patada los zapatos de su hija.

—¿Sabes algo de Ravi?

—Sí. —Pip sacó su teléfono—. Me dijo hace unos quince

minutos que ya habían terminado. No tardará en venir para grabar.

—Muy bien. ¿Qué tal ha ido?

—Dice que ha sido duro. Me gustaría poder estar allí. —Pip se inclinó sobre la encimera y apoyó la barbilla sobre los nudillos.

—Ya sabes que no puedes, tienes clase —dijo su madre. No quería volver a tener esa discusión. Ya lo sabía—. ¿No tuviste suficiente con lo del martes? Porque yo sí.

El martes, el primer día del juicio en los tribunales de Aylesbury Crown, le tocó testificar a Pip. Se puso un traje nuevo y una camisa blanca, y tuvo que esconder las manos para que el jurado no viera que no paraba de moverlas. El sudor le bajaba por la espalda. Y notaba continuamente su mirada desde la mesa de la defensa, como si fuera algo físico que se deslizaba por su piel: Max Hastings.

La única vez que lo miró, vio en sus ojos lo que nadie más percibía. Al menos, no con esas gafas de pega. ¿Cómo se atreve a levantarse y a declararse no culpable cuando ambos sabían la verdad? Tenía grabada una conversación telefónica con Max en la que admitía que había drogado y violado a Becca Bell. Estaba ahí. Max había confesado cuando ella lo había amenazado con contarle sus secretos a todo el mundo: el atropello con fuga y la coartada de Sal. Pero daba igual; en el juicio no admitían la grabación de una conversación privada como prueba. El jurado tuvo que conformarse con el relato de Pip, que la reprodujo de memoria, palabra por palabra... Menos el principio, claro, y los secretos que tenía que seguir guardando para proteger a Naomi Ward.

—Sí, fue horrible —dijo Pip—, pero debería estar allí.

Claro que debería. Había prometido seguir con esa historia hasta el final. En cambio, sería Ravi quien acudiría todos los días a sentarse en la galería del público para tomar apuntes. Porque «el instituto no era opcional»: eso fue lo que le dijeron su madre y el nuevo director.

—Pip, por favor —dijo su madre con un tono de advertencia—. Esta semana ya es bastante dura. Y mañana es el homenaje. Menudos días.

—Ya —dijo Pip con un suspiro.

—¿Estás bien? —Su madre hizo una pausa y apoyó una mano sobre el hombro de la chica.

—Sí. Siempre estoy bien.

Su madre no la terminaba de creer, ella se dio cuenta. Pero dio igual, porque unos segundos después unos nudillos golpearon en la puerta de casa: la distintiva forma de llamar de Ravi. Y a Pip se le aceleró el corazón, como siempre.

Nombre del archivo:

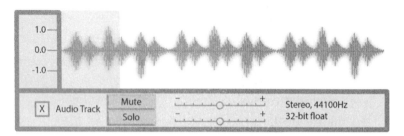 Asesinato para principiantes: El juicio de Max Hastings (actualización 3).wav

[Música]

Pip: Hola, soy Pip Fitz-Amobi, bienvenidos a *Asesinato para principiantes: El juicio de Max Hastings*. Esta es la tercera actualización, así que, si no has escuchado los dos primeros miniepisodios, te aconsejo que lo hagas antes de reproducir este. Vamos a hablar de lo que ha ocurrido hoy, el tercer día del juicio de Max Hastings. Conmigo está Ravi Singh...

Ravi: Hola.

Pip: ... que ha estado asistiendo al juicio como público. El día de hoy empezó con el testimonio de otra de las víctimas: Natalie da Silva. Puede que su nombre os suene; Nat estuvo involucrada en mi investigación sobre el caso de Andie Bell. Descubrí que Andie había acosado a Nat en el instituto y que incluso le pidió imágenes comprometidas y las compartió en redes sociales. Pensé que esto podría ser un posible móvil y, durante un tiempo, la consideré sospechosa. Estaba totalmente equivocada, por supuesto. Hoy, Nat se presentó en los tribunales de Crown para dar su testimonio sobre cómo Max Hastings la drogó y abusó sexualmente de ella el 24 de febrero de 2012 en una fiesta *destroyer*, acusándolo por un lado de agresión sexual y, por otro, de violación con penetración. Ravi, cuéntanos, ¿cómo fue su testimonio?

Ravi: Pues el fiscal le pidió a Nat que estableciera una línea
          cronológica de aquella noche: cuándo llegó a la fiesta, lo último
          que vio antes de sentirse incapacitada, a qué hora se despertó
          por la mañana y salió de la casa. Nat dijo que recordaba muy
          pocos detalles: alguien la sacó de la fiesta y la llevó hasta
          la habitación de atrás, la tumbó en un sofá; se sintió como
          paralizada, no podía moverse, y alguien se tumbó a su lado.
          Aparte de eso, afirmó que estuvo inconsciente. Luego, cuando
          se despertó a la mañana siguiente, se encontraba muy mal,
          mareada, como con la peor resaca de su vida. Vio su ropa tirada
          por el suelo y se dio cuenta de que le habían quitado la ropa
          interior.

Pip: Y, si recordamos lo que dijo el testigo experto de la fiscalía
          el martes sobre los efectos de las benzodiacepinas como el
          Rohypnol, el testimonio de Nat está muy en la línea de lo que
          se podría esperar. La droga actúa como un sedante y puede
          provocar un efecto depresivo del sistema nervioso central,
          lo que explica que Nat se sintiera paralizada. Es como si te
          separaran de tu cuerpo, este deja de responderte, como si las
          articulaciones se desconectaran.

Ravi: Exacto. Y el fiscal también se aseguró de que el testigo
          experto repitiera, en varias ocasiones, que dos de los efectos
          secundarios del Rohypnol eran la «inconsciencia», como dijo
          Nat, y la «amnesia anterógrada», es decir, la incapacidad de
          crear nuevos recuerdos. Creo que el fiscal quiere recordarle
          esto continuamente al jurado porque desempeña un papel
          muy importante en los testimonios de todas las víctimas: no
          recuerdan qué ocurrió exactamente porque la droga afectó a
          su memoria.

Pip: Y el fiscal estaba decidido a repetir ese hecho en lo que
          concierne a Becca Bell. Por si no lo recuerdas, Becca cambió
          recientemente su alegato a culpable, aceptando una sentencia

de tres años, a pesar de que sus abogados estaban convencidos de poder evitar que fuera a prisión, ya que era menor de edad en el momento de la muerte de Andie y las circunstancias que la rodearon actuarían como atenuante. Ayer, Becca dio su testimonio a través de una videoconferencia desde la cárcel, donde pasará los próximos dieciocho meses.

Ravi: Eso es. Y, al igual que con Becca, el fiscal hoy quiso dejar muy claro que, en ambos casos, las chicas solo habían consumido una o dos bebidas alcohólicas la noche de los supuestos ataques, cantidad que no es para nada suficiente para alcanzar tal nivel de intoxicación. De hecho, Nat especificó que únicamente se bebió una botella de 330 mililitros de cerveza. E indicó explícitamente quién le dio aquella bebida cuando llegó: Max.

Pip: ¿Y cómo reaccionó Max a las palabras de Nat?

Ravi: Desde la galería del público solo podía verlo de perfil o de espaldas. Pero parecía estar comportándose como lleva haciéndolo desde el martes. Muy calmado y callado, con la mirada clavada en la persona que esté en el estrado como si le interesara mucho lo que dice. Sigue poniéndose esas gafas de pasta y estoy completamente seguro de que no son graduadas: mi madre es optometrista.

Pip: ¿Y también llevaba el pelo largo y despeinado como el martes?

Ravi: Sí, parece que es la imagen que ha acordado con su abogado. Un traje caro y gafas de pega. Puede que piensen que esa abundante melena rubia y despeinada desarmará al jurado, o algo así.

Pip: Bueno, a algunos de los líderes mundiales actuales les ha servido.

Ravi: El dibujante del juicio me ha dejado hacerle una foto a su ilustración y me ha dicho que podemos publicarla una vez que lo

28

haya hecho la prensa. Se ve de forma muy clara la expresión de Max sentado mientras su abogado, Christopher Epps, le hacía el contrainterrogatorio a Nat en el estrado.

Pip: Sí. Si quieres ver la ilustración, puedes encontrarla en la sección de anexos en la página web asesinatoparaprincipantes.com. Hablemos del contrainterrogatorio.

Ravi: Sí. Fue... bastante duro. Epps planteó muchas preguntas invasivas. «¿Cómo ibas vestida aquella noche? ¿Te vestiste de forma provocativa a propósito?» Mientras, mostraba fotos de aquella noche en las redes sociales de Nat. «¿Te gustaba tu compañero de clase Max Hastings? ¿Cuánto alcohol acostumbras a beber normalmente?» También sacó a relucir la condena de Nat por asalto con lesiones, insinuando que eso la convertía en sospechosa. Fue, básicamente, pura difamación. Era evidente que a Nat le estaba afectando, pero supo mantener la calma, se tomó unos segundos para respirar hondo y beber un poco de agua antes de responder a cada pregunta. Aunque le temblaba la voz. Fue muy duro ver algo así.

Pip: Me cabrea muchísimo que se permita este tipo de contrainterrogatorios a las víctimas. Casi hace que el peso de las pruebas recaiga por completo sobre ellas, y no es justo.

Ravi: No es justo, no. Luego Epps empezó a echarle en cara que no fuera a la policía al día siguiente, si tan segura estaba de que la habían violado y de quién había sido. Dijo que si hubiera acudido en las siguientes setenta y dos horas, podrían haber confirmado con un análisis de orina si tenía o no restos de Rohypnol en su cuerpo. Algo que, según él, era debatible. Lo único que Nat fue capaz de responder es que, cuando se despertó, no estaba segura de lo que había pasado porque no se acordaba de nada. Y a continuación, Epps añadió: «Si no te acuerdas de nada, ¿cómo sabes que no consentiste el acto sexual? ¿O que interactuaste de alguna manera con el acusado?». Nat respondió que Max le hizo un comentario el lunes, y le preguntó si «se lo había pasado bien» en la fiesta, porque él sí. Epps no la dejó descansar ni un segundo. Ha debido de ser agotador para Nat.

Pip: Esta parece ser su táctica para la defensa de Max: socavar y desacreditar a cada uno de los testigos. Conmigo no paró de afirmar lo «oportuno» que era que le echara la culpa a Max para que el jurado tuviera compasión de Becca Bell y su supuesto homicidio involuntario. Que yo formaba parte de toda esa «narrativa feminista agresiva» que he estado metiendo a calzador en mi pódcast.

Ravi: Sí, parece que es el camino que quiere seguir Epps.

Pip: Me imagino que es el tipo de defensa agresiva que recibes si tu abogado te cobra trescientas libras la hora. Pero está claro que el dinero no es un problema para la familia Hastings.

Ravi: Da igual la estrategia que usen. El jurado verá la verdad.

Nombre del archivo:

 Anexo del juicio contra Max Hastings: dibujo del tribunal.jpg.

Dos

Las palabras se unían como enredaderas por los huecos a medida que su mirada se desenfocaba, hasta que las frases terminaron siendo un borrón. Pip miraba la hoja, pero no estaba allí. Ahora siempre le ocurría lo mismo: aparecían unos enormes agujeros en su concentración en los que siempre terminaba cayendo.

Hubo una vez, no hace mucho, cuando escribir una disertación sobre el incremento de las tensiones durante la Guerra Fría le habría parecido apasionante. Le habría importado. Le habría importado de verdad. Así era ella antes, pero algo había debido de cambiar. Con suerte, sería solo una cuestión de tiempo que esos agujeros se llenasen de nuevo y las cosas volviesen a la normalidad.

El teléfono vibró sobre el escritorio con el nombre de Cara iluminando la pantalla.

—Buenas tardes, señorita F-A —dijo Cara cuando Pip descolgó—. ¿Estás preparada para manta y Netflix en el mundo del revés?

—Sí, CW, un momento —dijo Pip llevándose el móvil y el ordenador a la cama y metiéndose bajo el edredón.

—¿Qué tal el juicio hoy? —preguntó Cara—. Naomi estuvo a punto de ir, para darle apoyo a Nat. Pero no podía soportar ver a Max.

—Acabo de subir la última actualización. —Pip suspiró—. Me cabrea mucho que Ravi y yo tengamos que ir con pies de plomo cuando lo grabamos, diciendo «supuestamente» y evitando cualquier desliz que se interponga en la «presunción de inocencia» cuando sabemos perfectamente que lo hizo él. Todo.

—Sí, es una putada. Pero tranquila, en una semana se habrá acabado. —Cara se acomodó entre sus mantas y sonó un ruido en el teléfono—. ¿A que no sabes lo que he descubierto hoy?

—¿Qué?

—Que eres un meme. Un meme de verdad, de esos que la gente cuelga en Reddit. Es una foto tuya con el detective Hawkins frente a los micrófonos en la que parece que estás poniendo los ojos en blanco mientras él habla.

—Es que estaba poniendo los ojos en blanco.

—La gente está escribiendo frases graciosísimas. Es como si fueras la nueva «novia celosa». Esta tiene escrito: «Yo» sobre ti, y «Hombres en internet explicándome mi propia broma» sobre Hawkins. —Cara soltó una carcajada—. Esta es la prueba de que lo has petado: te has convertido en un meme. ¿Te ha vuelto a contactar algún otro patrocinador?

—Sí —dijo Pip—. Me han escrito varias empresas, pero no sé si estaría bien sacar beneficio de todo lo que ha pasado. No sé, tengo demasiadas cosas encima, sobre todo esta semana.

—Ya, es que menuda semana. —Cara tosió—. Por cierto..., mañana... ¿sería raro para Ravi y sus padres que fuera Naomi al homenaje?

Pip se incorporó en la cama.

—No. Ya sabes lo que piensa Ravi. Habéis hablado del tema.

—Ya, ya. Pero he pensado que, como mañana es un día para recordar a Sal y a Andie, ahora que sabemos lo que pasó de verdad, puede que no sea apropiado que nosotros...

—Lo último que quiere Ravi es que os sintáis culpables por lo que tu padre le hizo a Sal. Y sus padres opinan lo mismo. —Pip hizo una pausa—. Ellos han pasado por eso, saben mejor que nadie lo que es.

—Ya, pero...

—Cara, no pasa nada. Ravi quiere que vayas. Y estoy bastante segura de que dijo que Sal habría querido que Naomi también asistiera. Era su mejor amiga.

—Vale, si lo tienes tan claro...

—Siempre lo tengo claro.

—Es verdad. Deberías plantearte dedicarte a las apuestas —dijo Cara.

—No puedo, mamá ya está demasiado preocupada por mi «personalidad adictiva».

—Al menos Naomi y yo, con nuestras personalidades traumatizadas, hemos contribuido a que parezcas normal.

—No lo suficiente, por lo visto —dijo Pip—. Si pudierais esforzaros un poco más, sería genial.

Esa era la forma que tenía Cara de superar los últimos seis meses, su nueva normalidad: esconderse detrás de frases ocurrentes que hacían que los demás se avergonzaran y se callaran. La mayoría de la gente no sabe cómo reaccionar cuando alguien bromea sobre cómo su padre asesinó a una persona y raptó a otra. Pip lo tenía muy claro: se agazapaba y se escondía tras frases ocurrentes también, para que Cara siempre tuviera a alguien a su lado. Esa era su forma de ayudar.

—Tomo nota. Aunque no sé si mi abuela podrá seguir soportándolo. Naomi ha tenido otra de sus grandes ideas. Por lo visto, quiere quemar todas las cosas de papá. Evidentemente, mis abuelos dijeron que no y llamaron inmediatamente a nuestra psicóloga.

—¿Quemar?

—Ya, ¿eh? —dijo Cara—. Seguramente terminaría invocando por accidente a algún demonio o algo así. Creo que no debería decirle nada a papá, sigue pensando que Naomi irá a verlo algún día.

Cara visitaba a su padre en la cárcel de Woodhill una vez cada quince días. Decía que eso no significaba que lo hubiera perdonado, pero que, al fin y al cabo, seguía siendo su padre. Naomi no lo había vuelto a ver y afirmaba que no lo haría nunca.

—¿A qué hora es el homen...? Espera, que me está hablando mi abuelo. ¡¿Qué?! —gritó Cara apartando la voz del teléfono—. Sí, ya lo sé. Vale, ya voy.

Los abuelos de Cara —los padres de su madre— se habían mudado a su casa en noviembre para proporcionarle estabilidad hasta que terminara el instituto. Pero abril ya casi había terminado y los exámenes y el final de curso estaban cada vez más cerca. Demasiado cerca. Cuando llegara el verano, pondrían a la venta la casa de los Ward y se volverían con las chicas a Great Abington. Al menos estarían cerca cuando Pip empezara la universidad en Cambridge. De todas formas, Little Kilton no sería lo mismo sin Cara, y Pip deseaba que el verano no llegara nunca.

—Vale. Buenas noches, abuelo.

—¿Qué quería?

—Nada, es que son las diez y media y es suuuuuupertarde y se ha pasado nuestra «hora de apagar la luz» y debería estar durmiendo desde hace horas y no charloteando con mis «novias». En plural. Como siga así, nunca me echaré novia, y menos varias. Además, ¿qué es eso de «la hora de apagar la luz»? Parece del siglo XVII. —Cara resopló.

—Bueno, en realidad la bombilla no se inventó hasta finales del siglo XIX...

—Dios, para, por favor. ¿Ya estás preparada?

—Casi —dijo Pip, moviendo el ratón—. Íbamos por el episodio cuatro, ¿verdad?

Esta tradición comenzó en diciembre, cuando Pip se dio cuenta de que Cara apenas dormía. No le sorprendió, la verdad. Tumbada en la cama en mitad de la noche es cuando aparecen los peores pensamientos. Y los de su amiga eran peores que los de la mayoría. Ojalá Pip pudiera hacer que dejara de prestarles atención, distraerla de alguna manera para que descansase. Cuando eran pequeñas, Cara siempre era la primera en dormirse en las fiestas de pijama y arruinaba el final de las películas de miedo con sus ronquidos. Por eso Pip intentaba recrear aquellas fiestas hablando con Cara por teléfono mientras hacían maratones de Netflix juntas. Y funcionaba. Mientras Pip estaba allí, despierta y escuchándola, Cara terminaba quedándose dormida, respirando suavemente en el teléfono.

Ahora lo hacían todas las noches. Empezaron con series con al menos un ligero «valor educacional», pero habían visto tantas que los estándares ya daban un poco igual. Al menos *Stranger Things* tenía un poco de precisión histórica.

—¿Lista? —dijo Cara.

—Lista.

Les había costado bastante conseguir reproducir los capítulos exactamente al mismo tiempo. El ordenador de Cara iba con un poco de retraso, así que ella pulsaba el botón de reproducir en «uno» y Pip en «ya».

—Tres —dijo Pip.

—Dos.

—Uno.

—Ya.

VIERNES

Tres

Conocía sus pasos. Los reconocía sobre moqueta y sobre suelos de madera, y también sobre la gravilla del aparcamiento. Pip se dio la vuelta y le sonrió. Ravi aceleró el ritmo en esa especie de marcha a pasos pequeños que siempre hacía cuando la veía, y la cara de Pip siempre se iluminaba.

—Hola, Sargentita —dijo apretando las palabras en un beso en la frente. Fue el primer mote que tuvo. Ahora es uno entre una docena.

—¿Estás bien? —preguntó ella, aunque ya sabía que no lo estaba. Se había pasado con el desodorante y el olor lo perseguía como una niebla. Eso significaba que estaba nervioso.

—Un poco nervioso, nada más —dijo Ravi—. Papá y mamá ya están allí, pero yo me quería dar una ducha antes de ir.

—No pasa nada, la ceremonia no empieza hasta las siete y media —dijo Pip agarrándole la mano—. Ya hay mucha gente en el pabellón, puede que unos cuantos cientos.

—¿Tan pronto?

—Sí. He pasado por delante de camino a casa después de clase y ya estaban preparándose las furgonetas de la prensa.

—¿Por eso has venido disfrazada? —Ravi sonrió y le dio un tirón a la capucha de la chaqueta verde botella que se había puesto Pip.

—Pero solo hasta que los dejemos atrás.

Seguramente fuera culpa suya que estuvieran allí. Su pódcast había revivido las historias de Sal y Andie en las noticias. Sobre todo esta mañana, en el sexto aniversario de sus muertes.

—¿Qué tal ha ido el juicio hoy? —preguntó Pip. Y enseguida añadió—: Podemos hablar mejor mañana, si no te apetece...

—No, tranquila —dijo—. Hoy ha testificado una de las chicas que vivía en la residencia de Max en la universidad. Han reproducido la llamada que hizo a Emergencias la mañana siguiente. —Ravi tragó para deshacerse del nudo de la garganta—. Y en el contrainterrogatorio, Epps se le ha tirado encima, por supuesto: no había restos de ADN, no recuerda nada... Ese tipo de cosas. Muchas veces, cuando veo cómo se comporta ese cretino, me replanteo si de verdad quiero ser abogado defensor.

Ese era El Plan que habían ideado: Ravi volvería a presentarse a los exámenes de Selectividad por su cuenta y Pip haría los suyos en la misma convocatoria. Luego solicitaría una formación de seis años en Derecho para empezar en septiembre, cuando Pip se fuera a la universidad. «La pareja todopoderosa», había apuntado Ravi alguna vez.

—Epps es de los malos —dijo Pip—. Tú vas a ser de los buenos. —Y le apretó la mano—. ¿Estás listo? Podemos esperar un poco más, si...

—Estoy listo —afirmó—. Pero... Esto... ¿Te puedes sentar conmigo?

—Claro —dijo pegándose a su brazo—. No te pienso soltar.

El cielo ya se estaba oscureciendo cuando dejaron el suelo de gravilla y se adentraron en el suave césped del parque. A su derecha, pequeños grupos de personas venían desde Gravelly Way en dirección al pabellón, en el extremo sur del parque. Pip oyó a la multitud antes de verlos. Ese bullicio que solo se genera cuando metes a cientos de personas en un lugar pequeño. Ravi le agarró aún más fuerte la mano.

Rodearon un grupo de árboles ondeantes y apareció el pabellón ante sus ojos, iluminado de un amarillo pálido. Los primeros asistentes habían empezado a encender las velas que se habían colocado alrededor del edificio. La mano de Ravi comenzó a sudar contra la suya.

Pip fue reconociendo algunas caras conforme se iban acercando: Adam Clark, su nuevo profesor de Historia, de pie al lado de Jill, la de la cafetería; y por allí estaban los abuelos de Cara, saludándola con la mano. Se abrieron camino y, mientras Pip se giraba para mirarlo, la multitud se abrió para dejar paso a Ravi, tragándolos y volviendo a juntarse tras ellos para bloquear el camino.

—Pip, Ravi. —Una voz llamó su atención a la izquierda. Era Naomi, con el pelo muy estirado hacia atrás, como su sonrisa.

Estaba de pie con Jamie Reynolds (el hermano mayor de Connor, el amigo de Pip) y Nat da Silva. A Pip se le formó un nudo en el estómago cuando la vio. Tenía el pelo tan blanco que, con la luz del anochecer, casi parecía tener un halo brillante alrededor. Todos eran de la promoción de Sal y Andie.

—Hola —dijo Ravi sacando a Pip de sus pensamientos.

—Hola Naomi, Jamie —dijo saludándolos con un gesto de la cabeza—. Nat, hola —titubeó cuando los ojos azules de Nat se posaron sobre ella con una mirada firme y poco amable.

El aire a su alrededor perdió su brillo y se volvió frío.

—Lo siento —dijo Pip—. So-Solo... Solo quería decirte que lamento que hayas tenido que pasar por todo eso, lo del juicio de ayer... Pero estuviste impresionante.

Nada. Solo un pequeño tic en la mejilla.

—Ya sé que esta semana y la próxima van a ser horribles para ti, pero vamos a conseguirlo. Lo sé. Y si puedo hacer algo...

Nat apartó la mirada de Pip, como si no estuviera allí.

—Vale —soltó con un tono de voz cortante.

—Bueno —dijo Pip en voz baja, volviéndose hacia Naomi y Jamie—. Será mejor que vayamos entrando. Nos vemos luego.

Pasaron entre la multitud y, cuando ya estaban lo bastante lejos, Ravi le dijo al oído:

—Sí, te sigue odiando, no cabe duda.

—Ya lo sé.

Y se lo merecía, la verdad. Había considerado a Nat sospechosa de asesinato. ¿Cómo no iba a odiarla? Pip sintió frío, pero guardó la mirada de la chica en el agujero de su estómago, con el resto de aquellas sensaciones.

Vio el moño rubio y destartalado de Cara rebotando entre las cabezas de la gente. Agarró a Ravi y se abrieron camino hacia ella. Cara estaba con Connor, que asentía rápido con la cabeza mientras ella hablaba. A su lado, con las frentes casi pegadas, estaban Ant y Lauren, que se habían convertido en Ant-y-Lauren, en una sola palabra, porque no había forma de verlos separados. Ahora estaban juntos de verdad, no como antes, que debían estar juntos de mentira. Cara dijo que, por lo visto, habían empezado a salir en la fiesta *destroyer* a la que fueron todos en octubre, cuando Pip estaba investigando encubierta. Normal que no se hubiera dado cuenta. Zach estaba al otro lado, marginado, jugueteando con su pelo.

—Hola —dijo Pip mientras ella y Ravi rompían el círculo del grupo.

—Hola —saludaron todos al unísono.

Cara se giró para mirar a Ravi y se pasó la mano por el cuello, nerviosa.

—Ho-Hola..., ¿cómo estás? Lo siento.

A Cara nunca le faltaban las palabras.

—No pasa nada —dijo Ravi, soltando a Pip para abrazar a Cara—. De verdad, te lo prometo.

—Gracias —dijo ella en voz baja, guiñándole un ojo a Pip por encima del hombro de Ravi.

—Mira. —Lauren avisó a Pip con un codazo y le hizo un gesto rápido con la cabeza—. Son Jason y Dawn Bell.

Los padres de Andie y Becca. Pip siguió la mirada de Lauren. Jason se había puesto un elegante abrigo de lana, probablemente demasiado cálido para aquella tarde, y llevaba a Dawn de la mano hacia el pabellón. Ella miraba al suelo, a todos aquellos pies anónimos, con el rímel corrido, como si ya hubiera estado llorando. Jason tiraba de ella y, a su lado, parecía muy pequeña.

—¿Os habéis enterado? —dijo Lauren atrayendo al grupo para que se juntara más—. Por lo visto, vuelven a estar juntos. Mi madre dice que Jason se está divorciando de su segunda mujer y parece ser que ha vuelto a mudarse a esa casa.

Esa casa. En la que Andie Bell murió en la cocina mientras Becca la observaba. Si esas suposiciones eran ciertas, Pip se preguntaba qué otra elección había tenido Dawn. Por lo que ella había descubierto de Jason durante su investigación, no estaba del todo segura de que las personas de su entorno tuvieran muchas más opciones. En el pódcast, desde luego, no se va de rositas. De hecho, en una encuesta de Twitter que hizo un oyente sobre «La persona más detestable de APP», Jason Bell recibió casi tantos votos como Max Hastings y Elliot Ward. La propia Pip quedó en cuarto lugar.

—Es muy raro que sigan viviendo ahí —dijo Ant abriendo mucho los ojos, igual que Lauren. Era la forma que tenían de halagarse el uno al otro—. Y que coman en la misma estancia en la que ella murió.

—La gente se enfrenta a lo que se tiene que enfrentar —dijo Cara—. No te creas que los puedes juzgar basándote en unos estándares normales.

Eso cerró la boca a Ant-y-Lauren.

Se produjo un silencio incómodo que Connor intentó llenar. Pip apartó la mirada y reconoció de inmediato a la pareja que se había puesto a su lado. Les sonrió.

—Hola, Charlie, Flora. —Sus nuevos vecinos: Charlie, con su pelo anaranjado y la barba bien cuidada; y Flora, a quien Pip solo había visto con vestidos de flores. Era la nueva maestra auxiliar del colegio de su hermano, y Josh estaba bastante obsesionado con ella—. No os había visto.

—Hola. —Charlie sonrió, inclinando la cabeza—. Tú debes de ser Ravi —dijo dándole un apretón en la mano, que aún no había vuelto a agarrar la de Pip—. Ambos lo sentimos mucho.

—Parece que tu hermano era un chico excepcional —añadió Flora.

—Gracias. Sí que lo era —dijo Ravi.

—Ah. —Pip le dio un golpe a Zach en el hombro para atraerlo a la conversación—. Este es Zach Chen. Antes vivía en vuestra casa.

—Encantada de conocerte, Zach —dijo Flora—. Nos encanta la casa. ¿La tuya era la habitación del fondo?

Un sonido silbante detrás de Pip la distrajo durante un instante. El hermano de Connor, Jamie, acababa de llegar, y los dos se habían puesto a hablar entre susurros.

—No, no está encantada —decía Charlie cuando Pip volvió a la conversación.

—Flora. —Zach se giró hacia ella—. ¿No has escuchado nunca el crujido de las tuberías del baño de abajo? Parece como si un fantasma dijera «cooorre, coooorre».

Los ojos de Flora se abrieron mucho de repente y miró a

su marido con la cara pálida. Abrió la boca para responder, pero empezó a toser, disculpándose y apartándose del círculo.

—Mira lo que has hecho. —Charlie sonrió—. Mañana ya será la mejor amiga del fantasma del baño.

Ravi deslizó los dedos por el antebrazo de Pip, agarrándole otra vez la mano mientras la miraba. Sí, tenían que ir a buscar a sus padres; la ceremonia empezaría pronto.

Se despidieron y continuaron hacia el frente de la reunión. Pip miró hacia atrás y juraría que la cantidad de gente se había multiplicado desde que llegaron. Puede que hubiera cerca de mil personas. Casi a la entrada del pabellón, Pip vio por primera vez las fotografías de Sal y Andie sobre sendos caballetes, cada una a un lado del pequeño edificio. Ambos con sonrisas grabadas en sus caras eternamente jóvenes. Habían ido colocando ramos de flores bajo cada retrato y las velas titilaban al paso de la gente.

—Ahí están —dijo Ravi.

Sus padres se encontraban al frente a la derecha, hacia donde miraba Sal. Había un grupo de personas a su alrededor, y la familia de Pip estaba cerca.

Pasaron por detrás de Stanley Forbes, que tomaba fotos de la escena. El *flash* de su cámara le iluminaba la cara pálida y brillaba sobre el pelo oscuro.

—Cómo no iba a venir —dijo Pip en alto, para que la escuchara.

—Déjalo, Sargentita. —Ravi le sonrió.

Hacía unos meses, Stanley envió a los Singh una carta de cuatro páginas escrita a mano pidiendo disculpas; en ella afirmaba avergonzarse por cómo había hablado de su hijo. Publicó otra disculpa en el periódico del pueblo en el que trabajaba de voluntario, el *Kilton Mail*. Y también comenzó una recaudación de fondos para poner un banco dedicado a

Sal en el parque, justo enfrente del de Andie. Ravi y sus padres aceptaron las disculpas, pero Pip seguía algo escéptica.

—Al menos se ha disculpado —continuó Ravi—. Mira a todos esos. —Señaló a un grupo que había junto a sus padres—. Amigos, vecinos. Personas que les hicieron la vida imposible. Nunca se disculparon, simplemente actúan como si los últimos seis años no hubieran ocurrido.

Ravi dejó de hablar cuando el padre de Pip los atrapó en un abrazo.

—¿Todo bien? —le preguntó a Ravi, dándole una palmadita en la espalda antes de soltarlo.

—Todo bien —respondió él, revolviendo el pelo de Josh como agradecimiento, y sonriendo a la madre de Pip.

El padre de Ravi, Mohan, se acercó.

—Voy a preparar unas cuantas cosas. Nos vemos después. —Acarició cariñosamente a Ravi bajo la barbilla con un dedo—. Cuida de mamá.

Mohan subió las escaleras del pabellón y despareció en el interior.

Empezó a las siete y media en punto. Ravi estaba de pie entre Pip y su madre, agarrándolas a ambas de las manos. Pip cerró el puño cuando el delegado del distrito, que había ayudado a organizar el homenaje, se colocó frente al micrófono para decir «unas palabras». Dijo bastantes, en realidad. Divagó sobre los valores familiares en el pueblo y sobre la «inevitabilidad de la verdad», y alabó a la policía de Thames Valley por todo su «trabajo sin descanso en este caso». Pero sin ánimo de ser sarcástico.

La siguiente en hablar fue la señora Morgan, la nueva directora del instituto de Little Kilton. Obligaron a su predecesor a dimitir a causa de todo lo que el señor Ward hizo mientras trabajaba allí. La señora Morgan habló de Andie y Sal, y sobre el impacto permanente que tendrían sus historias en el pueblo.

Luego subieron las mejores amigas de Andie, Chloe Burch y Emma Hutton. Era evidente que Jason y Dawn Bell se habían negado a participar. Chloe y Emma hicieron una lectura conjunta de un poema de Christina Rossetti, «El mercado de los duendes». Cuando terminaron, volvieron a sentarse entre el público que murmuraba, mientras Emma sollozaba y se secaba las lágrimas con las mangas. Pip la estaba observando cuando alguien le dio un golpe en el codo.

Se giró. Era Jamie Reynolds, caminando lentamente entre la multitud, con la mirada determinada y un brillo de sudor en la cara iluminada por las velas.

—Lo siento —murmuró distraído, como si no la reconociera.

—No pasa nada —respondió Pip siguiéndolo con la mirada hasta que Mohan Singh salió de entre el público y carraspeó frente al micrófono, lo que hizo callar al público.

Solo se oía el viento soplar entre las hojas de los árboles. Ravi apretó la palma de la mano de Pip con fuerza, hasta dejar marcas de medias lunas en su piel.

Mohan miró el folio que tenía en la mano. Estaba temblando y el papel se agitaba.

—¿Qué os puedo decir de mi hijo Sal? —comenzó con la voz quebrada—. Podría deciros que era un estudiante de sobresalientes con un futuro brillante, pero eso ya lo sabéis. Podría deciros que era un amigo leal y cariñoso, que nunca quiso que nadie se sintiera solo o marginado, pero seguramente también lo sepáis. Podría deciros que era un hermano mayor increíble y un hijo que nos hacía sentir orgullosos cada día. Podría compartir recuerdos suyos, desde que era un niño sonriente que quería subirse a todas partes, hasta que se convirtió en un adolescente al que le encantaba levantarse temprano y acostarse tarde. Pero, en lugar de eso, os voy a decir una sola cosa sobre Sal.

Mohan hizo una pausa y levantó la mirada para sonreír a Ravi y Nisha.

—Si Sal estuviera hoy aquí, nunca lo admitiría y probablemente estaría profundamente avergonzado, pero su película favorita, desde los tres hasta los dieciocho años, era *Babe: el cerdito valiente*.

Se produjo una ligera y tensa risa entre el público. Ravi también rio, con los ojos brillantes.

—Adoraba a ese cerdito. Otro de los motivos por los que le encantaba esa película era porque sonaba su canción favorita. La que le hacía sonreír y llorar; la que le daba ganas de bailar. Voy a compartir un poco de Sal y a reproducir esa canción para celebrar su vida, y os voy a pedir que encendáis y levantéis las linternas de vuestros móviles. Pero, antes, quiero dedicarte, hijo mío, unas palabras de tu canción favorita. —La hoja tembló ante el micrófono como si fuera un ala de papel cuando Mohan se secó los ojos—. *Si pudiera crearte un día con una canción, te cantaría una nueva mañana en la que brille el sol. Por la noche la luna te iluminaría el corazón y yo haría de este día una eterna ilusión.* —Hizo una pausa y asintió con la cabeza a alguien que estaba a su derecha—. Adelante.

Y desde los altavoces colocados a ambos lados, una voz chillona gritó: «¡Y uno, y dos, y tres! ¡Dale!».

Comenzó a sonar la canción, con un ritmo estable y el canto agudo de un ratón. Luego se le unió todo un coro de roedores.

Ravi se reía, y lloraba, y algo más. Detrás de ellos, alguien empezó a dar palmas al ritmo de la canción.

Se le unieron otros.

Pip miró hacia atrás conforme las palmas aumentaban,

subiendo y bajando al ritmo del vaivén del público. Era un sonido ensordecedor y lleno de felicidad.

La gente empezó a cantar con los ratones y, cuando se dieron cuenta de que eran las mismas palabras repetidas una y otra vez, se unió el resto de los asistentes, esforzándose por llegar a aquellos agudos imposibles.

Ravi la miró, vocalizando las palabras, y ella se las repitió.

Mohan bajó las escaleras y soltó las hojas para coger un farolillo chino. El delegado del distrito les dio otro a Jason y Dawn Bell. Pip soltó a Ravi para que fuera a unirse a sus padres, que le dieron una caja de cerillas. La primera que encendió se apagó con el viento. Lo volvió a intentar, protegiendo la llama con las manos, y la colocó sobre la mecha del farolillo hasta que prendió.

Los Singh esperaron unos segundos a que la llama se agrandara y llenara el farolillo de aire caliente. Cada uno sujetaba con ambas manos el borde metálico y, cuando por fin estuvieron listos, se pusieron rectos, levantaron los brazos y lo dejaron marchar.

El farolillo se elevó sobre el pabellón, balanceado por la brisa. Pip levantó la cabeza para ver cómo se alejaba, con su luz anaranjada prendiendo la oscuridad que lo rodeaba. Un instante después, apareció también el de Andie, escalando en la noche como si persiguiera a Sal a través del cielo infinito.

Pip no apartó la mirada. Le dolía la espalda por la posición del cuello, pero se negaba a dejar de mirar. Los contemplaría hasta que aquellos farolillos dorados no fueran más que unos puntitos descansando entre las estrellas. E incluso más.

SÁBADO

Cuatro

Pip intentaba luchar contra sus párpados. Le escocían los ojos, mucho, como si el sueño ya se hubiera apoderado de ella. Pero no... Tenía que levantarse y repasar un poco. En serio.

Estaba tumbada en el sofá rojo del salón, en «el sitio de Josh», por lo visto, como él no paraba de recordarle. Él estaba en la alfombra, jugando con unos Lego mientras sonaba *Toy Story* de fondo. Sus padres estarían todavía en el jardín. Su padre le había dicho muy entusiasmado por la mañana que iban a pintar el nuevo cobertizo. Aunque no había demasiadas cosas que no entusiasmaran a su padre. Pero lo único en lo que Pip podía pensar era en el tallo del girasol solitario plantado junto a la tumba del perro. Todavía no había florecido.

Pip miró su teléfono. Era las 17.11 y en la pantalla había un mensaje de Cara sin abrir y dos llamadas perdidas de Connor de hacía veinte minutos. Seguramente se habría quedado dormida un rato. Deslizó el dedo para ver el mensaje de su amiga:

Argh, llevo literalmente todo el día
potando y mi abuelo no para de chas-
quear la lengua. NUNCA MÁS. Gracias
por venir a recogerme. Bss.

48

El anterior mensaje de Cara, si subía por la pantalla, era de anoche a las 00.04.

Pop ond stas ss te sty bscendo me nkntro
ftl prfabor ayoda mu trifte.

Pip la llamó enseguida, susurrando desde la cama, pero Cara estaba tan borracha que no era capaz de pronunciar ni una sola frase entera. Bueno, ni entera ni a medias, ni un cuarto de frase. Los llantos o el hipo la interrumpían constantemente. Le costó un buen rato entender dónde estaba: en una fiesta *destroyer*. Probablemente fue después del homenaje. Le costó aún más averiguar en qué casa era la fiesta: «C-Creo que-la de-Stephen-Thompson». Y dónde estaba: «P-Por...Hi-Highmoor o p-por a-ahí».

Pip sabía que Ant y Lauren estaban allí. Deberían de haber cuidado de Cara. Pero, por supuesto, estarían demasiado preocupados el uno por el otro. Aunque no era eso lo que más inquietaba a Pip.

—¿Te has servido tú las bebidas? —preguntó—. No has aceptado copas de nadie, ¿verdad?

Así que Pip dio un salto de la cama y se subió al coche en dirección «Highmoor o por ahí» para ir a buscar a Cara y llevarla a casa. No se volvió a meter en la cama hasta pasada la una y media.

Y el día de hoy no había sido precisamente tranquilo, para compensar. Llevó a Josh a fútbol, se quedó en el campo para ver el partido; luego Ravi vino a su casa a comer y grabar otra actualización del juicio de Max Hastings. Después, Pip editó y subió el miniepisodio, actualizó la página web y respondió varios correos electrónicos. Se sentó en el sofá un par de minutos, en «el sitio de Josh», solo para descansar un poco la vista. Pero esos dos minutos se convirtieron en veintidós.

Estiró el cuello y alcanzó el teléfono para escribir a Connor justo cuando llamaron a la puerta.

—Por el amor de Dios —dijo Pip levantándose. Se le había quedado una pierna dormida y se tropezó en el pasillo—. ¿Cuántos paquetes de Amazon son demasiados para una sola persona?

Su padre tenía una adicción importante a la entrega en un día.

Desenganchó la cadena —echarla era una nueva regla en su casa— y abrió la puerta.

—¡Pip!

No era el repartidor de Amazon.

—Ah, hola, Connor —dijo abriendo del todo la puerta—. Justo estaba respondiéndote al mensaje. ¿Qué pasa?

Hasta entonces no se fijó en sus ojos: tenía la mirada ida y, al mismo tiempo, había algo urgente en ella. Había demasiado blanco por encima y por debajo del azul. Y, aunque Connor tenía la cara sonrosada de por sí y llena de pecas, estaba completamente rojo y el sudor le caía por la sien.

—¿Estás bien?

Connor respiró hondo.

—No. No lo estoy —se le quebró la voz.

—¿Qué ocurre? ¿Quieres entrar? —Pip se echó hacia atrás para dejarle paso.

—G-gracias —dijo Connor.

Pip cerró la puerta tras él. El chico tenía la camiseta pegada a la espalda, empapada y levantada.

—Ven. —Pip lo acompañó hasta la cocina y le hizo un gesto para que se sentara en uno de los taburetes, bajo el que estaban tiradas sus deportivas—. ¿Quieres un poco de agua? —No esperó a que respondiera, llenó uno de los vasos que había en el escurridor y lo colocó delante de él con un ruido sordo que le hizo dar un respingo—. ¿Has venido corriendo?

—Sí. —Connor cogió el vaso con las dos manos y dio un sorbo largo, derramándose el agua por la barbilla—. Lo siento. Te he estado llamando pero no contestabas y no sabía qué otra cosa hacer. Luego pensé que a lo mejor estabas en casa de Ravi.

—No pasa nada, aquí me tienes —dijo Pip sentándose en el taburete frente a él. Todavía tenía los ojos raros y a Pip se le empezó a acelerar el corazón—. ¿Qué pasa? ¿De qué quieres hablar conmigo? —Se agarró al borde del taburete—. ¿Ha pasado algo?

—Sí —respondió Connor secándose la barbilla con la muñeca.

Separó los labios y se quedó abriendo y cerrando la boca, masticando el aire, como si estuviera ensayando las palabras antes de decirlas.

—Connor, ¿qué pasa?

—Mi hermano —dijo—. Ha... ha desaparecido.

Cinco

Pip miró cómo Connor deslizaba los dedos por el vaso.

—¿Jamie ha desaparecido?

—Sí. —Connor la miró.

—¿Cuándo? —preguntó—. ¿Cuándo lo viste por última vez?

—En el homenaje. —Connor hizo una pausa para tomar otro sorbo de agua—. Justo antes de que empezara. Después ya no volvió a casa.

A Pip se le cortó la respiración.

—Yo lo vi a eso de las ocho, ocho y cuarto. Caminando entre la gente.

Seleccionó el recuerdo y lo separó de todo lo demás que había ocurrido la noche anterior. Cómo Jamie se había chocado con ella mientras pasaba hacia el otro lado, su disculpa apresurada, la mandíbula firme, tensa. En el momento le había parecido raro, ¿verdad? Y su mirada, similar a la que Connor tenía ahora mismo: distante y cortante al mismo tiempo. Se parecían mucho, incluso para ser hermanos. Cuando eran niños el parecido era menor, pero Pip había visto cómo había ido aumentando con el paso de los años. Jamie tenía el pelo un par de tonos más oscuro, tirando más a castaño que a rubio. Y Connor tenía facciones muy angulares, mientras que las de Jamie eran más suaves. Pero hasta un desconocido podría darse cuenta de que eran familia.

—¿Lo has llamado?

—Sí. Cientos de veces —respondió Connor—. Me salta directamente el buzón de voz, como si estuviera apagado... o muerto. —Le costó mucho decir esa última palabra. Inclinó la cabeza hacia delante—. Mamá y yo nos hemos pasado horas llamando a cualquiera que pudiera saber dónde está: amigos, familia. Nadie lo ha visto ni sabe nada de él. Nadie.

Pip notó cómo se le removía algo justo en ese agujero del estómago que nunca había desaparecido del todo.

—¿Has llamado a los hospitales por si...?

—Sí. A todos. Y nada.

Pip miró la hora en su móvil. Eran las cinco y media y, si nadie había visto a Jamie desde las ocho de la noche anterior, cuando chocó contra ella, ya llevaba desaparecido más de veintiuna horas.

—Vale —dijo Pip con determinación, haciendo que Connor volviera a mirarla—. Tus padres tienen que ir a comisaría a rellenar un informe de persona desaparecida. Necesitaréis...

—Ya lo hemos hecho —dijo Connor con un ligero tono impaciente en la voz—. Hemos ido mamá y yo a la comisaría hace unas horas, rellenamos el informe, les dimos una fotografía reciente y todo eso. Le entregamos el informe al hermano de Nat da Silva, Dan.

—Vale, pues deberían estar...

Connor volvió a interrumpirla.

—No —dijo—. Ningún agente está haciendo nada. Daniel dijo que como Jamie tiene veinticuatro años, es adulto y ya se ha marchado de casa sin comunicárselo a su familia alguna otra vez, la policía no puede hacer gran cosa.

—¿Cómo?

—Sí. Nos dio un número de referencia y nos dijo que siguiéramos llamando a Jamie y a quien supiéramos que había estado con él ayer. También dijo que casi todas las personas desaparecidas vuelven en unas cuarenta y ocho horas, así que tenemos que esperar.

El taburete de Pip crujió cuando ella se movió.

—Pensarán que es de bajo riesgo. Cuando se rellena un informe de persona desaparecida —explicó—, la policía determina un nivel de riesgo basándose en factores como edad, problemas médicos, comportamiento extraño y ese tipo de cosas.

—Sé lo que pensarán —dijo Connor con la mirada algo menos distante—. Jamie ya se ha largado un par de veces y siempre vuelve.

—La primera vez fue después de dejar la universidad, ¿no? —dijo Pip haciendo memoria.

Recordaba la tensión que hubo en casa de los Reynolds las semanas siguientes.

Connor asintió.

—Sí, después de una pelea con mi padre se fue a casa de un amigo suyo una semana y no cogía el teléfono ni respondía a los mensajes. Y hace un par de años, mamá rellenó otro informe porque Jamie no volvió a casa después de salir una noche de fiesta por Londres. Perdió el teléfono y la cartera y no pudo regresar, así que durmió en el sofá de alguien un par de días. Pero... —Sorbió por la nariz y se la secó con el dorso de la mano—. Pero esta vez tengo la sensación de que es diferente. Creo que está en problemas, Pip. De verdad.

—¿Por qué? —preguntó ella.

—Ha estado comportándose de forma extraña. Distante, como sobresaltado. Irascible. Ya conoces a Jamie, él suele ser relajado. Bueno, o vago, si le preguntas a mi padre. Pero, últimamente, a veces parecía estar... ido.

¿No era eso lo que pensó Pip la noche anterior? Esa concentración extraña, como si no fuera capaz de ver nada más, ni siquiera a ella. ¿Y por qué se iba justo en ese momento? ¿No fue un poco raro?

—Y —continuó Connor— no creo que se haya vuelto a escapar. Sobre todo después del disgusto que se llevó mamá la última vez. Jamie no se lo volvería a hacer.

—Pues... —comenzó Pip, pero no sabía muy bien qué decirle.

—Mamá y yo hemos estado hablando —dijo Connor con los hombros contraídos, como si se estuviera encogiendo—. Si la policía no va a investigar, ni a contactar con la prensa ni nada de eso, ¿qué podemos hacer nosotros para encontrar a Jamie? Por eso he venido a verte, Pip.

Ella sabía lo que iba a decir a continuación, pero Connor no hizo una pausa lo suficientemente larga como para que ella pudiera intervenir.

—Sabes cómo hacerlo. El año pasado dejaste a la policía a la altura del betún. Resolviste un asesinato. Dos, mejor dicho. Y tu pódcast —tragó saliva— tiene cientos de miles de oyentes. Seguramente eso sea más efectivo que cualquier conexión con los medios que los agentes puedan tener. Si queremos encontrar a Jamie, correr la voz de que ha desaparecido para que la gente pueda darnos cualquier tipo de información o pistas, tú eres nuestra mejor opción.

—Connor...

—Si lo investigas y lo cuentas en tu programa, sé que lo encontraremos a tiempo. Es la única solución.

Connor languideció. El silencio que llegó a continuación era tan denso que llenó la cocina. Pip notaba cómo trepaba a su alrededor. Sabía lo que le iba a pedir. ¿Qué otra cosa iba a ser? Respiró hondo y esa cosa que vivía dentro de ella se retorció en sus tripas. Pero la respuesta era inevitable.

—Lo siento —dijo en voz baja—. No puedo hacerlo, Connor.

Connor abrió mucho los ojos y volvió a enderezar los hombros.

—Ya sé que es mucho pedir, pero...

—Es mucho pedir —dijo ella mirando por la ventana para comprobar que sus padres seguían ocupados en el jardín—. Ya no me dedico a eso.

—Ya lo sé, pero...

—La última vez casi lo pierdo todo: terminé en el hospital, mataron a mi perro, puse a mi familia en peligro, arruiné la vida de mi mejor amiga. Es mucho pedir. Me lo prometí. No... No puedo volver a hacerlo. —El agujero de su estómago se hizo aún mayor. Pronto sería incluso más grande que ella—. Ya no soy esa persona.

—Pip, por favor... —Se lo estaba suplicando, las palabras se le atascaban en la garganta—. La última vez ni siquiera los conocías, ya habían muerto. Se trata de Jamie, Pip. Jamie. ¿Y si está herido? ¿Y si no consigue sobrevivir? No sé qué hacer. —Se le quebró la voz y comenzaron a brotarle lágrimas de los ojos.

—Lo siento mucho, Connor, de verdad —dijo Pip, aunque las palabras le dolieran—. Pero tengo que negarme.

—¿No vas a ayudarme? —Sorbió por la nariz—. ¿En nada?

No podía hacerlo. No podía.

—No he dicho eso. —Pip se levantó del taburete para darle un pañuelo—. Como te imaginarás, tengo contactos en la policía local. No creo que sea su persona favorita, pero probablemente pueda ejercer más influencia en temas como este. —Cogió las llaves del coche, que estaban junto al microondas—. Iré a hablar con el detective Hawkins para contarle lo que le ha pasado a Jamie y por qué estáis preocupados, a ver si consigo que se replanteen la valoración de riesgos y se pongan a investigar.

Connor se bajó del taburete.

—¿De verdad? ¿Lo harías?

—Por supuesto —dijo ella—. No puedo prometerte nada, pero Hawkins es un buen tío. Creo que entrará en razón.

—Gracias —dijo Connor estrechándola rápidamente entre sus extraños brazos. Bajó la voz—. Tengo miedo, Pip.

—Todo saldrá bien. —Intentó sonreír—. Te llevo a casa, vamos.

Al salir, una brisa cruzada cerró la puerta de golpe con un ruido sordo. Pip arrastró ese sonido con ella, en su interior, haciendo eco en el agujero de su estómago.

Seis

El edificio de ladrillo rojo empezaba a difuminarse en el gris del cielo de la tarde cuando Pip salió del coche. En el cartel blanco de la pared ponía: «Policía de Thames Valley, comisaría de Amersham». Los agentes asignados a Little Kilton estaban aquí, en un pueblo más grande a diez minutos en coche.

Pip atravesó la puerta principal hasta la recepción pintada de azul. Había un hombre esperando, dormido en las sillas metálicas de la pared del fondo. Pip se acercó hasta el mostrador y golpeó en el cristal para llamar la atención del agente adjunto. El señor dormido roncó y se cambió de posición.

—¿Hola? —La voz salió antes que su propietaria: la agente con la Pip se había reunido un par de veces. La policía salió doblando unos papeles y por fin miró a Pip—. Anda, no eres a quien esperaba.

—Lo siento. —Pip sonrió—. ¿Cómo estás, Eliza?

—Bien, cariño. —Su cara se arrugó en una sonrisa, con el pelo gris sobre el cuello del uniforme—. ¿Qué te trae por aquí?

A Pip le caía bien Eliza. Le gustaba que ninguna de las dos tuviera que andarse con rodeos ni conversaciones triviales.

—Tengo que hablar con el detective Hawkins —dijo—. ¿Está aquí?

—Sí. —Eliza mordisqueó un boli—. Pero está muy ocupado, parece que va a ser una noche muy larga.

—¿Puedes decirle que es urgente? Por favor —añadió Pip.

—Está bien, a ver qué puedo hacer. —Eliza suspiró—. Siéntate, corazón —dijo mientras desaparecía por la parte de atrás del despacho.

Pero Pip no se sentó. Notaba un zumbido por todo el cuerpo y no era capaz de quedarse quieta. Comenzó a andar de un lado a otro del mostrador de recepción: seis pasos, media vuelta, otros seis pasos, forzando el chirrido de las deportivas contra el suelo para despertar al señor dormido.

La puerta que llevaba a los despachos y a las salas de interrogatorio pitó y se abrió, pero no era Eliza ni Richard Hawkins. Eran dos policías de uniforme. Primero salió Daniel da Silva y le sujetó la puerta a otra agente: Soraya Bouzidi, que se estaba recogiendo el pelo rizado en un moño bajo la gorra negra. Pip los había conocido a ambos en la reunión en la biblioteca de Kilton el pasado octubre, cuando Daniel da Silva era persona de interés en el caso de Andie. A juzgar por la sonrisa forzada que le puso al pasar a su lado, era evidente que no lo había olvidado.

Pero Soraya la reconoció y la saludó con un gesto de la cabeza y un alegre «Hola» antes de salir detrás de su compañero hasta uno de los coches patrulla. Pip se preguntó adónde iban, qué habría pasado. Fuera lo que fuese, les debía de parecer más importante que Jamie Reynolds.

La puerta pitó otra vez, pero solo se abrió unos centímetros. Apareció una mano levantando dos dedos en dirección a Pip.

—¡Tienes dos minutos! —gritó Hawkins haciéndole un gesto para que lo acompañara por el pasillo.

Ella se acercó a toda prisa, haciendo chirriar las deportivas y despertando a su paso al señor que roncaba.

Hawkins no esperó para saludar y se puso en el recibidor delante de ella. Llevaba unos vaqueros negros y una chaqueta acolchada nueva, verde oscura. Igual ya se había deshecho de aquel viejo abrigo de lana que siempre se ponía cuando era el investigador al mando en la desaparición de Andie Bell.

—Tengo prisa —dijo de pronto, abriendo la puerta de la sala de interrogatorios número 1—. Así que lo de los dos minutos va en serio. ¿Qué pasa? —Cerró la puerta y apoyó la planta del pie sobre ella, con la rodilla doblada.

Pip se cruzó de brazos.

—Persona desaparecida —dijo—. Jamie Reynolds, de Little Kilton. Caso número cuatro nueve cero cero...

—Sí, ya he visto el informe —la interrumpió—. ¿Qué pasa?

—¿Por qué no estáis haciendo nada al respecto?

Hawkins no se lo vio venir. Emitió un ruido entre risa y carraspeo mientras se pasaba la mano por la barbilla.

—Estoy seguro de que ya sabes cómo funcionan estas cosas, Pip. No voy a ser condescendiente contigo y explicártelo.

—No debería haberse archivado como bajo riesgo —dijo—. Su familia cree que podría tener problemas graves.

—Las corazonadas familiares no son uno de los criterios que tomamos en consideración a la hora de hacer un trabajo policial serio.

—¿Y qué me dices de mis corazonadas? —dijo Pip sin dejar de mirarlo a los ojos—. ¿Confías en ellas? Conozco a Jamie desde que tenía nueve años. Lo vi en el homenaje de Andie y Sal antes de que desapareciera, y estaba claro que algo no iba bien.

—Yo también estuve allí —dijo Hawkins—. Las emociones estaban a flor de piel. No me sorprende que la gente no se comportara de forma completamente normal.

—No me refiero a eso.

—Escucha, Pip. —Suspiró bajando la pierna y separándose de la puerta—. ¿Sabes cuántos informes de personas desaparecidas nos entran cada día? A veces hasta doce. No tenemos ni el tiempo ni los recursos necesarios para investigar cada uno de ellos. Y menos tras los recortes de presupuesto. La mayoría de las personas vuelven por su propio pie en unas cuarenta y ocho horas. Debemos establecer prioridades.

—Pues que Jamie sea una de ellas —dijo—. Confía en mí. Pasa algo.

—No puedo hacer eso. —Hawkins negó con la cabeza—. Jamie es un adulto e incluso su madre admitió que esto no era un comportamiento extraño en él. Los adultos tienen el derecho legal de desaparecer si quieren. Jamie Reynolds no ha desaparecido; simplemente está ausente. No le pasará nada. Y, si así lo elige, volverá a casa en unos días.

—¿Y si te equivocas? —preguntó Pip, consciente de que lo estaba perdiendo. No podía perderlo—. ¿Y si hay algo que no ves, como pasó con Sal? ¿Y si te estás equivocando de nuevo?

Hawkins se estremeció.

—Lo siento —dijo—. Ojalá pudiera ayudarte, pero tengo que irme, de verdad. Tenemos un caso de alto riesgo real: han raptado a una niña de ocho años en su jardín. No puedo hacer nada por Jamie. Así son las cosas, me temo. —Agarró el pomo de la puerta.

—Por favor —dijo Pip con un tono de voz desesperado que los sorprendió a ambos—. Por favor, te lo ruego.

Los dedos de Hawkins se paralizaron.

—No...

—Por favor. —Se le cerró la garganta, como le pasaba siempre justo antes de echarse a llorar, quebrándole la voz en

61

un millón de trozos—. No me obligues a volver a hacerlo. Por favor. No puedo volver a hacerlo.

Hawkins no la miraba y apretó el pomo de la puerta aún más fuerte.

—Lo siento mucho, Pip. Tengo las manos atadas, no puedo hacer nada.

Fuera, Pip se detuvo en medio del aparcamiento y miró hacia el cielo, donde las nubes tapaban las estrellas, acaparándolas para ellas solas. Acababa de empezar a llover y las gotas frías le caían sobre los ojos abiertos. Se quedó allí un rato, mirando la nada infinita del cielo, intentando escuchar lo que le decía su intuición. Cerró los ojos para poder escuchar mejor. «¿Qué hago? Dime lo que tengo que hacer.»

Empezó a tiritar y se subió al coche mientras se secaba la lluvia del pelo. El cielo no le había dado ninguna respuesta. Pero puede que hubiera alguien que sí lo hiciera; alguien que la conocía incluso mejor que ella misma. Sacó el teléfono y marcó.

—¿Ravi?

—Hola, problema. —Por su voz, era evidente que estaba sonriendo—. ¿Te acabas de despertar? Tienes la voz un poco rara.

Se lo contó; se lo contó todo. Le pidió ayuda porque él era el único al que sabía cómo pedírsela.

—No puedo decirte lo que debes hacer —concluyó él.

—Pero ¿y si pudieras?

—No. No debo tomar esa decisión por ti. Tú eres la única que lo sabe, la única que puede saberlo —dijo—. Pero lo que sí sé es que, decidas lo que decidas, estará bien. Tú eres así. Y, elijas lo que elijas, yo estaré a tu lado. Siempre. ¿De acuerdo?

—Vale.

Y, conforme se despedía, se dio cuenta de que ya había tomado una decisión. Es probable que siempre lo hubiera sabido, que en realidad nunca hubiese tenido otra opción y que solo estuviera esperando que alguien le dijera que era lo correcto.

Era lo correcto.

Buscó el teléfono de Connor en los contactos y pulsó el botón verde. El corazón casi se le salía del pecho.

Él descolgó en el segundo tono.

—Cuenta conmigo —dijo.

Siete

La casa de los Reynolds, en Cedar Way, siempre había parecido una cara. La puerta principal blanca y las amplias ventanas a cada lado formaban la sonrisa. Las marcas descolori-das entre los ladrillos eran la nariz. Y las dos ventanas cuadradas de la planta de arriba eran los ojos que te miraban atentamente y dormían cuando echaban las cortinas por la noche.

Normalmente era una cara feliz. Pero cuando la miró ahora le dio la sensación de que estaba incompleta, como si supiera que pasaba algo.

Pip llamó con los nudillos y fue de pronto muy consciente del peso de la mochila sobre sus hombros.

—¿Ya estás aquí? —dijo Connor cuando abrió la puerta, apartándose hacia un lado para dejarla entrar.

—Sí. He pasado por casa para coger el equipo y he venido directa. Cada segundo cuenta en este tipo de casos.

Pip hizo una pausa para quitarse los zapatos y la mochila se le deslizó hacia un lado, haciéndole perder el equilibrio.

—Ah, y si mi madre te pregunta, me has invitado a cenar en tu casa, ¿vale?

Pip aún no les había dicho nada a sus padres. Sabía que tendría que hacerlo, pero más adelante. Las dos familias estaban muy unidas desde que Connor le preguntó a Pip si quería jugar con él en cuarto de primaria. Y su madre veía mucho a Jamie últimamente, ya que llevaba dos meses trabajando en su agencia inmobiliaria. Aun así, Pip sabía que discutirían. Su madre le recordaría lo obsesiva que se había vuelto la última vez —como si hiciera falta— y le diría que debería estar estudiando. Ahora mismo no tenía tiempo para esa discusión. Las primeras setenta y dos horas eran críticas en una desaparición y ya habían perdido veintitrés.

—¿Pip?

Joanna, la madre de Connor, había aparecido en el recibidor. Tenía el pelo recogido en un moño en lo alto de la cabeza y parecía haber envejecido mucho en un solo día.

—Hola, Joanna. —Esa era la norma. Siempre había sido así: Joanna, nada de señora Reynolds.

—Pip, gracias por... por... —dijo intentando esbozar una sonrisa que no le terminaba de salir—. No teníamos ni idea de qué hacer y sabíamos que teníamos que acudir a ti. Connor me ha dicho que no has tenido suerte con la policía, ¿no?

—No, lo siento —dijo Pip, siguiendo a Joanna hasta la cocina—. Lo he intentado, pero no van a mover un dedo.

—No nos creen —dijo Joanna, abriendo uno de los armarios superiores. No era una pregunta—. ¿Un poco de té?

—Eso sí que lo era.

—No, gracias. —Pip posó la mochila en la mesa de la cocina. Ya casi no bebía té, desde la noche de los fuegos artificiales, el año anterior, cuando Becca Bell echó en su taza las pastillas de Rohypnol que había encontrado en el cuarto de Andie—. ¿Empezamos aquí mismo?

—Sí —dijo Joanna, con las manos tapadas por los pliegues de su jersey extragrande—. Es mejor que nos instalemos aquí.

Pip se sentó en una silla; Connor, en la de al lado. Abrió la mochila y sacó el ordenador, los dos micrófonos USB con sus filtros, la carpeta, un bolígrafo y los auriculares enormes. Joanna se sentó por fin, aunque parecía no poder quedarse quieta. Se movía cada dos por tres y cambiaba continuamente de postura.

—¿Está tu padre? ¿Y tu hermana? —Pip le hizo las preguntas a Connor, pero fue Joanna la que respondió.

—Zoe está en la universidad. La he llamado para decirle que Jamie ha desaparecido, pero se va a quedar allí. Parece que opina lo mismo que su padre.

—¿A qué te refieres?

—Arthur... —Joanna intercambió una mirada rápida con Connor—. Arthur no cree que Jamie haya desaparecido, simplemente piensa que se ha vuelto a escapar y que no tardará en volver. Parece muy enfadado. Con Jamie. —Se volvió a mover y se rascó debajo de un ojo—. Dice que Connor y yo estamos haciendo el ridículo. —Señaló con un gesto el equipo de Pip—. Se ha ido al supermercado, pero seguramente volverá pronto.

—Vale —dijo Pip, haciéndose una nota mental e intentando que no se le notara nada en la cara—. ¿Crees que estaría dispuesto a hablar conmigo?

—No —dijo Connor con firmeza—. Ni te molestes en preguntarle.

La atmósfera en la cocina era densa e incómoda, y a Pip empezaron a sudarle las axilas.

—Está bien. Antes de hacer nada, tengo que ser muy sincera con vosotros, daros... una especie de advertencia, por así decirlo.

Los dos asintieron mirándola con mucha atención.

—Si me pedís que investigue y que intente encontrar a Jamie, tenemos que ser conscientes, antes de empezar, de hasta dónde podría llevarnos esto y tenéis que aceptarlo. Si no, no os puedo ayudar. —Pip se aclaró la garganta—. Puede que descubramos cosas desagradables, vergonzosas o dolorosas, tanto para vosotros como para él. Secretos que os haya podido ocultar y que no quisiera que se supieran. Estoy de acuerdo en que hablar de la investigación en mi pódcast y subir entrevistas a testigos que puedan saber algo es la forma más rápida de llamar la atención de la prensa sobre el tema. Puede que incluso llamemos la atención del propio Jamie y, si simplemente se ha marchado, consigamos que vuelva. Pero, al aceptar eso, también consentís que se expongan vuestras vidas privadas. Nada va a ser extraoficial, y eso puede ser complicado. —Pip sabía esto mejor que nadie. Todas las semanas recibía amenazas de muerte y violación, o comentarios y tuits en los que la llamaban puta asquerosa—. Jamie no está aquí para poder autorizar todo esto, así que tenéis que hacerlo en su nombre y en el vuestro. Vuestras vidas van a ser diseccionadas y, una vez que empiece a indagar, es posible que averigüéis cosas que desearíais no haber sabido nunca. Eso es lo que ocurrió la última vez, por eso quiero comprobar que estáis preparados para ello.

Pip se quedó en silencio, con la garganta seca. Ahora se arrepentía de no haber pedido otra bebida cuando le ofrecieron el té.

—De acuerdo —dijo Joanna con una voz que crecía a cada sílaba—. Lo que sea. Lo que sea para que vuelva a casa.

Connor asintió.

—Yo también estoy de acuerdo. Tenemos que encontrarlo.

—Está bien —dijo Pip, aunque no podía evitar pensar en la posibilidad de que los Reynolds acababan de darle permiso para arruinar sus vidas, tal y como había hecho con los Ward y los Bell.

Habían acudido a ella, la habían invitado, pero, en realidad, no eran conscientes de la destrucción que había podido entrar con ella de la mano en cuanto atravesó la sonrisa de la casa.

Justo en ese momento se abrió la puerta y se oyeron unos pasos pesados sobre la moqueta, junto con el ruido de bolsas de plástico.

Joanna se puso de pie de un salto, arrastrando la silla sobre las baldosas.

—¡¿Jamie?! —gritó, corriendo hacia el recibidor—. ¿Jamie?

—Soy yo —dijo una voz masculina.

No era Jamie. Joanna se desinfló de inmediato, como si su cuerpo se hubiera reducido a la mitad, y se sujetó en la pared para evitar desaparecer por completo.

Arthur Reynolds entró en la cocina. Tenía el pelo pelirrojo rizado, le caía suavemente sobre las orejas y ya se dejaba ver alguna que otra cana. Un denso bigote le sobresalía de una barba de varios días muy bien arreglada, y sus ojos azules, pálidos, parecían casi no tener color bajo la intensa luz de las bombillas LED.

—He comprado más pan y... —Arthur dejó de hablar. Se le desplomaron los hombros en cuanto vio a Pip, y el ordenador, y los micrófonos—. Por el amor de Dios, Joanna —dijo—. Esto es ridículo. —Soltó la bolsa de la compra en el suelo y una lata de tomate triturado rodó bajo la mesa—. Me voy a ver la televisión —dijo saliendo de la cocina hacia el salón.

Dio un portazo tan fuerte que Pip lo sintió rebotar en los huesos. De los padres de todos sus amigos, diría que el de Connor era al que más temía; o puede que al de Ant. Desde luego, el de Cara siempre había sido al que menos, y mira cómo resultó.

—Lo siento, Pip. —Joanna volvió a la mesa y recogió la lata solitaria—. Estoy segura de que terminará colaborando. En algún momento.

—¿Debería...? —comenzó Pip—. ¿Debería irme?

—No —dijo Joanna con firmeza—. Encontrar a Jamie es más importante que el enfado de mi marido.

—¿Estás...?

—Estoy segura —afirmó.

—De acuerdo. —Pip abrió la carpeta verde y sacó dos hojas—. Tenéis que firmar unas autorizaciones antes de empezar.

Le pasó a Connor su bolígrafo y Joanna buscó uno en los cajones de la encimera. Mientras leían los documentos, Pip encendió el ordenador, abrió Audacity, enchufó los micrófonos y les ajustó los filtros.

Cuando Connor firmó la autorización, los micrófonos cobraron vida y captaron el rasgado del boli, haciendo que la onda de sonido azul se separara de la línea central.

—Joanna, te voy a interrogar a ti primero, ¿de acuerdo?

—Claro. —Joanna le entregó la autorización firmada.

Pip le lanzó a Connor una sonrisa rápida. Él le respondió con un parpadeo despreocupado, sin entender la señal.

—Connor —dijo amablemente—, te tienes que ir. A los testigos hay que interrogarlos por separado para no influenciar el testimonio de nadie.

—Claro. Tiene sentido —dijo levantándose—. Estaré arriba intentando localizar a Jamie.

Cerró la puerta de la cocina al salir. Pip ajustó los micrófonos y colocó uno frente a Joanna.

—Voy a hacerte varias preguntas sobre el día de ayer —dijo Pip—, para intentar establecer una línea cronológica de lo que hizo Jamie. Pero también te haré algunas preguntas sobre las últimas semanas, por si hubiera información relevante. Tienes que responder con la mayor exactitud posible.

—Está bien.

—¿Estás lista?

Joanna exhaló y asintió. Pip se colocó los auriculares y se los aseguró sobre las orejas. Movió el cursor hacia el botón rojo de grabación.

La flecha se colocó sobre él.

Pip dudó.

Se preguntó si ya habría pasado el momento de no retorno, o si era precisamente en aquel instante, mientras sobrevolaba el botón rojo con el cursor. Fuera como fuese, dar marcha atrás ya no era posible. Al menos, para ella. Solo podía seguir hacia delante. Se puso recta y pulsó el botón.

Nombre del archivo:

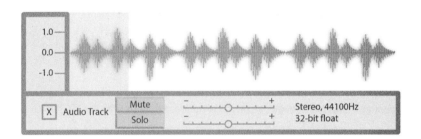 Asesinato para principiantes. TEMPORADA 2:
Entrevista con Joanna Reynolds.wav

Pip: Está bien. Antes de empezar con las preguntas, Joanna, ¿podrías presentaros brevemente a ti y a Jamie?

Joanna: **CLARO. SOY...**

Pip: Perdona, Joanna, no hace falta que hables pegada al micrófono. Recoge tu voz sin problema desde donde estás.

Joanna: Lo siento. Soy Joanna Reynolds, la madre de Jamie. Tengo tres hijos, Jamie es el mayor, el primero. Acaba de cumplir veinticuatro años, justo la semana pasada. Lo celebramos aquí, pedimos comida china y una tarta. Connor consiguió colocar las veinticuatro velas. Mi otra hija, Zoe, tiene veintiún años y está en la universidad. Connor es mi bebé, tiene dieciocho años y está en su último año de instituto. Disculpa, lo he hecho fatal, ¿empiezo otra vez?

Pip: No te preocupes, está perfecto. Es solo una entrevista, luego lo editaré y añadiré secciones mías entremedias explicando cosas, así que no te preocupes por la consistencia o por quedar educada ni nada por el estilo.

Joanna: Vale.

Pip: Hay algunas cosas de las que, evidentemente, ya sé la respuesta, pero tengo que preguntarlas igualmente para poder presentar

71

toda la información en el episodio. Como, por ejemplo, te voy a preguntar: ¿Jamie sigue viviendo en casa con vosotros?

Joanna: De acuerdo, ya lo entiendo. Sí. Jamie todavía vive aquí conmigo y con mi marido, Arthur, y mi hijo pequeño, Connor.

Pip: ¿Y ahora mismo tiene trabajo?

Joanna: Sí, ya sabes que trabaja con tu madre, Pip.

Pip: Ya lo sé, pero tienes que decir...

Joanna: Ay, perdóname, se me ha olvidado. Empiezo otra vez. Sí, Jamie está trabajando a media jornada como recepcionista en una agencia inmobiliaria del pueblo, Proctor y Radcliffe. Lleva ya casi tres meses allí. Tu madre fue muy amable ofreciéndole ese trabajo, Pip, le estoy muy agradecida. Desde que dejó la universidad en el primer curso, a Jamie le ha costado mucho encontrar empleo, o aguantar en los que conseguía. Ha estado un poco perdido estos últimos dos años, no sabe qué quiere ni qué se le da bien. Hemos intentado ayudarlo, pero es de esas personas que, cuanto más lo animas para hacer algo, más se aleja. Por eso Arthur se frustra tanto con él. Pero me alegro de que Jamie esté disfrutando de ese trabajo, al menos de momento.

Pip: ¿Y dirías que Jamie tiene problemas a la hora de comprometerse? ¿Por eso dejó la universidad?

Joanna: Sí. Creo que es parte del problema. Lo intentó, de verdad, pero no pudo soportar la presión y colapsó, sufrió un ataque de pánico durante un examen. Creo que hay personas que simplemente no están hechas para ese tipo de ambiente académico. Jamie... es un chico muy sensible... Ay, Dios. Ya lo conoces, Pip. A Arthur le preocupa que sea hipersensible, pero siempre ha sido así, desde que era pequeño. Un niño muy cariñoso, como decían el resto de las madres.

Pip: Sí, conmigo siempre ha sido muy amable, nunca fue el hermano mayor intimidante de Connor ni nada de eso. Y siempre le ha caído bien a todo el mundo. Hablando del tema, ¿quiénes son los mejores amigos de Jamie? ¿Tiene alguno en Little Kilton?

Joanna: Sigue hablando de vez en cuando con un chico de la universidad y creo que también tiene alguna amistad en internet. Siempre está enganchado al ordenador. Jamie nunca ha sido muy de tener amigos; suele tener una sola relación muy intensa y termina devastado si no sale bien. Ahora mismo, yo diría que su mejor amiga es Nat da Silva.

Pip: Sí, ya lo sé.

Joanna: Claro, es verdad. No queda mucha gente de su curso en Little Kilton, aparte de Naomi Ward y M-Max Hastings. Lo siento, no debería haberlo nombrado. Pero Nat y Jamie parece que tienen mucho en común. Ella también tuvo problemas en la universidad y la dejó antes de tiempo, también le está costando encontrar un trabajo que le guste de verdad porque tiene antecedentes penales. Creo que los dos se sienten como abandonados en el pueblo, y es muy agradable estar acompañado en esa situación. Todo lo que ocurrió el año pasado los unió. Nat era amiga de Sal, y Jamie, de Andie Bell; pasaba mucho tiempo con ella durante los ensayos de las obras de teatro del instituto. Jamie y Nat no se vieron involucrados en el crimen y creo que eso hizo que se unieran más. Se hicieron íntimos y hablan continuamente. Probablemente ella sea su única amiga de verdad ahora mismo. Aunque, si te soy sincera, creo que Jamie la ve de forma distinta a como ella lo ve a él.

Pip: ¿A qué te refieres?

Joanna: Pues... Ay, Dios, Jamie se va a enfadar muchísimo por lo que voy a decir. Pero ya he aceptado que no hay nada extraoficial, así que... Conozco muy bien a mi hijo y nunca se le ha dado bien ocultar sus sentimientos. Siempre me he dado cuenta, por la forma en la que habla de ella, por cómo es capaz de meter a Nat en absolutamente todas las conversaciones..., de que está enamorado de ella. Colgadísimo. Hablan casi todos los días por teléfono y no paran de enviarse mensajes. Pero, claro, las cosas cambiaron cuando Nat se echó novio hace un par de meses. Creo que Jamie nunca ha pronunciado su nombre, pero se quedó destrozado. Un día lo encontré llorando en su habitación. Me dijo que le dolía el estómago, pero yo sabía qué pasaba en realidad. No era la primera vez que lo veía así. Sabía que le habían roto el corazón, y que probablemente hubiera sido Nat.

Pip: ¿Cuánto hace de esto?

Joanna: Creo que fue a principios de marzo. Pasaron un par de semanas hablando mucho menos, creo. Pero ahora ya vuelven a ser amigos. De hecho, Jamie está continuamente con el móvil, mandando mensajes, y debe de ser a ella, porque siempre se aparta para que no podamos verlo. También lo escucho muchas noches, tarde, hablando por teléfono. Y, por el tono de su voz, sé que habla con Nat.

Pip: Vale, muchas gracias. Iré a hablar con ella lo antes posible. Connor me dijo que estaba preocupado por Jamie, porque esta vez lleva unas cuantas semanas comportándose de forma un tanto extraña. Distante e irascible. ¿Tú también te has dado cuenta?

Joanna: Sí. Hace un par de semanas que se comporta de una forma que no es propia de él. Se queda despierto hasta tarde, entra y sale constantemente, se le pegan las sábanas y casi llega tarde a trabajar. Se enfada mucho con su hermano cuando, por lo general, siempre se han llevado muy bien. Creo que, en parte, es por lo de Nat, pero también, como te he dicho antes, por sentirse abandonado y ver cómo toda la gente con la que fue al instituto y a la universidad comienzan sus carreras, empiezan a sentar cabeza con sus parejas, salen de casa de sus padres. Jamie está muy acomplejado. Me ha dicho en muchas ocasiones que siente que no vale para nada, que no es lo suficientemente bueno. También lo ha pasado mal por su peso en los últimos seis meses o así. Le dije que eso daba igual siempre y cuando estuviera sano y cómodo consigo mismo, pero... Bueno, ya sabes cómo funciona el mundo y cómo intentan avergonzar a cualquier persona de cierto tamaño. Creo que Jamie ha sido bastante infeliz las últimas semanas porque se compara con todo el mundo y siente que nunca los va a alcanzar. Pero yo sé que sí lo hará.

Pip: Lo siento, Joanna, no quiero preguntarte esto, pero... ¿lo ves capaz de hacerse daño a sí mismo?

Joanna: No. Desde luego que no. Jamie no me haría eso, ni a su familia. No se atrevería. No se trata de eso, Pip. Ha desaparecido. No está muerto. Y vamos a encontrarlo, esté donde esté.

Pip: Vale, lo siento. Vamos a seguir. Jamie desapareció ayer, viernes por la noche, pero ¿me puedes contar lo que hizo durante el día?

Joanna: Sí. Yo me desperté sobre las nueve. Los viernes no entro a trabajar hasta las once. Arthur ya se había ido —su trabajo no queda cerca de casa— y Connor ya había salido para el instituto. Pero Jamie estaba aún durmiendo. Lo avisé de que iba a llegar tarde y salió de casa a eso de las nueve y veinte; dijo que pillaría algo para desayunar en la cafetería de camino. Y me fui. Arthur salió antes del trabajo para llegar a tiempo al homenaje. Me mandó un mensaje sobre las cinco para decirme que ya estaba en casa. Poco después salí yo de trabajar y pasé por el supermercado, llegué a casa sobre las seis o seis y media. Me cambié rápido de ropa y los cuatro nos dirigimos al homenaje.

Pip: ¿Qué ropa llevaba Jamie aquella noche? No lo recuerdo.

Joanna: Unos vaqueros y su camisa favorita: una de color burdeos sin cuello. Como las que llevan en «Peaky Blinders», decía él siempre.

Pip: ¿Y qué zapatos?

Joanna: Unas deportivas blancas.

Pip: ¿De qué marca?

Joanna: Puma, creo.

Pip: ¿Condujiste tú hasta el homenaje?

Joanna: Sí.

Pip: ¿Y Jamie se comportó de forma extraña en algún momento durante el acto?

Joanna: No, la verdad es que no. Estaba muy callado, pero me imagino que estaría pensando en Andie y Sal. Todos estábamos muy callados. Creo que prácticamente no hablamos nada en el coche de camino. Y cuando llegamos al pabellón, sobre las siete, Connor se fue a buscaros. Y Jamie también se fue, dijo que había quedado con Nat. Y esa fue la última vez que lo vi.

Pip: Yo lo vi después. Encontró a Nat y estuvo con ella y con Naomi. Y luego vino a hablar un segundo con Connor. A mí me dio la impresión de que estaba bien, en ambas ocasiones. Y luego, durante el homenaje, antes de que hablara el padre de Ravi, Jamie pasó por detrás de mí, me empujó. Parecía distraído, incluso nervioso. No sé qué fue lo que vio como para cruzar a través de la multitud en mitad de la ceremonia. Pero tuvo que ser algo importante.

Joanna: ¿Cuándo fue eso?

Pip: Puede que sobre las ocho y diez.

Joanna: Entonces tú eres la última persona que lo vio.

Pip: Supongo que sí, de momento. ¿Sabes si tenía planes para después del homenaje?

Joanna: No, creo que pensaba irse a casa. Pero hoy Connor me ha dicho que Jamie había comentado que pretendía ir a ver a Nat o algo así.

Pip: Vale. Que me lo diga luego él. ¿Y qué hiciste tú después del homenaje?

Joanna: Arthur y yo fuimos a cenar al pub con unos amigos: los Lowe —los padres de Ant—, los Davis y los Morgan. Ya sabes, la señora Morgan y su marido. Lo habíamos planeado hacía mucho tiempo.

Pip: ¿Y a qué hora llegasteis a casa?

Joanna: Llegamos por separado. Como conducía yo, no bebí, pero alguno de nuestros amigos, que se suponía que no debían beber, dijeron que necesitaban un trago después del homenaje. Así que me ofrecí a dejar a los Lowe y a los Morgan en sus casas. Eso quería decir que nuestro coche iba lleno, así que a Arthur no le importó volver a casa andando, no está muy lejos.

Pip: ¿A qué hora te fuiste tú del pub? ¿Fuisteis al King's Head?

Joanna: Sí. Creo que nos marchamos todos antes de las once. Estábamos muy cansados y no nos parecía adecuado quedarnos hasta muy tarde pasándolo bien después del homenaje. Los Lowe viven en Prestwood, como ya sabes, pero los Morgan viven en Beaconsfield y, como dice Arthur, me enrollo como una persiana, así que no llegué a casa hasta las doce y cuarto, por lo menos. Connor y Arthur ya habían llegado, estaban en la cama. Pero Jamie no. Le envié un mensaje antes de irme a dormir. Te lo voy a leer: «Me voy a la cama, cielo; ¿tardarás mucho en llegar? Bss». Eso fue a las 00.36. Mira. Ni siquiera le llegó. No se ha enviado.

Pip: ¿Todavía no se ha enviado?

Joanna: No. Eso es malo, ¿verdad? Su teléfono sigue apagado y ya lo estaba antes de las 00.36... Algo, algo malo...

Pip: No te pongas en lo peor, por favor, Joanna. Vamos a dejarlo aquí.

Nombre del archivo:

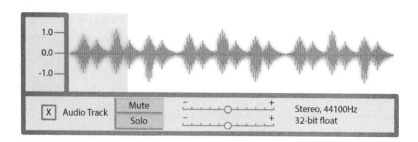 Asesinato para principiantes. TEMPORADA 2: Entrevista con Connor Reynolds.wav

Pip: Grabando. Vas a tener que dejar de morderte las uñas, el micrófono lo recoge todo.

Connor: Perdón.

Pip: Quiero centrarme en un comentario que hiciste antes: que Jamie lleva unas semanas comportándose de forma extraña. Distante e irascible. ¿Puedes decirme ejemplos y fechas concretas?

Connor: Sí, lo intentaré. En realidad lleva ocurriendo durante los últimos dos meses. El humor de Jamie se ha vuelto un poco errático. Estaba bien, era Jamie, normal, y, de pronto, a principios de marzo, empezó a estar muy triste y callado, no hablaba prácticamente con nadie. Estaba sombrío, como dice mamá.

Pip: Tu madre cree que a Jamie le afectó que Nat da Silva se echara novio porque estaban muy unidos. ¿Habría explicado eso el cambio de humor de Jamie?

Connor: Puede ser, sí. Además, es probable que encaje en el tiempo. Estuvo así un par de semanas y, de repente, volvió a estar bien otra vez, sonriente y haciendo bromas. Y se pasaba mucho tiempo enganchado al teléfono. Tenemos una norma: nada de móviles cuando vemos Netflix; si no, mamá se mete en Facebook y tenemos que andar dándole hacia atrás cada vez que se pierde algo. Pero me di cuenta de que Jamie no soltaba el suyo. Y no era solo para leer Reddit. Escribía, hablaba con alguien.

Pip: ¿Y durante este periodo estaba de buen humor?

Connor: Sí, totalmente. Estuvo de muy buen humor como una semana y media o así: parlanchín, sonriente. El Jamie de siempre. Y luego volvió a cambiar otra vez, de repente. Me acuerdo del día exacto, porque fuimos todos a ver la nueva película de *Tomb Raider*, el 30 de marzo. Antes de irnos, Jamie salió de su habitación y nos dijo que no venía. Por su voz, noté que estaba haciendo un esfuerzo por no llorar. Pero mi padre le dijo que tenía que venir porque ya había comprado las entradas. Empezaron a discutir un poco y al final terminó viniendo. Me senté a su lado y lo vi llorar durante la película. Pensaba que no nos enterábamos porque estaba oscuro.

Pip: ¿Sabes por qué estaba tan triste?

Connor: No tengo ni idea. Pasó así varios días. Se encerraba en su habitación nada más llegar de trabajar. Una noche le pregunté si estaba bien y me dijo: «Sí», sin más, aunque los dos sabíamos que no era verdad. Jamie y yo siempre nos lo hemos contado todo. Absolutamente todo. Hasta hace poco. No sé qué nos ha pasado.

Pip: ¿Y después de esos días?

Connor: Luego volvió otra vez a la normalidad, más o menos. Parecía contento. No del todo, pero sí más que antes. Y siempre con el teléfono. Quería que volviéramos a estar unidos como antes, a bromear como siempre habíamos hecho, así que un día, cuando estaba escribiendo algo en el móvil, hace unas semanas, pasé por delante de él, se lo quité de las manos y le pregunté con quién se estaba escribiendo. Era simplemente una broma, como siempre me hacía él a mí. Pero no se lo tomó bien. Explotó.

Me empujó contra la pared hasta que solté el teléfono. No pensaba mirar a quién estaba escribiendo, era solo una broma. Pero cuando me sujetó contra la pared de esa forma... No parecía mi hermano. Luego me pidió disculpas y dijo algo de su intimidad, pero fue... no sé, algo no iba bien. Y lo he escuchado quedarse hasta muy tarde hablando por teléfono. De hecho, prácticamente todas las noches de los últimos quince días o así. Y, la semana pasada, lo escuché un par de veces salir de su habitación cuando mamá y papá ya se habían acostado. No sé dónde va. Eso lo hizo la noche de su cumpleaños. Lo escuché salir antes de las doce. Esperé, atento. Volvió a eso de las dos y, cuando se lo mencioné a la mañana siguiente, me dijo que me lo habría imaginado. Y esta semana, el lunes, me desperté como a las tres de la mañana y estoy bastante seguro de que fue porque lo escuché entrar.

Pip: Entiendo.

Connor: Pero no es algo normal en Jamie. Tú lo conoces, Pip. Suele ser una persona muy fácil de tratar, muy relajado. Y ahora tiene muchos cambios de humor. Guarda secretos, se escapa de casa. Se enfada. Le pasa algo, lo sé. Mi madre te ha enseñado el mensaje, ¿no? Se lo mandó anoche a las doce y todavía no se ha enviado. Su teléfono está apagado desde antes. O roto.

Pip: ¿O sin batería?

Connor: No. Tenía la carga prácticamente entera. Lo sé porque, en el coche, le pregunté a Jamie qué hora era y me enseñó la pantalla. Tenía la batería al ochenta y ocho por ciento o algo así. Es un móvil bastante nuevo, no se le acaba la batería tan rápido. ¿Y por qué lo iba a apagar estando por ahí? No tiene sentido.

Pip: Que el mensaje no se haya enviado es digno de tener en cuenta, la verdad.

Connor: ¿Qué crees que puede ser?

Pip: No puedo hacer ninguna hipótesis hasta que no tenga más información.

Connor: Quiere decir que está metido en problemas, ¿a que sí? Lo que pasa es que no me lo quieres decir. Alguien le ha hecho daño. ¿O lo ha raptado?

Pip: Connor, todavía no lo sabemos. No descarto nada, pero no podemos llegar a conclusiones sin tener ninguna prueba, no se hace así. Vamos a pasar a lo que ocurrió ayer. ¿Puedes contarme qué hiciste durante el día y tus interacciones con Jamie? ¿Algo destacable?

Connor: Em.

Pip: ¿Qué?

Connor: Hay una cosa...

Pip: ¿Connor?

Connor: No se lo vas a decir a mi madre, ¿verdad?

Pip: ¿Recuerdas lo que me has pedido? Esto lo van a escuchar cientos de miles de personas. Tu madre también, así que, sea lo que sea, me lo tienes que contar a mí y luego a ella.

Connor: Mierda. Tienes razón. Es que... A ver. Jamie y mi madre se llevan muy bien. Desde siempre. Podría decirse que es un niño de mamá; conectan. Sin embargo, tiene una relación complicada con nuestro padre. Me ha dicho más de una vez que pensaba que papá lo odiaba, que lo decepciona constantemente. No hablan de nada, simplemente dejan que se acumulen las cosas hasta que terminan explotando en una discusión. Y, cuando se disipa la incomodidad, vuelven a la rutina y empieza de nuevo el círculo. Pues... ayer tuvieron una de esas discusiones.

Pip: ¿Cuándo?

Connor: A las cinco y media, más o menos. Mamá estaba en el

81

supermercado. Terminaron antes de que ella volviera, no se enteró de nada. Yo los escuché desde la escalera.

Pip: ¿Por qué discutían?

Connor: Por lo de siempre. Papá le dijo a Jamie que tenía que poner en orden sus ideas y enderezar su vida, que él y mamá no iban a estar ahí siempre para salvarlo. Jamie dijo que era lo que estaba intentando, que papá nunca se daba cuenta de eso porque daba por hecho que iba a fracasar hiciera lo que hiciese. No escuché toda la pelea, pero recuerdo que papá dijo algo como «No somos un banco, somos tus padres». No sé a qué venía eso, pero supongo que era porque papá cree que Jamie debería pagar alquiler por seguir viviendo aquí. Mamá piensa que es una ridiculez y se niega en redondo, pero papá está siempre con la cantinela de «¿Cómo va a aprender si no?». Lo último que se dijeron antes de que mamá volviera fue...

Pip: ¿Qué?

Connor: Papá dijo: «Estamos malgastando espacio contigo». Y Jamie le contestó: «Ya lo sé».

Pip: ¿Por eso ibais todos tan callados de camino al homenaje? Tu madre se dio cuenta.

Connor: Sí. Dios, se va a enfadar muchísimo cuando se entere.

Pip: Tienes que decírselo esta noche, cuando me vaya.

Connor: Sí, supongo.

Pip: Bueno, volviendo a ayer. Llegasteis al homenaje, tú te reuniste con tus amigos y Jamie se fue a buscar a Nat. Pero se acercó a ti en un momento dado. Cuando Zach y yo estábamos hablando de mis nuevos vecinos, Jamie te dijo algo.

Connor: Sí.

Pip: ¿Qué te dijo?

Connor: Me pidió disculpas. Dijo que sentía la discusión que había tenido con papá; sabe que odio sus peleas. Y luego me dijo que, después del homenaje, iba a ir a casa de Nat, que pasaría un rato con ella. Creo que pensó que era lo más apropiado, estar con alguien que conociera a Sal y Andie. Pero dijo que dormiría en casa. Y, justo antes de marcharse, lo último que me dijo fue: «Nos vemos luego». No creo que me mintiera tan descaradamente si sabía que no iba a volver. Pero mamá y yo hemos llamado a Nat esta mañana y nos ha dicho que no vio a Jamie después del homenaje. No sabe dónde está.

Pip: ¿Y dónde fuiste después tú?

Connor: A Zach y a mí no nos apetecía ir a la fiesta *destroyer* con Ant y Lauren, porque, total, ellos pasan de todo el mundo; así que nos fuimos a la casa nueva de Zach y... jugamos al *Fortnite*. Así que supongo que ahora todo el mundo sabe eso también. Y luego Zach me trajo a casa.

Pip: ¿A qué hora?

Connor: Salimos de allí poco después de las once y media, así que me imagino que llegaría a la mía a eso de las doce. Estaba muy cansado, me fui directo a la cama, ni siquiera me lavé los dientes. Y Jamie no llegó. Estaba dormido, me fui a la cama sin pensar en él. Es increíble cómo damos las cosas por hecho. Qué idiota. Pensé que volvería. Tenía que volver a casa. Y ahora está...

Ocho

—¿Fotos?

—Sí, fotos suyas recientes —dijo Pip, mirándolos a los dos con el sonido del reloj de la cocina contando los segundos de silencio. Los tics parecían ir tan despacio que tenía la sensación de que ella se movía más rápido que el tiempo. Era una sensación que llevaba tiempo sin tener, y la había echado de menos—. Supongo que no tendréis ninguna foto suya en el homenaje, de la ropa que llevaba, ¿no?

—No —dijo Joanna desbloqueando su teléfono y buscando en la galería—. Pero sí que le hice muchas en su cumpleaños, el jueves.

—¿Hay alguna en la que se le vea bien la cara?

—Toma, echa un vistazo. —Joanna le pasó el móvil—. Hay muchas, desliza hacia la izquierda.

Connor acercó su silla a la de Pip para poder mirar la pantalla. En la primera foto estaba Jamie solo, al otro lado de esa misma mesa. Tenía el pelo rubio oscuro peinado hacia un lado y estaba sonriendo. Era una sonrisa tan grande que le llegaba hasta las mejillas sonrosadas; y la barbilla le brillaba amarillenta por la luz de las velas sobre la tarta de cumpleaños. En la siguiente estaba inclinado sobre la tarta, con las mejillas hinchadas al soplar y las llamas alejándose de él. Pip deslizó a la siguiente. Ahora Jamie estaba mirando la tarta, tenía un cuchillo gris en la mano con una goma roja entre el mango y el filo. Estaba clavando la punta del cuchillo en la tarta, rompiendo la capa exterior de chocolate. En la siguiente foto, ya había un trozo de tarta cortado y Jamie miraba a cámara sonriente. Después, la tarta ya había desaparecido y Jamie sujetaba un regalo del que ya había arrancado la mitad del papel plateado.

—Ah, sí. —Connor se rio—. La cara de Jamie cuando vio que papá le había regalado una Fitbit por su cumpleaños.

Era verdad; la sonrisa de Jamie parecía más tensa. Pip volvió a deslizar a la izquierda, pero esta vez apareció un vídeo que empezó a reproducirse cuando le dio un golpecito con el pulgar. En el encuadre aparecían los dos hermanos juntos. Jamie le pasaba un brazo por encima de los hombros a Connor. La cámara se balanceaba suavemente y se oía una respiración tras ella.

—Sonreíd, chicos —decía Joanna a través del teléfono.

—Eso hacemos —masculló Jamie intentando no estropear su sonrisa de foto.

—¿Qué le pasa a esto? —preguntó la voz de Joanna.

—No puede ser verdad —dijo Connor—. La ha vuelto a poner otra vez en vídeo sin querer. ¿A que sí?

—Joder, mamá. —Jamie se rio—. ¿Otra vez?

—Que no —insistió la voz de Joanna—. No he pulsado ahí, es el cacharro este.

—Siempre es culpa del teléfono.

Jamie y Connor se miraron y empezaron a reírse mientras Joanna seguía insistiendo en que no había pulsado el botón de vídeo. Se oyó la voz de Arthur: «Déjame ver, Jo». Luego Jamie apretó el brazo alrededor del cuello de Connor, llevándose la cabeza de su hermano pequeño hasta el pecho y despeinándolo con la otra mano. Connor protestaba entre risas. Y ahí se terminó el vídeo.

—Lo siento —dijo Pip al darse cuenta de que Connor se había puesto tenso y de que Joanna tenía los ojos tan llenos de lágrimas que estaba mirando al suelo—. ¿Me puedes enviar todo esto al email, Connor? Y cualquier otra foto reciente que tengas.

Connor tosió.

—Sí, claro.

—Genial. —Pip se levantó y guardó el ordenador y los auriculares en la mochila.

—¿Ya te vas? —preguntó Connor.

—Una última cosa antes —dijo—. Tengo que registrar la habitación de Jamie. ¿Os parece bien?

—Sí. Sí, por supuesto —dijo Joanna poniéndose de pie—. ¿Podemos acompañarte?

—Claro —dijo Pip esperando a que Connor abriera la puerta y la guiara a la planta de arriba—. ¿Vosotros habéis buscado pruebas ya?

—No —dijo Joanna siguiéndolos por la escalera. Sonó la tos de Arthur en el salón y se puso tensa—. Entré antes, cuando me di cuenta de que no estaba. Eché un vistazo rápido para ver si había dormido aquí y se había marchado temprano. Pero no. Las cortinas estaban todavía abiertas. Jamie no es de la clase de personas que abren las cortinas por las mañanas o hacen la cama. —Se pararon frente a la puerta de la oscura habitación de Jamie, que estaba un poco entreabierta—. Es algo desordenado —dijo—. Estará hecha un desastre.

—No pasa nada —dijo Pip al mismo tiempo que le hacía a Connor un gesto para que entrara.

Él empujó la puerta y aparecieron un montón de siluetas oscuras, hasta que Connor encendió la luz y estas se convirtieron en una cama deshecha, un escritorio abarrotado de cosas bajo la ventana y un armario abierto vomitando ropa por el suelo que se amontonaba en forma de pequeñas islas sobre la moqueta azul.

Desordenado era poco.

—¿Puedo...?

—Sí. Haz lo que tengas que hacer. ¿No, mamá? —preguntó Connor.

—Sí, sí —dijo Joanna en voz baja mirando el lugar en el que solía perderse su hijo.

Pip zigzagueó hasta el escritorio, esquivando las pequeñas montañas de camisetas y calzoncillos. Pasó un dedo por la tapa del ordenador cerrado en medio de la mesa, por la pegatina de Iron Man que empezaba a despegarse por los bordes. Con cuidado, lo abrió y pulsó el botón de encender.

—¿Sabéis cuál es la contraseña de Jamie? —preguntó cuando la máquina cobró vida y apareció la pantalla azul de inicio de sesión de Windows.

Connor se encogió de hombros y Joanna negó con la cabeza.

Pip se inclinó y tecleó «contraseña1» en el recuadro blanco.

«Contraseña incorrecta.»

«12345678.»

«Contraseña incorrecta.»

—¿Cómo se llamaba vuestro primer gato? —preguntó Pip—. El atigrado.

—*PeterPan* —dijo Connor—. En una sola palabra.

Pip la tecleó. «Contraseña incorrecta.»

Ya había introducido mal tres contraseñas y apareció debajo la pista, en la que Jamie había escrito: «Deja mi ordenador, Con».

Connor resopló al leerla.

—Tenemos que entrar como sea —dijo Pip—. Ahora mismo, este es nuestro enlace más fuerte con Jamie y con lo que ha estado haciendo.

—¿Mi nombre de soltera? —dijo Joanna—. Prueba Murphy.

«Contraseña incorrecta.»

—¿Su equipo de fútbol favorito? —sugirió Pip.

—Liverpool.

«Incorrecta.» Ni siquiera con números en el lugar de algunas vocales, ni poniendo uno o dos al final.

—¿Puedes seguir intentándolo? —preguntó Joanna—. ¿No se bloqueará?

—No. En Windows no hay límite de errores. Pero averiguar la contraseña exacta con los números y las mayúsculas colocados correctamente va a ser complicado.

—¿Y no podemos entrar de alguna otra forma? —dijo Connor—. ¿Restableciendo el ordenador o algo así?

—Si lo formateamos se pierden todos los archivos. Y, lo más importante, las *cookies* y las contraseñas guardadas en el navegador, sobre todo las del email y las de las redes sociales. Ahí es donde tenemos que conseguir entrar. Por casualidad no sabréis cuál es la contraseña del email vinculado a la cuenta Windows de Jamie, ¿verdad?

—No, lo siento. —A Joanna se le quebró la voz—. Debería saber este tipo de cosas. ¿Por qué no las sé? Me necesita y no puedo ayudarlo.

—Tranquila. —Pip se giró hacia ella—. Seguiremos intentándolo hasta que lo logremos. Si no, puedo intentar contactar con un informático que puede que consiga entrar.

Joanna se encogió de nuevo, agarrándose los hombros.

—Joanna —dijo Pip levantándose—, ¿por qué no sigues probando contraseñas mientras yo continúo buscando? Intenta acordarte de los lugares favoritos de Jamie, sus comidas preferidas, algún viaje que hayáis hecho juntos. Ese tipo de cosas. Y prueba diferentes variaciones de cada una: minúsculas, mayúsculas, sustituyendo letras por números, poniendo uno o dos al final, etcétera.

—De acuerdo. —Parecía que se le había alegrado un poco la cara al tener algo que hacer.

Pip continuó y empezó a rebuscar en los cajones del escritorio. Uno solo tenía bolígrafos y una barra de pegamento muy seca. El otro, un paquete de folios A4 y una carpeta desgastada con una etiqueta que decía: «Trabajos de la universidad».

—¿Encuentras algo? —preguntó Connor.

Ella negó con la cabeza y se arrodilló en el suelo para alcanzar la papelera debajo del escritorio, inclinándose sobre las piernas de Joanna para agarrarla y poder sacarla.

—Ayúdame con esto —le dijo a Connor sacando uno a uno los objetos de la papelera.

Un bote vacío de desodorante. Un ticket de compra arrugado. Pip lo estiró y vio que era del supermercado que había un poco más arriba: un sándwich de pollo con mayonesa del martes 24 a las 14.23. Debajo, una bolsa vacía de patatas sabor pepinillo y cebolla. Pegado a la grasa, por fuera de la bolsa, había un trozo de papel rayado. Pip lo despegó y lo abrió. Escrito con boli azul: «Hillary F Weiseman izquierda 11».

Se lo enseñó a Connor.

—¿Es la letra de Jamie? —Connor asintió—. Hillary Weiseman —dijo Pip—. ¿La conocéis?

—No —dijeron los dos al mismo tiempo.

—Nunca he oído hablar de ella —añadió Joanna.

—Pues Jamie debe de saber quién es. Parece que esta nota es bastante reciente.

—Sí —dijo Joanna—. Viene una chica a limpiar cada quince días. Le toca este miércoles, así que todo lo que hay en la papelera es de los últimos diez días.

—Vamos a buscar a esta tal Hillary, puede que sepa algo de Jamie.

Pip sacó su teléfono. En la pantalla apareció un mensaje de Cara:

¿Lista para *Stranger Things*?

Mierda. Pip le respondió rápidamente:

Lo siento, esta noche no puedo. Estoy en
casa de Connor. Jamie ha desaparecido.
Mañana te cuento. Bss.

Pulsó enviar e intentó ignorar la culpa. Abrió el navegador y fue a 192.com para buscar en el censo. Escribió Hillary Weiseman y Little Kilton y le dio a buscar.

—Bingo —dijo cuando apareció el resultado—. Hay una Hillary F. Weiseman que vive en Little Kilton. Ha estado en el censo desde... oh... 1974 hasta 2006. Un momento. —Pip abrió otra pestaña, introdujo el nombre en Google junto con «Little Kilton» y. «esquela». El primer resultado, del *Kilton Mail*, le proporcionó la respuesta—. Esa no puede ser la Hillary que estamos buscando. Murió en 2006 con ochenta y cuatro años. Tiene que ser otra. Luego investigaré más.

Pip estiró el trozo papel y le hizo una foto con el teléfono.

—¿Crees que es una prueba?

—Todo es una prueba hasta que lo desechemos —respondió.

Solo quedaba una cosa en la papelera: una bolsa de papel marrón vacía, hecha una bola.

—Connor, sin mover demasiado nada, ¿podrías buscar en los bolsillos de la ropa de Jamie?

—¿Qué busco?

—Lo que sea.

Pip fue hasta el otro lado de la habitación. Se detuvo y

miró la cama, cubierta con un edredón azul, y sin querer le dio un golpe a algo con el pie. Era una taza con el fondo cubierto de azúcar y posos de té resecos. Pero todavía no había moho. El asa se había roto y estaba a unos centímetros de distancia. Pip se lo enseñó a Joanna.

—No es un poco desordenado —dijo Joanna con un tono cariñoso—. Es muy desordenado.

Pip metió el asa dentro de la taza y la colocó sobre la mesita de noche, de donde muy probablemente se habría caído.

—Solo hay pañuelos de papel y monedas —la informó Connor.

—Aquí no hay suerte —dijo Joanna tecleando en el ordenador y pulsando la tecla de intro cada vez más fuerte.

En la mesita de noche, además de la taza rota, había una lámpara, un ejemplar desgastado de *Apocalipsis* de Stephen King y el cable de un cargador de iPhone. La mesita tenía un cajón justo encima de las cuatro patas, y Pip supo que Jamie guardaría ahí sus cosas más íntimas. Se dio la vuelta para que Connor y Joanna no vieran lo que estaba haciendo, por si acaso, y abrió el cajón. Se sorprendió cuando vio que no había preservativos, ni nada de ese tipo. El pasaporte de Jamie, unos auriculares blancos enredados, un bote de multivitaminas con «extra de hierro», un marcapáginas con forma de jirafa y un reloj. A Pip le llamó inmediatamente la atención esto último por un motivo: no podía ser de Jamie.

La correa de cuero era de color rosa pálido y la esfera de oro, rosa brillante, con un brazalete de flores metálicas por el lado izquierdo. Pip pasó los dedos por encima y notó cómo se le clavaban en la piel los pétalos.

—¿Qué es eso? —preguntó Connor.

—Un reloj «de chica». —Se dio la vuelta—. ¿Es tuyo, Joanna? ¿O de Zoe?

Joanna se acercó para examinar el reloj.

—No, no es nuestro. Nunca lo había visto. ¿Crees que Jamie lo compró para alguien?

Pip se dio cuenta de que Joanna estaba pensando en Nat, pero no existía un reloj que le pegara menos a Nat da Silva.

—No —dijo Pip—. No es nuevo. Fíjate, tiene arañazos en la esfera.

—Entonces ¿de quién es? ¿De esa tal Hillary? —preguntó Connor.

—No lo sé —dijo Pip colocando con cuidado el reloj de nuevo en el cajón—. Podría ser importante o podría no ser nada. Tendremos que averiguarlo. Creo que de momento hemos acabado.

Se levantó.

—Vale. ¿Qué hacemos ahora? —dijo Connor mirándola fijamente.

—Esto es todo lo que podemos hacer aquí esta noche —respondió Pip apartando la mirada para no ver la creciente decepción en la cara de Connor. ¿De verdad pensaba que iba a resolver el caso en unas cuantas horas?—. Tenéis que seguir intentando averiguar la contraseña. Anotad todas las opciones que probéis. Intentadlo con motes que pueda tener Jamie, libros favoritos, películas, lugar de nacimiento, cualquier cosa que se os ocurra. Yo buscaré alguna lista de contraseñas típicas y combinaciones, y mañana os la daré para que podamos ir descartando.

—De acuerdo —dijo Joanna—. No descansaré.

—Y sigue pendiente del teléfono —añadió Pip—. Si el mensaje termina llegándole, quiero que me lo digas enseguida.

—¿Qué vas a hacer tú? —preguntó Connor.

—Voy a escribir toda la información que tengo hasta ahora, editaré y grabaré, y haré un borrador para el anuncio en la página web. Mañana por la mañana todo el mundo se enterará de que Jamie Reynolds ha desaparecido.

Le dieron los dos un abrazo rápido e incómodo en la puerta y Pip se adentró en la noche. Miró hacia atrás mientras se alejaba. Joanna ya se había ido a seguir intentando entrar en el ordenador de Jamie, estaba claro. Pero Connor seguía allí, mirando cómo se marchaba, como aquel niño pequeño y asustado al que había conocido Pip.

Nombre del archivo:

 Trozo de papel de la papelera de Jamie.jpg.

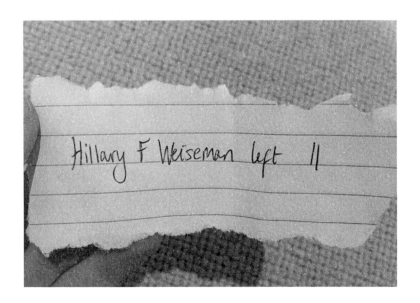

Nombre del archivo:

 Asesinato para principiantes. TEMPORADA 2
EPISODIO 1: Introducción.wav

Pip: Hice una promesa. A mí misma. A todos. Dije que no volvería a hacer esto nunca más, que no volvería a jugar a los detectives, que no me perdería en el mundo de los secretos de un pequeño pueblo. No era yo. Dejé de ser yo. Y habría cumplido esa promesa. Lo sé, estoy segura. Pero ha ocurrido algo y me veo en la obligación de romperla.

Alguien ha desaparecido. Alguien a quien conozco. Jamie Reynolds, de Little Kilton. Es el hermano mayor de uno de mis mejores amigos, Connor. Mientras grabo estas palabras, el sábado 28 a las 23.27, Jamie lleva más de veinticuatro horas desaparecido. Y nadie está haciendo nada. La policía ha clasificado el caso como de bajo riesgo y no pueden invertir recursos en buscarlo. Piensan que se ha ausentado, sin más, no que haya desaparecido. Y, de verdad, ojalá tengan razón. Ojalá no sea nada, ojalá no haya caso. Espero que Jamie simplemente esté con algún amigo y que se esté negando a escribir a su familia o a devolverles las llamadas. Espero que se encuentre bien... Que vuelva a casa en un par de días preguntándose a qué viene tanto alboroto. Pero aquí no hay cabida para la esperanza. Y si nadie va a buscarlo, tendré que hacerlo yo.

Así que: bienvenidos a la segunda temporada de «Asesinato para principiantes»: *La desaparición de Jamie Reynolds*.

DOMINGO

2 DÍAS DESAPARECIDO

Nombre del archivo:

 Notas del caso 1.docx

Ideas iniciales

— El comportamiento de Jamie en las últimas semanas parece importante: cambios de humor, salir de casa tarde dos veces... Pero ¿por qué? ¿Tendrá todo esto que ver con lo que hacía todo el día pegado al teléfono?

— No creo que sea apropiado grabar esto para el pódcast, pero ¿es sospechoso que Arthur Reynolds no quiera participar en la investigación? ¿O es comprensible teniendo en cuenta el historial de desapariciones sin avisar que tiene Jamie? Tienen una relación tensa y discutieron justo antes del homenaje. Esto podría ser simplemente un patrón de comportamiento que se repite: discusión con papá —> escapar sin contactar con nadie en varios días.

— Pero Connor y Joanna están convencidos de que Jamie NO ha huido. Tampoco creen que pudiera intentar autolesionarse, pese a los cambios de humor.

— El mensaje que Joanna envió a Jamie a las 00.36 y que nunca le llegó es una prueba clave. Significa que el teléfono de Jamie está apagado desde, al menos, esa hora, y no lo han vuelto a encender. Esto plantea serias dudas sobre la teoría de la huida: Jamie necesitaría usar el móvil si quisiera contactar con algún amigo con el que quedarse o pagar en cualquier tienda. Por eso, si le ha ocurrido algo, si le han hecho daño de algún modo, debió de suceder alrededor de las 00.36.

— Movimientos de la familia Reynolds tras el homenaje:

— Arthur se fue a casa solo, andando, desde el pub. Llegó alrededor de las 23.25 (mi estimación).

— Joanna fue a casa en coche. Llegó a las 00.15, como pronto.

— A Connor lo llevó Zach Chen a casa aproximadamente a las 00.00.

Lista de tareas

- Anunciar la segunda temporada en la página web y redes sociales

- Imprimir carteles de «Se busca»

- Publicar un aviso en el *Kilton Mail* de mañana

- Entrevistar a Nat da Silva

- Investigar a Hillary F. Weiseman

- Grabar la descripción del registro de la habitación de Jamie

- Tener **La conversación** con papá y mamá

Nombre del archivo:

 Cartel de se busca.docx

SE BUSCA

(A la espera de que Connor
me dé una foto)

JAMIE REYNOLDS

Edad: 24. Altura: 1,75. Peso: 82 kilos
Pelo rubio oscuro corto, ojos azules.

Lleva una camisa burdeos sin cuello,
pantalón vaquero y deportivas Puma blancas.

Se lo vio por última vez el **viernes 27 de abril** a las **20.00 h**,
aproximadamente, en el homenaje, en el **parque de Little Kilton**.

LLAMAMIENTO URGENTE: Si has visto a Jamie
después del homenaje o tienes cualquier información
sobre su paradero, por favor, llama al **007700900382**
o escribe un correo electrónico a **APPpodcast@gmail.com**

Por favor, enviad todas las fotos o vídeos realizados durante el
homenaje al correo electrónico indicado arriba para colaborar en la
investigación.

Nueve

Pip esperó en High Street bajo la pálida luz amarillenta del sol. Los pájaros revoloteaban en el cielo matutino; incluso los coches parecían estar medio dormidos cuando los neumáticos chirriaban contra el asfalto. No había ninguna urgencia aquella mañana. Nada. Ni un indicio de algo alarmante o fuera de lo común. Todo estaba demasiado silencioso, demasiado apagado; hasta que Ravi apareció por la esquina de Gravelly Way. La saludó y fue trotando hacia ella.

La abrazó y le aplastó la nariz contra su barbilla. Siempre tenía el cuello cálido, incluso cuando parecía raro que lo estuviese.

—Estás pálida —dijo Ravi echándose hacia atrás—. ¿Has dormido algo?

—Un poco —dijo ella. Y, aunque debería estar cansada, no se sentía así en absoluto. De hecho, se encontraba bien por primera vez en meses, como si por fin fuera ella misma. Había vuelto ese martilleo en la cabeza que tanto había echado de menos. ¿Qué le pasaba? Tenía el estómago tenso—. Pero cada minuto que pasa hace que disminuyan las probabilidades de encontrar a Jamie. Las primeras setenta y dos horas son cruciales...

—Oye, escúchame. —Ravi le levantó la barbilla para que lo mirara—. Tienes que cuidarte. No podrás pensar bien si no duermes lo suficiente, y así no le haces ningún bien a Jamie. ¿Has desayunado?

—Un café.

—¿Y algo sólido?

—No. —No tenía sentido mentirle, siempre se enteraba.

—No sé por qué me lo suponía —dijo sacándose algo del bolsillo. Una barrita de cereales que le colocó sobre la mano—. Cómetelo, por favor, señorita. Ya.

Pip lo miró rendida y abrió el envoltorio.

—El desayuno de los campeones —dijo Ravi—. Calentado con cariño en mi trasero.

—Mmm, delicioso —dijo Pip dando un mordisco.

—¿Cuál es el plan?

—Connor no tardará en llegar —dijo con la boca llena—. Y Cara. Vosotros tres os iréis a pegar los carteles y yo, a la oficina del *Kilton Mail*. Con suerte pillaré a alguien.

—¿Cuántos carteles has impreso? —preguntó Ravi.

—Doscientos cincuenta. He tardado una eternidad. Y papá se va a cabrear cuando descubra que he gastado toda la tinta.

Ravi suspiró.

—Podría haberte ayudado. No tienes por qué hacerlo todo tú sola, acuérdate. Somos un equipo.

—Ya lo sé. Y confío plenamente en ti, menos para redactar los carteles. Recuerda aquel email que enviaste a un despacho de abogados en el que escribiste: «Reciban un cordial salido» en lugar de «saludo».

Él sonrió sin poder evitarlo.

—Bueno, para eso tengo una novia.

—¿Para revisarte los textos?

—Sí. Exclusivamente para eso.

Connor llegó cinco minutos después a pasos acelerados y con las mejillas más rojas de lo habitual.

—Lo siento —dijo—. Estaba ayudando a mi madre a llamar de nuevo a los hospitales. Nada... Hola, Ravi.

—Hola —lo saludó este colocándole la mano sobre el hombro durante unos segundos mientras se miraban en silencio—. Lo encontraremos —añadió señalando a Pip con la cabeza—. Esta es muy testaruda.

Connor intentó forzar una sonrisa.

—Toma, esto es para vosotros. —Pip sacó la pila de carteles, los dividió por la mitad y le dio un taco a cada uno—. Los que van en fundas de plástico son para los escaparates de las tiendas y exteriores. Los que no la llevan, son para colgar en interiores. Tenéis que colocarlos por toda High Street y las carreteras que pasan por el parque. Y en tu barrio, Connor. ¿Has traído la grapadora?

—Sí, he traído dos. Y un poco de cinta adhesiva —dijo.

—Genial. Pues vamos.

Asintió y los dejó allí mientras se colocaba el teléfono en la oreja. Habían pasado treinta y siete horas en un abrir y cerrar de ojos. El tiempo avanzaba muy rápido y Pip aceleró el paso para alcanzarlo.

Había alguien allí; una figura y el sonido de unas llaves esperaban fuera de la oficina del *Kilton Mail*. Pip la reconoció, era una de las voluntarias del periódico del pueblo.

La mujer no se dio cuenta de que la estaban mirando mientras probaba diferentes llaves para abrir la puerta.

—Hola —dijo Pip en voz alta, y la mujer se sobresaltó, tal como ella había previsto.

—Ay. —El grito de la mujer se convirtió en una risa nerviosa—. Ah, eres tú. ¿Necesitas algo?

—¿Está Stanley Forbes? —preguntó Pip.

—Debería. —Por fin encontró la llave correcta y la introdujo en la cerradura—. Tenemos que escribir la reseña del homenaje antes de mandarla a imprenta, así que me ha pedido que viniera a ayudar. —Abrió la puerta—. Adelante —dijo, y Pip entró a la pequeña recepción.

—Soy Pip —dijo siguiendo a la mujer conforme pasaban frente a un par de sofás viejos y se dirigían a la redacción.

—Ya sé quién eres —dijo la mujer estirándose la chaqueta. Y, a continuación, con un tono menos frío—: Yo soy Mary. Mary Scythe.

—Encantada de volver a conocerte —dijo, aunque no era del todo cierto.

Supuso que Mary era una de aquellas personas que acusaron a Pip de «todos esos problemas» del año pasado en su agradable y pintoresco pueblecito.

Mary empujó la puerta y apareció una pequeña sala cuadrada con cuatro escritorios y sus correspondientes ordenadores apoyados contra las paredes. Tan estrecha y claustrofóbica como Pip la recordaba. Es lo que tiene ser un periódico diminuto de pueblo financiado casi exclusivamente por donaciones de la familia que vive en la mansión de Beechwood Bottom.

Stanley Forbes estaba sentado al escritorio de la pared de enfrente, dándoles la espalda, con el pelo enmarañado por las zonas por las que, probablemente, se había estado pasando los dedos. No les prestó atención, estaba demasiado concentrado en lo que había en la pantalla de su ordenador, que, a juzgar por los colores blanco y azul oscuro que se reflejaban en sus gafas, era Facebook.

—Hola, Stanley —dijo suavemente Pip.

No se dio la vuelta. De hecho, no se movió en absoluto, seguía deslizando la página de su ordenador. No la había oído.

—¿Stanley? —Lo volvió a intentar. Nada, ni un movimiento. No llevaba auriculares, ¿verdad? Pip no veía nada.

—Siempre hace lo mismo —resopló Mary—. Tiene el

oído más selectivo que he visto en mi vida. Es capaz de apagar el mundo entero. ¡Oye, Stan! —gritó esto último y, por fin, el hombre levantó la mirada y giró la silla para mirarlas.

—Disculpad, ¿me estabais hablando? —dijo alternando la mirada entre Mary y Pip.

—No hay nadie más aquí —dijo la mujer irritada, dejando su bolso en el escritorio más alejado de Stanley.

—Hola —repitió Pip acercándose a él, cruzando la habitación en tan solo cuatro pasos largos.

—Hola —dijo Stanley levantándose.

Sacó una mano, aparentemente para estrechar la suya, pero cambió de opinión y la retiró. Luego volvió a cambiar de idea con una risa nerviosa y volvió a extender la mano. Probablemente no supiera cuál era la forma más apropiada de saludarla, teniendo en cuenta su tenso historial y que ella tenía dieciocho años y él rozaba el final de la veintena.

Pip le dio un apretón de manos para que parara.

—Lo siento —dijo Stanley volviendo a retirar la mano.

No solo se disculpó con los Singh; Pip también recibió una carta suya hacía unos meses. En ella, le pedía perdón por la forma en la que le había hablado, y por dejar que Becca Bell cogiera el número de teléfono de Pip de su móvil para poder amenazarla. Cuando ocurrió, él no sabía que lo había hecho, pero se disculpó igualmente.

—¿En qué puedo...? —comenzó Stanley—. ¿Qué quie...?

—Sé que probablemente la reseña del homenaje ocupe prácticamente todo el periódico de mañana, pero ¿podrías hacer un hueco para esto?

Pip soltó la mochila para poder sacar los carteles que habían sobrado. Se los dio y observó a Stanley leerlos mientras se mordía el interior de las mejillas.

—¿Se busca? ¿Ha...? —Volvió a mirar los carteles—. Jamie Reynolds.

—¿Lo conoces?

—Creo que no —dijo—. Me suena su cara. ¿Es de Kilton?

—Sí. Su familia vive en Cedar Way. Jamie fue al instituto Kilton, con Andie y Sal.

—¿Cuánto lleva desaparecido? —preguntó.

—Ahí lo pone. —La voz de Pip rozaba la impaciencia. La silla de Mary crujió cuando se inclinó un poco para escuchar mejor—. Se lo vio por última vez aproximadamente a las ocho de la tarde, en el homenaje. Tengo que recopilar más información. Te vi hacer fotos, ¿me las puedes enviar?

—Sí, claro. ¿La policía está al tanto? —preguntó Stanley.

—Se ha rellenado un informe de persona desaparecida —respondió ella—. Pero la respuesta policial ahora mismo es inexistente. Estoy sola. Por eso necesito tu ayuda.

Sonrió fingiendo que no le importaba pedírsela.

—¿No ha aparecido desde el homenaje? —Stanley pensó en voz alta—. Es solo un día y medio, ¿no?

—Treinta y siete horas y media —dijo ella.

—No es mucho tiempo. —Bajó el cartel.

—Si ha desaparecido, ha desaparecido —replicó Pip—. Y las primeras setenta y dos horas son cruciales, sobre todo si sospechas que ha habido juego sucio.

—¿Eso crees?

—Sí —dijo ella—. Y su familia también. Bueno, ¿me vas a ayudar? ¿Puedes publicar el aviso mañana?

Stanley miró durante un instante hacia arriba mientras se lo pensaba.

—Imagino que puedo pasar el artículo sobre los baches a la semana que viene.

—¿Eso es un sí? —preguntó ella.

—Sí. Me aseguraré de que se publique —asintió, dándole golpecitos al cartel—. Aunque estoy seguro de que no será nada.

—Gracias, Stanley. —Volvió a poner su sonrisa educada—. Te lo agradezco, de verdad.

Se dio la vuelta dispuesta a marcharse, pero la voz de Stanley la detuvo antes de que llegara a la puerta.

—Eres la chica de los misterios, ¿eh?

Diez

El sonido del timbre era muy estridente y penetraba en los oídos como un grito. Pip retiró el dedo, devolviendo el silencio a la casa de ladrillos blancos. Esperaba que fuera la correcta, era la que le habían indicado: el número treinta de Bacon Close, la casa de la puerta de color rojo oscuro.

Había un BMW blanco impoluto en la entrada que cegaba a Pip con el reflejo del sol de la mañana.

Estaba a punto de volver a llamar al timbre cuando escuchó que se descorría el cerrojo. La puerta se abrió hacia dentro y apareció un hombre entornando los ojos a causa de la luz del exterior. Debía de ser el nuevo novio. Llevaba una sudadera blanca —con el símbolo de Adidas en las mangas— y unos pantalones cortos de baloncesto oscuros.

—¿Sí? —dijo bruscamente con voz de no llevar demasiado tiempo despierto.

—Hola —dijo Pip alegre. El hombre tenía un tatuaje en el cuello con formas simétricas que se repetían y parecían unas escaleras. Una bandada de pájaros surgía de aquella forma y volaba hasta un lado de la cara, introduciéndose en el pelo prácticamente rapado. Pip volvió a mirarlo a los ojos—. ¿Está Nat da Silva? He ido a casa de sus padres y su madre me ha dicho que seguramente estuviera aquí.

—Sí, está aquí. —Sorbió por la nariz—. ¿Eres amiga suya?

—Sí —afirmó Pip. Era mentira, pero mucho más fácil de decir que: «No, me odia aunque no paro de esforzarme para que no lo haga»—. Soy Pip... Fitz-Amobi. ¿Puedo entrar? Tengo que hablar con ella de algo bastante urgente.

—Supongo que sí. Es muy temprano —dijo apartándose y haciéndole un gesto para que lo siguiera—. Soy Luke. Eaton.

—Encantada de conocerte. —Pip cerró la puerta y siguió a Luke por el pasillo hasta la cocina, en la parte de atrás.

—Nat, una amiga tuya —dijo Luke al entrar.

Era una estancia cuadrada con las encimeras colocadas en forma de L y una enorme mesa de madera al otro lado. En un extremo de la mesa había lo que parecía una pila de dinero sujeta con las llaves del BMW. Nat da Silva estaba sentada en el otro extremo, con un cuenco de cereales delante. Llevaba lo que parecía ser una sudadera de Luke y el pelo teñido de blanco recogido hacia un lado.

Soltó la cuchara llena de cereales, que golpeó el cuenco.

—¿Qué quieres? —dijo.

—Hola, Nat. —Pip se quedó allí quieta, incómoda, atrapada entre Luke, en la puerta, y Nat, en la mesa.

—Ya me dijiste lo que querías decirme en el homenaje —soltó Nat con desprecio volviendo a coger la cuchara.

—No se trata del juicio. —Pip se atrevió a dar un paso hacia ella.

—¿Qué juicio? —preguntó Luke a su espalda.

—Nada —respondió Nat con la boca llena—. Entonces ¿qué quieres?

—Es Jamie Reynolds —dijo Pip. Entró una brisa por la ventana, ondeando la cortina y moviendo unas bolsas de papel marrón sobre la encimera. Seguramente fueran de comida para llevar—. Ha desaparecido —añadió.

A Nat se le oscurecieron los ojos al bajar las cejas.

—¿Cómo? Su madre me llamó ayer para preguntarme si lo había visto. ¿Todavía no ha vuelto?

—No. Y están muy preocupados. Rellenaron ayer un informe de persona desaparecida, pero la policía no va a hacer nada.

—¿Te refieres a mi hermano?

Pip había metido la pata pero bien.

—No, no. Hablé con el detective Hawkins. Dice que no pueden hacer nada, por eso los Reynolds me han pedido que lo investigue.

—¿Para tu pódcast? —Esa última palabra la dijo llena de rencor, resaltando las consonantes, sacándoles punta.

—Pues sí.

Nat tragó otra cucharada de cereales.

—Qué oportuna.

Luke se rio detrás de ella.

—Me lo han pedido ellos —dijo Pip tranquila—. Me imagino que no querrás que grabemos una entrevista.

—Y también eres perspicaz —dijo derramando leche en la mesa mientras sujetaba otra cucharada sobre el cuenco.

—Jamie le dijo a su hermano que iba a ir a tu casa, bueno, a la de tus padres, después del homenaje, para pasar el rato contigo.

—Habíamos quedado en eso. Pero no apareció. —Nat miró a Luke—. Y tampoco me escribió para decirme que no venía. Me quedé esperando. Y lo llamé.

—Entonces ¿la última vez que lo viste también fue en el homenaje?

—Sí. —Nat masticó otra cucharada—. Justo después de que hablaran las amigas de Andie me di cuenta de que Jamie estaba mirando entre el público, intentando ver algo. Le pregunté qué pasaba y me dijo: «Acabo de ver a alguien».

—¿Y? —la animó Pip cuando la pausa de Nat le resultó demasiado larga.

—Se marchó, me imagino que a hablar con quien quiera que fuera —dijo.

Esa fue también la última vez que Pip vio a Jamie. Le dio un golpe al pasar hacia el otro lado del público con una expresión muy rara en la cara. Pero ¿hacia quién iba?

—¿Tienes alguna idea de quién podía ser ese «alguien» al que vio?

—No —dijo Nat estirando el cuello con un crujido sonoro—. No creo que fuera alguien que yo conociera, me habría dicho el nombre. Seguramente esté con ese alguien. Volverá. Jamie es así: o todo o nada.

—Su familia está segura de que le ha pasado algo —dijo Pip. Le empezaban a picar las piernas de estar tanto tiempo de pie—. Por eso tengo que averiguar todos sus movimientos durante y después del homenaje. Averiguar con quién estuvo el viernes por la noche. ¿Sabes algo que pudiera ayudarme?

Escuchó a Luke coger aire antes de hablar detrás de ella.

—Nat tiene razón. Seguramente Jamie esté con un colega. Estoy seguro de que no hay motivos para esto.

—¿Tú conoces a Jamie? —Pip giró la cabeza para mirarlo.

—No mucho, solo por Nat. Son buenos amigos. Si ella dice que está bien, probablemente lo esté.

—Bueno... —empezó a decir Nat.

—¿Tú estuviste en el homenaje? —preguntó Pip a Luke—. ¿Viste...?

—No, no fui. —Luke chasqueó la lengua—. No conocía a ninguno de los dos. Así que no, no vi a Jamie. De hecho, el viernes no salí de casa en todo el día.

Pip asintió y volvió a girar la cabeza hacia la mesa de la cocina. Y, al hacerlo, se fijó en la expresión de Nat. Miraba a Luke, con la mano medio levantada, llevándola con un movimiento rápido de nuevo hacia la cuchara, y con la boca ligeramente abierta, como si hubiera empezado a hablar y se le hubiera olvidado cómo hacerlo. Luego miró a Pip y la expresión desapareció de pronto, tan rápido que esta no estaba segura de haberla visto, o de qué podía significar.

—Y —dijo Pip mirando con más atención a Nat— ¿notaste algo raro en el comportamiento de Jamie aquella noche, o en las últimas semanas?

—Creo que no —dijo Nat—. Últimamente no hablábamos mucho.

—¿Os escribíais? ¿Hablabais por teléfono por la noche, tarde? —preguntó Pip.

—No... —Nat abandonó por completo los cereales y se echó hacia atrás con los brazos cruzados—. ¿Qué es todo esto? —dijo con rabia—. ¿Me estás interrogando? Pensaba que solo querías saber cuándo vi por última vez a Jamie, pero ahora parece que sospechas de mí o algo así. Como con Andie.

—No, no es...

—Ya te equivocaste una vez, ¿no? A ver si aprendes de tus errores. —Nat retiró la silla, que chirrió contra los azulejos, cortando a Pip—. ¿Quién te ha nombrado vigilante del pueblo? Puede que los demás quieran seguirte el juego, pero yo no. —Sacudió la cabeza y miró al suelo—. Lárgate.

—Lo siento, Nat —dijo Pip.

No podía hacer ni decir nada; cualquier cosa que intentara solo haría que Nat la odiara más. Y solo había una culpable de eso. Pero ella ya no era aquella persona, ¿verdad? En su estómago se volvió a abrir esa sensación de vacío.

Luke guio a Pip de vuelta por el pasillo y le abrió la puerta.

—Me has mentido —dijo con un ligero regocijo en la voz mientras Pip salía—. Me has dicho que erais amigas.

Pip entornó los ojos ante el brillo del coche de Luke, se dio la vuelta y se encogió de hombros.

—Pensaba que se me daba bien desenmascarar a mentirosos. —Luke apretó con fuerza el marco de la puerta—. No nos metas en esto, sea lo que sea que estés tramando. ¿Te enteras?

—Me entero.

Luke sonrió a algo y cerró la puerta con un golpe seco.

Mientras se alejaba de la casa, Pip sacó su teléfono para comprobar la hora. 10.41 de la mañana. Treinta y ocho horas y media desaparecido. La pantalla de inicio estaba llena de notificaciones de Twitter e Instagram, que seguían llegando. Había programado una entrada en la web a las diez y media anunciando la segunda temporada del pódcast. Todo el mundo sabía ya lo de Jamie Reynolds. No había marcha atrás.

También había recibido varios correos electrónicos: otra empresa interesada en patrocinarla, uno de Stanley Forbes con veintidós archivos adjuntos y con el asunto: «Fotos del homenaje»; y uno de hacía dos minutos: Gail Yardley, que vivía en la calle de Pip.

«Hola, Pippa —decía—. Acabo de ver los carteles de «se busca» por todo el pueblo. No recuerdo haber visto a Jamie Reynolds aquella noche, pero he echado un vistazo a mis fotos del homenaje y lo he encontrado. Creo que te interesará esta foto.»

Nombre del archivo:
 Notas del caso 2.docx

No cabe duda de que la foto de Gail Yardley es de Jamie. Los metadatos indican que se tomó a las 20.26, así que fue antes de desaparecer, diez minutos después de la última vez que yo lo vi.

Casi está mirando a la cámara, y eso es lo más extraño de la fotografía. Todos los demás, el resto de las caras y de los pares de ojos están clavados exactamente en lo mismo: los farolillos de Andie y Sal planeando por encima del tejado del pabellón durante ese breve instante.

Pero Jamie está mirando a otro sitio.

Su cara, pálida y llena de pecas, está casi a oscuras, ligeramente angulada hacia la cámara de Gail, mirando atentamente algo detrás de ella. O a alguien. Probablemente ese mismo alguien que le mencionó a Nat da Silva.

Y su expresión —hay algo que no termino de descifrar—. No parece asustado, *per se*. Pero es algo parecido. ¿Inquieto? ¿Preocupado? ¿Nervioso? Tiene la boca abierta y los ojos muy grandes, con una ceja ligeramente levantada, como si estuviera confuso por algo. Pero ¿quién o qué provocó esa reacción? Jamie le dijo a Nat que había visto a alguien, pero ¿por qué era tan urgente como para cruzar la multitud en plena ceremonia? ¿Y por qué está ahí plantado, supuestamente mirando a ese alguien en lugar ir hacia él? Hay algo muy extraño en todo esto.

He ojeado las fotos de Stanley Forbes. Jamie no aparece en ninguna, pero las he comparado con la de Gail en un intento de ubicar su punto de vista entre el público y averiguar qué mira Jamie o, al menos, ir descartando opciones. Stanley solo hizo una foto en esa dirección, antes de que empezara el homenaje. Aparecen los Yardley de pie, varias filas más atrás, a la izquierda. He hecho *zoom*, pero la foto se tomó desde bastante lejos y no queda demasiado claro quién aparece en ella. Por los uniformes negros de policía y las gorras brillantes, entiendo que Daniel da Silva y Soraya Bouzidi estaban junto a los Yardley. El borrón verde oscuro a su lado debe de ser el detective Richard Hawkins. Creo que varias de las caras pixeladas de detrás son de gente de mi curso, pero es imposible saber a quién miraba Jamie. Además, esta foto se tomó una hora antes, puede que en ese tiempo el público se moviera.

Grabar estas observaciones para el episodio 1.

La foto —junto con las pruebas de Nat— me ha dado, sin duda, una pista en la que centrar la investigación. ¿Quién es ese «alguien» a quien Jamie fue a ver entre la multitud? Puede que sepa adónde fue Jamie aquella noche. O qué le ocurrió.

Otras observaciones

- Algo o alguien debió de distraer a Jamie aquella noche porque no fue a casa de Nat, ni siquiera le envió un mensaje para avisar del cambio de planes. ¿Lo que se ve en esta foto es el principio de esa «distracción»?

- Los mensajes constantes y las llamadas tardías que últimamente hacía Jamie no eran con Nat da Silva, a no ser que simplemente ella no quisiera admitirlo delante de Luke (es bastante intimidante).

- La expresión de Nat cuando Luke dijo que el viernes no salió de casa en todo el día. Puede que no sea nada. O puede ser algún lenguaje de pareja entre ellos que yo no entiendo. Pero su reacción me llamó la atención. Seguramente no tenga nada que ver con Jamie, pero debería apuntarlo todo. (Sin mencionarlo en el pódcast, Nat ya me odia bastante.)

Once

Sonó la campana sobre la puerta de la cafetería, repiqueteando en su cabeza más tiempo del que habría debido. Un eco desagradable se entrometió entre el resto de sus pensamientos, pero no podía ir a trabajar a casa, así que tendría que aguantarse. Seguramente sus padres ya habrían visto los carteles colgados por el pueblo. En cuanto Pip entrase por la puerta, tendrían «La conversación», y ahora mismo no tenía tiempo para eso. O no estaba preparada.

Había recibido más emails con fotos del homenaje, y las notificaciones en los anuncios de la nueva temporada habían alcanzado varios miles. Pip las había silenciado porque los troles ya la habían encontrado. «He matado a Jamie Reynolds», dijo una de las fotos de perfil grises. Otra: «¿Quién te buscará cuando seas tú la desaparecida?».

La campana volvió a sonar, pero esta vez iba acompañada de la voz de Cara.

—Hola —dijo retirando la silla frente a Pip—. Ravi me ha dicho que estabas aquí. Me he cruzado con él en Chalk Road.

—¿Te has quedado sin carteles? —preguntó ella.

—Sí. Pero no he venido a hablarte de eso. —Cara bajó la voz con aire conspirativo.

—¿Qué pasa? —susurró Pip, haciendo lo mismo.

—Mientras colocaba los carteles, me puse a mirar la cara de Jamie, y cuando leí la descripción de la ropa que llevaba... No sé. —Cara se inclinó hacia delante—. Soy consciente de que estaba muy borracha y no recuerdo gran cosa de aquella noche, pero tengo la sensación de que... Es que creo que Jamie estaba allí.

—¿Qué dices? —siseó Pip—. ¿En la fiesta *destroyer*?

Cara asintió, inclinándose tanto que tuvo que levantarse de la silla.

—No tengo un recuerdo claro. Es más como un *déjà vu*. Pero al imaginármelo con esa ropa, juraría que pasó por mi lado en la fiesta. Estaba borracha, así que probablemente en ese momento no le di importancia, o simplemente no me di cuenta, pero... Oye, ¡no me mires así! Estoy segura de que quizá es probable que lo viera allí.

—¿Segura de que quizá es probable que lo vieras? —repitió Pip.

—Vale, no estoy segura. —Cara frunció el ceño—. Pero creo que sí.

Se echó de nuevo hacia atrás mirando a Pip con los ojos muy abiertos, invitándola a hablar.

Esta cerró la tapa de su ordenador.

—Está bien. Digamos que viste a Jamie en la fiesta. ¿Qué narices hacía en una casa llena de críos de dieciocho años? Tiene veinticuatro y probablemente las únicas personas que conozca de nuestra edad seamos nosotros, los amigos de Connor.

—Yo qué sé.

—¿Lo viste hablar con alguien? —preguntó Pip.

—No-lo-sé —dijo Cara apretándose la sien—. Creo que solo recuerdo verlo pasar por mi lado en algún momento.

—Pero si estaba allí... —comenzó Pip, desanimándose a medida que sus pensamientos iban perdiendo forma.

—Es muy extraño —terminó Cara por ella.

—Muy extraño.

Cara hizo una pausa para tomar un sorbo del café de su amiga.

—¿Qué hacemos?

—Bueno, afortunadamente hay un montón de testigos de la fiesta que quizá puedan corroborar lo que crees que viste. Y, si lo confirman, pues ya sabríamos dónde fue Jamie después del homenaje.

Pip envió un mensaje a Ant y a Lauren primero, preguntándoles si habían visto a Jamie en la fiesta. Ant respondió a los dos minutos. Estaban juntos, evidentemente, porque respondió por los dos:

> Nah, no lo vimos. Tampoco estuvimos
> mucho tiempo. ¿Por qué iba a estar
> Jamie allí? Bs.

—Ant y Lauren no le prestaron atención a nadie más que a ellos mismos. Qué raro —dijo Cara con sarcasmo.

Pip respondió:

> Tienes el teléfono de Stephen Thompson,
> ¿verdad? Dámelo, por favor, es urgente.

Sin beso.

La fiesta fue en casa de Stephen y, aunque a Pip seguía sin caerle bien —de cuando fue de incógnito a una fiesta *destroyer* el año pasado para recabar información sobre el camello Howie Bowers y Stephen intentó forzarla a que lo besara—, tenía que dejar de lado ese sentimiento.

Cuando Ant le envió por fin el número de Stephen, Pip se bebió de un trago lo que le quedaba de café y lo llamó, haciéndole un gesto a Cara para que se callara. Esta se pasó los dedos por los labios, como si cerrara una cremallera, pero se acercó a Pip para escuchar.

Stephen descolgó al cuarto tono con un «¿Sí?» un tanto confuso.

—Hola, Stephen —dijo Pip—. Soy Pip. Fitz-Amobi.

—Ah, hola —respondió Stephen cambiando el tono a uno más suave y profundo.

Pip puso los ojos en blanco mirando a Cara.

—¿En qué te puedo ayudar? —preguntó él.

—No sé si has visto los carteles que hay por el pueblo...

—Precisamente mi madre los acaba de mencionar. Se ha quejado porque son «antiestéticos». —Hizo un sonido que Pip solo podía describir como una carcajada—. ¿Tú tienes algo que ver?

—Sí —dijo con el tono de voz más alegre que pudo—. ¿Conoces a Connor Reynolds? Va a nuestro curso. Pues su hermano mayor, Jamie, desapareció el viernes por la noche y todos están muy preocupados.

—Joder —dijo Stephen.

—Organizaste una fiesta *destroyer* el viernes en tu casa, ¿verdad?

—¿Estuviste? —preguntó Stephen.

—Por desgracia, no —dijo Pip. Bueno, estuvo fuera, cuando fue a recoger a Cara, la borracha llorona—. Pero hay rumores de que Jamie Reynolds sí, y quería saber si recuerdas verlo por allí o escuchar a alguien decir que lo vio.

—¿Estás haciendo otra investigación? —preguntó.

Pip ignoró la pregunta.

—Jamie tiene veinticuatro años, mide aproximadamente 1,75, tiene el pelo rubio oscuro, casi castaño; y los ojos azules. Llevaba...

—Sí —Stephen la interrumpió—. Creo que lo vi por allí. Recuerdo cruzarme en el salón con un tío al que no conocía. Parecía un poco más mayor, di por hecho que iba con alguna de las chicas. Llevaba una camisa. De color rojo oscuro.

—Sí —dijo Pip estirándose en la silla y asintiéndole a Cara—. Coincide con la descripción de Jamie. Te voy a enviar una foto, ¿podrías confirmarme si es la persona a la que viste? —Pip bajó el teléfono para buscar la imagen del cartel y enviársela a Stephen.

—Sí, es él. —La voz de Stephen sonó algo distante cuando alejó el teléfono para mirar la pantalla.

—¿Recuerdas a qué hora lo viste?

—Qué va —dijo—. Pero creo que era temprano, puede que sobre las nueve o las diez. No estoy seguro. Solo lo vi esa vez.

—¿Y qué estaba haciendo? —preguntó Pip—. ¿Estaba hablando con alguien? ¿Bebiendo?

—No, no me pareció que hablara con nadie. Y creo que tampoco sujetaba ninguna bebida. Estaba de pie sin más, mirando. Daba un poco de mal rollo, ahora que lo pienso.

A Pip le dieron ganas de recordarle a Stephen que no era el más indicado para hablar de dar mal rollo. Pero se contuvo.

—¿A qué hora empezó a llegar la gente a tu casa? El homenaje terminó sobre las ocho y media, ¿se fue todo el mundo directo a la fiesta?

—Sí. Vivo a menos de diez minutos del parque, así que la mayoría de la gente vino andando. Entonces ¿estás investigando otra vez? ¿Es para tu pódcast? Porque —Stephen bajó la voz hasta que no fue más que un susurro—, bueno, mi madre no sabe que organicé una fiesta. Estaba de fin de semana en un *spa*. Le eché la culpa de los jarrones rotos y las manchas de bebida al perro. Y vino la policía a eso de la una; llamaría un vecino quejándose del ruido. Pero no quiero que mi madre se entere de lo de la fiesta, así que si pudieras no...

—¿Cómo se llamaba el agente de policía que vino a desalojar? —interrumpió Pip.

—El Da Silva ese. Le dijo a todo el mundo que se fuera a casa. No vas a mencionar la fiesta, ¿verdad? En tu pódcast, digo.

—Ah, no, claro —mintió Pip. Por supuesto que iba a mencionarla, aunque pudiera meter en líos a Stephen *Asqueroso* Thompson. Le dio las gracias y colgó—. Tenías razón —le dijo a Cara soltando el teléfono.

—¿Sí? ¿Jamie estuvo en la fiesta? ¿He ayudado?

—Estuvo, y sí. —Pip le sonrió—. Ya tenemos testimonios de dos testigos. Ninguno con una hora exacta, pero creo que podemos estar bastante seguras de que Jamie fue a casa de Stephen después del homenaje. Ahora solo tengo que encontrar evidencias gráficas y establecer las horas. ¿Cómo puedo enviar un mensaje a todos los que fueron a la fiesta *destroyer*?

—¿Escribiendo a los que estén en el grupo de Facebook de nuestro curso? —Cara se encogió de hombros.

—Buena idea. —Pip volvió a abrir el ordenador—. Debería decírselo primero a Connor. ¿Qué hacía Jamie allí?

El portátil revivió y apareció en la pantalla la cara de Jamie en el documento del cartel de «Se busca», con la mirada pálida conectada directamente a la de Pip y provocándole un escalofrío que le bajaba por la coronilla. Lo conocía; era Jamie. Jamie. Pero ¿cómo de bien se puede conocer a una persona? Pip miró los ojos en la foto, intentando averiguar los secretos que se escondían detrás de aquella mirada. «¿Dónde estás?», le preguntó en silencio, cara a cara.

Hola a todos:

Como ya habréis visto en los carteles que hay por todo el pueblo, Jamie Reynolds (el hermano mayor de Connor) desapareció el viernes por la noche después del homenaje. Me han informado de que vieron a Jamie en la fiesta *destroyer* de Stephen Thompson, en Highmoor. Hago un llamamiento urgente a cualquiera que estuviera allí para que, por favor, me mandéis todas las fotos y vídeos que hicierais en la fiesta (prometo que ninguna llegará a padres / policía en ningún momento). Esto incluye también vídeos de Snapchat / Instagram *stories* si los tenéis guardados. Por favor, enviádmelos cuanto antes al correo electrónico mencionado arriba. Voy a dejaros aquí debajo la foto de Jamie. Si alguien recuerda haberlo visto en la fiesta o tiene algún tipo de información sobre su paradero o sus movimientos del viernes, agradecería que se pusiera en contacto conmigo a través del email o de mi número de teléfono, también indicado arriba.

Gracias,

Pip

Nombre del archivo:

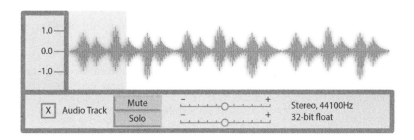 Asesinato para principiantes. TEMPORADA 2: Entrevista telefónica con George Thorne.wav

Pip: George, George, acabo de darle a grabar. Mañana en el instituto te daré una autorización para que la firmes, pero, de momento, ¿me das tu consentimiento para que grabe y publique tu voz en un pódcast?

George: Sí, no pasa nada.

Pip: De acuerdo. Me he ido al fondo de la cafetería, ¿me escuchas mejor?

George: Mucho mejor, sí.

Pip: Vale. Me has dicho que has visto mi mensaje en Facebook. Volvamos a lo que me estabas contando. ¿Puedes empezar desde el principio?

George: Sí, lo vi...

Pip: Perdona, antes de eso. El viernes por la noche, ¿dónde estuviste?

George: Ah, claro. El viernes, después del homenaje, fui a la fiesta *destroyer* en casa de Stephen Thompson. No bebí mucho porque tenemos un partido de fútbol importante la semana que viene, seguramente Ant ya te lo habrá comentado. Así que recuerdo bien toda la noche. Y lo vi, vi a Jamie Reynolds en el salón. Estaba de pie, apoyado en la pared, sin hablar con nadie. Recuerdo que pensé que no lo conocía y, como normalmente solemos ir siempre los mismos a las fiestas *destroyer*, me llamó la atención. Aunque no hablé nada con él.

Pip: Muy bien. Ahora vuelve a contarme dónde lo viste después.

George: Sí. Un poco más tarde, salí al porche a fumarme un cigarro. Había poca gente fuera, Jas y Katie M. estaban hablando y esta estaba llorando por algo. Y Jamie Reynolds también estaba fuera. Lo recuerdo muy bien. Estaba caminando de un lado a otro de la acera delante de la casa, hablando por teléfono.

Pip: ¿Podrías describir su comportamiento durante esa llamada?

George: Sí, bueno, parecía un poco... agitado. Como si estuviera enfadado, pero no mucho. ¿Asustado, quizá? Le temblaba un poco la voz.

Pip: ¿Y escuchaste algo de lo que decía?

George: Solo un poco. Mientras me encendía el cigarro, recuerdo que le escuché decir: «No, no puedo hacerlo». O algo por el estilo. Y lo repitió un par de veces, en plan: «No puedo hacerlo, no puedo». Para entonces ya me había llamado la atención, así que me quedé escuchando, haciendo como que estaba mirando algo en mi móvil. Después de un rato, Jamie empezó a sacudir la cabeza diciendo algo así como: «Ya sé que no he dicho nada, pero...» y dejó de hablar.

Pip: ¿Se dio cuenta de que estabas allí? ¿De que lo estabas escuchando?

George: No lo creo. No me pareció que estuviera muy pendiente de nada que no fuera lo que pasaba al otro lado del teléfono. Se tapaba el otro oído para escuchar mejor. Estuvo un rato en silencio, como si estuviera escuchando, y no dejó de andar. Y luego dijo: «Podría llamar a la policía» o algo así. Recuerdo perfectamente que nombró a la pasma.

Pip:	¿Y lo dijo de forma violenta o como si intentara ayudar?
George:	No lo sé, es complicado saberlo. Luego volvió a callarse de nuevo, a escuchar, y parecía aún más agitado. Dijo algo sobre un niño.
Pip:	¿Un niño? ¿El niño de quién?
George:	No lo sé, solo escuché esa palabra. Después Jamie levantó la cabeza y nos miramos sin querer, así que se debió de dar cuenta de que estaba poniendo la oreja. Empezó a alejarse de la casa, todavía al teléfono, y lo último que le escuché decir fue: «No creo que pueda hacerlo».
Pip:	¿En qué dirección iba?
George:	Hacia la derecha, en dirección a High Street.
Pip:	¿Y no lo viste volver a la casa?
George:	No. Estuve fuera como otros cinco minutos más. Desapareció.
Pip:	¿Y tienes idea de sobre qué hora ocurrió todo esto?
George:	Lo sé exactamente, porque justo después de que se fuera Jamie, unos treinta segundos más tarde, le envié un mensaje a una chica del instituto Chesham con la que llevo un tiempo hablando. Le envié un meme de Bob Esponja..., bueno, eso da igual. El caso es que eso sucedió a las 22.32 y fue, literalmente, justo después de que Jamie se marchara.
Pip:	¿22.32? George, esta información es genial. Muchísimas gracias. ¿Escuchaste alguna pista sobre la persona con la que estaba hablando Jamie? ¿Sabes si era un hombre o una mujer?
George:	No. No me enteré de mucho más, aparte de que a Jamie no le gustaba demasiado lo que estaba escuchando. ¿Crees...? ¿Crees que el hermano de Connor está bien? ¿Debería haberle dicho a alguien antes que lo había visto? A lo mejor escribirle a Connor aquella noche...
Pip:	No pasa nada, no sabías que Jamie había desaparecido hasta hace una hora. Y tu información me ha ayudado mucho. Connor te va a estar muy agradecido.

Doce

Se sentaron en la isla de la cocina, separados por los dos ordenadores, y se oía el sonido de los teclados desacompasados.

—Vas demasiado rápido —le dijo Pip a Ravi mirándolo por encima de su pantalla—. Tenemos que mirarlas muy detenidamente, una a una.

—Vaya —dijo él sarcástico, haciendo la mueca correspondiente—. No me había dado cuenta de que buscábamos pistas en el oscuro cielo de la noche. —Giró su ordenador para enseñarle cuatro fotos consecutivas de los farolillos chinos flotando en la oscuridad.

—Solo era una apreciación, Gruñón.

—Así te llamo yo a ti —dijo él—. Tú no puedes utilizarlo.

Pip volvió a centrarse en su pantalla, haciendo clic en las fotos y vídeos de la fiesta *destroyer* que le habían enviado. Ravi revisaba las fotos del homenaje: ya había más de doscientas.

—¿No estamos perdiendo un poco el tiempo? —Ravi saltó rápido otra serie de fotos—. Sabemos que Jamie fue a la fiesta *destroyer* después del homenaje y ahora hemos descubierto que salió de allí sano y salvo a las diez y media. ¿No deberíamos averiguar cuáles fueron sus movimientos después de eso?

—Sabemos que se fue de la fiesta *destroyer* —dijo Pip—, pero todavía no sabemos por qué había ido, que ya es bastante extraño de por sí. Y a eso hay que añadirle la conversación telefónica que escuchó George. Es un comportamiento muy raro, ya viste la cara de Connor cuando se lo conté. No es normal. No se puede decir de otra manera. La forma de actuar de Jamie desde el homenaje es rara. Tiene que ser relevante en su desaparición.

—Supongo. —Ravi volvió a mirar la pantalla de su ordenador—. A ver, creemos que Jamie vio a «alguien» en el homenaje. Lo encontró entre el público y esperó, luego lo siguió hasta Highmoor y a la fiesta *destroyer*. Stephen *el Asqueroso* ha dicho que parecía que Jamie estaba allí, mirando sin más, ¿no?

—Sí. —Pip se mordió el labio—. Eso tiene más sentido. Entonces, ese «alguien» probablemente sea una persona del instituto, de mi curso o uno menos.

—¿Por qué iba a seguir Jamie a alguien de tu instituto?

Pip percibió la incomodidad en la voz de Ravi, aunque intentara disimularla. La asaltó el instinto de defender a Jamie, pero lo único que consiguió decir fue:

—La verdad es que no lo sé.

Nada de todo aquello pintaba bien. Se alegró de haberle enviado a Connor un cuestionario de cuatro páginas sobre elementos típicos de las contraseñas para que él y su madre siguieran intentando entrar en el ordenador de su hermano. Era más difícil hablar de esto con él allí. Pero a Pip también le estaba costando aceptarlo. Tenía que haber algo que se les escapara, algo que pudiera explicar por qué Jamie estuvo allí y a quién estaba buscando. Debía de ser algo lo bastante importante para él como para dejar plantada a Nat e ignorar todas sus llamadas. Pero ¿el qué?

Pip miró la hora en la esquina inferior derecha de la pantalla. Eran las cuatro y media. Si a Jamie se lo había visto por última vez a las 22.32, llevaba desaparecido cuarenta y dos horas. Solo quedaban seis para la marca de las cuarenta y ocho. El tiempo límite en el que las personas desaparecidas suelen volver: casi el setenta y cinco por ciento. Pero Pip tenía el presentimiento de que Jamie no sería uno de ellos.

Y otro problema: la familia de Pip estaba en el supermercado, su madre le había escrito para avisarla. Llevaba todo el día evitándolos, y Josh se había ido con ellos, así que seguramente se retrasaran por su compra impulsiva (la última vez convenció a papá para comprar dos bolsas de palitos de zanahoria, que terminaron dejando porque se acordó de pronto de que no le gustaban las zanahorias). Pero incluso con las distracciones de Josh, llegarían pronto a casa y era imposible que no hubieran visto ya los carteles de la desaparición de Jamie.

Ya no podía hacer nada, tendría que lidiar con ellos cuando llegaran. O seguir evitándolos rogándole a Ravi que no se fuese nunca; sus padres seguramente no le gritarían delante de él.

Pip siguió mirando las fotos que había enviado Katie C., una de las seis Katies de su curso. Jamie solo aparecía en dos de todas las que había visto hasta ahora, y ni siquiera estaba segura de una. Solo se apreciaba el antebrazo, sobresaliendo de un grupo de chicos que posaban en el recibidor. El brazo sin cuerpo llevaba una camisa burdeos como la de Jamie, y también su reloj cuadrado negro. Era muy probable que fuera él, pero no le proporcionaba demasiada información, más allá de que Jamie pasó por la fiesta a las 21.16. ¿Puede que fuera la hora a la que llegó?

En la otra al menos se le veía la cara, al fondo de una foto de Jasveen, una chica del curso de Pip, que estaba sentada en un sofá azul. La cámara estaba enfocando a Jas, que hacía unos pucheros exageradamente tristes, seguramente a causa de la enorme mancha de bebida roja sobre su top anteriormente muy blanco. Jamie estaba de pie detrás de ella, a unos cuantos metros, junto a una ventana oscura. Estaba algo borroso, pero se le distinguían los ojos, mirando fijamente en diagonal, hacia el lado izquierdo del encuadre. Parecía tener la mandíbula tensa, como si estuviera apretando los dientes. La foto sería del momento en el que Stephen Thompson lo vio; sí que parecía que estaba mirando a alguien. Los metadatos indicaban que la foto se hizo a las 21.38, así que Jamie ya llevaba en la fiesta unos veintidós minutos en ese momento. ¿Se había quedado ahí plantado todo el tiempo, mirando?

Pip abrió otro email, esta vez de Chris Marshall, de su clase de Lengua. Se descargó el archivo de vídeo adjunto, enchufó los auriculares y pulsó el play.

Eran una serie de vídeos cortos, así que serían las historias de Instagram o Snapchat que Chris había guardado en su móvil. Había un selfi de él con Peter-el-de-política bebiéndose dos botellas de cerveza, seguido de un vídeo corto de un tío al que Pip no reconoció haciendo el pino mientras Chris lo animaba. A continuación, una foto de la lengua de Chris que, por algún motivo, se había vuelto azul.

Luego otro vídeo cuyo sonido le reventó a Pip los tímpanos e hizo que diera un respingo. Voces estridentes, gente coreando a gritos: «¡Peter, Peter!» mientras el resto abucheaba, se burlaba y se reía. Se encontraban en lo que parecía un comedor, las sillas estaban apartadas de la mesa, llena de vasos de plástico formando dos triángulos, uno a cada lado.

Estaban jugando al *beer pong*. Peter-el-de-política estaba en un extremo de la mesa, apuntando con una pelota naranja, con un ojo cerrado para enfocar. Hizo un movimiento de muñeca y el proyectil salió disparado de su mano, aterrizando con una pequeña salpicadura en uno de los vasos alineados.

Los auriculares de Pip vibraron con los gritos que estallaron por toda la habitación y Peter rugía victorioso al mismo tiempo que la chica al otro extremo de la mesa se quejaba por tener que terminarse su bebida. Y entonces Pip se fijó en otra cosa, su mirada se centró en el fondo. Pausó el vídeo. De pie, a la derecha de las puertas de cristal que daban al comedor, estaba Cara, animando con la boca abierta y con una ola de líquido oscuro derramándose de su vaso. Y había algo más: en el pasillo amarillo que tenía detrás, desapareciendo por la puerta, vio un pie. Un resquicio de pierna con un pantalón vaquero como el que llevaba Jamie aquella noche, y una deportiva blanca.

Pip rebobinó unos segundos el vídeo, justo hasta la victoria de Peter. Pulsó el play e inmediatamente lo volvió a pausar. El del pasillo era Jamie. Su silueta estaba borrosa porque estaba en movimiento, pero tenía que ser él: pelo rubio oscuro y una camisa burdeos sin cuello. Estaba mirando un objeto oscuro que sujetaba entre las manos. Parecía un teléfono.

Pip volvió a pulsar el play y vio cómo Jamie caminaba por el pasillo rápidamente, ignorando el jaleo del comedor, con la mirada clavada en su móvil. Cara giró un segundo la cabeza y siguió sus pasos, antes de que la pelota cayera en el vaso y los gritos volvieran a llamar su atención.

Cuatro segundos.

El vistazo dura solo cuatro segundos. Luego Jamie desaparece y su deportiva blanca es la última huella que dejó.

—Lo encontré —dijo Pip.

Trece

Pip arrastró el cursor hacia atrás y pulsó play para mostrárselo a Ravi.

—Es él —confirmó él apoyando la barbilla en el hombro de su novia—. Ahí es cuando Cara lo vio. Mira.

—¿Quién necesita cámaras de seguridad cuando existen las historias de Snapchat? —remarcó Pip—. ¿Crees que se dirige hacia la puerta principal? —Se dio la vuelta para mirar a Ravi a los ojos mientras volvía a reproducir el vídeo—. ¿O a la parte trasera de la casa?

—Podría ser cualquiera de las dos —dijo Ravi—. Es complicado saberlo sin conocer la distribución de la casa. ¿Crees que podríamos acercarnos a echar un vistazo?

—Dudo mucho que nos deje entrar —respondió ella—. No quiere que su madre se entere de lo de la fiesta.

—Mmm —dijo Ravi—. Puede que encontremos el plano en la página web de alguna inmobiliaria, o algo así.

El vídeo continuó reproduciendo el *beer pong* y dio paso a otro en el que Peter aparecía abrazado al retrete, vomitando mientras Chris se reía detrás de la cámara diciendo: «¿Estás bien, grandullón?».

Pip lo pausó para no tener que seguir escuchando las arcadas de Peter.

—¿Sabes a qué hora se grabó el vídeo en el que se ve a Jamie?

—No. Chris solo me ha pasado la historia que se guardó; no tiene horas de cada parte por separado.

—Llámalo y pregúntale. —Ravi se inclinó hacia delante para arrastrar el portátil hacia él—. Yo voy a ver si encuentro la casa en alguna web. ¿En qué número vive Stephen?

—En el 19 de Highmoor —dijo Pip, girando su taburete para darle la espalda a Ravi y coger su teléfono.

Tenía el número de Chris, estaba segura, porque hace unos meses hicieron juntos un trabajo en grupo. Ajá, ahí estaba: «Chris M.».

—¿Hola? —dijo Chris al descolgar.

La palabra terminó en interrogación; evidentemente, él no había guardado su número.

—Hola, Chris. Soy Pip.

—Ah, hola —dijo—. Te acabo de enviar un email...

—Sí, muchas gracias. Precisamente por eso quería preguntarte. El vídeo que me has mandado, el de Peter jugando al *beer pong*, ¿sabes a qué hora lo grabaste?

—No me acuerdo. —Chris bostezó al otro lado del teléfono—. Iba bastante ciego. Pero... un momento... —Puso el altavoz y su voz sonó distante y con eco—. Guardé esa historia para poder reírme de Peter, pero también grabé vídeos con la cámara del teléfono porque Snapchat siempre me peta.

—Qué bien. Si está en la galería —dijo Pip—, aparecerá la hora a la que lo hiciste.

—Mierda —dijo Chris—. Creo que los he borrado todos. Lo siento.

A Pip le dio un vuelco el estómago. Pero solo le duró un segundo. Se recuperó y dijo:

—¿Y en la carpeta de eliminados?

—Ah, bien pensado. —Pip podía oír los dedos de Chris golpeando en la pantalla—. Sí. Aquí está. El vídeo del *beer pong* lo grabé a las 21.56.

—21.56 —repitió Pip anotando la hora en su cuaderno.

Ravi se acababa de acercar a ella—. Perfecto, muchas gracias, Chris.

Pip colgó el teléfono pese a que Chris no había dejado de hablar. Nunca le habían gustado las charlas incómodas al principio y al final de las conversaciones, y no tenía tiempo para fingir interés. Ravi la llamaba a menudo su «pequeña aPipsonadora».

—¿Has oído? —le preguntó.

Él asintió.

—Y he encontrado el viejo anuncio de venta de la casa de Stephen en una web; es de 2013. Las fotos no revelan demasiado, pero el plano sigue colgado. —Giró el ordenador y le mostró un diagrama en blanco y negro de la planta principal de la casa de Stephen.

Pip se inclinó hacia la pantalla y pasó el dedo desde la cajetilla de «Comedor», de 5 x 4 metros, hasta la doble puerta plegable y giró a la izquierda por el pasillo para hacer el mismo recorrido que Jamie. En esa dirección se llegaba a la puerta principal.

—Sí —susurró—. Sin duda salió de la casa a las 21.56. —Pip copió el plano y lo pegó en Paint para anotarlo. Dibujó una flecha por el pasillo hasta la puerta principal y la etiquetó: «Jamie sale a las 21.56»—. Y estaba mirando su teléfono —añadió Pip—. ¿Crees que estaría a punto de llamar a quienquiera que fuese con quien George lo vio hablar?

—Es muy probable —dijo Ravi—. Aunque habría sido una llamada bastante larga. Como de una media hora o así.

Pip dibujó un par de flechas hacia delante y hacia atrás fuera de la puerta principal, marcando el movimiento de Jamie mientras hablaba por teléfono. Etiquetó la hora a la que realizó la llamada y luego dibujó otra flecha alejándose de la casa, cuando Jamie se marchó.

—¿Has pensado alguna vez en ser artista profesional? —dijo Ravi mirando por encima del hombro de Pip.

—Déjame en paz; es útil —dijo ella tocándole el hoyuelo de la barbilla.

Ravi hizo un «Biiiiiiiip» robótico, como si le reseteara la cara. Pip lo ignoró.

—En realidad, puede que esto nos ayude con el otro momento en el que vieron a Jamie. —Sacó la foto de Jamie detrás de Jasveen y su top manchado. La arrastró al otro lado de la pantalla dividida, por detrás del plano—. Aquí hay un sofá, así que este debe de ser el salón, ¿no?

Ravi asintió.

—Sofá y ventana.

—Vale —dijo Pip—. Y Jamie de pie a la derecha de esa ventana. —Señaló el ventanal en el plano—. Pero, si te fijas en sus ojos, está mirando al otro lado, a la izquierda.

—Te resuelve un asesinato, pero no sabe distinguir entre la derecha y la izquierda —Ravi sonrió.

—Esa es la izquierda —insistió ella mirándolo—. Nuestra izquierda, su derecha.

—Vale. Por favor, no me hagas daño. —Levantó las manos con una sonrisa de oreja a oreja.

¿Por qué le gustaba tanto hacerla rabiar? ¿Y por qué a ella le gustaba que lo hiciera? La volvía loca.

Pip le dio la espalda y colocó el dedo en el plano, donde Jamie había estado de pie, y lo arrastró siguiendo aproximadamente la vista de Jamie. La llevó a una caja negra contra la siguiente pared.

—¿Qué significa esto?

—Es una chimenea —dijo Ravi—. Así que Jamie estaba mirando a alguien que estaba cerca de la chimenea a las 21.38. Seguramente la misma persona a la que siguió desde el homenaje.

Pip asintió, marcando esos nuevos puntos y horas de interés en el plano.

—Si dejo de buscar a Jamie —dijo— y empiezo a buscar fotos que se hicieran cerca de la chimenea alrededor de las 21.38, puedo tener más probabilidades de averiguar quién es ese alguien.

—Buen plan, Sargentita.

—Tú sigue con lo tuyo —le dijo apartándolo con el pie hasta su lado de la isla.

Él se fue, pero antes le robó un calcetín.

Pip escuchó un solo clic del ratón antes de que él dijera en susurros:

—Mierda.

—Ravi, ¿puedes dejar de hacer el tonto...?

—No es eso —dijo con una expresión completamente seria—. Mierda —dijo más fuerte esta vez, soltando el calcetín.

—¿Qué? —Pip se bajó del taburete y fue a su lado—. ¿Has encontrado a Jamie?

—No.

—¿A ese «alguien»?

—No. Pero sin duda es un alguien —dijo Ravi con la cara ensombrecida cuando Pip por fin vio quién estaba en la pantalla.

La foto estaba llena de caras, todas mirando hacia el cielo, a los farolillos. Las personas más cercanas estaban iluminadas con un brillo plateado, y había algunos ojos rojos a causa de los *flashes* de las cámaras. Y de pie al final del todo, donde la multitud se disipaba, se encontraba Max Hastings.

—No —dijo Pip. Y la palabra continuó en silencio, apagándose hasta que sintió el pecho rasgado y desnudo.

Ahí estaba Max, solo, con una chaqueta negra que se confundía con la oscuridad de la noche y una capucha que ocultaba gran parte de su pelo. Pero no cabía duda de que era él, con los ojos rojos y la cara inexpresiva e ilegible.

Ravi dio un puñetazo sobre la encimera de mármol, haciendo que el portátil y los ojos de Max vibraran.

—¿Qué cojones hacía allí? —gruñó—. Nadie lo había invitado.

Pip le colocó una mano en el hombro y sintió la rabia como un temblor por debajo de la piel de Ravi.

—Es la clase de persona que hace lo que le da la gana, sin importarle a quién pueda hacer daño —respondió ella.

—Yo no quería que fuera —dijo Ravi mirando fijamente a Max—. No debería haber ido.

—Lo siento, Ravi. —Bajó la mano acariciándole el brazo hasta agarrarle la mano.

—Y mañana voy a tener que verlo todo el día. Y seguir escuchando sus mentiras.

—No tienes que ir al juicio —dijo ella.

—Sí. No solo lo hago por ti. O sea, sí, lo hago por ti, haría cualquier cosa por ti. —Bajó la mirada—. Pero también lo hago por mí. Si Sal hubiera sabido qué clase de monstruo era Max, se habría quedado destrozado. Devastado. Pensaba que era su amigo. ¿Cómo se atrevió a ir? —Cerró de un manotazo el ordenador, apartando la cara Max de su vista.

—Dentro de unos días ya no podrá ir a ningún sitio durante un tiempo —dijo Pip apretando la mano de Ravi—. Solo unos días más.

Él sonrió levemente y le pasó el pulgar por los nudillos.

—Sí —dijo—. Sí, tienes razón,

Lo interrumpió el ruido de unas llaves abriendo la puerta. Sonaron los pasos de tres personas contra el suelo de madera. Y entonces:

—¿Pip? —resonó la voz de su madre, llegando a la cocina unos segundos antes que ella. Miró a su hija levantando las cejas y con la frente arrugada, enfadada. Le lanzó una mirada sonriente a Ravi durante un segundo y volvió a mirar a Pip—. He visto los carteles —dijo muy seria—. ¿Cuándo nos lo ibas a contar?

—Eh... —comenzó Pip.

Apareció su padre cargado con cuatro bolsas, abriéndose paso torpemente y rompiendo el contacto visual entre Pip y su madre al dejar la compra sobre la encimera. Ravi aprovechó la oportunidad para levantarse y cargar el ordenador bajo el brazo. Le dio un golpecito a Pip en la nuca y le dijo: «Buena suerte», antes de dirigirse hacia la puerta, con una despedida encantadora a la par que incómoda.

Traidor.

Pip bajó la cabeza en un intento de desaparecer dentro de su camisa de cuadros, utilizando su ordenador como escudo entre ella y sus padres.

—¿Pip?

Nombre del archivo:

 Plano de la fiesta *destroyer* con anotaciones.jpg

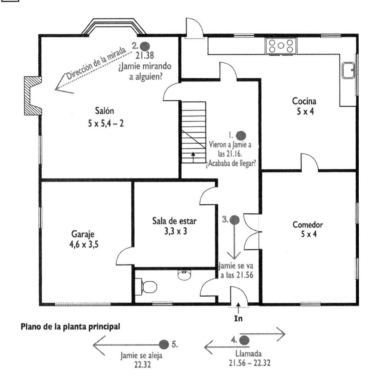

2. 21.38
¿Jamie mirando a alguien?

Dirección de la mirada

Salón
5 x 5,4 – 2

Cocina
5 x 4

I.
Vieron a Jamie a las 21.16.
¿Acababa de llegar?

Garaje
4,6 x 3,5

Sala de estar
3,3 x 3

3.

Comedor
5 x 4

Jamie se va a las 21.56

In

Plano de la planta principal

5.
Jamie se aleja
22.32

4.
Llamada
21.56 – 22.32

136

Catorce

—¿Hola?

—Sí, perdón. —Pip cerró el ordenador evitando la mirada de su madre—. Estaba guardando una cosa.

—¿Qué significan esos carteles?

Pip suspiró.

—Creo que está bastante claro lo que significan. Jamie ha desaparecido.

—No te hagas la listilla conmigo —dijo su madre con una mano en la cadera: eso era siempre una mala señal.

El padre de Pip dejó de colocar la compra —una vez que terminó de meter todo lo frío en el frigorífico, claro— y estaba apoyado sobre la encimera, casi a la misma distancia de Pip que de su madre, y lo suficientemente lejos como para estar a salvo en la batalla. Eso se le daba muy bien: acampar en terreno neutral y hacer de puente.

—Sí, es lo que estás pensando —dijo finalmente Pip mirando a su madre a los ojos—. Connor y Joanna están muy preocupados. Creen que le ha podido pasar algo a Jamie. Así que, sí, estoy investigando su desaparición. Y sí, estoy grabando la investigación para la segunda temporada del programa. Me lo pidieron y acepté.

—Pero no lo entiendo —dijo su madre, aunque lo había entendido perfectamente. Otra de sus tácticas—. Ya habías dejado todo esto. Después de lo que pasó la última vez. Del peligro en el que te pusiste.

—Ya lo sé —empezó Pip, pero su madre la interrumpió.

—Terminaste en el hospital, Pippa, con una sobredosis. Tuvieron que hacerte un lavado de estómago. Te amenazó un asesino convicto. —Era la única forma en la que la madre de Pip se refería a Elliot Ward. No era capaz de utilizar la palabra, lo que de verdad había sido: amigo. Era demasiado—. Y *Barney*...

—Mamá, ya lo sé —dijo Pip levantado la voz y esforzándose para controlarla—. Sé todas las cosas terribles que ocurrieron el año pasado por mi culpa, no necesito que me las recuerdes. Soy consciente, ¿vale? Ya sé que fui una egoísta, sé que me obsesioné, sé que fui un desastre y, aunque te dijera que lo siento todos los días, seguiría sin ser suficiente, ¿sabes? —Pip lo volvió a sentir el agujero en el estómago abriéndose para tragársela entera—. Lo siento. Me siento culpable continuamente, así que no necesito que me lo digas. Soy experta en mis propios errores, lo entiendo.

—Entonces ¿por qué has decidido volver a pasar por todo eso otra vez? —dijo su madre suavizando la voz y bajando la mano de la cadera.

Pip no sabía qué significaba, si era una señal de victoria o de derrota.

La risilla aguda de un dibujo animado que llegaba del salón las interrumpió.

—Joshua. —Su padre habló por fin—. ¡Baja el volumen, por favor!

—¡Es que es Bob Esponja! ¡Y lo tengo solo al catorce! —gritó una vocecita.

—Joshua...

—Vale, vale.

El ruido del televisor fue disminuyendo hasta que Pip dejó de escucharlo sobre el zumbido de sus oídos. Su padre se volvió a colocar en su sitio, haciéndoles un gesto para que continuaran.

—¿Por qué? —Su madre repitió su última pregunta, subrayándola.

—Porque tengo que hacerlo —dijo Pip—. Y, si te soy sincera, me negué. Esa fue mi respuesta inicial. Le dije a Connor que no podía meterme en esto otra vez. Así que fui a hablar con la policía para intentar conseguir que investiguen de verdad la desaparición de Jamie. Pensé que esa podría ser mi forma de ayudar. Pero no piensan hacer nada por él, no pueden. —Pip se cruzó de brazos—. La verdad es que no podía decir que no, no tuve elección una vez que la policía se negó. No quería hacerlo. Pero no puedo no hacerlo. Me lo han pedido. Acudieron a mí. ¿Qué pasaría si hubiera dicho que no? ¿Y si Jamie nunca aparece? ¿Y si está muerto?

—Pip, no es tu trabajo...

—No es mi trabajo, pero lo siento como mi responsabilidad —dijo—. Sé que me podréis argumentar de mil maneras que eso no es verdad, pero os estoy diciendo lo que siento. Es mi responsabilidad porque empecé algo que ya no puedo deshacer. Fuera lo que fuese lo que me hizo, lo que nos hizo, la realidad es que resolví un caso de asesinato el año pasado. Ahora tengo seiscientos mil suscriptores que me escuchan y puedo utilizar eso para ayudar a la gente. Para ayudar a Jamie. Por eso no he tenido elección. Puede que no sea la única que pueda ayudar, pero soy la única que está aquí ahora mismo. Se trata de Jamie, mamá. No podría vivir tranquila si le pasara algo y yo hubiera dicho que no porque era lo más fácil. Lo más seguro. Lo que mis padres habrían querido. Por eso lo estoy haciendo. No porque quiera, sino porque debo. Yo ya lo he aceptado, y espero que vosotros también lo hagáis.

Pip vio con el rabillo del ojo a su padre asentir en una esquina, con la luz LED encima de él dibujándole líneas amarillas sobre la piel oscura de la frente. Su madre también lo vio y se giró hacia él con el ceño fruncido.

—Victor... —dijo.

—Leanne —respondió él, adentrándose en tierra de nadie—. Está muy claro que no está siendo imprudente. Ha sido una decisión muy deliberada. Y es todo lo que podemos pedirle, porque es su decisión. Ya tiene dieciocho años.

Se giró para sonreír a Pip, con ese brillo tan particular en los ojos. Exactamente igual que la miraba cada vez que contaba la historia de cómo se conocieron. Pip tenía cuatro años y correteaba por esta casa que él quería comprar, porque su madre tenía que enseñársela y la niñera había cancelado. Los seguía a todas las habitaciones y ella le ponía cara de un animal en cada una, a pesar de que su madre no paraba de decirle que se estuviera quieta para poder informar a este «buen hombre» sobre la cocina de lujo. Él siempre decía que, aquel día, las dos le robaron el corazón.

Pip le devolvió la sonrisa, y el hueco en el estómago empezó a encogerse un poco, dejando más espacio para ella a su alrededor.

—¿Y qué pasa con los riesgos, Victor? —dijo la madre de Pip, aunque había cambiado el tono de voz y parecía haber dejado de lado las ganas de bronca.

—El riesgo está en todas partes —dijo él—. Incluso al cruzar la calle. No sería diferente si fuera periodista o agente de policía. ¿Impediríamos entonces que hiciera este tipo de cosas por los posibles riesgos? Además: yo soy muy grande. Si a alguien se le ocurre hacerle daño a mi hija, le arrancaré la cabeza.

Pip se rio y su madre torció el gesto con una media sonrisa que no quería poner. La sonrisa ganó, de momento, pero tuvo que pelear bastante.

—Está bien —dijo su madre—. Pip, no soy tu enemiga, soy tu madre. Me preocupo por tu seguridad y por tu felicidad, las dos cosas que perdiste la última vez. Mi trabajo es protegerte, te guste o no. Así que, bueno, de acuerdo, acepto tu decisión. Pero estaré vigilando para asegurarme de que no te obsesionas hasta el punto de ser perjudicial, y más te vale creerme cuando te digo que no vas a perder ni un día de instituto, ni a desatender tus estudios —dijo contando con los dedos—. Estoy segura de que todo irá bien, pero si hay una mínima señal de peligro, quiero que nos lo cuentes al instante. ¿Me lo prometes?

—Gracias. —Pip asintió sintiendo una liberación en el pecho—. No será como la última vez, lo prometo. —Ya no era esa persona. Esta vez se portaría bien. Sí. Las cosas serían diferentes, le dijo a esa sensación de vacío que nunca la dejaba—. Pero os tengo que advertir: no creo que todo vaya a ir bien. Lo voy a decir de otra manera: no creo que veas mañana a Jamie en el trabajo.

Su madre se sonrojó y bajó la mirada, con los labios tan apretados que no eran más que una fina línea recta. De todas las caras de su madre, esta era la única que Pip no era capaz de descifrar.

—Bueno —dijo en voz baja—, yo opino que Jamie está bien y que, al final, esto no será nada. Por eso no quiero que te vuelques demasiado.

—Yo también espero que no sea nada —dijo Pip cogiendo la bolsa de mandarinas que le había dado su padre y colocándolas en el frutero—. Pero hay un par de banderas rojas. Su teléfono está apagado desde aquella noche y no lo han vuelto a encender. Y ese día se comportó de forma extraña, como fuera de sí.

Su madre colocó una hogaza en el cajón del pan.

—Solo digo que, quizá, comportarse de forma extraña no sea del todo raro en el caso de Jamie.

—¿Cómo? —Pip se quedó inmóvil y se apartó del paquete de avena que le estaba pasando su padre.

141

—Nada, nada —dijo ella, centrándose en las latas de tomate—. No debería haber dicho nada.

—¿Decir nada sobre qué? —insistió Pip con el corazón acelerado, muy consciente de la incomodidad de su madre. Entornó los ojos mirándole la nuca—. ¿Mamá? ¿Sabes algo de Jamie?

Nombre del archivo:

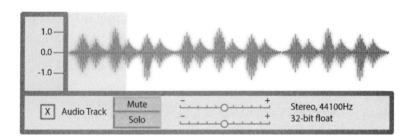 Asesinato para principiantes. TEMPORADA 2
Entrevista a mamá.wav

X	Audio Track	Mute		Stereo, 44100Hz
		Solo		32-bit float

Pip: Mamá, espera. Ya he preparado los micrófonos. ¿Puedes contarme qué ibas a decir sobre Jamie?

        [INAUDIBLE]

Pip: Mamá, tienes que... tienes que acercarte al micrófono. No puede coger tu voz desde ahí.

        [INAUDIBLE]

Pip: Por favor, ¿puedes sentarte y decirme qué pasa? Sea lo que sea.

Mamá: **[INAUDIBLE]**... tengo que preparar la cena.

Pip: Ya lo sé. Solo vamos a tardar unos minutos. Por favor. ¿A qué te referías con eso de que «quizá comportarse de forma extraña no sea del todo raro en el caso de Jamie»? ¿Ha pasado algo en el trabajo? Jamie tenía turno de tarde el viernes, antes del homenaje. ¿Se comportó de forma extraña en ese momento? ¿Te referías a eso? Por favor, mamá, podría serme de gran ayuda en la investigación.

Mamá: No... Es... No, no puedo, no es asunto mío.

Pip: Jamie ha desaparecido. Han pasado casi dos días enteros. Podría estar en peligro. No creo que le importe que sea o no asunto de los demás.

Mamá: Pero Joanna...

Pip: Ella es la que me pidió que hiciera todo esto. Es consciente de que puede que se entere de cosas sobre Jamie que no querría saber.

Mamá: ¿Joanna... Joanna cree que Jamie sigue trabajando en Proctor y Radcliffe? ¿Es lo que le dijo él?

Pip: Sí, claro, ¿qué quieres decir? Trabaja allí. Es donde estaba el viernes antes de desaparecer.

Mamá: No... Jamie ya no trabaja en la agencia. Lo dejó. Hará dos semanas y media, más o menos.

Pip: ¿Lo dejó? ¿Dimitió? Su familia no tiene ni idea, creen que sigue trabajando contigo. Se iba a trabajar todos los días. ¿Por qué les mentiría?

Mamá: No... no dimitió.

Pip: ¿Qué?

Mamá: Pip...

Pip: ¿Mamá?

Mamá: Hubo un incidente. Pero no quiero hablar de ello, no tiene nada que ver con esto. Lo que quiero decir es que puede que la desaparición de Jamie no sea algo tan raro... Y para qué montar tanto lío por él cuando...

Pip: Mamá, ha desaparecido. Cualquier cosa que pasara en las últimas semanas puede ser relevante. Cualquier cosa. Joanna no se va a enfadar si lo cuentas. Te lo aseguro. ¿Cuál fue ese incidente? ¿Cuándo sucedió?

Mamá: A ver... Tuvo que ser el miércoles, porque Todd no trabajaba. Siobhan y Olivia sí, pero estaban enseñando unas casas.

Pip: ¿El miércoles de hace dos semanas? ¿El día 11, entonces?

Mamá: Sí, me parece que sí. Yo había salido a comer, fui a visitar a Jackie

144

a la cafetería y dejé a Jamie solo en la oficina. Cuando volví... Supongo que llegué antes de lo que él esperaba, porque...

Pip: ¿Qué? ¿Qué estaba haciendo?

Mamá: Tenía mis llaves. Las debió de sacar de mi bolso en algún momento de la mañana, y las usó para abrir mi cajón mientras yo no estaba. Lo pillé sacando la tarjeta de crédito de la empresa.

Pip: ¿Cómo?

Mamá: Se puso muy nervioso cuando entré. Estaba temblando. Se inventó varias excusas de por qué había cogido la tarjeta, dijo que necesitaba pedir más sobres, luego que Todd le había pedido que hiciera algo por él. Pero sabía que estaba mintiendo, y Jamie se dio cuenta de que yo no me lo estaba tragando. Así que empezó a pedir disculpas una y otra vez. Dijo que lo sentía, que necesitaba dinero y... Dijo algo como: «No haría esto si no fuera una cuestión de vida o muerte».

Pip: ¿«Vida o muerte»? ¿A qué se refería con eso?

Mamá: No lo sé. Supongo que quería ir a un cajero y sacar varios cientos de libras. Sabía el PIN porque yo lo mandé una vez a por té. No sé para qué necesitaba el dinero, pero estaba desesperado, sin duda. Nunca habíamos tenido problemas antes de eso. Le ofrecí el trabajo para ayudarlo, para hacer un favor a Joanna y Arthur, porque Jamie tenía problemas para mantener los empleos que conseguía. Es un chico muy bueno, siempre lo ha sido, desde que era pequeño. El Jamie al que pillé al entrar casi parecía otra persona. Estaba muy asustado. Y muy avergonzado.

Pip: Debía de estar desesperado, porque sabría que, aunque hubiera conseguido coger el dinero, tú lo habrías descubierto tarde o temprano. ¿Por qué lo necesitaba con tanta urgencia?

Mamá: No le pregunté. Solo le dije que dejara la tarjeta en su sitio y me devolviera la llave, le aseguré que no iba a llamar a la policía. No tenía por qué causarle más problemas; parecía que ya tenía demasiado encima, fuera lo que fuese. Y me habría sentido muy culpable por denunciar al hijo de una amiga. Eso no se hace. Así que le dije a Jamie que no iba a contarle a nadie lo que había visto, pero que no podía seguir trabajando en Proctor y Radcliffe y que su contrato quedaba anulado. Le aconsejé que pusiese orden en su vida o le tendría que contar a Joanna lo sucedido. Él me dio las gracias por no llamar a la policía, me agradeció la oportunidad que le había dado y se marchó. Lo último que dijo antes de salir fue: «Lo siento muchísimo. No habría hecho algo así si no me hubiera visto obligado».

Pip: ¿Para qué necesitaba el dinero?

Mamá: No me lo dijo. Pero si estaba dispuesto a robar a la empresa y arriesgarse a que lo pillaran, lo único que se me ocurre es que fuera para algo... ilegal. Criminal.

Pip: No sé, puede ser. Pero esto no hace que su desaparición, dos semanas después, sea normal. En cualquier caso, esto me corrobora que Jamie está en peligro. Que anda metido en algo peligroso.

Mamá: La verdad es que nunca me habría imaginado que fuera de los que roban. Nunca.

Pip: ¿Y el único motivo que te dio fue que era una cuestión de vida o muerte?

Mamá: Es lo que me dijo, sí.

Pip: ¿La vida o muerte de quién?

Quince

Pip estaba segura de haber notado el momento exacto en el que el corazón de Joanna se empezó a romper. No fue cuando le contó a ella y a Connor lo de que Jamie había seguido a alguien hasta la fiesta *destroyer*. Tampoco cuando le contó que se fue a las diez y media y que lo vieron hablar por teléfono y mencionar a la policía. Ni siquiera cuando le dijo que Jamie les había estado mintiendo durante dos semanas sobre el trabajo ni cuando le contó cómo lo perdió. No. Fue en el preciso momento en el que nombró esas palabras: vida o muerte.

Instantáneamente cambió algo en Joanna: la forma en la que mantenía la cabeza alta, el perfil de sus ojos, la forma en la que su piel se apagó y palideció, como si algo de su vida se le hubiera escapado y se hubiera vertido en el aire frío de la cocina. Pip sabía que había dado voz a los peores miedos de Joanna al revelarle que esas palabras habían salido de la boca de su hijo.

—Pero no sabemos lo que Jamie quiso decir con eso. Puede que estuviera exagerando para intentar minimizar el lío en el que se acababa de meter, o para conseguir que mi madre empatizara con él —dijo Pip mirando primero a Connor y luego a los ojos rotos de Joanna. Arthur Reynolds no estaba. Por lo visto, llevaba fuera prácticamente todo el día y ninguno de los dos sabía dónde había ido. «Liberando tensiones», supuso su mujer—. ¿Tenéis alguna idea de para qué podría necesitar Jamie el dinero?

—¿El miércoles de hace dos semanas? —dijo Connor—. No había ningún cumpleaños ni ocasión especial cerca.

—Dudo mucho que Jamie intentara robar dinero para comprar regalos de cumpleaños —respondió Pip lo más amablemente que pudo—. ¿Sabéis si tenía alguna deuda? ¿La factura del teléfono? Sabemos que últimamente estaba bastante enganchado.

—No creo —dijo finalmente Joanna—. Tenía un buen sueldo en la agencia, seguro que le daba para pagarla. Tampoco gastaba más de lo normal. Jamie apenas se compra cosas para él, ni ropa, ni nada. Yo diría que su gasto principal es el almuerzo.

—Vale. Lo investigaré.

—¿Dónde iba Jamie? —preguntó Connor—. Cuando nos decía que se iba a trabajar.

—Eso también lo voy a investigar —dijo Pip—. Puede que simplemente saliera de casa para no tener que contaros lo que había pasado. O igual estaba buscando un nuevo empleo antes de contaros que había perdido el anterior. Sé que ese era un punto discordante entre él y su padre, así que a lo mejor estaba evitando otra discusión.

—Sí —dijo Joanna rascándose la barbilla—. Arthur se habría enfadado si se hubiera enterado de que había perdido otro trabajo. Y Jamie odia las confrontaciones.

—Volviendo a la fiesta *destroyer* —dijo Pip desviando la conversación—. ¿Sabéis con quién podría haber estado hablando Jamie por teléfono? ¿Alguien que le hubiera pedido hacer algo?

—No. Y no éramos ninguno de nosotros —respondió.

—¿Zoe? —preguntó Pip.

—No. No tuvo contacto con Jamie aquel día. La única persona a la que llama con regularidad es a Nat da Silva. O al menos, la llamaba.

—No era ella —dijo Pip—. Me dijo que Jamie no se presentó en su casa como habían planeado y que ignoró todos sus mensajes y llamadas.

—Pues entonces no sé. Lo siento —dijo Joanna bajando la voz, como si también se le escapara.

—Tranquila. —Pip alegró el tono para compensar—. Supongo que ya me lo habríais dicho, pero ¿habéis tenido suerte con las contraseñas del ordenador?

—Todavía no —dijo Connor—. Hemos seguido el cuestionario, probando todas las variantes intercambiando los números. Pero nada. Estamos apuntando todas las que vamos intentando, creo que ya llevamos más de seiscientas.

—Vale. Bueno, no desistáis. Mañana después de clase veré si puedo contactar con alguien que sea capaz de entrar a la fuerza sin perder los datos.

—Sí, seguiremos trabajando en ello. —Connor jugueteaba con los dedos. Había una bolsa de cereales abierta en la encimera detrás de él, y dos cuencos vacíos; Pip imaginó que es lo que habían cenado—. ¿Podemos hacer algo más, además de seguir con lo de las contraseñas? Lo que sea.

—Sí, claro —dijo tratando de pensar en algo—. Sigo revisando todos los vídeos y fotos que me están enviando de la fiesta *destroyer*. Como os he comentado, estoy buscando a todas las personas que estuvieron alrededor de la chimenea desde las 21.38 hasta las 21.50, aproximadamente. Lo único que he encontrado que pueda medio servir de algo es una foto hecha a las 21.29 en esa dirección. Aparecen unas nueve personas en ella, algunas de nuestro curso y otras del inferior. Puede que la foto se tomara demasiado pronto como para mostrarnos a la persona a la que miraba Jamie, pero hay algo que... Mañana podemos mirarlo en el instituto, Connor. Te voy a enviar las fotos y los vídeos para que los revises tú también, ¿de acuerdo?

—Vale. —Se puso recto en la silla—. Genial.

—Perfecto.

—He estado recibiendo mensajes —dijo Joanna—. De amigos y vecinos que han visto los carteles. No he salido de casa, llevo todo el día intentando entrar en el ordenador de Jamie y llamándolo por teléfono. ¿Me enseñas la foto que has utilizado?

—Sí, claro. —Pip pasó el dedo por el ratón para reactivar el ordenador. Navegó por los archivos recientes, hizo clic en la foto y giró el ordenador hacia Joanna—. Elegí esta —dijo—. Se le ve muy bien la cara y no está sonriendo demasiado, porque, a veces, la gente cambia bastante cuando sonríen de verdad. Es una que le hiciste tú antes de encender las velas de la tarta de cumpleaños, así que tampoco tiene el brillo extraño de las llamas. ¿Te parece bien?

—Sí —dijo Joanna cubriéndose la boca con la mano—. Sí, es perfecta.

Se le llenaron los ojos de lágrimas a medida que miraba la cara de su hijo de arriba abajo, como si le diera miedo fijar la vista en un punto durante demasiado tiempo. ¿Qué pensaría que vería si lo hacía? ¿O estaba analizando la cara para intentar recordar cada detalle?

—Voy un momento al baño —dijo Joanna con una voz distante mientras se levantaba tambaleándose de la silla.

Cerró la puerta de la cocina al salir y Connor suspiró, derrotado. Se arrancó los trozos de piel sueltos de alrededor de las uñas.

—Ha subido a llorar —dijo—. Lleva todo el día así. Sé que lo está haciendo, y ella debe de saber que lo sé. Pero no lo va a hacer delante de mí.

—Lo siento.

—A lo mejor cree que perderé la esperanza si la veo llorar.

—Lo siento mucho, Connor. —Pip intentó tocarle el brazo, pero él estaba demasiado lejos. Entonces ella cogió el ordenador y se lo colocó enfrente, cara a cara con Jamie—. Hoy hemos progresado, de verdad. Hemos rellenado más huecos en la línea temporal de aquella noche y tenemos un par de pistas que investigar.

Connor se encogió de hombros mirando la hora en su teléfono.

—A Jamie lo vieron por última vez a las 22.32, ¿verdad? Eso quiere decir que quedan cincuenta y siete minutos para que se cumplan las cuarenta y ocho horas. —Se quedó en silencio un instante—. No va a volver en los próximos cincuenta y siete minutos, ¿verdad?

Pip no sabía qué responder. Pero sí sabía que debía decir algo, algo que le debería haber dicho el día anterior: que no tocasen el cepillo de dientes de Jamie, ni su peine, ni nada que pudiera contener su adn, por si fuera necesario. Pero ahora no era el momento. En realidad, no estaba segura de que hubiera un momento adecuado para decir algo así. Una línea que no se podría descruzar.

Contempló la pantalla del ordenador, la cara medio sonriente de Jamie que la miraba directamente a los ojos, como si no los separaran diez días. Y entonces se dio cuenta: estaba sentado justo enfrente de ella, en esa misma mesa. Ella estaba allí y Jamie también, como si se hubiera abierto una grieta en el tiempo sobre la superficie de madera pulida. Todo estaba exactamente igual detrás de Jamie en la foto: la puerta del frigorífico con los imanes de recuerdo, la persiana color crema subida hasta un tercio de la ventana detrás del fregadero, la tabla de cortar de madera de pie en el mismo sitio, sobre el hombro izquierdo de Jamie, y el soporte cilíndrico negro para los cuchillos sobre el otro hombro, con seis cuchillos de tamaños diferentes con líneas de colores en los mangos.

De hecho —Pip miraba a la pantalla y a la cocina intermitentemente—, el soporte que se veía detrás de Jamie en la foto estaba completo, con todos los cuchillos dentro: el morado, el naranja, el verde claro, el verde oscuro, el rojo y el amarillo. Pero ahora faltaba uno. El del mango amarillo.

—¿Qué miras? —dijo Connor.

Pip no se había dado cuenta de que estaba detrás de ella, asomándose por encima de su hombro.

—Ah, nada —dijo—. Me estaba fijando en la foto y me he dado cuenta de que ahora falta uno de los cuchillos. Pero no es nada —repitió haciendo un gesto con la mano para descartar la idea.

—Seguramente esté en el lavavajillas. —Connor se acercó y lo abrió—. Mmm —dijo levantándose y mirando al fregadero. Rebuscó y el ruido de la porcelana chocando hizo que Pip sintiera un escalofrío—. Lo habrá metido alguien en un cajón sin querer. Yo siempre lo hago —dijo, pero en su voz había algo nervioso mientras se acercaba a abrir los cajones, removiendo lo que había dentro y sacándolos hasta que no podía más.

A Pip se le contagió el miedo de mirarlo y el corazón empezó a latirle cada vez más rápido, con cada sonido de los cubiertos, y una sensación muy fría acampó en su pecho. Connor seguía, frenético, hasta que abrió todos los cajones, como si a la cocina le hubieran salido dientes que mordían el resto de la estancia.

—Aquí no está —le dijo con angustia.

—Pregúntale a tu madre —dijo Pip poniéndose de pie.

—¡Mamá! —gritó Connor, desviando su atención hacia los armarios, abriendo todas las puertas hasta que pareció que la cocina estaba del revés.

Pip también se sentía del revés. Se le retorció el estómago y le temblaban las piernas. Escuchó a Joanna bajar las escaleras.

—Relájate, Connor —dijo Pip—. Probablemente esté por aquí.

—¿Y si no está? —dijo de rodillas, buscando en el armario de debajo del fregadero—. ¿Qué significaría eso?

¿Qué significaría eso? Puede que la próxima vez se tuviera que reservar sus observaciones para sí misma un rato más.

—Significaría que os falta un cuchillo.

—¿Qué falta? —dijo Joanna entrando por la puerta.

—Uno de vuestros cuchillos. El del mango amarillo —dijo Pip arrastrando el ordenador para enseñarle la foto a Joanna—. ¿Lo ves? Estaba ahí cuando le hiciste la foto a Jamie en su cumpleaños. Pero ya no está en el soporte.

—No está en ningún sitio —dijo Connor sin aliento—. He buscado por toda la cocina.

—Ya veo —dijo Joanna cerrando algunos de los armarios.

Volvió a buscar en el fregadero, removiendo todas las tazas y vasos que había dentro, y mirando por debajo. Buscó en el escurridor, aunque hasta Pip podía ver desde donde se encontraba que estaba vacío. Connor estaba frente al soporte de los cuchillos, sacándolos uno a uno, como si el amarillo pudiera estar escondido debajo de otro.

—Pues se ha perdido —dijo Joanna—. No está en ninguno de los sitios en los que debería estar. Le preguntaré a Arthur cuando vuelva.

—¿Recuerdas haber usado ese cuchillo? —preguntó Pip. Volvió a echar un vistazo a las fotos del cumpleaños—. Jamie utilizó el rojo para cortar la tarta de cumpleaños, pero ¿recuerdas, desde entonces, utilizar el amarillo?

Joanna miró hacia la derecha, haciendo pequeños movimientos con los ojos al rebuscar entre sus recuerdos.

—Connor, ¿cuándo hicimos la mousaka esta semana?

El pecho de Connor se movía al ritmo rápido de su respiración.

—Fue el día que llegué tarde, después de la clase de guitarra, ¿no? El miércoles, entonces.

—Sí, el miércoles. —Joanna se giró hacia Pip—. No recuerdo usarlo, pero es el que uso siempre para cortar las berenjenas, porque es el más afilado y el que tiene la hoja más ancha. Me habría dado cuenta de que no estaba, seguro.

—Vale, vale —dijo Pip dándose tiempo para pensar—. Entonces probablemente el cuchillo se perdió en estos últimos cuatro días.

—¿Y eso qué quiere decir? —preguntó Joanna.

—No tiene por qué significar algo —dijo Pip con tacto—. Puede que no tenga nada que ver con Jamie. Igual aparece en algún sitio de la casa en el que no se os ha ocurrido buscar. Ahora mismo es una simple información fuera de lo normal, y yo quiero saber todo lo que esté fuera de lo normal, sea lo que sea. Eso es todo.

Se debería haber reservado ese comentario, el pánico en los ojos de ambos lo confirmó. Pip miró los cuchillos, hizo una foto del soporte y de la ranura vacía con su teléfono intentando no llamar demasiado la atención. Volvió a su portátil y buscó en Google la marca de cuchillos. Apareció una imagen de la página web con todos colocados en fila.

—Sí, son esos —dijo Joanna detrás de ella.

—Vale. —Pip cerró el ordenador y lo volvió a guardar en la mochila—. Te envío luego los archivos de la fiesta *destroyer*, Connor. Voy a quedarme hasta tarde examinándolos, así que envíame un mensaje si encuentras cualquier cosa. Y, bueno, supongo que nos veremos mañana en el instituto. Buenas noches, Joanna, que descanses.

«¿Que descanses?» Qué estupidez. Evidentemente, no iba a descansar.

Pip salió de la habitación con una sonrisa recta y apretada y esperó que ellos no pudieran deducir nada por su cara, ninguna pista del pensamiento que se le acababa de pasar por la cabeza. El pensamiento que tuvo sin poder evitarlo, mirando la imagen de los seis cuchillos de colores ordenados en fila, rodeando mentalmente el amarillo. El pensamiento de que, si alguien quisiera utilizar un cuchillo como arma, sería ese. El que falta.

Nombre del archivo:

 Fotografías del soporte de los cuchillos el jueves pasado y hoy.jpg.

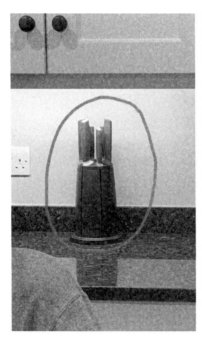

Nombre del archivo:
 Notas del caso 3.docx

El cuchillo perdido

Puede que no sea relevante, espero de verdad que no lo sea, si no, este caso ya habrá dado el giro siniestro que yo no quería que tomase. Pero el momento parece oportuno: la misma semana desaparecen Jamie y un cuchillo de su casa. ¿Cómo se pierde un cuchillo tan grande como ese (según la web, 15 centímetros) dentro de casa? Es muy raro. Lo deben de haber sacado en algún momento después del miércoles por la noche.

Comportamiento extraño

Intentar robar dinero de la empresa de mamá es, sin duda, un comportamiento extraño en Jamie. Lo sé. Los Reynolds también lo han confirmado: nunca había robado nada. ¿Cuál era su plan? ¿Ir con la tarjeta a un cajero y sacar la cantidad máxima permitida (Google dice que pueden ser entre 250 y 500 libras)? ¿Y por qué estaba tan desesperado? Me viene un pensamiento aleatorio: ¿podría tener algo que ver con el reloj de mujer que encontré en su mesita de noche? No parece nuevo, pero ¿a lo mejor lo compró de segunda mano? ¿O también lo había robado?

¿Y qué significaba ese comentario de «de vida o muerte»? Me entran escalofríos solo de pensar en lo que tuvo que pasarle para llegar a hacer algo así. ¿Se refería a él mismo o a otra persona? (*N. B.*: comprar un reloj de mujer de segunda mando probablemente no entre en la categoría de «de vida o muerte».)

El hecho de que no le dijera a su familia que había perdido su trabajo no me parece necesariamente sospechoso. Es normal que quisiera ocultar el motivo de su despido, pero también tiene sentido que no le apeteciera revelar que se había vuelto a quedar en el paro, dada la tensión que ya había entre Jamie y su padre a causa de su incapacidad de mantener un empleo y su falta de ambición e iniciativa.

157

Y, hablando de comportamientos extraños: ¿dónde ha estado Arthur Reynolds todo el día? Sí, entiendo que no cree que Jamie haya desaparecido de verdad, que es probable que haya huido después de la discusión que tuvieron y que regresará en unos días sano y salvo. Las experiencias pasadas respaldan esta teoría. Pero si tu mujer y tu hijo pequeño están tan convencidos de que pasa algo, ¿lo normal no sería empezar a plantearse esa posibilidad? Está claro que Joanna está desesperada y, aunque Arthur no crea que pase nada, ¿no debería acompañarla y apoyarla? Sigue sin querer tener nada que ver con esta investigación. Puede que cambie de parecer en algún momento, pero ya hemos superado la marca de las cuarenta y ocho horas.

La fiesta *destroyer*

¿Qué hacía Jamie allí? La teoría en la que estoy trabajando es que ese «alguien» a quien Jamie vio es probablemente una persona de mi curso o de un curso inferior. Jamie la localizó en el homenaje y, después, la siguió por Highmoor (supuestamente con más amigos) hasta la fiesta *destroyer* en casa de Stephen Thompson. Sospecho que Jamie se coló (lo vieron a las 21.16) y que pretendía hablar con este «alguien», ¿por qué si no lo iba a seguir? A las 21.38 creo que Jamie estaba observando a «alguien» cerca de la chimenea. Una foto hecha a las 21.29 muestra a nueve personas identificables en esa zona.

Del último curso: Elspeth Crossman, Katya Juckes, Struan Copeland, Joseph Powrie, Emma Thwaites y Aisha Bailey.

Del penúltimo curso: Yasmin Miah, Richard Willett y Lily Horton.

La foto no muestra exactamente lo que veía Jamie, pero es lo más parecido que he encontrado. Los buscaré mañana en el instituto para ver si saben algo.

Pistas abiertas

- He recibido más fotos / vídeos de la fiesta *destroyer.* Tengo que examinarlas

- Hillary F. Weiseman: la única Hillary F. Weiseman que he encontrado es la señora de 84 años que murió en Little Kilton en 2006. La esquela dice que dejó una hija y dos nietos, pero no doy con ningún otro Weiseman. ¿Por qué escribió Jamie su nombre en la última semana y media? ¿Qué conexión tienen?

- ¿Con quién hablaba Jamie por teléfono a las 22.32? Una conversación larga, ¿de más de 30 minutos? ¿Con la misma persona con la que ha estado hablando y escribiéndose en las últimas semanas? No es Nat da Silva.

- La identidad de «alguien» y por qué Jamie lo siguió hasta la *destroyer*.

- Robar dinero: ¿por qué? ¿Vida o muerte?

LUNES
3 DÍAS DESAPARECIDO
Dieciséis

Ya no se sentaba en la primera fila. Antes sí, en esta clase, a esta misma hora, cuando era Elliot Ward el que estaba al frente hablándoles del impacto económico de la Segunda Guerra Mundial.

Ahora estaba el señor Clark, el nuevo profesor de Historia, que llegó después de Navidad para sustituir al señor Ward. Era joven, puede que no llegara ni a los treinta, tenía bastante pelo y una barba prácticamente pelirroja muy bien perfilada. Estaba más dispuesto y puede que demasiado entusiasmado con las transiciones de las diapositivas de Power-Point. Y con sus efectos de sonido. Aunque era lunes por la mañana y demasiado temprano para oír explotar granadas de mano.

Tampoco es que Pip estuviera escuchando. Estaba sentada en la esquina de atrás. Ese era su sitio ahora, y Connor estaba a su lado: eso no había cambiado. Él había llegado tarde y tampoco estaba prestando atención. Movía nervioso la pierna debajo de la mesa.

El libro de texto de Pip estaba de pie sobre el pupitre, abierto por la página 273, pero no estaba tomando apuntes. El libro hacía las veces de escudo para esconderla de la mirada del señor Clark. Tenía el teléfono apoyado en la mesa, los auriculares puestos, escondidos por dentro del jersey con el cable saliendo por la manga. Totalmente oculto. El señor Clark debía de pensar que Pip estaba apoyando la barbilla en la mano mientras apuntaba fechas y porcentajes, pero, en realidad, estaba revisando archivos de la fiesta *destroyer*.

Entre anoche y esta mañana recibió otra oleada de emails con datos adjuntos. Se debía de haber corrido la voz sobre lo que le había pasado a Jamie. Pero seguía sin tener fotos en el sitio ni a las horas que necesitaba. Pip miró el reloj: quedaban cinco minutos para que sonara el timbre, suficiente para abrir otro email.

El siguiente era de Hannah Revens, de su clase de Lengua.

Hola, Pip: Alguien me dijo esta mañana que estás buscando al hermano desaparecido de Connor y que estaba en la fiesta *destroyer* del viernes. Este vídeo me da muchísima vergüenza —por lo visto se lo envié a mi novio a las 21.49 cuando iba ya superpedo—, por favor, no se lo enseñes a nadie. Pero hay un chico en el fondo al que no reconozco. Nos vemos en el instituto, bs.

Pip sintió cómo los nervios le recorrían la espalda hasta el cuello. La hora a la que hizo el vídeo y un chico que Hannah no reconoce. Esto podría ser la pista definitiva. Hizo clic en el archivo adjunto y pulsó el play.

El sonido le penetró el oído: la música alta, una multitud de voces hablando, gritos y risas que debían de proceder del juego de *beer pong* en el comedor. Pero el vídeo se grabó en el salón. La cara de Hannah ocupaba casi todo el encuadre, ya que se apuntaba con el brazo estirado. Estaba reclinada sobre el respaldo de un sofá frente al que estaba sentada Jasveen a las 21.38 y uno de sus extremos se veía en el fondo.

Hannah aparecía sola, con el filtro de perrito de Instagram en la cara y unas orejitas marrones sobresaliéndole del pelo, siguiéndola mientras movía la cabeza. Sonaba la última canción de Ariana Grande y Hannah estaba haciendo *playback* de forma muy exagerada. Cogía aire y cerraba los ojos cuando la canción lo pedía.

No era una broma, ¿no? Pip siguió viéndolo, fijándose en lo que ocurría detrás de la cabeza de Hannah. Reconoció dos caras: la de Joseph Powrie y la de Katya Juckes. Y, a juzgar por la posición de los sofás, debían de estar de pie frente a la chimenea, que no entraba en la imagen. Estaban hablando con otra chica que le daba la espalda a la cámara. Tenía el pelo oscuro, largo y liso, y llevaba vaqueros. Podría ser un montón de gente que conocía Pip.

El vídeo casi había terminado, la línea azul ya casi había llegado al extremo. Quedaban seis segundos. Y justo en ese momento pasaron dos cosas al mismo tiempo. La chica con el pelo largo y oscuro se giró y empezó a alejarse de la chimenea, hacia la cámara de Hannah. De forma simultánea, desde el otro lado del encuadre, una persona se le cruzó. Caminaba muy rápido, así que lo único que se vio era el borrón de la camisa y la cabeza flotando por encima. Una camisa burdeos.

Cuando las dos figuras estaban a punto de chocar, Jamie le dio un golpecito a la chica en el hombro.

Y terminó el vídeo.

—Mierda —susurró Pip a su manga mientras avisaba a Connor.

Sabía perfectamente quién era esa chica.

—¿Qué? —siseó él.

—«Alguien.»

—¿Cómo?

Sonó el timbre y el ruido metálico le recorrió el cuerpo,

provocándole un escalofrío. Tenía el oído mucho más sensible cuando dormía poco.

—Al pasillo —dijo guardando el libro de Historia en la mochila y quitándose los auriculares.

Se levantó y se colocó la mochila en el hombro, sin prestar atención a los deberes que estaba mandando el señor Clark.

Estar al fondo de la clase significa ser la última en salir, esperar impacientemente a que todo el mundo se vaya. Connor siguió a Pip hasta el pasillo y ella lo guio hasta la pared del final.

—¿Qué pasa? —preguntó Connor.

Pip desenredó los auriculares y los metió, uno a uno, en las orejas puntiagudas de Connor.

—Ay, ten cuidado. —Se colocó las manos sobre las orejas para que no se escapara el sonido mientras Pip sujetaba el teléfono y pulsaba el play. Una pequeña risilla apareció en la cara de Connor—. Madre mía, qué vergüenza —dijo tras unos segundos—. ¿Eso es lo que me querías ense...?

—Evidentemente, no —lo cortó—. Espera al final.

Y, cuando llegó, entornó los ojos y dijo:

—¿Stella Chapman?

—Sip. —Pip le quitó los auriculares con demasiada fuerza, haciéndole daño otra vez—. Stella Chapman debe de ser ese «alguien» al que vio en el homenaje y siguió hasta la fiesta.

Connor asintió.

—¿Y qué hacemos ahora?

—Buscarla a la hora del almuerzo y hablar con ella. Preguntarle de qué se conocen, de qué hablaron. Por qué Jamie la siguió.

—Vale, me parece bien —dijo Connor cambiando ligeramente la expresión de su cara, como si los músculos se le hubieran movido, soltado—. Esto es bueno, ¿no?

—Sí —asintió.

Aunque «bueno» puede que no fuera la palabra más adecuada. Pero al menos estaban llegando a algún sitio.

—¿Stella?

—Ah, hola —respondió la chica con la boca llena de Twix. Entrecerró los ojos avellanados y sus perfectas mejillas se acentuaron aún más por el iluminador que se había aplicado sobre la piel bronceada.

Pip sabía exactamente dónde esperarla. Eran vecinas de taquilla, Chapman estaba a seis puertas de Fitz-Amobi y se saludaban casi todas las mañanas, con unos «Hola» marcados siempre por el desagradable chirrido de la puerta de la taquilla de Stella. Pip se había preparado para eso cuando Stella abrió la puerta y colocó dentro los libros.

—¿Qué tal?

La mirada de Stella se paró por encima de los hombros de Pip, en Connor, que estaba detrás de ella. Tenía un aspecto ridículo, con las manos en las caderas como si fuera un guardaespaldas. Pip lo miró enfadada hasta que se relajó y retrocedió un poco.

—¿Vas al comedor? —preguntó Pip—. Quería saber si podía hablar contigo de una cosa.

—Eh, sí. Voy a la cafetería. ¿Qué pasa?

—Nada —dijo Pip como si tal cosa, acompañando a Stella por el pasillo—. Solo quería saber si podía robarte unos minutos. ¿Aquí? —Pip se detuvo y abrió la puerta de la clase de Matemáticas, que ya había comprobado que estaba vacía.

—¿Por qué? —Era evidente que Stella sospechaba algo.

—Mi hermano ha desaparecido. —Connor intervino colocándose de nuevo las manos sobre las caderas.

¿Estaba intentando parecer intimidante? Porque no le estaba saliendo nada bien. Pip volvió a lanzarle una mirada brusca; normalmente a él se le daba bien interpretarlas.

—Igual te has enterado de que estoy investigando su desaparición —dijo Pip—. Solo quiero hacerte algunas preguntas sobre Jamie Reynolds.

—Lo siento —dijo Stella incómoda, retorciéndose las puntas del pelo—. No lo conozco.

—Per... —Connor empezó a hablar, pero Pip lo interrumpió.

—Jamie estuvo en la fiesta *destroyer* el viernes. De momento, es la última vez que lo vieron —dijo—. He encontrado un vídeo en el que Jamie se acerca a hablar contigo en la fiesta. Solo quiero saber de qué hablasteis y de qué os conocéis. Eso es todo.

Stella no respondió, pero su cara lo decía todo: se le abrieron mucho los ojos y su frente se llenó de líneas.

—Tenemos que encontrarlo, Stella —dijo amablemente Pip—. Podría estar en problemas, problemas serios, y cualquier cosa que ocurriera aquella noche puede ayudarnos a averiguar dónde ha ido. Es... Es una cuestión de vida o muerte —dijo evitando mirar hacia Connor.

Stella se mordió el labio con los ojos cerrados mientras ponía en orden sus pensamientos.

—Está bien —dijo.

Nombre del archivo:

 *Asesinato para principiantes. TEMPORADA 2:* Entrevista a Stella Chapman.wav

1.0	
0.0	
-1.0	

X	Audio Track	Mute		Stereo, 44100Hz
		Solo		32-bit float

Stella: ¿Así está bien?

Pip: Sí, genial, te escucho perfectamente. ¿Me puedes contar cómo conociste a Jamie Reynolds?

Stella: Es que... no... lo conozco.

Connor: **[INAUDIBLE]**

Pip: Connor, no puedes hablar mientras grabamos.

Connor: **[INAUDIBLE]**

Stella: Eh... Yo... Yo...

Pip: De hecho, Connor, ¿por qué no vas yendo a comer? Nos vemos allí.

Connor: **[INAUDIBLE]**

Pip: No, Connor, en serio. Insisto. Nos vemos allí. Cierra la puerta, por favor. Gracias. Lo siento. Está muy preocupado por su hermano.

Stella: Ya, no pasa nada, es normal. Es que no quería hablar de su hermano delante de él, no sé. Es raro.

Pip:	Sí, lo entiendo. Es mejor así. Bueno, ¿de qué conoces a Jamie?
Stella:	No lo conozco, de verdad. De nada. El viernes fue la primera vez que hablé con él. No sabía quién era hasta que vi los carteles esta mañana de camino al instituto.
Pip:	Voy a ponerte un vídeo. Ignora la cara de Hannah. Fíjate, en el fondo, te separaste de Katya y entonces Jamie se acerca a ti.
Stella:	Sí. Fue un poco... raro. Muy raro. Creo que tuvo que haber algún tipo de malentendido o algo. O él se confundió.
Pip:	¿A qué te refieres? ¿De qué quería hablar contigo?
Stella:	Bueno, como ya has visto, me dio un golpecito en el hombro, así que me di la vuelta y él dijo: «Leila, eres tú». Y yo le dije: «No, soy Stella». Pero él siguió repitiendo: «Leila, eres tú de verdad», y no escuchaba lo que yo le decía: «No, no soy Leila».
Pip:	¿Leila?
Stella:	Sí. Fue bastante insistente y luego le dije: «Lo siento, pero no sé quién eres» y me fui y él dijo algo como: «Leila, soy yo, Jamie. Casi no te reconozco porque te has cambiado el pelo». Estaba muy confundida. Y él también parecía muy confuso. Luego me preguntó que qué hacía en una fiesta de instituto. En ese momento yo ya me estaba empezando a asustar, así que le dije: «No soy Leila, me llamo Stella y no sé de qué me estás hablando. Déjame en paz o voy a gritar». Y me marché. Eso fue todo. No dijo nada más, ni me siguió. De hecho, parecía muy triste cuando me fui, pero no sé por qué. Sigo sin entender lo que pasó, ni a quién se refería. O si era una táctica de ligoteo un poco turbia, no lo sé. Es mayor que nosotros, ¿verdad?
Pip:	Sí, tiene veinticuatro. Entonces, a ver si lo he entendido bien: te llamó Leila, varias veces, diciendo: «Soy yo, Jamie» cuando tú no lo reconociste. Y luego te comentó que te habías cambiado el pelo...

Stella:	Cosa que no he hecho. Llevo con el pelo igual toda la vida.
Pip:	Claro. Y también te preguntó: «¿Qué haces en una fiesta de instituto»?
Stella:	Sí, con esas mismas palabras, prácticamente. ¿Por qué? ¿En qué piensas?
Pip:	Stella..., en tus redes sociales, no sé, en Insta, por ejemplo, ¿tienes muchas fotos tuyas? ¿Selfis o fotos en las que salgas sola?
Stella:	Bueno, sí. La mayoría son así. ¿Por qué lo preguntas?
Pip:	Por nada. ¿Cuántas fotos tuyas has publicado?
Stella:	Ni idea, un montón. ¿Por?
Pip:	¿Cuántos seguidores tienes?
Stella:	No muchos. ¿Ochocientos o así? ¿Por qué, Pip? ¿Qué pasa?
Pip:	Creo que... Me parece que Jamie ha estado hablando con un impostor.
Stella:	¿Cómo?
Pip:	Alguien que ha utilizado tus fotos y ha dicho que se llama Leila.
Stella:	Ah. En realidad tiene sentido, ahora que lo dices. Sí, desde luego parecía que Jamie creía que me conocía, y por la forma en la que me hablaba, él esperaba que yo también lo conociera. Como si hubiéramos hablado mucho antes. Y, evidentemente, nunca cara a cara, claro.
Pip:	Sí. Y si es lo que yo creo, seguramente habrá editado tus fotos de alguna forma, de ahí el comentario de «Te has cambiado el pelo». Creo que Jamie te vio en el homenaje. Bueno, que vio a quien él creía que era Leila, y era la primera vez que la veía en persona, pero estaba confundido porque tú tenías un aspecto diferente. Luego te siguió cuando fuiste a la fiesta *destroyer* y

esperó la oportunidad de hablar contigo. Pero también estaba confundido porque tú estuvieras allí, en una fiesta de instituto, rodeada de chavales de dieciocho años, por lo que deduzco que Leila le dijo que era mayor, unos veintitantos.

Stella: Sí, tiene mucho sentido. Todo encaja. Ay, Dios, me siento fatal por lo que le dije ahora que sé que no pretendía hacer nada raro. Y se quedó muy hecho polvo después. Seguramente se daría cuenta, ¿no? De que Leila no era real, de que lo habían engañado.

Pip: Eso parece.

Stella: ¿Y ahora ha desaparecido? En plan, ¿desaparecido de verdad?

Pip: Sí, desaparecido de verdad. Justo después de descubrir que lo habían engañado.

De: harryscythe96@yahoo.com

14.41 h

Para: APPpodcast@gmail.com

Asunto: He visto a Jamie Reynolds

Estimada Pippa Fitz-Amobi:

Hola, soy Harry Scythe. Soy un ferviente admirador de tu pódcast —¡brutal la primera temporada!—. Vivo en Kilton y ahora mismo trabajo en la librería (desde donde te estoy escribiendo). El viernes, después de cerrar, unos compañeros de trabajo y yo fuimos al homenaje. No conocíamos a Andie ni a Sal, pero nos pareció adecuado pasarnos por allí. Después fuimos a casa de un colega en Wyvil Road a picar algo y tomar unas cervezas.

En fin, que cuando nos fuimos, creo que me crucé con el chico al que buscas, Jamie Reynolds. Diría que estoy seguro al 98 % de que era él, y al ver los carteles esta mañana, he hablado con mis amigos y ellos también lo creen. Así que he pensado que tenía que avisarte cuanto antes. Lo vimos dos colegas, que ahora también están trabajando, y yo, así que no dudes en ponerte en contacto o venir a hablar con nosotros si crees que esta información es útil para tu investigación.

Atentamente,

Harry

Diecisiete

El Sótano de los Libros destacaba en High Street. Siempre había sido así, desde que Pip tenía memoria. Y no solo porque era su sitio favorito y siempre arrastraba a su madre del brazo cuando «necesitaba» otro libro; sino que destacaba literalmente: el dueño había pintado el exterior de la tienda de un alegre y llamativo color morado, cuando el resto de la calle mantenía la uniformidad con las fachadas blancas impolutas y vigas de madera. Por lo visto causó algún que otro revuelo hace diez años.

Connor iba algo rezagado. Todavía no se fiaba demasiado de la «teoría del impostor», según había dicho. Incluso cuando ella señaló, citando literalmente a Connor, que Jamie se había pasado las últimas semanas pegado al teléfono.

—Encaja con todo lo que sabemos hasta ahora —dijo sin apartar la vista de la tienda de libros que estaba más adelante—. Las llamadas nocturnas, esconder la pantalla para que nadie viera con quién hablaba... Todo apunta a que su relación con la tal Leila, la que lo engañó, era amorosa. Seguramente Jamie se sintiera vulnerable después de lo que pasó con Nat da Silva, no es raro que se pillara por alguien de internet. Y más si ese alguien usa las fotos de Stella Chapman.

—Puede ser. Pero no es lo que me esperaba.

Connor agachó la cabeza en un movimiento que podría identificarse como un encogimiento de hombros o como un gesto de asentimiento.

El cambio de compañero de investigación no le convencía. Ravi sabía qué decir, qué destacar, cómo hacer que pensara con claridad. Y saltaba con ella, de la mano, incluso a las conclusiones más locas. Trabajaban así, sacando lo mejor del otro, sabiendo cuándo hablar y cuándo estar ahí, sin más. Ravi seguía en el juzgado, pero ella lo llamó después de entrevistar a Stella. Él estaba esperando a que empezara la defensa de Max porque el fiscal había hecho un receso y aprovecharon para hablar del tema Jamie y Leila hasta que todo tuvo sentido. En cambio, era ya la tercera vez que se lo explicaba a Connor, quien continuaba encogiéndose de hombros y llenando de dudas la cabeza de Pip. Y no había tiempo para titubeos, así que Pip intentó ignorarlos acelerando el paso y haciendo que a Connor le costara seguirle el ritmo.

—Es la única explicación que encaja con todas las pruebas que tenemos —dijo—. Las corazonadas tienen que seguir a las pruebas, así es como funciona. —Centró su atención en El Sótano de los Libros y se paró delante de la puerta—. Cuando terminemos con estos chicos que quizá hayan visto a Jamie, volveremos a mi casa para intentar localizar a la tal Leila y confirmar la teoría. Ah —se dio la vuelta para mirarlo—, y deja que hable yo, por favor. Es mejor así.

—Que sí, que vale —dijo—. Ya te he pedido disculpas por lo de Stella.

—Lo sé. Y sé que estás preocupado. —Pip suavizó el gesto—. Deja que me encargue yo. Para eso estoy aquí.

Pip empujó la puerta de cristal y entró en la librería, haciendo sonar una campanita. Le encantaba cómo olía, una especie de aroma antiguo, añejo y atemporal. Era fácil perderse allí dentro, en un laberinto de estanterías de caoba oscuras señaladas por letras de metal dorado. Desde pequeña, siempre terminaba frente a la estantería de «Crimen».

—Hola —dijo una voz profunda desde detrás del mostrador. Y a continuación—: Ah, eres tú. Hola.

El chico junto a la caja registradora se acercó hacia ellos. No pegaba mucho, era tan alto como las estanterías y casi igual de ancho, tenía los brazos muy musculados y el pelo oscuro recogido en un pequeño moño.

—Soy Harry —dijo extendiéndole la mano a Pip—. Scythe —aclaró al apretársela—. El que te escribió el email.

—Ya. Muchas gracias —dijo Pip—. He venido en cuanto he podido, hemos salido corriendo nada más terminar la última clase. —Una lámina de madera crujió bajo los pies de Connor—. Este es Connor Reynolds, el hermano de Jamie.

—Hola —dijo Harry estrechando también su mano—. Siento lo de tu hermano, tío.

Él murmuró varias palabras inacabadas.

—¿Te puedo hacer algunas preguntas sobre lo que viste el viernes por la noche? —preguntó Pip—. ¿Te importa si lo grabo?

—Sí, sí, claro, sin problema. ¡Oye, Mike! —gritó a un chico que estaba rellenando las repisas—. ¡Vete al despacho a buscar a Soph! Estábamos los tres juntos cuando lo vimos —explicó.

—Perfecto. ¿Puedo colocar aquí los micrófonos? —Señaló el escritorio junto a la caja registradora.

—Claro, claro. Desde las cuatro hasta la hora de cerrar no suele haber demasiado trabajo.

Harry apartó un montón de bolsas de papel para que Pip pudiera dejar la mochila. Sacó el portátil y los dos micrófonos USB.

Soph y Mike aparecieron por la puerta del despacho, en la parte de atrás de la librería. Pip siempre había tenido interés por saber lo que había allí, la típica curiosidad que se va desvaneciendo con el paso de los años.

Intercambiaron saludos y presentaciones, y Pip indicó a los trabajadores de El Sótano de los Libros que se colocaran alrededor de los micrófonos. Tuvo que elevar un poco el de ellos sobre una pila de libros para compensar la altura de Harry.

Cuando estuvieron todos preparados, Pip pulsó el botón de grabar y asintió.

—Bien. Harry, me dijiste que después del homenaje fuiste a casa de alguien. ¿De quién?

—A la mía —dijo Mike rascándose con fuerza la barba y haciendo que la línea de audio en la pantalla del ordenador de Pip se disparara. Parecía mayor que los otros dos, bien entrado en la treintena—. En Wyvil Road.

—¿Más o menos a qué altura?

—En el número cincuenta y ocho, a la mitad de la calle, justo antes de la curva.

Pip sabía exactamente dónde era.

—De acuerdo. ¿Y pasasteis toda la noche juntos?

—Sí —confirmó Soph—. Nosotros y nuestra amiga Lucy. Hoy no trabaja.

—¿Y salisteis todos de casa de Mike a la misma hora?

—Sí. Conduje yo —dijo Harry—. Dejé a Soph y a Lucy de camino a mi casa.

—Vale —dijo Pip—. ¿Y os acordáis alguno de a qué hora os fuisteis exactamente?

—Pues serían las 23.45, más o menos, ¿no? —dijo Harry mirando a sus amigos—. Es lo que deduzco por la hora a la que llegué a mi casa.

Mike negó con la cabeza.

—Creo que fue antes, porque yo ya estaba en la cama a las 23.45, miré el reloj del teléfono cuando fui a poner la alarma. Me fui directo a dormir en cuanto os marchasteis y solo tardo cinco minutos en prepararme, así que creo que más bien fue a las 23.40.

—¿23.40? Genial, gracias —dijo Pip—. Y ¿me podéis decir algo sobre cuando visteis a Jamie? ¿Dónde estaba? ¿Qué hacía?

—Caminaba —dijo Harry apartándose un mechón de pelo de la cara—. Bastante rápido. Como con un objetivo, quiero decir. Iba por la acera de la casa de Mike y cruzó unos metros detrás de nosotros. Ni siquiera nos miró. Parecía muy concentrado en su destino.

—¿En qué dirección iba?

—Subiendo Wyvil Road —dijo Mike—. Alejándose del centro.

—¿Subió la calle entera? ¿O giró, digamos, en Tudor Lane o en algún otro sitio? —preguntó Pip apretándose los auriculares contra las orejas y mirando a Connor para comprobar que estuviera bien.

Él los observaba con atención, analizando con la mirada cada palabra que se decía.

—No lo sé —dijo Harry—. Lo perdimos de vista cuando pasó por nuestro lado, nosotros íbamos en dirección opuesta en el coche. Lo siento.

—Y ¿estáis seguros de que era Jamie Reynolds?

—Sí, estoy bastante segura de que era él —dijo Soph inclinándose de forma instintiva hacia el micrófono—. No había nadie más en la calle a esa hora, así que nos fijamos bastante en él. No sé si me explico. En cuanto Harry me enseñó el cartel, lo supe. Yo salí la primera y vi a Jamie caminando hacia nosotros. Luego me giré para despedirme de Mike.

—¿Qué ropa llevaba? —preguntó Pip.

No era una prueba exactamente, simplemente tenía que asegurarse.

—Llevaba una camisa rojo oscuro —dijo Soph buscando la confirmación en los ojos de sus amigos.

—Sí, burdeos —confirmó Harry—. Vaqueros y deportivas.

Pip desbloqueó su teléfono y buscó la foto de Jamie en el homenaje. Se la enseñó y Soph y Harry asintieron. Pero solo ellos dos.

—No sé —dijo Mike torciendo la boca en una especie de mueca—. Yo juraría que llevaba algo más oscuro. A ver, solo lo vi un par de segundos, y era de noche. Pero creo que llevaba una capucha. Lucy también lo piensa. Y estoy seguro de que no se le veían las manos porque las llevaba en unos bolsillos. En plan, los de una chaqueta. Si llevaba solo la camisa, ¿dónde habría metido las manos? Pero es verdad que llegué el último a la puerta, así que solo lo vi de espaldas.

Pip volvió a darle la vuelta al teléfono y miró la foto de Jamie.

—Esta es la ropa que llevaba el día que desapareció —dijo.

—Ah. Pues supongo que no me fijé —concedió Mike echándose hacia atrás.

—No pasa nada. —Pip sonrió—. Cuesta acordarse de los pequeños detalles que no sabes que luego serán relevantes. ¿Recordáis algo más sobre Jamie? ¿Su comportamiento?

—Nada destacable —dijo Harry hablando por encima de Soph—. Lo único de lo que me di cuenta es de que respiraba con intensidad. Pero me pareció un chico que tenía prisa por llegar a algún sitio, nada más.

«Que tenía prisa por llegar a algún sitio.» Pip volvió a reproducir esas palabras, añadiendo: «Y ahora no está en ninguno».

—Muy bien. —Paró la grabación—. Muchas gracias a los tres por vuestro tiempo.

Dieciocho

Pip volvió a mirar en el trozo de papel que tenía en la mano, repasando la lista que había escrito hacía una hora.

«Leila.»

«Leyla.»

«Laila.»

«Layla.»

«Leighla.»

«Lejla.»

—Esto es imposible —dijo Connor desplomándose derrotado en la silla que Pip había subido de la cocina.

Pip giró impaciente su silla dejando que el aire moviera la lista que sujetaba en la mano.

—Nuestro impostor se preocupó en buscar un nombre con muchas posibles grafías.

Habían intentado buscar el nombre en Facebook y en Instagram, pero, sin apellido, y sin saber la forma correcta de escribirlo, los resultados eran muchos e inútiles. Y la búsqueda inversa de las fotos del Instagram de Stella Chapman tampoco los llevaba a ningún sitio. Estaba claro que Leila había manipulado tanto las fotos que el algoritmo no las localizaba.

—No la vamos a encontrar en la vida —dijo Connor.

Llamaron a la puerta del dormitorio.

—Vete —dijo Pip navegando por los resultados en Instagram de todas las Leighlas.

La puerta se abrió lentamente y apareció Ravi con los labios fruncidos y una ceja levantada.

—Ah, no, tú no te vayas. —Pip lo miró y sonrió—. Pensaba que era otra vez Josh. Perdona. Hola.

—Hola —dijo Ravi con media sonrisa divertida y levantando ambas cejas para saludar a Connor.

Se acercó al escritorio y se sentó junto al ordenador, colocando un pie sobre la silla de Pip, bajo su muslo.

—No ha ido mal. —Entornó los ojos para ver lo que había en la pantalla—. Esta mañana ha testificado la última víctima. Y han presentado el teléfono de prepago de Andie Bell para intentar demostrar que fue Max quien le compraba regularmente el Rohypnol. Y después de comer ha sido el turno de la defensa, que ha llamado al estrado a la madre de Max como primer testigo.

—¿Y qué tal ha ido? —preguntó Pip.

—Epps le ha preguntado por la infancia de Max, cuando casi se muere de leucemia con siete años. La madre ha hablado del valor que mostró durante la enfermedad, y de lo sensible y cariñoso que era. Lo reservado y tímido que se mostraba Max en el colegio después de que le dieran el alta porque iba con un año de retraso. Y cómo ha seguido siendo así de adulto. Ha sido bastante convincente —dijo Ravi.

—Supongo que porque está bastante convencida de que su hijo no es un violador —aventuró Pip—. Seguramente Epps esté contentísimo, es como dar con una mina de oro. Nada mejor que un cáncer infantil para humanizar a tu cliente.

—Justo lo que yo he pensado —dijo Ravi—. Luego grabamos la actualización, ¿vale? ¿Qué vamos a hacer ahora? ¿Buscar al impostor? Así no se escribe Leyla —añadió señalando a la pantalla.

—Es una de tantas formas. —Pip suspiró—. Estamos dando palos de ciego.

—¿Y qué os ha contado el chico de la librería? —preguntó Ravi.

—Pues creo que sí que lo vio —respondió ella—. A las 23.40 subiendo por Wyvil Road. Cuatro testigos.

—Bueno —intervino tímidamente Connor—. No estaban todos de acuerdo.

—¿No? —dijo Ravi.

—Ha habido alguna que otra discrepancia en cuanto a la ropa de Jamie —aclaró Pip—. Dos afirman que lo vieron con la camisa burdeos, otros dos que llevaba una sudadera con capucha, o algo así. —Miró a Connor—. Las pequeñas inconsistencias en los testimonios de los testigos visuales son bastante normales. La memoria humana no es infalible. Pero si cuatro personas, con el mismo relato, confirman que han visto a tu hermano, nos podemos fiar.

—23.40 —pensó Ravi en voz alta—. Es más de una hora después de la última vez que lo vieron marchándose de la fiesta. Y no se tarda una hora andando desde Highmoor hasta Wyvil Road.

—No, ya lo sé. —Pip continuó—: Debió de parar en algún sitio a medio camino. Y apuesto a que tiene algo que ver con Layla.

—¿Tú crees?

—Habló con Stella en la fiesta *destroyer* —explicó Pip—, descubrió que Layla no era quien decía ser. Luego lo vieron fuera de la casa hablando por teléfono y aparentemente nervioso, y mencionó algo de llamar a la policía. Tenía que estar hablando con su Laila, discutiendo sobre lo que acababa de suceder. Seguramente se sintiera traicionado, enfadado, y de ahí lo que George dijo de su comportamiento. Lo que pasara después, dondequiera que Jamie fuese, seguro que tiene relación con eso. Con Leighla.

—Ha tenido que explicar esto más de una vez, ¿verdad? —dijo Ravi acercándose a Connor—. Un aviso: odia hacerlo.

179

—Estoy aprendiendo —se defendió Connor.

Pip lanzó una mirada furiosa a Ravi. Menos mal que él sabía interpretarla y reaccionó enseguida.

—Y también tiene razón siempre, así que...

—Bueno, pasemos al siguiente plan —dijo Pip—. Crear un perfil en Tinder.

—Acabo de decir que siempre tienes razón —replicó Ravi con voz juguetona.

—Para pescar a un impostor. —Golpeó a Ravi en la rodilla—. No encontraremos a Laila buscando a ciegas el nombre. En Tinder, al menos, podemos acotar la búsqueda por ubicación. A deducir por la entrevista con Stella, a Jamie no pareció sorprenderle que Leyla estuviera en Little Kilton, sino en la fiesta *destroyer*. Por lo que supongo que ella le dijo que era de aquí, simplemente no se habían visto nunca porque, en fin..., es un impostor.

Se descargó la aplicación de Tinder y creó un perfil nuevo. Movió el pulgar sobre el cuadro para escribir el nombre.

—¿Qué nombre ponemos? —preguntó Ravi.

Pip lo miró. Tenía la respuesta ante sus ojos.

—¿Quieres que yo me cree un perfil en una página de citas? —preguntó—. Eres una novia muy rara.

—Es lo más fácil, porque ya tengo fotos tuyas. Borraremos el perfil enseguida.

—Como quieras. —Ravi hizo una mueca—. Pero no puedes usarlo para ganar futuras discusiones.

—Vale —dijo Pip escribiendo en la biografía: «Me gustan las cosas de hombres, como el fútbol e ir de pesca».

—Ajá —soltó Ravi—. Impostora.

—Vaya dos —dijo Connor pasando la mirada de uno a otro como si estuviera en un partido de tenis.

Pip pulsó ajustes para modificar las preferencias.

—Vamos a poner un radio de 5 kilómetros. Y queremos

ver solo mujeres —dijo activando el botón junto a esa opción—. Y el rango de edad... Sabemos que Jamie pensaba que tenía más de dieciocho, así que ¿entre diecinueve y veintiséis?

—Vale —dijo Connor.

—Genial. —Pip guardó los cambios—. Vamos a pescar.

Ravi y Connor se acercaron, mirando la pantalla desde atrás mientras ella iba deslizando los posibles *matches*. Apareció Soph, la de la librería. Y tras unos cuantos deslizamientos, también Naomi Ward, muy sonriente—. No le vamos a decir que la hemos visto —comentó Pip moviendo hacia un lado la foto de Naomi.

Y ahí estaba. No esperaba que apareciera tan pronto; casi la pasa, pero detuvo el dedo justo antes de tocar la pantalla.

«Layla.»

—¡Ay, Dios! —dijo—. Layla, con A-Y. Veinticinco, a menos de un kilómetro.

—¿A menos de un kilómetro? Qué mal rollo —dijo Connor acercándose para poder ver mejor.

Pip pasó las cuatro fotos del perfil de Layla. Eran de Stella Chapman, robadas de su Instagram, pero estaban cortadas, giradas y llenas de filtros. Y la diferencia principal: el pelo de Layla era rubio ceniza. Estaba muy bien hecho; Layla debía de haber jugado mucho con las tonalidades y las capas de Photoshop.

—«Lectora. Siempre aprendiendo. Viajera.» —leyó Ravi en su biografía—. «Amante de los perros. Y, sobre todas las cosas: amante de los desayunos.»

—Parece creíble —dijo Pip.

—Sí. Y tiene razón —dijo Ravi—. Los desayunos son lo más.

—Sí que se trata de un impostor. Tenías razón —dijo Connor cogiendo aire—. Stella, pero en rubia. ¿Por qué?

—Por lo visto, las rubias se lo pasan mejor —dijo Pip volviendo a mirar las fotos de Layla.

—Bueno, tú eres castaña y odias pasártelo bien, así que sí. Es un hecho —dijo Ravi acariciando cariñosamente a Pip en la cabeza.

—Ajá. —Señaló el final de la biografía, donde ponía: «Insta: @LaylaylaylaM»—. Su cuenta de Instagram

—Entra —dijo Connor.

—Voy.

Fue a la aplicación y escribió el nombre de usuario en la barra de búsqueda. La cara editada de Stella apareció como primer resultado y Pip hizo clic en el perfil.

«Layla Mead. 32 publicaciones. 503 seguidores. 101 siguiendo.»

La mayoría de las fotos eran las que habían sacado del perfil de Stella, con un rubio ceniza natural, pero la misma sonrisa y los mismos ojos avellanados. Había otras fotos en las que no aparecía Stella; una con demasiados filtros del pub de Little Kilton, con una apariencia pintoresca y acogedora. Y, más abajo, una foto de las colinas que hay cerca de casa de Ravi, con el sol naranja aferrado al cielo en el fondo.

Pip siguió bajando para comprobar la primera foto: Stella / Layla con un cachorro de beagle en brazos y con el pie de foto: «Transformación: nuevo aspecto y, oh..., ¡un perrito!».

—La primera foto la subió el 17 de febrero.

—El día que «nació» Layla —dijo Ravi—. Hace poco más de dos meses.

Pip miró a Connor y esta vez fue capaz de saber lo que iba a decir antes de que lo dijera.

—Sí. Encaja. Mi hermano empezaría a hablar con ella a mediados de marzo, fue cuando le cambió el humor y volvió a estar más contento, enganchado al móvil.

—Muchos seguidores en tan poco tiempo. Ah. —Miró la

lista de nombres—. Ahí está Jamie. Pero la mayoría parecen *bots* o cuentas inactivas. Seguramente los compró.

—Layla no se anda con chiquitas —dijo Ravi tecleando en el ordenador de Pip, colocado sobre sus piernas.

—Espera —dijo ella fijándose en otro nombre de la lista de seguidores de Layla—. Adam Clark.

Miró a Connor, los dos lo reconocían.

Ravi se dio cuenta de aquel intercambio de miradas.

—¿Qué pasa? —preguntó.

—Es nuestro nuevo profesor de Historia —dijo él cuando Pip hizo clic en el nombre para comprobarlo.

Tenía el perfil privado, pero en la imagen se veía claramente que era él, con una amplia sonrisa y unas pequeñas bolas de Navidad colgadas en la barba pelirroja.

—Parece que Jamie no es el único con el que Layla ha estado hablando —dijo Pip—. Stella no va con nosotros a Historia y el señor Clark es nuevo, así que es muy probable que no sepa que está hablando con un impostor, si es que está hablando con ella.

—Entiendo —dijo Ravi girando el ordenador sobre su falda—. Layla Mead también tiene Facebook. Las mismas fotos, la primera también del 17 de febrero. —Volvió a girar el portátil y leyó—. Actualizó su estado aquel día: «Nueva cuenta porque no recuerdo la contraseña de la otra».

—Una historia muy creíble, Layla —dijo Pip volviendo a la página principal del perfil y a la brillante sonrisa de la falsa Stella—. Deberíamos escribirle, ¿verdad? —No era una pregunta en realidad, y los dos lo sabían—. Es la persona con más probabilidades de saber qué le ha pasado a Jamie. Dónde está.

—¿Crees seguro que es una chica? —preguntó Connor.

—No sé, sí. Jamie ha hablado con ella por teléfono.

—Ah, es verdad. ¿Qué le vas a escribir?

—Pues... —Pip se mordió el labio mientras pensaba—. No podemos usar ni mi cuenta, ni la de Ravi, ni la del pódcast. Y la tuya tampoco, Connor. Si tiene algún tipo de relación con tu hermano, puede que sepa la conexión que tenemos con él y que estamos investigando su desaparición. Creo que debemos tener mucho cuidado, acercarnos a ella como un desconocido que solo quiere charlar. A ver si conseguimos averiguar poco a poco quién es o qué sabe de Jamie. Poco a poco. A los impostores no les gusta que se los avasalle.

—Pero no podemos crear una cuenta falsa sin más, sospecharía al ver cero seguidores —dijo Ravi.

—Mierda, tienes razón —murmuró Pip—. Pues...

—¿Tengo una idea? —dijo Connor formulando la frase como una pregunta, subiendo el tono al final—. Es, bueno, tengo otra cuenta de Instagram. Una anónima. Me... Me gusta la fotografía. La fotografía en blanco y negro —dijo avergonzado, encogiéndose de hombros—. Nada de personas, es más en plan pájaros y edificios y eso. No se lo he dicho a nadie porque sabía que Ant se reiría de mí.

—¿En serio? —dijo Pip—. Creo que podría servir. ¿Cuántos seguidores tienes?

—Bastantes —dijo—. Y no os sigo a ninguno con esa cuenta, así que no hay ninguna conexión.

—Es perfecto. Buena idea. —Sonrió sujetando el teléfono—. ¿Puedes iniciar sesión en mi móvil?

—Sí.

Cogió el teléfono, tecleó rápido y se lo devolvió.

—«*An.On.In.Frame*» —Leyó en voz alta el nombre de la cuenta y miró las fotos que aparecían en la pantalla, sin bajar más por si Connor no quería compartirlas—. Son muy buenas, Con.

—Gracias.

Volvió al perfil de Layla Mead e hizo clic en el botón de mensaje. Apareció una página en blanco y una caja de envío que la esperaba.

—Ya está. ¿Qué le digo? ¿Qué vocabulario suelen utilizar los desconocidos cuando le escriben un mensaje directo a alguien?

Ravi se rio.

—A mí no me mires —dijo—. Nunca he enviado un mensaje directo a nadie. Ni antes de conocerte.

—¿Connor?

—No sé. Igual deberíamos empezar con un: «Hola, ¿qué tal?».

—Sí, puede funcionar —dijo Ravi—. Es lo bastante inocente hasta que sepamos cómo le gusta a ella hablar a la gente.

—Vale —aceptó Pip, escribiendo e intentando obviar el hecho de que le temblaban los dedos—. ¿Pongo «Holaaa» con varias aes?

—Valeee —dijo Ravi, y ella pilló enseguida el intento de broma.

—Bueno, ¿listos? —Los miró a los dos—. ¿Pulso enviar?

—Sí —dijo Connor mientras Ravi la apuntaba con los dedos en forma de pistola.

Pip dudó unos segundos, moviendo el pulgar sobre el botón, leyendo de nuevo las palabras que había escrito. Las revisó mentalmente hasta que sonaron deformes y sin sentido.

Luego cogió aire y pulsó.

El mensaje saltó a lo más alto de la página, enmarcado en una burbuja gris.

—Listo —dijo exhalando y soltando el teléfono sobre sus piernas.

—Pues ahora, a esperar —dijo Ravi.

—No demasiado —aseguró Connor inclinándose sobre el teléfono—. Pone «Visto».

—Mierda —dijo Pip volviendo a coger el teléfono—. Layla lo ha leído. Ay —Y, mientras miraba la pantalla, apareció otra cosa. La palabra «escribiendo» abajo a la izquierda—. Está escribiendo. Joder, está escribiendo. —Sentía la voz hermética y aterrada, como si se le hubiera quedado atrapada en la garganta.

—Relájate —le aconsejó Ravi agachándose para poder ver también la pantalla.

«escribiendo...» Desapareció.

Y, en su lugar, un nuevo mensaje.

Pip lo leyó y se le cayó el alma a los pies.

Hola, Pip.

Era lo único que decía.

—Joder. —Ravi le apretó el hombro—. ¿Cómo sabe que eres tú? ¿Cómo puede saberlo?

—Esto no me gusta —dijo Connor negando con la cabeza—. Chicos, tengo un mal presentimiento.

—Chisss —Pip lo mandó callar, aunque no era capaz de escuchar lo que decía ninguno de los dos por el intenso martilleo que le llenaba los oídos—. Layla está escribiendo otra vez.

«escribiendo...»

Desapareció.

«escribiendo...»

Otra vez, desapareció.

«escribiendo...»

Y apareció el segundo mensaje en una cajita blanca.

Te estás acercando :).

Diecinueve

Se le cerró la garganta con la voz atrapada dentro, arrinconando las palabras hasta que se rindieron y se dispersaron. Lo único que podía hacer era mirar esos mensajes, desenredarlos y volver a juntarlos hasta que tuvieran algún sentido.

> Hola, Pip.
> Te estás acercando :).

Connor fue el primero en encontrar algo que decir.

—¿Qué cojones significa eso, Pip?

Su nombre le sonaba extraño, como si no le perteneciera, como si se hubiera estirado tanto que ya no le quedara bien. Pip miró esas letras, irreconocibles en manos de aquella extraña. Aquella extraña que estaba a menos de un kilómetro.

—Eh... —fue todo lo que pudo decir.

—Sabía que eras tú —dijo Ravi ayudando con su voz a que Pip volviera en sí—. Sabe quién eres.

—¿Qué quiere decir con eso de «te estás acercando»? —preguntó Connor.

—A encontrar a Jamie —dijo Pip.

«O a descubrir lo que le ha pasado», pensó para sí. Sonaban prácticamente igual, pero eran dos cosas muy muy diferentes. Y Layla lo sabía. Quienquiera que fuese, lo sabía todo, Pip estaba segura.

—Pero la carita sonriente... —A Ravi le dio un escalofrío, ella lo sintió en sus dedos.

Ya se le había pasado un poco el impacto y volvió a la acción.

—Tengo que responder. Ya —dijo escribiendo: «¿Quién eres? ¿Dónde está Jamie?».

Ya no tenía sentido seguir fingiendo, Layla iba un paso por delante.

Pulsó el botón de enviar, pero le llegó un mensaje de error.

«No se ha podido enviar el mensaje. Usuario no encontrado.»

—No —susurró Pip—. Nonononono.

Volvió a la página de Layla, pero ya no estaba. La foto de perfil y la biografía todavía se veían, pero el muro había desaparecido y, en su lugar, se leía: «Aún no hay publicaciones» y un recuadro de «Usuario no encontrado» en la parte superior de la aplicación.

—No. —Pip gruñó con frustración, haciendo un ruido bruto y lleno de ira con la garganta—. Ha deshabilitado la cuenta.

—¿Cómo? —dijo Connor.

—Se ha ido.

Ravi volvió rápidamente al ordenador de Pip y actualizó el perfil de Facebook de Layla Mead. «No se ha encontrado la página».

—Mierda. También ha desactivado Facebook.

—Y Tinder —dijo Pip comprobando la aplicación—. Ha desaparecido. La hemos perdido.

La habitación se quedó en silencio, un silencio que no era la ausencia de sonido, sino que tenía vida propia y se movía entre ellos.

—Lo sabe, ¿verdad? —dijo Ravi con tono amable, rozando ligeramente el silencio en lugar de romperlo—. Layla sabe lo que le ha pasado a Jamie.

Connor tenía la cabeza apoyada sobre las manos, y negaba.

—Esto no me gusta —dijo hablándole al suelo.

Pip lo miró agobiada por cómo movía la cabeza.

—A mí tampoco.

Cuando acompañó a Ravi a la puerta saludó a su padre con una sonrisa falsa.

—¿Ya habéis terminado con la actualización del juicio, Pipsicola? —preguntó dándole una amable palmadita a Ravi en la espalda; solo se despedía así de él.

—Sí, lo acabo de subir —respondió.

Connor se había ido a su casa hacía una hora, cuando se les agotaron las formas de formularse las mismas preguntas. Esa noche ya no podían hacer nada más. Layla Mead había desaparecido, pero la pista no. O no del todo. Mañana, en el instituto, Pip y Connor le preguntarían al señor Clark qué sabía de ella, ese era el plan. Y esta noche, cuando Ravi se fuera, Pip grabaría lo que acababa de pasar, terminaría de editar las entrevistas y más tarde lo subiría: el primer episodio de la segunda temporada.

—Gracias por la cena, Victor —dijo Ravi girándose para despedirse de Pip con una de sus formas secretas: achinando ligeramente los ojos.

Pip le hizo un guiño y agarró el pomo de la puerta para abrirla.

—Uy —dijo alguien de pie al otro lado, con el puño en alto como si estuviera a punto de llamar.

—Uy —respondió Ravi, y Pip se inclinó para ver quién era.

Charlie Green, de dos puertas más abajo, y su pelo anaranjado estirado hacia atrás.

—Hola, Ravi, Pip —dijo Charlie con un saludo incómodo—. Buenas noches, Victor.

—Hola, Charlie —respondió el padre de Pip con su voz alegre y presumida, esa voz estruendosa que siempre utiliza con quien considera un invitado. Ravi ya había pasado al siguiente nivel hacía un tiempo, menos mal—. ¿Qué puedo hacer por ti?

—Siento molestar —dijo Charlie con un ligero nerviosismo en el tono y en sus ojos verdes—. Sé que es un poco tarde y que mañana hay clase, pero... —Se quedó en silencio clavando la mirada en Pip—. Es que he visto tu cartel de «Se busca» en el periódico, Pip. Y creo que dispongo de información sobre Jamie Reynolds. Tengo que enseñarte algo.

Veinte minutos, le concedió Victor, y veinte minutos era el tiempo que necesitaba, dijo Charlie. Ahora Pip y Ravi lo seguían por la calle oscura, entre las sombras monstruosas creadas por la luz anaranjada de las farolas.

—Os cuento —dijo Charlie mirando hacia atrás mientras subían por el camino de gravilla hasta la puerta de su casa—. Flora y yo tenemos uno de esos timbres con cámara. Nos hemos mudado muchas veces, antes vivíamos en Dartford y allí nos robaron en varias ocasiones; así que instalamos una cámara, para que Flora se quedara más tranquila, y nos la trajimos aquí, a Kilton. Pensé que no estaría de más tener un poco de seguridad extra, por muy agradable que fuera el pueblo, ¿entendéis?

Les señaló la cámara: un pequeño dispositivo negro sobre timbre de latón gastado.

—Tiene sensor de movimiento, así que seguramente ahora esté grabando. —Saludó con la mano mientras abría la puerta y los invitaba a entrar.

Pip ya conocía esta casa, de cuando Zach y su familia vivían aquí. Siguieron a Charlie a lo que solía ser la sala de estar de los Chen, pero que ahora parecía más un despacho. Había estanterías y un sillón orejero junto al ventanal. Y un amplio escritorio blanco contra la pared de enfrente, con dos monitores de ordenador muy grandes sobre él.

—Venid —dijo Charlie señalándoles una de las pantallas.

—Buen ordenador —dijo Ravi mirándolo como si tuviera idea de lo que hablaba.

—Trabajo desde casa, por mi cuenta. Diseño webs —explicó.

—Guay —dijo Ravi.

—Sí. Básicamente porque así puedo trabajar en pijama. —Charlie se rio—. Seguramente mi padre diría: «Tienes veintiocho años, es hora de que te busques un trabajo de verdad».

—Estas generaciones mayores... —reprobó Pip—. No entienden el encanto de los pijamas. ¿Qué es lo que querías enseñarnos?

—Hola. —Apareció una voz nueva en la estancia. Pip se giró y se encontró a Flora en la puerta, con el pelo recogido y una camiseta ancha manchada de harina. Tenía una fiambrera con cuatro filas de barritas de cereales cuadradas—. Las acabo de hacer para mi clase de mañana, pero igual vosotros tenéis hambre. No llevan pasas, lo prometo.

—Hola, Flora. —Pip sonrió—. Yo estoy bien, gracias.

Todavía no había recuperado del todo el apetito; tuvo que obligarse a cenar.

Sin embargo, en la cara de Ravi apareció una enorme sonrisa torcida mientras se acercaba a Flora para coger una barrita.

—Tienen una pinta increíble.

Pip suspiró. A Ravi le caía bien cualquier persona que le diera comida.

—¿Se lo has enseñado, Charlie? —preguntó Flora.

—No, justo iba a hacerlo ahora. Venid a ver esto —dijo moviendo el ratón para que se encendiera una de las pantallas—. Como os estaba diciendo, tenemos una cámara en el timbre que empieza a grabar cuando detecta movimiento y me envía una notificación al teléfono. Todo lo que graba, lo sube a la nube durante siete días, luego lo elimina. Cuando me desperté el martes, vi que me había llegado una notificación en mitad de la noche. Pero cuando bajé y lo comprobé, todo me pareció normal, no había nada descolocado ni faltaba nada, así que deduje que se habría vuelto a activar por un zorro.

—Ya —dijo Pip acercándose un poco a Charlie mientras buscaba entre los archivos.

—Sin embargo, ayer, Flora se dio cuenta de que a ella sí le faltaba algo y no lo encontraba por ninguna parte, así que me puse a comprobar la grabación de la cámara, por si acaso, antes de que se eliminara. Creí que no encontraría nada, pero...

Hizo doble clic en un archivo de vídeo y se abrió un reproductor multimedia. Lo puso en pantalla completa y le dio al play.

Era una vista de 180 grados de la parte delantera de la casa, por el jardín, hasta la puerta por la que acababan de entrar, y pasaba por las ventanas de las habitaciones a ambos lados de la puerta. La imagen era verde, tonos claros e intensos contra la oscuridad del cielo nocturno.

—Es el modo visión nocturna —aclaró Charlie al ver sus caras—. Esto se grabó el martes a las 3.07 de la madrugada.

Había movimiento en la puerta. Fuera lo que fuese, activó la cámara.

—Perdón por la mala calidad —dijo Charlie.

La figura verde se movió por el camino del jardín y le aparecieron brazos y piernas borrosos conforme se acercaba más a la cámara. Y, mientras caminaba hacia la puerta, también le iba apareciendo la cara, una cara que ella conocía, excepto por los pequeños puntos blancos que tenía por ojos. Parecía asustado.

—No lo conozco, y solo he visto su foto hoy en el *Kilton Mail*, pero es Jamie Reynolds, ¿verdad?

—Sí —dijo Pip con la garganta cerrada de nuevo—. ¿Qué hace?

—Si te fijas en la ventana de la izquierda, es esta sala. —Charlie la señaló en la pantalla—. La abriría para ventilar un poco y pensaría que la había cerrado bien, pero, fíjate, sigue abierta un par de centímetros.

Cuando dijo eso, el Jamie verde en la pantalla también se dio cuenta, se agachó delante de la ventana y metió los dedos por el hueco. No se le veía la nuca, una capucha oscura le cubría la cabeza. Pip vio cómo Jamie abría la ventana, subiéndola hasta que el hueco era lo bastante grande.

—¿Qué está haciendo? —preguntó Ravi inclinándose más hacia la pantalla, olvidándose de la barrita de cereales—. ¿Se va a colar?

La pregunta se respondió sola medio segundo después, cuando Jamie bajó la cabeza y se metió por la ventana, dejando un hueco vacío verde oscuro.

—Solo está dentro cuarenta y un segundos —dijo Charlie, pasando el vídeo hacia delante hasta el momento en el que la cabeza verde claro de Jamie volvía a aparecer. Se arrastró hasta conseguir salir y tiró de la ventana hasta que tocó el alféizar. Luego se alejó de la casa con paso acelerado y empezó a correr cuando llegó a la puerta, desapareciendo en la noche completamente verde.

—Ah —dijeron Pip y Ravi al mismo tiempo.

—Nos dimos cuenta ayer —dijo Charlie—. Y lo hemos hablado. Fue culpa mía por dejarme la ventana abierta. No vamos a denunciarlo ni nada, parece que Jamie ya tiene bastante ahora mismo. Y lo que se llevó, bueno, lo que creemos que se llevó, tampoco tenía demasiado valor, solo sentimental, así que...

—¿Qué se llevó? —preguntó Pip mirando a Flora e, instintivamente, hacia sus muñecas vacías—. ¿Qué te robó Jamie?

—Mi reloj —dijo Flora soltando la fiambrera de barritas de cereales—. Recuerdo que lo dejé aquí el fin de semana pasado porque no paraba de engancharse con el libro que estaba leyendo. No lo he vuelto a ver desde entonces. Y es lo único que falta.

—¿Es un reloj de oro rosa con una correa de cuero y flores metálicas en un lado? —preguntó Pip, e inmediatamente Charlie y Flora se miraron alarmados.

—Sí —dijo Flora—. Sí, es exactamente así. No era caro, pero Charlie me lo regaló nuestras primeras navidades. ¿Cómo has...?

—Porque lo he visto —dijo Pip—. En el dormitorio de Jamie Reynolds.

—A-ah... —tartamudeó Charlie.

—Me aseguraré de que te lo devuelvan enseguida.

—Muchas gracias, pero no hay prisa. —Flora sonrió amablemente—. Sé que debes de estar muy ocupada.

—Pero lo más raro es... —Charlie cruzó la habitación, pasó por al lado de Ravi y se colocó junto a la ventana por la que había entrado Jamie hacía una semana—, ¿por qué cogió solo el reloj? Se nota que no es caro. Y yo dejo mi cartera aquí siempre, con dinero en efectivo. También hay ordenadores, nada baratos. ¿Por qué Jamie ignoró todo eso? ¿Por qué solo se llevó un reloj que casi no vale nada? ¿Entró y salió en cuarenta segundos solo para coger un reloj?

—No lo sé, es muy raro —dijo Pip—. No sabría explicarlo. Lo siento, este... —Se aclaró la garganta—. Este no es el Jamie que yo conozco.

Los ojos de Charlie se fijaron en el borde de la ventana, por donde Jamie había colado los dedos.

—A mucha gente se le da muy bien esconder quiénes son en realidad.

Nombre del archivo

 Asesinato para principiantes. TEMPORADA 2
Episodio 1 Outro.wav

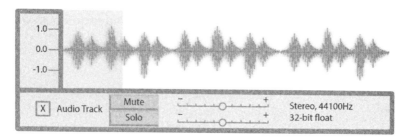

Pip: Hay una cosa inevitable que me atormenta en este caso, algo a lo que no me tuve que enfrentar la última vez. El tiempo. Conforme pasa, cada minuto, cada hora, las probabilidades de que Jamie vuelva a casa sano y salvo son cada vez menores. O eso es lo que dicen las estadísticas. Para cuando haya subido este episodio y lo escuchéis, ya habremos sobrepasado otra marca importante: la de las setenta y dos horas desde la última vez que vieron a Jamie. En un procedimiento policial normal, cuando se investiga un caso de desaparición de alto riesgo, la marca de las setenta y dos horas es una línea en la arena tras la cual se acepta que puede que ya no estén buscando a una persona, sino un cadáver. El tiempo es el que manda aquí, no yo, y eso es aterrador.

Pero tengo que creer que Jamie está bien, que todavía tenemos tiempo para encontrarlo. Las probabilidades son solo eso: probables. No hay nada definitivo. Y estoy más cerca de lo que estaba ayer, estoy encontrando y conectando los puntos. Creo que todo tiene relación y, si es así, todo me lleva a una persona: Layla Mead. Una persona que no existe.

Os espero en el próximo episodio.

Asesinato para principiantes: La desaparición de Jamie Reynolds
Temporada 2. Episodio 1 se ha subido con éxito a SoundCloud.

Veinte

«Es evidente que Jamie Reynolds está muerto.»

Las palabras desconcentraban a Connor, que miraba fijamente su teléfono.

—Mira —dijo con la voz temblorosa, quizá por el esfuerzo de aguantar su ritmo mientras andaban por el pasillo, o tal vez por otra cosa.

—Ya lo he visto —dijo Pip aminorando la marcha para pasar al lado de un grupo de chavales varios años menores que ellos—. ¿Cuál fue la única regla muy importante que te di, Con? —Lo miró—. No leer nunca los comentarios. Jamás. ¿Entiendes?

—Ya lo sé —dijo volviendo a mirar su teléfono—. Pero es una respuesta al tuit en el que enlazabas el episodio, y ya tiene ciento nueve me gusta. ¿Eso quiere decir que ciento nueve personas creen que mi hermano está muerto?

—Connor.

—Y luego está este, de Reddit —continuó sin escucharla—. Esta persona cree que Jamie cogió el cuchillo de mi casa el viernes por la noche para defenderse, lo que da a entender que sabía que alguien lo iba a atacar.

—Connor.

—¿Qué? —dijo a la defensiva—. Tú lees los comentarios.

—Sí, por si alguien da alguna pista o ha visto algo que a mí se me haya pasado. Pero sé que la gran mayoría no son de ayuda y que internet está lleno de gilipollas —dijo subiendo el primer tramo de escaleras—. ¿Viste a Jamie con un enorme cuchillo sucio en el homenaje? ¿O en algunas de las fotos de la fiesta *destroyer*? No. Porque era imposible. Llevaba unos vaqueros y una camisa, no tenía mucho sitio para esconder un cuchillo con una hoja de quince centímetros.

—Tienes muchos troles, ¿eh? —Connor la siguió por la puerta doble que daba al aula de Historia—. «Yo maté a Jamie y te mataré a ti, Pip.»

Justo cuando Connor dijo eso, se cruzaron con una estudiante de un curso inferior que soltó un grito ahogado y, con la boca abierta por el impacto, se alejó a toda prisa de ellos en dirección contraria.

—¡Solo estaba leyendo un comentario! —gritó Connor para explicárselo, pero se rindió cuando vio que la chica desaparecía por las puertas de atrás.

—Ya. —Pip se paró frente a la clase del señor Clark mirando por el cristal de la puerta. Estaba allí, sentado al escritorio, aunque era la hora del recreo. Dedujo que era todavía tan nuevo que un aula vacía era mucho más acogedora que la sala de profesores—. Ven conmigo, pero si te miro mal quiere decir que tienes que irte, ¿entendido?

—Sí, ya lo sé —dijo Connor.

Pip abrió la puerta y el señor Clark la saludó tímidamente con la mano y se levantó.

—Hola, Pip, Connor —dijo alegremente, un poco inquieto, como si no estuviera seguro de qué hacer con las manos. Se pasó una por el pelo ondulado y se metió la otra en un bolsillo—. ¿En qué os puedo ayudar? ¿Es por el examen?

—En realidad es por otra cosa. —Pip se apoyó sobre una de las mesas de las primeras filas, dejando reposar sobre ella el peso de la mochila.

—¿De qué se trata? —dijo el señor Clark cambiando la expresión, reordenando las facciones bajo sus densas cejas.

—No sé si se ha enterado, pero el hermano de Connor, Jamie, desapareció el viernes y lo estoy investigando. Fue alumno de este instituto.

—Sí, sí, lo leí ayer en el periódico del pueblo —dijo el señor Clark—. Lo siento mucho, Connor, debe de ser muy duro para ti y tu familia. Seguro que el orientador puede...

—El caso —Pip lo interrumpió; solo quedaban quince minutos de recreo y no le gustaba perder el tiempo— es que estamos investigando la desaparición de Jamie y hemos encontrado una pista que nos ha llevado a una persona en particular. Y, bueno, creemos que usted podría conocer a esta persona y nos podría dar alguna información sobre ella.

—Pues... No... No sé si puedo... —tartamudeó.

—Layla Mead. —Pip dijo su nombre mirando al señor Clark, esperando una reacción. Y se la dio, aunque intentó evitarlo. Pero no fue capaz de esconder el pánico en sus ojos—. ¿La conoce?

—No. —Se toqueteó el cuello de la camisa como si de pronto fuera demasiado pequeño—. Lo siento, es la primera vez que escucho ese nombre.

Así que esas teníamos, ¿eh?

—Ah, vale —dijo Pip—. Fallo mío, entonces. —Se levantó y se dirigió a la puerta. Detrás de ella, escuchó cómo el señor Clark suspiraba aliviado. Entonces se paró y se giró—. Pero... —dijo rascándose la cabeza como si estuviera confundida—. No sé, es un poco extraño.

—¿Cómo dices? —preguntó el señor Clark.

—Pues que es raro que no haya escuchado nunca el nombre de Layla si la sigue en Instagram y le ha dado a me gusta a varias de sus publicaciones. —Pip miró al techo, como si estuviera buscando algún tipo de explicación—. ¿Igual se le ha olvidado?

—Pues... Esto... —balbuceó mirando a Pip con recelo mientras ella se acercaba.

—Sí, será eso, se le habrá olvidado —dijo—. Porque sé que no mentiría intencionadamente sobre algo que podría ayudar a salvar la vida de un exalumno.

—Mi hermano —intervino Connor, y, por mucho que Pip odiara admitirlo, lo hizo en el momento perfecto, y con esa mirada brillante, implorante: lo había clavado.

—Eh... Yo... No creo que esto sea apropiado —dijo el señor Clark con un rubor rojo por el cuello—. ¿Sabéis lo estrictos que se han vuelto después de todo lo que pasó con el señor Ward y Andie Bell? Hay muchísimas medidas de seguridad, ni siquiera debería estar a solas con un estudiante.

—No estamos solos —dijo Pip señalando a Connor—. Y la puerta puede quedarse completamente abierta, si quiere. A mí lo único que me importa es encontrar a Jamie Reynolds con vida. Y, para eso, necesito que me diga todo lo que sabe sobre Layla Mead.

—Basta —soltó el señor Clark mientras el rubor rojo ascendía hacia las mejillas—. Soy tu profesor, por favor, deja de intentar manipularme de esta forma.

—Aquí nadie está manipulando —dijo Pip tranquila mirando a Connor. Sabía exactamente lo que iba a hacer. El hueco de su estómago también lo sabía y rebosaba culpa. «Ignóralo, ignóralo.»—. Aunque sí que me pregunto si usted sabía que Layla estaba utilizando fotos de una estudiante de Kilton: Stella Chapman.

—Al principio no —contestó bajando la voz hasta casi un susurro—. No le doy clase. Me di cuenta hace unas semanas, cuando me la crucé por el pasillo, pero para entonces Layla y yo ya habíamos dejado de hablar.

—Aun así... —Pip sonrió apretando los dientes y cogió aire profundamente—. Me pregunto si se metería en algún lío si alguien se enterara de eso.

—¿Perdona?

—Esto es lo que le propongo —se explicó ella reemplazando su expresión por una sonrisa inocente—. Usted graba una entrevista conmigo en la que yo le distorsiono la voz. No se mencionará su nombre y eliminaré toda la información por la que se lo pueda identificar. Pero, a cambio, usted tiene que contarme todo lo que sabe de Layla Mead. Si lo hace, seguro que nadie se enterará de nada que usted no quiera que se sepa.

El señor Clark hizo una pausa, mordiéndose el interior de las mejillas, y miró a Connor como si él pudiera ayudarlo.

—¿Me estás chantajeando?

—No, por Dios —dijo Pip—. Es simple persuasión.

Nombre del archivo:

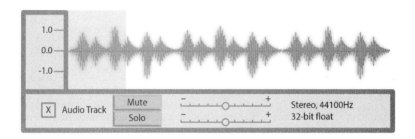 *Asesinato para principiantes. TEMPORADA 2*:
Entrevista   con   Adam   Clark.wav

Pip: Empecemos por dónde os conocisteis Layla y tú.

Anónimo: **[DISTORSIONADO]** Nunca nos conocimos. En persona,
           quiero decir.

Pip: Bueno, pero ¿cuándo fue vuestra primera interacción online?
           ¿Quién inició el contacto? ¿Fue un *match* de Tinder?

Anónimo: No, no. Yo no estoy ahí. Fue por Instagram. Tengo mi cuenta
           privada para que **[---------------PIII-------------]**. Un día,
           creo que fue a finales de febrero, esta chica, Layla, me envió
           una solicitud para seguirme. Miré su perfil, me pareció guapa y
           estaba claro que vivía en Little Kilton, porque tenía fotos por el
           pueblo. Yo solo llevaba aquí un par de meses y no había tenido
           ocasión de conocer a gente fuera de **[--PIIII--]**. Pensé que
           podría estar bien hacer amigos, así que acepté su solicitud y la
           seguí. Luego le di a me gusta a un par de sus fotos.

Pip: ¿Empezasteis a enviaros mensajes directos inmediatamente?

Anónimo: Sí. Me llegó un MD de Layla. Decía algo así como: «Eh, gracias
           por seguirme». Me dijo que le resultaba familiar y me preguntó si
           vivía en Little Kilton. Por cierto, no voy a dar los detalles de las
           conversaciones.

Pip: Claro, lo entiendo. Entonces, para que quede claro, ¿cómo dirías que fueron esas conversaciones...? ¿Románticas? ¿De flirteo?

Anónimo:

Pip: Vale, no hace falta que respondas. Queda claro. No quiero que me las leas palabra por palabra, solo necesito saber cualquier cosa que Layla pudiera haberte dicho que nos ayude a identificar quién es en realidad. ¿Has hablado por teléfono con ella alguna vez?

Anónimo: No. Solo por Instagram y, de verdad, solo chateamos de vez en cuando durante unos días. Como mucho, una semana. No fue nada importante.

Pip: ¿Te dijo Layla dónde vivía?

Anónimo: Sí, en Little Kilton. Evidentemente, no llegamos al punto de intercambiar direcciones, pero parecía conocer bastante bien el pueblo. Me comentó algo de ir a tomar una cerveza al King's Head.

Pip: ¿Te contó algo más sobre ella?

Anónimo: Me dijo que tenía veinticinco años, que vivía con su padre y que trabajaba en Recursos Humanos en una empresa en Londres, pero que estaba de baja por enfermedad en ese momento.

Pip: ¿Enfermedad? ¿Qué enfermedad?

Anónimo: No le pregunté. No nos conocíamos de nada, habría sido un poco maleducado.

Pip: Me parece la típica frase de un impostor. ¿En ningún momento sospechaste que no fuera quien decía ser?

Anónimo: No. No tenía ni idea hasta que vi a Stella Chapman [-------------PIII--------------] y me sorprendió que me hubiera engañado. Al menos, por suerte, no llegó a nada.

Pip: ¿Solo hablasteis durante una semana? ¿De qué cosas hablabais?
            Lo que se pueda contar.

Anónimo: Me hacía muchas preguntas personales. Demasiadas, de hecho.
            Me pareció muy agradable encontrar a alguien que mostrase
            interés en mí.

Pip: ¿En serio? ¿Qué tipo de cosas te preguntaba?

Anónimo: Tampoco fue como si me estuviera entrevistando ni nada por
            el estilo. Las preguntas salían de forma natural durante la
            conversación. Nada más conocernos quiso saber cuántos años
            tenía, me lo preguntó directamente. Le dije que veintinueve
            y luego me preguntó que cuándo cumplía los treinta y que si
            tenía algo planeado para un evento tan importante. Era muy
            habladora. Agradable. Y también se interesó por mi familia, me
            preguntó si vivía con ellos, si tenía hermanos, cómo eran mis
            padres... Sin embargo, evitaba responder cuando le hacía yo
            las mismas preguntas. Parecía que tenía más interés en mí que
            en hablar de ella. Y eso me hizo pensar que igual no tenía una
            buena vida familiar.

Pip: Parece que os llevabais muy bien, ¿por qué dejasteis de hablar
            después de una semana?

Anónimo: Dejó de escribirme. No me lo esperaba en absoluto.

Pip: ¿Desapareció sin más?

Anónimo: Sí, y me da mucha vergüenza. Yo seguí escribiéndole después,
            cosas en plan: «¿Hola? ¿Dónde te has metido?», pero no me
            respondió. No volví a saber nada de ella.

Pip: ¿Tienes alguna idea de por qué lo hizo? ¿Algo que dijeras?

Anónimo: No lo creo. Recuerdo qué fue lo último que le dije antes de
            que desapareciera. Me preguntó a qué me dedicaba, así que
            le contesté que era [------PIII------] en [------PIII------]. Y
            se acabó. Nunca me contestó. Supuse que era de ese tipo de

personas a las que no les gusta salir con un [--**PIII**--]. Que a lo mejor creía que podía aspirar a más, o algo así.

Pip: Ya sé que en ese momento no sabías que era una impostora, pero desde tu perspectiva actual, ¿se le escapó algo? ¿Alguna pista sobre su identidad real? ¿Su edad? ¿Alguna palabra pasada de moda que hubiera usado? ¿Te mencionó a Jamie Reynolds? ¿O a alguna otra persona con las que interactuara en la vida real?

Anónimo: No, nada. Yo me creí que era quien me dijo ser. No se le escapó nada. Así que si es una impostora, yo diría que es muy buena.

Veintiuno

Connor no había probado su comida. Apartaba la pasta en los bordes del plato, haciendo líneas sobre la salsa con la punta del tenedor de plástico.

Zach también se había dado cuenta; Pip lo pilló sin querer mirándolo desde el otro lado de la mesa, en silencio entre el barullo de la cafetería. Estaba así por los comentarios, no cabía duda. Los desconocidos de internet con sus teorías y sus opiniones. «Jamie Reynolds debe de estar muerto.» O: «Lo han asesinado, por supuesto. Aunque parece que se lo merecía, la verdad». Pip le dijo a Connor que los ignorara, pero estaba claro que no podía y esas palabras lo perseguían y le dejaban marca.

Cara estaba sentada a su lado, tan cerca que le daba de vez en cuando golpes con el codo a Pip en las costillas. Ella también se había percatado del silencio de Connor, de ahí su intento de sacar su tema de conversación favorito: las conspiraciones sobre el Área 51.

Los únicos que no se dieron cuenta fueron Ant y Lauren. Supuestamente, Ant era el mejor amigo de Connor, pero le estaba dando la espalda, sentado a horcajadas mientras él y su novia se hacían carantoñas y se reían por algo. A Pip no le sorprendía. Ant tampoco parecía preocupado por Connor el día anterior, y solo había mencionado a Jamie una vez. Ella sabía que era una situación incómoda y que a la mayoría de las personas les costaba hablar de ello, pero qué menos que decir «lo siento» una vez. Es lo que hay que hacer.

Lauren soltó una carcajada por algo que Ant le había susurrado y Pip notó cómo se encendía algo en su interior, pero se mordió el labio y se relajó. No era el momento de enzarzarse en una pelea. En cambio, miró cómo Cara sacaba un KitKat de su mochila y lo deslizaba despacio sobre la mesa hasta dejarlo delante de Connor. Él salió de su trance y la miró, doblando la boca en una sonrisa mientras soltaba el tenedor para aceptar la oferta.

Cara le puso a Pip la misma sonrisa. Parecía cansada. Había pasado tres noches sin llamarla para hablar con ella hasta que se durmiera. Pip sabía que no estaba descansando lo suficiente, se lo veía en los ojos. Y de repente distinguió otra cosa, cuando se abrieron aún más y señalaron hacia arriba justo cuando alguien le dio un golpecito en el hombro a Pip. Se dio la vuelta y miró. Tom Nowak estaba de pie detrás de ella, saludándola incómodo con la mano. El exnovio de Lauren, con el que había roto el verano pasado.

—Hola —dijo elevando la voz sobre el ruido de la cafetería.

—Bufff —dijo Lauren inmediatamente. Ah, ahora sí que presta atención—. ¿Qué quieres?

—Nada —dijo Tom apartándose el pelo de los ojos—. Tengo que hablar con Pip de una cosa.

—Claro. —Ahora cargaba Ant contra él. Se puso todo lo recto que pudo y pasó un brazo por delante de Lauren para agarrar la mesa—. Cualquier excusa te sirve para venir a molestarnos, ¿no?

—No, es que... —Tom dejó de hablar y se encogió de hombros, girándose hacia Pip—. Tengo información.

—Nadie te ha invitado. Pírate —dijo Ant.

Lauren sonrió y entrelazó su brazo con el de su novio.

—No estoy hablando contigo —dijo Tom, y volvió a mirar a Pip—. Es sobre Jamie Reynolds.

Connor levantó la cabeza y centró la mirada en Pip. Ella levantó una mano y asintió, diciéndole con ese gesto que se quedara quieto.

—Ya, claro —se burló Ant.

—Déjalo ya, por favor. —Pip se levantó y se colgó la mochila al hombro—. No impresionas a nadie, excepto a Lauren.

Pasó por encima del banco de plástico y le dijo a Tom que la acompañara al patio, consciente de que Connor estaría mirándolos.

—Vamos a hablar aquí —dijo una vez fuera, señalando un muro. Por la mañana había llovido y los ladrillos estaban todavía un poco húmedos cuando se sentó, así que se mojó los pantalones. Tom puso su chaqueta antes de acomodarse a su lado—. ¿Qué información tienes sobre Jamie?

—Es de la noche en la que desapareció —dijo Tom sorbiendo por la nariz.

—¿Sí? ¿Has escuchado el primer episodio? Lo publiqué anoche.

—No, todavía no —confesó.

—Te lo digo porque hemos conseguido crear una línea temporal de lo que hizo Jamie el viernes pasado. Sabemos que estaba en la fiesta *destroyer* a las 21.16 y que se fue a eso de las 22.32, por si es ahí donde lo viste. —Tom la miraba sin parpadear—. Quiero decir que ya tengo esa información, si es lo que me ibas a decir.

Él negó con la cabeza.

—No, no. Es otra cosa. Yo no estuve en la fiesta *destroyer*, pero lo vi. Después.

—¿En serio? ¿Después de las 22.32?

De pronto Pip fue hiperconsciente de su entorno: los diez chavales dando gritos mientras jugaban al fútbol, una mosca que se acababa de posar sobre su mochila, un muro presionando contra sus huesos.

—Sí —dijo Tom—. Fue después de esa hora.

—¿Cuánto después?

—Puede que unos quince o veinte minutos. —Puso cara de concentración.

—¿Sobre las 22.50? —preguntó ella.

—Sí. Me parece que sí.

Pip se inclinó hacia delante esperando a que Tom continuara.

Pero no lo hizo.

—¿Y? —dijo ella empezando a enfadarse, aunque no quería—. ¿Dónde estabas? ¿Dónde lo viste? ¿Estaba cerca de Highmoor, donde fue la fiesta?

—Sí, fue en esa calle, ¿cómo se llama?... Ah, Cross Lane —dijo.

Cross Lane. Pip solo conocía a una persona que viviera en Cross Lane, en una casa con una puerta azul y un porche triangular: Nat da Silva.

—¿Viste a Jamie en Cross Lane a las 22.50?

—Sí. Llevaba una camisa burdeos y unas deportivas blancas. Recuerdo eso *pacíficamente*.

—Era lo que llevaba puesto, específicamente —dijo corrigiendo a Tom—. ¿Por qué estabas allí a esa hora?

Se encogió de hombros.

—Volvía de casa de un amigo.

—¿Y qué estaba haciendo Jamie? —preguntó Pip.

—Caminar. Pasó por mi lado.

—Vale. ¿Y estaba hablando por teléfono cuando te adelantó? —dijo ella.

—No, creo que no. No vi ningún móvil.

Pip suspiró. Tom no lo estaba poniendo demasiado fácil.

—Vale. ¿Qué más viste? ¿Parecía que fuera a algún sitio? ¿A alguna casa?

—Sí —Tom asintió.

—¿Sí, qué?

—A una casa. Caminaba hacia una casa —dijo—. A la mitad de la calle o así.

La casa de Nat da Silva está a la mitad de la calle. Los pensamientos de Pip se entrometieron y demandaron su atención. Se le aceleró el pulso y notó un cosquilleo en la nuca. Se le estaban empezando a poner pegajosas las palmas de las manos, y no por la lluvia.

—¿Cómo sabes que iba a una casa?

—Porque lo vi entrar en ella —dijo él.

—¿Dentro? —La palabra sonó más fuerte de lo que ella pretendía.

—Sí. —Lo dijo un poco irritado, como si fuera ella la que estuviera complicando las cosas.

—¿En qué casa?

—Ah —dijo Tom pasándose los dedos por el pelo y cambiando la raya hacia el otro lado—. Era tarde, no me fijé en los números. No lo vi.

—Bueno, pero ¿puedes describir cómo era la casa? —Estaba agarrada al muro, dando golpecitos con las yemas de los dedos—. ¿De qué color era la puerta?

—Eeeh. —La miró—. Creo que blanca.

Pip suspiró. Se echó hacia atrás y soltó el muro. No era la casa de Nat da Silva, entonces. Bien.

—Espera —dijo Tom de pronto volviendo a mirarla—. No, creo que no era blanca. Me acabo de acordar... Era azul. Sí, azul.

El corazón de Pip reaccionó enseguida, notaba los latidos en los oídos, con un ritmo que casi sonaba como: «Nat-da-Sil-va, Nat-da-Sil-va, Nat-da-Sil-va».

Se esforzó por cerrar la boca y la abrió solo para preguntar:

—¿Una casa de ladrillos blancos? ¿Con una vid en un lado?

Tom asintió, ahora parecía estar más espabilado.

—Sí, esa es. Vi a Jamie entrar en esa casa.

—¿Viste a alguien más? ¿Quién abrió la puerta?

—No. Solo lo vi a él entrar.

En casa de Nat da Silva.

Ese era el plan: que Jamie fuera a casa de Nat después del homenaje. Eso es lo que le dijo a Connor. Eso es lo que Nat le contó a Pip. Pero también le dijo que no apareció, que la última vez que lo vio fue cuando se separó de ella para ir a buscar a «alguien».

Pero Tom vio a Jamie entrar en su casa a las 22.50.

Después de la fiesta *destroyer*.

Hay alguien que miente.

Y ¿quién puede tener un motivo para hacerlo?

—Tom —dijo Pip—. ¿Te importa si me lo vuelves a contar todo en una entrevista grabada?

—Claro, sin problema.

r/AsesinatoParaPrincipiantesPodcast

VIEW ■ ☰ ☰   SORT 🔥 HOT ▾

¿La pista de Hillary F. Weiseman?

18

Ya sé que Pip ha estado muy ocupada trazando los movimientos de Jamie de aquella noche, pero creo que sería un grave error que ignorara esta nota que encontró en su papelera. Sabemos que la limpiadora de los Reynolds va una vez cada dos semanas, los miércoles, por lo que la nota que encontró Pip la tuvieron que escribir / tirar en los últimos diez días, coincidiendo con el periodo de tiempo en el que Jamie se comportaba de forma extraña (robos, escabullirse de casa).

En su investigación, Pip solo ha encontrado a una Hillary F. Weiseman —una señora de 84 años que vivió en Little Kilton y que murió hace 12 años—. Así que, sí, es muy extraño que Jamie escribiera recientemente el nombre de esa vieja. Pero ¿y si la nota no hace referencia al nombre de una persona, sino a un lugar? Si Hillary murió allí, imagino que estará enterrada en el cementerio del pueblo. ¿Y si la nota no se refiere a Hillary, la persona, sino a la tumba como lugar de encuentro? Fijaos otra vez en lo que dice: «Hillary F Weiseman izquierda 11». ¿Y si lo que quiere decir en realidad es: la tumba de Hillary F. Weiseman, en el lado izquierdo del cementerio, a las 11? Una hora y un lugar para un encuentro. ¿Qué os parece?

 59 Comentarios   ⭐ Destacar   ↗ Compartir   🔖 Guardar•••

Veintidós

Pip intentó no mirar. Desvió la vista, pero había algo en esa casa que la atraía. Ya nunca sería una casa normal, sobre todo después de lo que había visto. Parecía casi sobrenatural, como si la muerte se aferrara al aire que la rodeaba, encogiéndola de una forma en la que no debería encogerse una casa, con el tejado torcido y los ladrillos engullidos por una hiedra.

La casa de los Bell. El lugar en el que había muerto Andie.

Y por la ventana que daba al salón, Pip podía ver la nuca de Jason Bell con el televisor parpadeando en el otro extremo. Debió de escuchar los pasos en la calzada, porque justo en ese momento giró la cabeza. Pip y él hicieron contacto visual durante un instante, y la expresión de Jason se amargó al reconocerla. Pip retrocedió y bajó los ojos para continuar con su camino, dejando la casa atrás. Pero todavía se sentía marcada, de alguna forma, por la mirada de Jason.

—Entonces... —dijo Ravi sin darse cuenta; evidentemente él no había sentido la misma necesidad de mirar hacia la casa—. ¿Has sacado esta idea de alguien de Reddit? —preguntó mientras subían por la calle, hasta la iglesia en lo alto de la colina.

—Sí. Es una teoría bastante buena —dijo Pip—. Se me debería haber ocurrido.

—¿Alguna otra pista interesante desde que salió el episodio?

—Nah —dijo con la voz entrecortada por el esfuerzo mientras doblaban la esquina y aparecía la vieja iglesia a lo lejos, rodeada por las copas de tres árboles—. A no ser que cuente «Vi a Jamie en un McDonald's en Aberdeen» como una pista. O el que por lo visto se lo encontró en el Louvre de París.

Cruzaron por el puente para peatones sobre la carretera y el sonido de los coches resonaba en sus oídos.

—A ver —dijo ella conforme se acercaban al cementerio dividido en dos, a cada lado del edificio, y al ancho camino que los separaba—. El comentario sugiere que la «izquierda» de la nota se refiere al lado izquierdo del cementerio. Así que vamos a echar un vistazo por ahí.

Guio a Ravi por la gran explanada de césped que rodeaba la colina. Mirara donde mirase, había placas de mármol y nichos en fila.

—¿Cómo era el nombre? ¿Hillary...? —preguntó Ravi.

—Hillary F. Weiseman, murió en 2006. —Pip entrecerró los ojos para examinar las tumbas, Ravi estaba a su lado.

—¿Crees que Nat da Silva te ha mentido? —preguntó él entre nombre y nombre.

—No lo sé —dijo—. Pero no pueden estar diciendo los dos la verdad; sus testimonios son totalmente contradictorios. Así que, o Nat da Silva o Tom Nowak está mintiendo. Y no puedo evitar pensar que Nat podría tener más motivos. A lo mejor Jamie sí que fue a su casa un rato aquella noche pero no me lo quería decir delante de su novio. La verdad es que da un poco de miedo.

—¿Cómo me dijiste que se llamaba? ¿Luke?

—Eaton, sí. O puede que simplemente no quisiera decirme que vio a Jamie porque no quiere involucrarse. No la traté precisamente bien la última vez. También podría estar mintiendo porque está involucrada de alguna forma. Tuve una sensación muy rara cuando hablé con ellos sobre dónde estuvieron el viernes por la noche. Como si no me lo estuvieran contando todo.

—Pero a Jamie lo vieron sano y salvo en Wyvil Road casi una hora después de eso. Así que, si fue a casa de Nat, estaba bien cuando se fue.

—Sí —dijo ella—. Entonces ¿por qué iba a mentir? ¿Qué tiene que esconder?

—Puede que el que mienta sea Tom —dijo Ravi, agachándose para leer mejor las letras desgastadas de una placa.

—Puede ser. —Suspiró—. Pero ¿por qué? ¿Y cómo podía haber sabido que esa casa era de...? No sé, de una persona de interés.

—¿Vas a hablar con Nat otra vez?

—No estoy segura. —Pip examinó otra hilera de tumbas—. Debería, pero no sé si querrá volver a hablar conmigo. Me odia muchísimo. Y esta semana ya está siendo lo bastante dura para ella.

—¿Y si hablo yo con ella? —dijo Ravi—. Cuando acabe el juicio de Max, por ejemplo.

—Sí, podría funcionar —respondió Pip, pero la idea de que Jamie pudiera seguir desaparecido para entonces le puso la piel de gallina. Aceleró el paso—. Estamos yendo muy lentos. Vamos a separarnos.

—No, que me gustas mucho.

Pip notó su risa pese a que no lo estaba mirando.

—Estamos en un cementerio. Compórtate.

—No nos pueden oír —dijo eludiendo la expresión molesta de Pip—. Está bien, de acuerdo. Yo iré por aquí. —Se dirigió al otro extremo del cementerio y empezó a comprobar las tumbas en dirección a ella.

Pip lo perdió de vista unos minutos después detrás de un seto descuidado y sintió como si estuviera sola. Ahí plantada, en el medio de ese campo de nombres. No había nadie más y era completamente de noche a pesar de ser solo las seis de la tarde.

Llegó hasta el final de otra fila: ni rastro de Hillary, pero escuchó un grito. La voz de Ravi sonaba lejana a medida que el viento la apartaba de ella, pero lo vio haciéndole señas con una mano y fue corriendo hacia él.

—¿La has encontrado? —dijo ella sin aliento.

—«En recuerdo de Hillary F. Weiseman» —leyó Ravi en voz alta, de pie sobre una placa de mármol negra con las letras doradas—. «Fallecida el 4 de octubre de 2006. Te echaremos mucho de menos. Tus hijos y tus nietos que no te olvidan.»

—Es ella —dijo Pip mirando alrededor. Esta parte del cementerio estaba casi encerrada, rodeada por una fila de setos en un lado y un montón de árboles en el otro—. Esto está muy oculto. No se ve desde ningún lado, solo desde el camino.

Él asintió.

—Es un buen sitio para un encuentro secreto, si es que era eso.

—Pero ¿con quién? Sabemos que Jamie nunca llegó a conocer a Layla en persona.

—¿Y esto? —Ravi señaló un pequeño ramo de flores junto a la tumba de Hillary.

Estaban secas y muertas, los pétalos se cayeron cuando Pip agarró el plástico que las envolvía.

—Está claro que las dejaron hace varias semanas —dijo fijándose en una pequeña tarjeta blanca entre las flores. La lluvia había hecho que la tinta azul se corriera por el papel, pero todavía era legible.

—«Querida mamá. Feliz cumpleaños. Te echo de menos todos los días. Te queremos mucho. Mary, Harry y Joe» —leyó en voz alta para Ravi.

—Mary, Harry y Joe —repitió Ravi pensativo—. ¿Los conocemos?

—No —respondió ella—. Pero he buscado en el censo y no he encontrado a nadie con el apellido Weiseman que viva en Kilton.

—Entonces no serán Weiseman.

Oyeron unos pasos en el camino de gravilla que se acercaban. Pip y Ravi se giraron para ver quién era. Cuando apareció un hombre por detrás del sauce, Pip sintió un pinchazo en el pecho, como si la hubieran pillado en algún sitio en el que no debería estar. Era Stanley Forbes y parecía igual de impresionado de verlos, porque soltó un grito ahogado cuando se los encontró allí, escondidos en las sombras.

—Joder, qué susto me habéis dado —dijo llevándose una mano al pecho.

—¿Se puede decir «joder» al lado de una iglesia? —Ravi sonrió y acabó de inmediato con la tensión.

—Lo siento —dijo Pip todavía con las flores muertas en la mano—. ¿Qué haces aquí? —Una pregunta muy justa, pensó; no había nadie más en el cementerio aparte de ellos, que no estaban allí precisamente por motivos normales.

—Eh... —Stanley parecía desconcertado—. He venido a hablar con el párroco para una historia para el número de la semana que viene. ¿Por qué? ¿Qué hacéis vosotros aquí? —devolvió la pregunta, entornando los ojos para leer la tumba frente a la que estaban.

Ya los había pillado, así que Pip decidió probar suerte.

—Oye, Stanley —dijo—, tú conoces a mucha gente del pueblo, ¿verdad? Por el periódico. ¿Conoces a la familia de una mujer llamada Hillary Weiseman? Su hija se llama Mary y puede que sus nietos sean Harry y Joe.

Volvió a entornar los ojos, como si fuera una de las cosas más extrañas que le hubieran preguntado al encontrarse a dos personas merodeando por un cementerio.

—Sí. Y tú también. Es Mary Scythe. La mujer que trabaja como voluntaria conmigo en el periódico. Harry y Joe son sus hijos.

Y conforme Stanley decía eso, algo hizo clic en la cabeza de Pip.

—Harry Scythe. ¿Trabaja en El Sótano de los Libros? —preguntó.

—Sí, creo que sí —respondió Stanley arrastrando los pies—. ¿Tiene esto algo que ver con la desaparición que estáis investigando?

—Puede.

Se encogió de hombros fijándose en la decepción de la cara de Stanley cuando ella no elaboró más la respuesta. No quería que un periodista de un pueblo pequeño se pusiera también a investigar la historia y a entorpecer sus avances. Aunque a lo mejor no estaba siendo del todo justa; Stanley había publicado el cartel de Jamie en el *Kilton Mail* como ella le había pedido, y eso ayudó a que mucha gente le diera información.

—Quería agradecerte que publicaras el cartel en el periódico, Stanley —añadió—. No tenías por qué hacerlo y la verdad es que me ha ayudado mucho. Así que, nada, gracias. Y eso.

—No es nada. —Sonrió mirando alternativamente a ella y a Ravi—. Espero que lo encuentres. Bueno, estoy seguro de que lo harás. —Se subió una manga para mirar el reloj—. Será mejor que me vaya, no quiero hacer esperar al párroco. Bueno. Adiós.

Les hizo un gesto incómodo con la mano, a la altura de la cintura, y se marchó hacia la iglesia.

—Harry Scythe es uno de los testigos de Wyvil Road —le dijo Pip a Ravi susurrando y mirando cómo se alejaba Stanley.

—¿En serio? —dijo Ravi—. Este pueblo es un pañuelo.

—Exacto —dijo Pip volviendo a dejar las flores muertas junto a la tumba de Hillary—. Es un pueblo muy pequeño. No estaba segura de si eso significaba algo más. Y tampoco estaba segura de que venir hasta ahí hubiese servido para explicar el trozo de papel en la habitación de Jamie, aparte de la posibilidad de que viniera para encontrarse con alguien en la penumbra. Estaba todo muy poco claro, demasiado impreciso como para tratarse de una pista válida.

—Venga, vámonos. Deberíamos ponernos con la actualización del juicio —dijo Ravi cogiéndola de la mano y entrelazando los dedos con los suyos—. Por cierto, no me puedo creer que le hayas dado las gracias a Stanley Forbes. —Le hizo una mueca, como si estuviera paralizado de la impresión.

—Déjame. —Ella le dio un golpecito en el brazo.

—Has sido amable con alguien. —Siguió con la mueca—. Muy bien. Es un buen comienzo, Pip.

—Que te calles.

Veintitrés

La casa de los Reynolds la miraba sin parpadear con sus ventanas amarillas, pero solo durante un segundo, justo antes de que se abriera la puerta y apareciera Joanna bajo el umbral.

—Estás aquí. —Joanna le hizo un gesto a Pip para que entrara justo cuando Connor llegaba al recibidor—. Gracias por venir tan rápido.

—No hay de qué.

Pip se quitó los zapatos y soltó la mochila. Ravi y ella acababan de terminar de grabar la nueva actualización del juicio de Max Hastings —habían hablado dos testigos de la defensa: los amigos de la universidad de Max— cuando Joanna la llamó.

—Parecía urgente, ¿no? —dijo Pip mirándolos a los dos.

Se oía el sonido del televisor tras la puerta del salón cerrada. Probablemente Arthur Reynolds estuviese allí, negándose todavía a formar parte de todo eso. Pero Jamie llevaba ya cuatro días desaparecido, ¿por qué su padre no cedía? Pip lo entendía: es muy complicado salir de un agujero una vez que has clavado bien los talones. Pero seguro que estaba empezando a preocuparse..., ¿verdad?

—Sí, lo es. —Joanna le indicó que la siguiera arriba y subieron las escaleras detrás de Connor.

—¿Es el ordenador? —preguntó Pip—. ¿Habéis conseguido entrar?

—No, no es eso —respondió ella—. Lo hemos intentado. Llevamos ya más de setecientas opciones y nada.

—Vale. Bueno, ayer escribí a dos informáticos, a ver qué me dicen. —Pip continuó subiendo las escaleras, procurando no pisarle los talones a Joanna—. ¿Qué pasa entonces?

—He escuchado el primer episodio que subiste anoche. Varias veces. —Joanna hablaba deprisa y estaba casi sin aliento a mitad de camino—. Se trata de la entrevista que les hiciste a los testigos de la librería, los que lo vieron en Wyvil a las 23.40. Había algo que me inquietaba de la entrevista y por fin he descubierto el qué.

Joanna le indicó que entrara en la caótica habitación de Jamie. Connor ya había encendido la luz y las estaba esperando.

—¿Es Harry Scythe? —preguntó Pip—. ¿Lo conoces?

Joanna negó con la cabeza.

—Es la parte en la que dicen lo que Jamie llevaba puesto. Dos testigos creían haberlo visto con la camisa burdeos, con la que sabemos que salió de casa. Pero esos fueron los dos primeros que lo vieron, ya que supuestamente caminaba hacia ellos. Los otros dos llegaron a la puerta después, cuando Jamie ya había pasado, así que lo vieron de espaldas. Y los dos dijeron que puede que no llevara una camisa burdeos, sino algo más oscuro, con capucha y bolsillos, porque no le vieron las manos.

—Sí, soy consciente de esa discrepancia —dijo Pip—. Pero no es extraño que los pequeños detalles de los testimonios de los testigos no coincidan a la perfección.

La mirada de Joanna estaba iluminada y no la apartaba de la cara de Pip.

—Sí, y nuestro instinto fue creer a los dos que dijeron que lo vieron con la camisa, porque es lo que hemos dado por hecho que llevaba puesto Jamie. Pero ¿y si son los otros dos los que tienen razón? ¿Los que dicen que lo vieron con una sudadera negra? Jamie tiene una sudadera negra —dijo—, con cremallera. Se la pone a todas horas. Si la hubiera llevado abierta, puede que de frente no se viera demasiado y resaltase más la camisa de debajo.

—Pero no llevaba una sudadera negra cuando salió de casa el viernes —argumentó Pip mirando a Connor—. Y no la llevaba encima, no tenía una maleta, ni una mochila, ni nada.

—No, no la llevaba encima —intervino Connor—. Es lo que yo dije al principio. Pero... —Señaló con un gesto a su madre.

—Pero —continuó Joanna— he buscado en todas partes. En todas. En el armario, en los cajones, en todos los montones de ropa, en el cestón de la ropa sucia, en el montón para planchar, en nuestro armario, en el de Connor, en el de Zoe. La sudadera negra de Jamie no aparece por ningún sitio. No está en casa.

A Pip se le cortó la respiración.

—¿No está aquí?

—Hemos comprobado más de tres veces todos los lugares en los que podría estar —dijo Connor—. Nos hemos pasado las últimas horas buscando. No está.

—Si ellos tienen razón —dijo Joanna—. Si los testigos tienen razón y vieron a Jamie con la sudadera negra...

—Jamie volvió a casa —dijo Pip, y sintió cómo un escalofrío le recorría el cuerpo, desde el estómago hasta las piernas—. Entre la fiesta *destroyer* y Wyvil Road, Jamie pasó por aquí —dijo mirando la habitación con otros ojos: los montones de ropa desparramados pueden ser de cuando buscaba desesperadamente la sudadera. La taza rota junto a la mesita de noche tal vez se cayera sin querer durante la búsqueda apresurada. El cuchillo que faltaba en la cocina. Es posible que, si fue Jamie quien lo cogió, fuera el motivo real por el que vino a casa.

—Exacto —dijo Joanna—. Es lo que he pensado. Jamie volvió. —Lo dijo como con un resquicio de esperanza en la voz, un deseo evidente: su hijo regresó a casa, como si lo que pasó después, que se volvió a marchar y desapareció, no pudiera quitarle esa ilusión.

—Entonces, si volvió a casa y se llevó la sudadera —dijo Pip evitando mencionar el cuchillo perdido—, debió de ser, digamos, entre las 22.45, después de marcharse de Highmoor, y las 23.25 aproximadamente, porque habría tardado al menos quince minutos en llegar hasta la mitad de Wyvil.

Joanna asintió aferrándose a cada palabra.

—Pero... —Pip se contuvo y volvió a empezar, dirigiendo la pregunta a Connor. Era más fácil así—. Pero ¿tu padre no llegó del pub sobre las 23.15?

Joanna respondió de inmediato.

—Sí, así es. Más o menos a esa hora. Evidentemente, Arthur no vio a Jamie, así que él debió de llegar y marcharse justo antes de que Arthur entrase en casa.

—¿Le habéis preguntado a él? —quiso saber Pip con precaución.

—¿El qué?

—Lo que hizo aquella noche.

—Sí, claro —dijo Joanna con determinación—. Volvió del pub a eso de las 23.15, como has dicho. No vio ni rastro de Jamie.

—Entonces, Jamie debió de pasar por aquí antes, ¿no? —preguntó Connor.

—Eso es —dijo Pip, pero no era eso lo que estaba pensando.

Estaba pensando que Tom Nowak dijo que había visto a Jamie entrar en casa de Nat da Silva en Cross Lane a las 22.50. ¿Le dio tiempo a hacer ambas cosas? ¿Visitar a Nat, volver andando a casa y marcharse de nuevo? No. Se solaparía la línea temporal de Jamie con la de Arthur. Pero este dijo que llegó a casa a las 23.15 y que no había visto a Jamie. Algo no encaja.

O Jamie no fue a casa de Nat, sino que vino más temprano a la suya y se fue antes de las 23.15, cuando llegó su padre; o Jamie fue a casa de Nat muy poco tiempo, vino andando a su casa coincidiendo con la hora a la que volvió su padre, solo que Arthur no se dio cuenta de que Jamie estaba allí ni de que se fue. O sí que se dio cuenta y, por algún motivo, estaba mintiendo.

—¿Pip? —repitió Joanna.

—Perdón, ¿qué? —dijo esta saliendo de sus pensamientos y volviendo a estar presente en la habitación.

—Decía que, cuando busqué la sudadera de Jamie, encontré otra cosa. —La mirada de Joanna se ensombreció conforme se acercaba al cesto de la ropa sucia de su hijo—. Estaba buscando aquí —dijo apartando de encima una prenda— y me encontré esto colgando del borde.

Lo cogió por la costura de los hombros y se lo enseñó a Pip. Era un jersey de algodón gris. En la parte de delante, a unos trece centímetros del cuello, había gotas de sangre secas, de un color marrón rojizo. Siete en total, todas de menos de un centímetro. Y una mancha más grande en el puño de una de las mangas.

—Joder. —Pip se acercó para mirar mejor la sangre.

—Es el jersey que se puso el día de su cumpleaños —dijo Joanna, y, sí, Pip reconoció enseguida que era el que llevaba en la foto de los carteles.

—Me dijiste que lo escuchaste escabullirse aquella noche, ¿verdad? —le preguntó Pip a Connor.

—Sí.

—¿Y se había hecho antes alguna herida o algo en casa? Joanna negó con la cabeza.

—Estaba bien cuando se fue a su habitación. Contento.

—Estas manchas parecen gotas de sangre que han caído desde arriba, no es una salpicadura —dijo Pip rodeando con el dedo las manchas de la parte delantera del jersey—. Y parece que con la manga se limpió la zona de origen de la sangre.

—¿Es de Jamie? —Joanna se quedó blanca.

—Probablemente. ¿Le viste algún corte o herida al día siguiente?

—No —dijo esta en voz baja—. No tenía nada a la vista.

—Puede ser de otra persona. —Pip pensó en voz alta y se arrepintió de inmediato.

A Joanna se le arrugó la cara y una única lágrima se le deslizó por la mejilla.

—Lo siento, Joanna —dijo Pip—. No debería haber dich...

—No, no es por ti. —La señora Reynolds se puso a llorar dejando cuidadosamente el jersey encima de la cesta. Cayeron dos lágrimas más, precipitándose rápidamente hasta la barbilla—. Es que tengo la sensación de que no conozco en absoluto a mi hijo.

Connor se acercó a su madre y le dio un abrazo. Ella se había vuelto a encoger y desapareció entre sus brazos, sollozando contra su pecho. Un sonido tan crudo que, solo con oírlo, Pip pudo sentir el dolor.

—Tranquila, mamá —le susurró Connor mirando a Pip, pero ella tampoco sabía qué decir para mejorar la situación.

Joanna volvió a aparecer sorbiendo por la nariz y secándose en vano los ojos.

—Creo que no lo reconozco. —Miró el jersey de Jamie—. Intentó robarle a tu madre, perdió el empleo y se pasó semanas mintiéndonos. Entró en la casa de alguien en mitad de la noche para robar un reloj que no le hacía falta. Salía a hurtadillas. Volvió con la sangre de otra persona en la ropa, seguramente. No reconozco a este Jamie —dijo cerrando los ojos, como si pudiera imaginar a su hijo delante de ella, al que sí conocía—. Este no es él. Todas estas cosas que ha hecho... No es así. Él es amable, considerado. Me hace té cuando llego del trabajo, me pregunta cómo me ha ido el día. Hablamos de sus sentimientos, de los míos. Somos un equipo, lo hemos sido desde que nació. Lo sé todo de él... Pero es evidente que ya no.

Pip se dio cuenta de que también estaba mirando el jersey ensangrentado y era incapaz de apartar la mirada de él.

—Hay algo detrás de todo esto —dijo—. Tiene que haber un motivo. No ha podido cambiar sin más después de veinticuatro años, como si hubieran pulsado un interruptor. Hay una razón, y la encontraremos. Te lo prometo.

—Yo solo quiero que vuelva. —Joanna apretó la mano de Connor y miró a Pip a los ojos—. Quiero recuperar a Jamie. El que aún me llama Jomama porque sabe que me hace sonreír. Así era como me llamaba cuando tenía tres años y descubrió que tenía un nombre aparte de mamá. Se le ocurrió lo de Jomama para poder llamarme por mi nombre al mismo tiempo que seguía siendo su madre. —Joanna sorbió por la nariz y el sonido retumbó por toda ella, estremeciéndole los hombros—. ¿Y si no vuelvo a escucharlo llamarme así nunca más?

Tenía los ojos secos, como si ya hubiera llorado todas las lágrimas que tenía y se hubiera quedado vacía. Hueca. Pip reconoció la mirada en los ojos de Connor cuando pasó un brazo alrededor de su madre: miedo. La apretó fuerte, como si fuera la única forma que conocía de evitar que se desmoronara.

No era un momento que Pip debiera presenciar, ni en el que entrometerse. Tenía que marcharse y dejárselo para ellos.

—Gracias por llamarme con lo de la sudadera —dijo retrocediendo despacio hacia la puerta de la habitación de Jamie—. Cualquier información nos lleva un paso más cerca. Voy... Será mejor que vaya a grabar y a editar. Y a ver si consigo hablar con los informáticos. —Echó un vistazo hacia el portátil cerrado cuando alcanzó la puerta—. ¿Tenéis bolsas de plástico herméticas?

Connor la miró confuso, pero asintió.

—Meted el jersey en una —indicó—. Y guardadlo en algún lugar fresco y apartado de la luz del sol.

—Vale.

—Adiós —dijo casi con un susurro mientras salía de la habitación y recorría el pasillo.

Pero después de dar tres pasos, algo la detuvo. Un fragmento de pensamiento que rondaba su cabeza tan rápido que no lo podía atrapar. Y, cuando por fin lo consiguió, desanduvo los tres pasos y volvió a la puerta del dormitorio de Jamie.

—¿Jomama? —dijo.

—Sí. —Joanna levantó la mirada hacia Pip, como si pesara demasiado.

—Me refiero... ¿Habéis probado «Jomama»?

—¿Cómo?

—Ay, perdón. Como contraseña —aclaró.

—N-no —dijo Joanna mirando a Connor horrorizada—. Pensé que con motes te referías a los que tuviéramos nosotros para Jamie.

—No pasa nada. Podría ser cualquier cosa, de verdad —dijo Pip abriéndose camino hasta el escritorio de Jamie—. ¿Me puedo sentar?

—Por supuesto.

La señora Reynolds se acercó y se puso detrás de ella, Connor se colocó al otro lado y Pip abrió el portátil. La pantalla oscura reflejaba sus caras, estirándolas y dándoles un aspecto fantasmagórico. Pip pulsó el botón de encendido y apareció la pantalla azul de inicio de sesión, con la caja vacía de la contraseña observándola.

Escribió «Jomama» mientras las letras se transformaban en pequeños círculos. Hizo una pausa con el dedo sobre el botón de intro y la habitación se quedó completamente en silencio. Joanna y Connor estaban aguantando la respiración.

Pulsó e inmediatamente:

«Contraseña incorrecta.»

Detrás de ella, los dos resoplaron haciendo ondear el pelo medio recogido de Pip.

—Lo siento —dijo Pip sin querer mirarlos—. Pensé que merecía la pena intentarlo.

Y así había sido, y podía que mereciera la pena hacerlo unas cuantas veces más, pensó.

Lo volvió a intentar sustituyendo la o con un cero.

«Contraseña incorrecta.»

Lo intentó añadiendo un uno al final. Y luego un dos. Y luego un uno, dos, tres y uno, dos, tres, cuatro. Cambiando la o por el cero una y otra vez.

«Contraseña incorrecta.»

Jota mayúscula. Jota minúscula.

Eme mayúscula al principio de Mama. Eme minúscula.

Pip echó la cabeza hacia delante, suspirando.

—No pasa nada. —Connor le puso una mano en el hombro—. Lo has intentado. Los informáticos sabrán cómo hacerlo, ¿verdad?

Sí, si le respondían algún día al email. Estaba claro que todavía no habían tenido tiempo, cosa que estaba mal porque, en todo caso, todos sus demás clientes podían esperar, pero Pip no se podía permitir ese lujo. Jamie no tenía tiempo.

Pero rendirse era demasiado difícil y a ella nunca se le había dado bien. Intentó una última posibilidad.

—Joanna, ¿en qué año naciste?

—En el sesenta y seis —dijo—. Aunque dudo que Jamie sepa eso, la verdad.

Pip tecleó «Jomama66» y pulsó intro.

«Contraseña incorrecta.» La pantalla se burló de ella y sintió un brote de ira en su interior, ganas de coger el ordenador y tirarlo contra la pared. Ese instinto primitivo e intenso que, hasta hacía un año, ella no conocía. Connor pronunciaba su nombre, pero ya no pertenecía a la persona que estaba sentada en la silla. Se controló, lo contuvo. Se mordió la lengua y volvió a intentarlo, golpeando con fuerza las teclas.

«JoMama66»

«Contraseña incorrecta.»

Joder.

«Jomama1966»

«Incorrecta.»

Mierda.

«JoMama1966»

«Incorrec...»

Joder.

«J0Mama66»

«Te damos la bienvenida.»

¿Cómo? Pip se quedó mirando donde debería poner «Contraseña incorrecta». En su lugar había un círculo girando una y otra vez, reflejándose en sus pupilas. Y una palabra: «Te damos la bienvenida».

—¡Lo hemos conseguido! —Saltó de la silla con un ruido que no sabía si era tos o una risa.

—¿Lo hemos conseguido? —Joanna repitió incrédula las palabras de Pip.

—J0Mama66 —dijo Connor levantando los brazos, victorioso—. ¡Ya está! ¡Lo hemos conseguido!

Pip no sabía cómo había ocurrido, pero, de alguna forma, en algún momento de confusión, empezaron a abrazarse. Los tres fundidos en un abrazo caótico, gritando mientras el ordenador de Jamie se despertaba detrás de ellos.

Veinticuatro

—¿Estáis seguros de que os queréis quedar a ver esto? —preguntó Pip, mirando sobre todo a Joanna, con el dedo sobre el ratón a punto de hacer clic en el historial del navegador de Jamie—. No sabemos qué nos vamos a encontrar.

—Ya —dijo agarrando con fuerza el respaldo de la silla, constatando que no se iba a ir a ningún sitio.

Pip intercambió una mirada rápida con Connor, que le aseguró que él también estaba preparado asintiendo con la cabeza.

—Vale.

Hizo clic en el historial de Jamie y se abrió una pestaña nueva. La entrada más reciente era del viernes 27 de abril a las 17.11. Había estado en YouTube viendo compilaciones de vídeos de *epic fails*. Otras entradas de aquel día: Reddit, más YouTube, una serie de páginas de Wikipedia que iban desde los caballeros templarios hasta Slender Man.

Pasó al día anterior y una entrada en concreto llamó su atención: Jamie visitó la página de Instagram de Layla Mead dos veces el jueves, el día antes de desaparecer. También buscó «nat da silva violación juicio max hastings», que lo llevó a la página de Pip: asesinatoparaprincipantespodcast.com, donde parece que Jamie escuchó la actualización del juicio de aquel día que habían grabado ella y Ravi.

Siguió mirando el resto de los días: lo más leído de Reddit, páginas de Wikipedia, maratones de Netflix. Buscaba algo, lo que fuera, que le pareciera poco habitual. Pero extraño de verdad, no un artículo raro de Wikipedia. Llegó hasta el lunes de la semana anterior y vio algo que la hizo parar en el jueves 19: el día de su cumpleaños. Jamie había buscado en Google «¿qué se considera abuso?». Y, después de mirar algunos resultados, buscó: «cómo pelear».

—Aquí hay algo raro —dijo Pip señalando los resultados con el dedo—. El día de su cumpleaños hizo estas búsquedas a las 23.30. La noche en la que tú lo escuchaste salir a hurtadillas, Connor, cuando volvió con el jersey manchado de sangre. —Miró de nuevo hacia la prenda, todavía sobre la cesta—. Parece que sabía que se iba a meter en alguna pelea aquella noche. Es como si se hubiera estado preparando.

—Pero Jamie nunca se ha peleado con nadie. Lo que es evidente si tuvo que buscar en Google cómo hacerlo —dijo Connor.

Pip tenía más cosas que decir con respecto a eso, pero otro resultado llamó su atención. Lunes 16, unos días antes, Jamie había buscado «padres controladores». A Pip se le cerró la garganta, pero mantuvo a raya sus reacciones y lo pasó rápidamente, antes de que los demás lo vieran.

Pero ella no pudo hacer como que no lo había visto. Y ahora no era capaz de parar de pensar en las fuertes discusiones, en la total falta de interés de Arthur por la desaparición de su hijo, en el posible cruce de las líneas temporales de Jamie y su padre aquella noche. Y, de pronto, fue muy consciente de que Arthur Reynolds estaba sentado en la estancia que tenían debajo, y sintió su presencia como algo físico, filtrándose a través de la moqueta.

—¿Qué es eso? —preguntó Connor de pronto, y Pip se estremeció.

Había seguido desplazándose por los resultados, pero de repente se había parado y su mirada seguía la línea que marcaba el dedo de Connor. Martes 10 de abril, a la 01.26 de la madrugada. Había una serie de búsquedas extrañas en Google, la primera: «cáncer de cerebro». Jamie había hecho clic en dos resultados de la página web del Servicio Nacional de Salud, uno era de «tumores cerebrales» y el otro de «tumor cerebral maligno». Unos minutos después, Jamie volvió a Google y tecleó «tumor cerebral inoperable» e hizo clic en la página web de una organización benéfica contra el cáncer. Luego le hizo una última pregunta a Google aquella noche: «ensayos clínicos cáncer cerebro».

—Eh... —dijo Pip—. Vale que yo busco todo tipo de cosas en internet, y es evidente que Jamie también, pero creo que esto es diferente. Es como... muy deliberado, muy directo. ¿Conocéis a alguien que tenga cáncer de cerebro? —Pip le preguntó a Joanna.

Ella negó con la cabeza.

—No.

—¿Alguna vez Jamie dijo que conociera a alguien que lo padeciera? —Esta vez le preguntó a Connor.

—No, nunca.

Y lo que Pip quería preguntar, pero no era capaz: ¿era posible que Jamie estuviera investigando tumores cerebrales porque se había enterado de que tenía uno? No. No podía ser. Está claro que eso es algo que no le ocultaría a su madre.

Pip intentó seguir bajando, pero ya había llegado al final de los resultados. Jamie debía de haber borrado el resto del historial. Estaba a punto de continuar cuando se fijó en el último par de elementos buscados. Los había visto, pero no había hecho clic sobre ellos, y reposaban en silencio entre los resultados del tumor cerebral y vídeos de perros caminando sobre sus patas traseras. Nueve horas después de investigar los tumores cerebrales, supuestamente después de haberse ido a dormir y despertarse al día siguiente, Jamie le había preguntado a Google «cómo ganar dinero rápido» e hizo clic en un artículo que se titulaba «11 formas sencillas de ganar dinero rápido».

No era lo más raro de ver en el ordenador de un chico de veinticuatro años que todavía vivía en casa de sus padres, fue el momento lo que lo hizo significativo. Solo un día después de que Jamie buscara eso, la madre de Pip lo pilló intentando robar la tarjeta de crédito de su empresa. Tenía que estar relacionado. Pero ¿por qué se despertó Jamie el martes 10 tan desesperado por el dinero? Tuvo que pasar algo el día anterior.

Con los dedos cruzados, Pip tecleó «Instagram» en la barra de direcciones. Esto era lo más importante: acceso a los mensajes privados de Jamie y Layla, una de las formas de identificar a la impostora. «Por favor, que esté guardada la contraseña. Por favor, por favor, por favor.»

Apareció la página de inicio en la pantalla, con la sesión iniciada en el perfil de Jamie Reynolds.

—¡Bien! —susurró, pero un fuerte zumbido la interrumpió.

Era su teléfono en el bolsillo de atrás, vibrando intensamente contra la silla. Lo sacó. Su madre. Al ver la hora, Pip sabía exactamente por qué la llamaba. Eran pasadas las diez, un día entre semana, así que iba a tener problemas. Suspiró.

—¿Tienes que irte, cielo? —Joanna debió de leer la pantalla por encima del hombro de Pip.

—Debería, sí. ¿Te...? ¿Te importa si me llevo el portátil de Jamie? Así puedo revisar detenidamente esta noche sus redes sociales y os cuento mañana lo que encuentre.

Además, no creía que Jamie hubiera querido que su madre y su hermano leyeran sus mensajes privados con Layla. Sobre todo si eran, en fin..., poco apropiados para una madre y un hermano.

—Claro —dijo Joanna pasándole a Pip la mano por el hombro—. Tú eres la que sabe lo que está haciendo.

Connor aceptó con un silencioso «Sí», aunque Pip se dio cuenta de que quería ir con ella, que la vida real no tenía por qué molestar continuamente. Instituto, padres, horarios.

—Te escribiré en cuanto encuentre algo destacable —lo tranquilizó girándose hacia el ordenador para minimizar la ventana de Chrome y volviendo a mostrar el fondo de pantalla azul con temática robótica.

El sistema operativo del ordenador era Windows 10 y Jamie lo tenía configurado en modo S.[1] Al principio, eso confundió un poco a Pip, antes de ver la aplicación de Chrome colocada cuidadosamente junto al cuadrado de Microsoft Word. Agarró la tapa para cerrarlo, echando un vistazo al resto de las aplicaciones: Excel, 4OD, Sky Go, Fitbit.

Se paró antes de cerrar el ordenador, había algo se lo impedía, un esbozo mínimo de una idea que todavía no estaba completa.

—¿Fitbit? —Miró a Connor.

—Sí. Mi padre le regaló una por su cumpleaños, ¿te acuerdas? Aunque parecía muy evidente que Jamie no la quería, ¿no crees? —Connor le dirigió esta pregunta a su madre.

—Bueno, ya sabes lo complicado que es hacerle regalos a Jamie. Tu padre solo intentaba ayudarlo. A mí me pareció una buena idea —dijo Joanna con un tono cada vez más cortante y defensivo.

—Ya, solo era un comentario. —Connor volvió a mirar a Pip—. Papá le configuró la cuenta y le descargó la aplicación en el teléfono y aquí, porque dijo que Jamie no lo iba a hacer

---

1 El Modo S de Windows 10 está diseñado para obtener mayor seguridad y que únicamente puedan ejecutarse aplicaciones de la Microsoft Store. *(N. de la t.)*

nunca, lo que seguramente fuera verdad. Y Jamie la ha llevado puesta desde entonces, creo que para que mi padre no se... Quiero decir, para que estuviera contento —dijo mirando de reojo a su madre.

—Un momento —dijo Pip con la idea ya completamente formada apretándole el cerebro—. ¿El reloj negro que Jamie llevaba la noche que desapareció era la Fitbit?

—Sí —dijo lentamente Connor, sin estar demasiado seguro, aunque sabía que Pip había llegado a alguna conclusión que él todavía no había alcanzado.

—¡Ay, Dios! —dijo con la voz entrecortada por la prisa—. ¿Qué tipo de Fitbit es? ¿Tiene GPS?

Joanna retrocedió, como si el impulso de Pip la hubiera golpeado.

—Todavía conservo la caja, espera —dijo saliendo apresuradamente de la habitación.

—Sí que tiene GPS —dijo Connor casi sin aliento, aunque no fuera él quien estaba corriendo—. ¿Esto quiere decir que podemos ver exactamente dónde está?

En realidad no era necesario que Pip le respondiera a la pregunta. No perdió tiempo e hizo clic en la aplicación. Una colorida interfaz se abrió en la pantalla.

—No. —Joanna acababa de entrar en la habitación y leía una caja de plástico—. Es una Charge HR, no dice nada de GPS, solo dice que monitoriza el ritmo cardíaco, las actividades deportivas y la calidad del sueño.

Pero Pip ya había descubierto eso. La interfaz del ordenador de Jamie tenía los iconos del podómetro, el ritmo cardíaco, las calorías quemadas, el sueño y los minutos activos. Pero bajo cada uno de los iconos aparecían las mismas palabras: «Datos no actualizados. Sincroniza e inténtalo de nuevo». Eso era hoy, martes 1 de mayo. Pip hizo clic en el icono del calendario en la parte superior y pasó a los datos de ayer. Decía lo mismo: «Datos no actualizados. Sincroniza e inténtalo de nuevo».

—¿Qué significa eso?

—Que no tiene la Fitbit puesta —dijo Pip—. O no ha estado lo suficiente cerca como para sincronizar los datos.

Pero cuando saltó del domingo y del sábado pasado e hizo clic en el viernes de su desaparición, el icono cobró vida y completó varios círculos con unas líneas anchas verdes y naranjas. Habían desaparecido esas palabras, en su lugar se mostraban varios números: 10.793 pasos aquel día, 1.649 calorías quemadas. Un gráfico del ritmo cardíaco que subía y bajaba en bloques de color.

Pip sintió cómo su propio corazón reaccionaba, controlándola, latiendo dentro de sus dedos al tiempo que los guiaba por el ratón. Hizo clic en el número de pasos y se abrió una nueva pantalla con un desglose de cuánto había caminado Jamie a lo largo de aquel día.

—¡Ay! —dijo mirando el final de la gráfica—. Aquí hay datos de después de la última vez que lo vieron. Mirad. —Señaló con el dedo mientras Joanna y Connor se acercaban con los ojos muy abiertos—. Estuvo andando hasta medianoche. Entonces, desde las 23.40 que lo vieron en Wyvil Road dio... —Seleccionó las columnas entre las 23.30 y las 00.00 para averiguar el número exacto—. 1.828 pasos.

—¿Qué distancia es esa? —preguntó Joanna.

—Lo estoy buscando —dijo Connor tecleando en su teléfono—. Menos de dos kilómetros.

—¿Y por qué dejó de contar de pronto a medianoche? —quiso saber Joanna.

—Porque los datos saltan ya al día siguiente —dijo Pip, retrocediendo en la interfaz para volver al viernes. Pero antes de abandonar la pantalla, se fijó algo en la gráfica del ritmo cardíaco de Jamie e hizo clic en el icono para aumentarlo.

Parecía que sus pulsaciones en reposo eran unas ochenta por minuto, y es el que tuvo durante gran parte del día. Luego, a las cinco y media, hubo una serie de picos de unas cien por minuto. Coincide con la hora de la discusión de Jamie con su padre, según Connor. Se volvió a calmar durante un par de horas, pero volvió a aumentar otra vez hasta alrededor de las noventa cuando Jamie siguió a Stella Chapman y esperaba para dirigirse a ella en la fiesta. Y luego se aceleró aún más, en el momento en el que George lo vio hablar por teléfono fuera de la casa, probablemente con Layla. Se quedó ahí, un poco por encima de las cien pulsaciones por minuto, mientras Jamie caminaba. Pasadas las 23.40, cuando lo vieron en Wyvil Road, el corazón se le aceleró y alcanzó las ciento tres pulsaciones por minuto a medianoche.

¿Por qué le latía tan rápido? ¿Estaba corriendo? ¿O estaba asustado?

Las respuestas debían de estar en las primeras horas de los datos del sábado.

Pip los abrió inmediatamente y la página parecía bastante incompleta en comparación con el día anterior. Los círculos apenas estaban rellenos y solo había 2.571 pasos en total. Abrió ese menú y sintió algo frío y pesado arrastrándole el estómago hacia las piernas. Aquellos pasos ocurrieron entre las doce y las doce y media de la noche, aproximadamente, y después... nada. No había datos. La gráfica se desplomó: una larga línea en el cero.

Pero había otro periodo corto de tiempo grabado, en el que parecía que Jamie no había dado ningún paso. Debió de quedarse de pie, o sentado. Ocurrió justo después de medianoche, cuando se pasó varios minutos sin moverse, pero no duró mucho porque a las 00.05 volvió a ponerse en movimiento hasta que todo se detuvo, un poco antes de las 00:30.

—Para, sin más —dijo Connor con la mirada perdida.

—Pero todo esto es genial —dijo Pip intentando que la mirara—. Podemos utilizar estos datos para intentar averiguar dónde fue Jamie, dónde estuvo justo antes de las doce y media. Los pasos nos dicen que el incidente, fuera cual fuese, ocurrió en ese momento. Que encaja con tu mensaje a las 00.36 que no se llegó a enviar, Joanna. Y puede que también podamos saber dónde ocurrió. Desde las 23.40 que lo vieron en Wyvil Road, Jamie camina un total de 2.024 pasos antes de pararse unos minutos. Y luego anda otros 2.375; y, dondequiera que esos pasos lo llevaran es donde pasó lo que sea que sucediese. Podemos utilizar estas imágenes para establecer un perímetro desde Wyvil Road y buscar en esa zona concreta cualquier pista sobre Jamie o sobre su paradero. Esto es bueno, os lo prometo.

Connor intentó sonreír, pero no logró convencer a sus ojos. Joanna también parecía asustada y su boca dibujaba una línea recta.

El teléfono de Pip volvió a sonar en sus pantalones. Lo ignoró y continuó navegando por la interfaz de la aplicación para comprobar el ritmo cardíaco de Jamie en ese intervalo de tiempo. Empezó muy alto, por encima de cien, y, curiosamente, en esa ventana de cinco minutos en la que no se movió, el corazón le iba cada vez más rápido. Cuando empezó a caminar otra vez, ya había llegado a ciento veintiséis pulsaciones por minuto. Se relajó, pero poco, mientras daba esos 2.375 pasos adicionales. Y, al final, en esos últimos minutos antes de las doce y media, el ritmo cardíaco de Jamie llegó a las ciento cincuenta y ocho pulsaciones por minuto.

Después, una línea recta.

Pasó directamente de ciento cincuenta y ocho a cero, y dejó de latir.

Joanna debía de estar pensando lo mismo porque en ese momento, un grito ahogado, gutural y desconsolado salió de su interior e intentó contenerlo tapándose la cara con las manos. Luego aquel pensamiento también se apoderó de Connor, que se quedó con la boca abierta y los ojos repasando una y otra vez la caída de los pasos en la gráfica.

—Se le paró el corazón —dijo tan bajito que Pip casi no lo escuchó con el violento movimiento de su pecho—. Está... ¿Está...?

—No, no —dijo Pip con determinación, levantando las manos. Era una mentira, ya que, en su interior, ella sentía el mismo temor. Pero tenía que esconderlo, era su deber—. No quiere decir eso. Lo único que significa es que la Fitbit dejó de monitorizar los datos del ritmo cardíaco de Jamie, ¿de acuerdo? Puede que se la quitara. Es lo único que nos dicen estos datos. Por favor, no penséis eso.

Pero, por sus caras, supo que ya no la estaban escuchando, ambos con la mirada fija en aquella línea recta caminando hacia la nada. Y ese pensamiento era como un agujero negro que se tragaba cualquier esperanza que les pudiera quedar, y nada que Pip pudiera decir, nada que se le ocurriera, podría volver a llenarlo.

Nombre del archivo:

 Notas del caso 4.docx

Casi me da algo cuando me acordé de que no se puede acceder a los mensajes directos en la versión de escritorio de Instagram, solo desde la aplicación. Pero no pasa nada: en el ordenador todavía estaba iniciada la sesión del correo electrónico asociado a la cuenta de Jamie. Pude enviar una petición de restablecimiento de contraseña desde Instagram e iniciar sesión desde mi teléfono. Fui directamente a los mensajes directos con Layla Mead. No había demasiados, solo hablaron en el trascurso de unos ocho días. A juzgar por el contexto, parece que se conocieron primero en Tinder y luego Jamie pasó a hablarle por Instagram, y terminaron en WhatsApp, donde les pierdo la pista. El inicio de la conversación:

Te encontré...

Claro. No estaba escondiéndome de ti, precisamente :)
¿Qué tal tu día?

Bien, gracias. Acabo de hacer la mejor cena de la que este mundo ha sido testigo y puede que sea el mejor chef.

Y muy humilde. Venga, ¿qué era?
Igual podrías preparármelo alguna vez.

Creo que me he venido muy arriba. Básicamente eran unos macarrones con queso.

La mayoría de sus mensajes son así: mucha charla / flirteo. El tercer día se dieron cuenta de que a los dos les encantaba la serie *Peaky Blinders* y Jamie manifestó su deseo de ser un gánster de los años veinte. Layla parece muy interesada en él, siempre le estaba haciendo preguntas. Pero me he dado cuenta de varios momentos un poco extraños:

Me habías dicho que tu cumpleaños es dentro de poco, ¿no?

Sí.

LOS 30.
¿Qué vas a hacer para celebrarlo?
¿Una fiesta? ¿Cenar con tu familia?

No soy muy de fiestas, la verdad.
Seguramente lo celebre tranquilo, con algunos amigos.

Esta en particular me llamó la atención porque no entendía por qué Layla pensaba que Jamie era seis años mayor de lo que es: veintinueve para treinta. La respuesta llega un poco más abajo. Pero cuando leí por primera vez la conversación, no pude evitar pensar en las similitudes con lo que dijo el señor Ward: que Layla fue muy directa al preguntarle su edad y que sacó el tema varias veces. Curiosamente, él también tiene veintinueve para treinta. Podría ser una coincidencia, pero creo que merecía la pena anotarlo, al menos.

Otra cosa un poco rara es que Jamie (y Layla) no dejan de comentar que él vive solo en una pequeña casa en Kilton, cosa que no es para nada cierta. Una vez más, todo esto se aclaró cuando llegué al final de su conversación en Insta:

Espero que quedemos algún día.

Sí, claro. Me encantaría :)

Oye, Layla, tengo que contarte algo. No me resulta fácil, pero me gustas mucho. De verdad. Nunca había sentido nada parecido por nadie, así que tengo que ser sincero contigo. No tengo 29 años, cumplo 24 en unas semanas. Y no soy administrador de carteras de una importante empresa financiera de Londres, todo eso era mentira. Soy recepcionista en la inmobiliaria de una amiga de mi familia. Y no tengo una casa propia, todavía vivo con mis padres y mi hermano. Lo siento mucho, nunca tuve la intención de decepcionar a nadie, y mucho menos a ti. Ni siquiera sé por qué me inventé todas esas cosas para mi perfil. Me lo abrí durante un mal momento, me avergonzaba mucho de mí mismo, de mi vida, o de la falta de ella. Supongo que me inventé a la persona que quería ser. Y eso está mal, lo siento. Pero espero convertirme en ese hombre algún día, y conocer a alguien como tú hace que quiera intentarlo. Lo siento, Layla, y entiendo que estés enfadada conmigo. Pero, si te parece bien, me gustaría que siguiéramos hablando. Haces que todo sea mejor.

Es muuuuuuuuuuuuuuuuyyy interesante. Jamie fue un impostor para la impostora.

Mintió en su perfil de Tinder sobre su edad, su trabajo y su forma de vida. Lo explicó muy bien él mismo: por inseguridad. Me pregunto si estará relacionada con lo que le ocurrió con Nat da Silva, si sintió que perdió a alguien muy importante para él por otro chico más mayor, como Luke Eaton. De hecho, me pregunto si Luke tendrá veintinueve años y si por eso Jamie habría elegido esa edad, como una especie de subidón de confianza, o un razonamiento de por qué Nat eligió a Luke y no a él.

Tras aquel mensaje tan largo, Layla estuvo tres días sin responder a Jamie. En ese tiempo, él no paró de intentarlo, hasta que dio con algo que funcionó:

Layla, por favor, dime algo.

Deja que me explique.

De verdad que lo siento mucho.

Jamás se me ocurriría hacerte daño.

Entiendo que no vuelvas a hablarme nunca más.

Pero no me has bloqueado, ¿eso quiere decir que todavía tengo alguna posibilidad?

Layla, por favor, contéstame.

Me importas mucho.

Haría lo que fuera por ti.

¿Lo que fuera?

Hola. Sí. Lo que fuera. Dios, claro que haría cualquier cosa por ti. Te lo juro. Te lo prometo.

Ok.
Oye, dame tu número y hablamos mejor por WhatsApp.

No sabes lo feliz que me hace que me vuelvas a hablar. Mi teléfono es 07700900472.

No sé, hay algo en esta conversación que me da escalofríos. Ella lo ignora durante tres días y luego solo le responde con un «¿Lo que fuera?». Me da mal rollo, pero puede que sean sentimientos residuales de mi pequeña interacción con ella. ¿Quién es Layla? No hay nada en estos mensajes que me ayude a identificarla. Tiene mucho cuidado, se le da muy bien ser poco precisa. Si ella le hubiera dado su número a Jamie, en lugar de pedirle a él el suyo, ahora estaría en una situación muy diferente: yo podría llamarla directamente o rastrear su teléfono. Pero aquí estoy, aferrada aún a esas dos preguntas: ¿quién es Layla? Y ¿qué relación tiene con la desaparición de Jamie?

Otras notas

He buscado información sobre el ritmo cardíaco, necesitaba un poco más de contexto de lo que mostraban las gráficas. Y ahora desearía no haberlo hecho. El ritmo cardíaco de Jamie se eleva hasta 126 en el momento en el que se queda quieto a las 00.02, y luego sube hasta 158 justo antes de que los datos se corten de pronto. Pero esas pulsaciones por minuto —según los expertos— se podría considerar el ritmo cardíaco de una persona que está experimentando una respuesta de lucha o huida.

Mapa de las últimas ubicaciones y zona de búsqueda.jpg

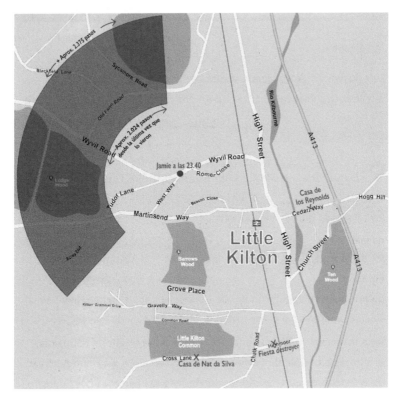

MIÉRCOLES
5 DÍAS DESAPARECIDO

📅 Eventos

2 de mayo   Búsqueda voluntaria de Jamie Reynolds
Privado: Organizada por Pip Fitz-Amobi

🕐 Hoy a las 16.30

📍 Instituto de Little Kilton, Kilton Grammar Drive, Little Kilton, HP16 0BM

✉ Invitado por Pip Fitz-Amobi

81 asistentes   **12 les interesa**   **33 invitados**

Hola a todos:

Como ya sabréis, el hermano de Connor Reynolds, Jamie, lleva cinco días desaparecido y estoy investigándolo para mi pódcast.

Pero ¡necesito vuestra ayuda! He podido obtener información sobre la última ubicación aproximada conocida de Jamie. Hay que rastrear los alrededores para averiguar dónde estuvo el viernes por la noche y qué le ocurrió. Es una zona bastante grande, así que necesito desesperadamente voluntarios que me ayuden.

Si queréis echar una mano, por favor, reuníos conmigo hoy después de clase, a las 16.30, al final del aparcamiento. Si consigo suficientes voluntarios, nos dividiremos en tres grupos de búsqueda liderados por mí, Connor Reynolds y Cara Ward. Por favor, poneos en contacto con cualquiera de los tres para que os asignemos un equipo.

Gracias y, por favor, avisadme si vais a venir.
Bs.

Veinticinco

Cada paso que daba estaba pensado y cuidado, miraba al suelo del bosque y al fango que sobresalía por la suela de sus zapatos. Una evidencia de que ella había estado allí, un camino de huellas que la perseguían a través de los árboles. Pero buscaba las de otra persona: las líneas verticales de las suelas de las deportivas Puma que llevaba Jamie cuando desapareció.

Como todos los demás, que buscaban con la mirada fija en el suelo cualquiera de las pistas que Pip había mencionado en la reunión. Ochenta y ocho voluntarios habían aparecido después de clase, la mayoría de su curso, pero también alguno del inferior. Treinta personas en el grupo de Connor estaban rastreando los campos que había tras el instituto, y llamando a las puertas del final de Martinsend Way, Acres End y la parte más baja de Tudor Lane, para preguntar a los residentes si habían visto a Jamie entre las 00.02 y las 00.28 del sábado. Veintinueve personas en el equipo de Cara, que se alejó un poco más hacia el norte, peinando los campos y las granjas cercanas a Old Farm Road y Blackfield Lane. Y veintinueve personas aquí con Pip, formando una enorme fila de hormigas a dos metros unas de otras rastreando de un extremo al otro de Lodge Wood.

Bueno, treinta personas ahora que Ravi se les había unido. El juicio de Max terminaba hoy y ha sido su turno en el estrado. Ravi, a regañadientes y con un brillo de odio en los ojos, le contó que tanto Max como su abogado lo habían hecho bastante bien. Se habían preparado una respuesta para todo lo que la fiscalía le pudiera lanzar en el contrainterrogatorio. Ambas partes habían pronunciado sus discursos de clausura y ahora el jurado tenía que deliberar.

—Me muero de ganas de ver su cara mañana cuando lo hundan. Ojalá pudiera grabártelo —le había dicho Ravi mientras rebuscaba con el pie entre un arbusto, lo que recordó a Pip aquella vez en la que estuvieron en ese mismo bosque, recreando el asesinato de Andie Bell para demostrar que a Sal no le dio tiempo de matarla.

Pip levantó la mirada hacia el otro lado e intercambió una extraña sonrisa contenida con Stella Chapman. Pero la cara que vio Pip fue la de Layla Mead, y un escalofrío le recorrió la espalda. Llevaban ya una hora allí y lo único que el equipo había encontrado había sido una bolsa anudada con una caca de perro y un paquete vacío de patatas fritas.

—¡Jamie! —gritó alguien.

Los gritos llevaban ya un rato produciéndose, Pip no sabía quién había empezado, quién había gritado por primera vez su nombre, pero se había expandido de forma esporádica por la fila.

—¡Jamie! —gritó ella.

Seguramente no sirviera de nada, un grito al vacío, literalmente. Era imposible que siguiera allí; y, si lo estaba, ya no podría escuchar su nombre. Pero al menos así tenía la sensación de estar haciendo algo.

Pip se paró en seco y rompió la fila durante un momento cuando se dobló para mirar detrás de una raíz levantada. Nada.

El sonido de su teléfono interrumpió el crujido de sus pasos. Era un mensaje de Connor:

> Nos hemos dividido para ir de casa en
> casa, acabamos de terminar Tudor Lane y
> nos vamos al campo. ¿Habéis encontra-
> do algo? Bs.

—¡Jamie!

Pip se sintió aliviada por no tener que cubrir Tudor Lane, la calle en la que vivía Max Hastings, aunque su casa estuviese fuera de la zona de búsqueda. Además, no había nadie: sus padres y él habían reservado una habitación en un hotel caro cerca de los tribunales. Aun así, se alegró de no tener que acercarse a esa casa.

Le respondió:

> Todavía nada.

—¡Jamie!

Pero justo cuando iba a pulsar el botón de enviar, la interrumpió una llamada entrante de Cara.

—Hola —dijo Pip casi en un susurro.

—Sí, hola —dijo Cara con el micrófono muy pegado a la boca—. Alguien de mi equipo ha encontrado algo. Le he dicho a todo el mundo que se aparte y hemos formado un perímetro, como dirías tú. Pero... Bueno, tienes que venir. Ya.

—¿Qué es? —dijo Pip, que sintió cómo el pánico se apoderaba de su voz—. ¿Dónde estás?

—Estamos en la granja abandonada en Sycamore Road. Ya sabes cuál.

Claro que lo sabía.

—Ya voy —dijo.

Ravi y ella echaron a correr, doblaron la esquina hacia Sycamore Road y apareció la granja, cada vez más grande sobre la pequeña colina. Los ladrillos pintados de blanco mate estaban atravesados por láminas de madera ennegrecida y el tejado parecía que se curvaba hacia dentro, de una forma en la que los tejados no deberían doblarse, como si ya no pudiera sostenerse de pie. Y, detrás del edificio, el lugar abandonado en el que Becca Bell había escondido el cuerpo de su hermana durante cinco años y medio. Andie estuvo aquí todo el tiempo, descomponiéndose en la fosa séptica.

Pip se tropezó cuando pasaron de la gravilla a la hierba y Ravi la agarró de forma instintiva para levantarla. Conforme se acercaban, empezaron a ver a un grupo de gente, el equipo de Cara, una salpicadura de ropas de colores contra los pálidos tonos de la granja y del terreno abandonado, sembrado con altas matas de hierbas que intentaban agarrarle los pies.

Todos estaban de pie en formación, mirando hacia el mismo sitio: un pequeño grupo de árboles al lado de la casa, con las ramas tan cerca del edificio que parecía que intentaban abrazarlo.

Cara se encontraba en la delantera del grupo, con Naomi, haciéndole gestos a Pip mientras gritaba a todo el mundo que se apartara.

—¿Qué es? —dijo Pip recuperando el aliento—. ¿Qué habéis encontrado?

—Está ahí, en la hierba alta a los pies de esos árboles —señaló Naomi.

—Es un cuchillo —dijo Cara.

—¿Un cuchillo? —Pip repitió las palabras mientras se acercaba a los árboles.

Y lo supo. Supo incluso antes de verlo qué cuchillo era.

Ravi estaba a su lado cuando se agachó para mirar. Y ahí

estaba, medio escondido por la hierba: un cuchillo de hoja plateada con una banda amarilla en el mango.

—Es el que desapareció de la cocina de los Reynolds, ¿no? —preguntó Ravi, pero no hizo falta que Pip respondiera: su mirada lo dijo todo.

Examinó el cuchillo entornando los ojos, sin atreverse a acercarse. Desde ahí, a unos metros de distancia, parecía limpio. Alguna mota de polvo, pero nada de sangre. O eso parecía a simple vista, al menos. Pip cogió aire y sacó su teléfono para tomar una foto, luego retrocedió y le pidió a Ravi que fuera con ella.

—A ver —dijo Pip mientras el pánico se hacía cada vez más pesado. Pero podía controlarlo y utilizarlo—. Cara, llama a Connor y dile que le pida a su grupo que se marche y que venga inmediatamente él solo.

—Enseguida —dijo mientras se llevaba el teléfono a la oreja.

—Naomi, cuando Cara acabe, dile que llame a Zach para que disperse también a mi equipo.

Ravi y ella habían dejado la búsqueda en manos de Zach y Stella Chapman. Pero no iban a encontrar nada en el bosque, porque Jamie había venido aquí. Estuvo aquí, con un cuchillo que debió de coger de su casa. Aquí, en el límite del perímetro de búsqueda, lo que quería decir que la breve parada tuvo que ocurrir en algún otro sitio, antes de llegar hasta la granja. Y aquí, justo a las 00.28, su Fitbit dejó de monitorizar su ritmo cardíaco y sus pasos. Y había un cuchillo.

El cuchillo era una prueba. Y como tal, tenía que manipularse de la forma correcta, sin romper la cadena de custodia. Nadie lo había tocado y nadie lo haría, hasta que llegara la policía.

Pip marcó el número de la comisaría de Amersham. Se alejó del grupo y se tapó el otro oído para escuchar mejor.

—Hola, Eliza —dijo—. Sí, soy Pip Fitz-Amobi. Sí. ¿Hay alguien en la comisaría? Ajá. ¿Podrías preguntar si alguien puede venir a la granja de Sycamore Road, en Kilton? Sí, donde Andie Be... No, se trata de un caso abierto de desaparición. Jamie Reynolds. He encontrado un cuchillo que está relacionado con su caso y tiene que venir alguien a recogerlo y documentarlo como prueba. Ya sé que tendría que haber llamado a otro número, pero..., por favor, Eliza, hazme este favor. Te juro que es el último. —Hizo una pausa para escuchar lo que se decía al otro lado del auricular—. Gracias. Gracias. Llegan en quince minutos —dijo reuniéndose de nuevo con Ravi. A ellos también les vendría bien ese tiempo para intentar averiguar por qué Jamie había acabado allí—. ¿Puedes decirles a todos que se aparten de los árboles? —le preguntó a Naomi.

—Claro.

—Ven.

Pip guio a Ravi hacia la entrada de la granja, cuya puerta roja colgaba de las bisagras como una boca medio abierta.

La cruzaron y el interior de la casa los envolvió en una tenue luz. Los cristales de las ventanas estaban empañados de verdín y mugre, y la vieja moqueta cubierta de manchas crujía bajo sus pies. Incluso olía a abandono: a moho y a rancio y a polvo.

—¿Cuándo nos mudamos? —dijo Ravi mirando a su alrededor con cara de asco.

—Como si tu habitación estuviera mucho mejor.

Continuaron por el pasillo. El viejo papel de la pared estaba desconchado y enrollado, dejando ver el blanco de debajo, como pequeñas olas que rompían contra los ladrillos. Un arco daba entrada a un espacio amplio donde en algún momento había habido un salón. Al fondo se veían unas escaleras, amarillentas y resquebrajadas. En las ventanas, unas cortinas lacias, descoloridas por el sol, que debieron de tener motivos florales en otra vida. Dos viejos sofás rojos en el medio, cubiertos por un pegajoso polvo grisáceo.

Cuando se acercó, Pip se dio cuenta de que había una marca en el polvo del asiento de uno de los sofás: un parche circular del material rojo. Como si alguien se hubiera sentado ahí. Recientemente.

—Mira.

Ravi llamó su atención hacia el centro de la habitación, donde había tres cubos metálicos colocados a modo de asientos. A su alrededor, había envoltorios de comida esparcidos: galletas, bolsas de patatas fritas, tubos de Pringles, botellas de cerveza y colillas de cigarros de liar.

—Parece que no está tan abandonada —dijo Ravi agachándose para recoger una de las colillas y llevársela a la nariz—. Huele a hierba.

—Fantástico, y ahora tiene tus huellas, si esto resulta ser la escena de un crimen...

—Es verdad —dijo apretando los dientes y con culpabilidad en los ojos—. Será mejor que me la lleve a casa y la tire allí. —Se la guardó en el bolsillo y se levantó.

—¿Por qué se reunirá aquí la gente a beber y fumar? —dijo Pip analizando la escena, en la que aparecían preguntas tras cada esquina—. Es morboso. ¿No saben lo que pasó? ¿Que encontraron aquí el cadáver de Andie?

—Seguramente eso forme parte de su encanto —dijo Ravi poniendo su voz de narrador de tráiler—. «Una casa abandonada en la que se produjo un asesinato. El lugar perfecto para fumar y tomar un aperitivo.» Parece que, sean quienes sean, vienen bastante a menudo, y me atrevería a decir que es una actividad nocturna. Igual deberíamos volver esta noche a vigilar y ver a quién nos encontramos, ¿no crees? Puede que estén relacionados con la desaparición de Jamie, o que vieran algo el viernes.

—¿A vigilar? —Pip sonrió—. De acuerdo, Sargentito.

—Oye, tú eres la Sargentita. No utilices mis propios motes en mi contra.

—¡Ha llegado la policía! —gritó Naomi desde la puerta de la granja mientras Pip y Ravi enseñaban a Connor y Cara lo que habían encontrado dentro.

—Yo me encargo.

Pip se apresuró por el pasillo y salió al mundo exterior. Entornó los ojos hasta que se acostumbraron a la luz. Un coche patrulla se había parado en el camino de gravilla y se abrieron ambas puertas. Daniel da Silva salió del lado del conductor, colocándose la gorra, y Soraya Bouzidi apareció por la otra puerta.

—¡Hola! —gritó Pip caminando hacia ellos.

—Eliza me ha avisado de que eras tú —dijo Daniel, sin poder o sin querer ocultar el menosprecio en su expresión.

No le caía bien Pip desde que sospechó que él era el asesino de Andie; y no pasaba nada, porque Pip tampoco lo soportaba a él.

—Sí, soy yo. La causa de todos los problemas en Little Kilton desde 2017 —dijo con firmeza, y vio cómo Soraya sonreía fugazmente—. Por aquí, seguidme.

Los guio por la hierba señalando el pequeño conjunto de árboles.

Daniel y Soraya la siguieron por las hierbas altas sobre las raíces. Ella los observó mirar el cuchillo y luego el uno al otro.

—¿Qué es esto? —le preguntó Daniel.

—Es un cuchillo —respondió ella. Y luego aclaró—: El que falta en casa de los Reynolds. Jamie Reynolds ha desaparecido, ¿te acuerdas? El amigo de tu hermana.

—Sí.

—Caso número cuatro nueve cero cero uno cinco dos...

—Sí, ya —la interrumpió—. ¿Qué significa esto? —Señaló a los estudiantes, todavía agrupados a unos metros de la casa.

—Es un equipo de búsqueda —dijo Pip—. Si la policía no hace nada, supongo que tenemos que apañarnos con un grupo de chavales de instituto.

Daniel da Silva torció el gesto y se mordió la lengua.

—¡Bueno! —gritó dando una fuerte palmada que pilló a Pip desprevenida—, ¡todo el mundo a casa! ¡Ya!

Los jóvenes se disolvieron mientras cuchicheaban en pequeños grupos. Pip les hizo un gesto de agradecimiento mientras pasaban por delante de la policía hacia la carretera. Pero las hermanas Ward no se movieron, ni Connor, ni Ravi, que seguían de pie en la puerta de la granja.

—Este cuchillo es una evidencia muy importante en el caso —dijo Pip intentando recuperar el control—. Hay que recogerlo, documentarlo debidamente y entregárselo al secretario.

—Ya sé cómo funciona, gracias —soltó Daniel muy serio—. ¿Lo has colocado tú aquí? —Señaló el cuchillo.

—No —respondió sintiendo cómo se le volvía a despertar aquel instinto animal—. Claro que no. Ni siquiera estaba aquí cuando lo encontraron.

—Nos lo llevaremos. —Soraya se colocó entre Daniel y Pip—. Me aseguraré de que se encargan de él, no te preocupes.

Su mirada era completamente diferente a la de Daniel: amable, sin sospecha alguna.

—Gracias —dijo Pip mientras la agente se dirigía al coche patrulla.

Cuando no los podía escuchar, Daniel da Silva volvió a hablar, sin mirar a Pip.

—Si descubro que esto no es real, que estás haciendo perder el tiempo a la policía...

—Es real —dijo ella apretando los dientes—. Jamie Reynolds ha desaparecido de verdad. El cuchillo está aquí de verdad. Y sé que la policía no tiene los recursos necesarios para que todos los casos sean igual de importantes, pero escúchame, por favor. Díselo a Hawkins. Aquí ha ocurrido algo malo. Lo sé.

Daniel no respondió.

—¿Me has oído? —insistió—. Un asunto turbio. Alguien podría estar muerto. Y no estáis haciendo nada. A Jamie le ha pasado algo aquí. —Señaló el cuchillo—. Tiene que ver con una persona con la que estuvo hablando por internet. Una mujer llamada Layla Mead, pero no es su verdade...

Tartamudeó y se calló al darse cuenta de la expresión de Daniel. Porque, nada más mencionar el nombre de Layla, él reaccionó. Sorbió por la nariz, con las aletas muy abiertas, y bajó la mirada como si intentara esconderla. Se le sonrojaron las mejillas y le cayó un mechón de pelo castaño sobre la frente.

—Conoces a Layla —afirmó Pip—. ¿También has hablado con ella?

—No tengo ni idea de lo que estás hablando.

—Has estado hablando con Layla —sostuvo—. ¿Sabes quién es en realidad?

—No he hablado con nadie —dijo Daniel en un susurro que le puso a Pip los pelos de punta—. Con nadie, ¿te enteras? Y si vuelves a mencionarme algo de esto...

Terminó ahí la frase, dejando que Pip rellenara el hueco que quedaba. Él se alejó de ella y recompuso la cara justo cuando Soraya volvió del coche con las manos cubiertas por unos guantes de goma azules y sujetando una bolsa hermética.

Nombre del archivo:

 Fotografía del cuchillo en el exterior de la granja abandojada.jpg

Nombre del archivo:
 Notas del caso 5.docx

El cuchillo

Encontrado en una ubicación que se corresponde con los datos de los pasos de Jamie antes de que la Fitbit dejara de monitorizarlos y de que su teléfono se apagara. Creo que esto confirma que fue él quien se lo llevó, lo que significa que tuvo que ir a su casa entre la fiesta *destroyer* y Wyvil Road para coger su sudadera y el cuchillo. Pero ¿para qué necesitaba un arma? ¿Qué era lo que le daba tanto miedo?

Si la teoría es que Jamie, en efecto, volvió a casa, ¿cómo encaja su línea temporal con la de Arthur Reynolds? ¿Cómo es posible que a Jamie le diera tiempo de ir a visitar a Nat da Silva, ir a su casa andando y coger la sudadera y el cuchillo antes de que su padre llegara a las 23.15? Es demasiado ajustado, casi imposible. Hay algo que no cuadra, y eso quiere decir que alguien miente. Debería intentar volver a hablar con Nat, igual es más sincera conmigo sobre Jamie si su novio no está presente.

Daniel da Silva

Ha estado hablando con Layla Mead; su reacción lo dejó completamente claro. ¿Es posible que sepa quién es en realidad? Era evidente que estaba intentando esconder cualquier conexión con ella, ¿es porque sabe algo? ¿O es simplemente porque no quiere que esa información llegue a su mujer, que es la que cuida de su bebé mientras él —presuntamente— tiene conversaciones inapropiadas con otra en internet? El año pasado me dio la sensación de que este no es un comportamiento extraño en Daniel.

Y otra observación: ya conocemos a tres personas con las que ha estado hablando Layla Mead: Jamie, Adam Clark y Daniel da Silva. Y hay algo un poco raro: los tres están en el rango de edad de los 29 o 30 recién cumplidos (bueno, Jamie no, pero es lo que decía su perfil). Y todos se parecían un poco: blancos, pelo castaño. ¿Es una coincidencia o está relacionado?

La granja

Jamie fue allí el viernes por la noche. O al menos estuvo fuera. Y la casa no está tan abandonada como pensábamos. Tenemos que averiguar quién va allí y por qué. Y si están relacionados con la desaparición de Jamie.

Vigilancia: voy a recoger a Ravi antes de medianoche y nos encontraremos allí con Connor y Cara. Antes tengo que esperar a que mamá y papá se duerman. He aparcado el coche al final de la calle y les he dicho que lo he dejado en el instituto para que no meoigan cuando me vaya. Y, al bajar las escaleras, tengo que acordarme de saltarme el tercer escalón: el que cruje.

Asesinato para principiantes: La desaparición de Jamie Reynolds
Temporada 2. Episodio 2 se ha subido correctamente a SoundCloud.

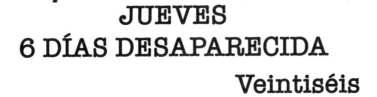

Veintiséis

Connor ya estaba allí cuando aparcaron, con los ojos brillantes y vivos tras la luz de los focos del coche de Pip. Estaban en el camino de la vieja granja, justo antes de girar hacia Sycamore. Ravi le pasó su mochila y colocó la mano sobre la de ella antes de salir del coche.

—Hola —le susurró Pip a Connor. El viento de medianoche le ondeaba el pelo hacia la cara—. ¿Has tenido algún problema para salir?

—No —dijo—. Me parece que mi madre no estaba dormida, la he escuchado llorar, pero no me ha oído.

—¿Dónde está Cara? —preguntó Pip al ver su coche unos metros más adelante.

—Está dentro del coche, hablando por teléfono con su hermana —explicó Connor—. Naomi debe de haberse dado cuenta de que se ha ido. Creo que Cara no ha tenido demasiado cuidado al salir porque, y cito literalmente: «Mis abuelos están prácticamente sordos».

—Ah, ya.

Ravi se puso al lado de Pip sirviéndole de escudo contra el viento.

—¿Has leído los comentarios? —preguntó Connor endureciendo la voz. ¿Enfadado? Estaba demasiado oscuro como para saberlo.

—Todavía no —respondió ella—. ¿Por qué?

—Solo hace unas tres horas que subiste el episodio y ya hay una teoría viral en Reddit.

—¿Cuál?

—Creen que mi padre es un asesino. —Sí, estaba enfadado, sin duda. Su voz tenía un tono cortante—. Están diciendo que cogió el cuchillo de casa y siguió a Jamie por Wyvil Road. Lo mató, limpió, tiró el cuchillo y escondió el cadáver. Que todavía estaba fuera cuando yo llegué a casa a medianoche porque «en realidad no vi a mi padre» cuando entré. Y que el fin de semana no estuvo porque se lo pasó entero deshaciéndose del cuerpo de Jamie. Motivo: mi padre odia a mi hermano porque es «una puñetera decepción».

—Te he dicho que no leas los comentarios. —Pip bajó la voz, esperando que Connor hiciera lo mismo.

—Bueno, es tu pódcast el que están comentando. ¿De dónde crees que sacan esas ideas?

—Tú me pediste que hiciera esto, Connor. Aceptaste los riesgos que conllevaba. —Sentía cómo la noche se arremolinaba a su alrededor—. Lo único que he hecho ha sido presentar los hechos.

—Pues los hechos no tienen nada que ver con mi padre. Si hay alguien que miente es Nat da Silva, no él.

—Está bien. —Pip levantó las manos—. No voy a discutir contigo. Solo estoy intentando encontrar a Jamie, ¿de acuerdo? Ya está.

Más adelante, Cara acababa de salir del coche y levantó una mano en silencio para saludar conforme se acercaba.

Pero Connor no se dio cuenta.

—Ya lo sé. —Tampoco se fijó en que Pip le levantó las cejas como advertencia—. Pero encontrar a Jamie no tiene nada que ver con mi padre.

—Con... —comenzó a decir Ravi.

—¡No! ¡Mi padre no es un asesino! —gritó él. Tenía a Cara justo detrás.

Se le oscureció la mirada y se le entumeció la boca, abierta en mitad de una palabra sin pronunciar. Al final Connor la vio, demasiado tarde, rascándose la nariz para llenar el silencio incómodo con algo. Ravi de pronto se interesó muchísimo por las estrellas y Pip tartamudeó, sin saber muy bien qué decir. Pero solo unos segundos después Cara volvió a sonreír, con una tensión de la que solo su amiga fue consciente.

—No puedo decir lo mismo —dijo despreocupada, encogiéndose de hombros—. ¿No tenemos que vigilar algo? ¿O nos vamos a quedar aquí plantados de cháchara hasta que nos den las uvas?

Una expresión que había aprendido hacía poco de su abuela. Y una forma fácil de acabar con la incomodidad. Pip lo entendió y asintió.

—Sí, venga, vamos.

Era mejor que todos corrieran un tupido velo e hicieran como si esos últimos treinta segundos no hubieran ocurrido.

Connor caminaba rígido a su lado al girar por el camino de gravilla, con la granja abandonada mirándolos desde la hierba. Y había algo más. Algo que Pip no se esperaba. Un coche aparcado en el arcén de la carretera, cerca del edificio.

—¿Hay alguien? —preguntó.

Obtuvo la respuesta unos segundos más tarde, cuando se reflejó un haz de luz por las mugrientas ventanas de la granja. Había alguien dentro, con una linterna.

—¿Qué hacemos? —le dijo Ravi—. ¿Acercamiento indirecto o directo?

—¿Qué diferencia hay? —preguntó Connor con su voz normal otra vez.

—Indirecto es que nos quedamos por aquí, escondidos, y esperamos a ver quién es cuando se vaya —explicó Ravi—. Directo es que entramos ahora, vemos quién es y tenemos una charlita. Yo soy más de esconderme, pero a esta de aquí le gusta ir más directa, así que...

—Directo —decidió Pip con determinación, como Ravi sabía que pasaría—. El tiempo no está de nuestra parte. Vamos. En silencio —añadió, porque el acercamiento directo no quería decir necesariamente renunciar al elemento sorpresa.

Caminaron juntos hacia la casa con pasos acompasados.

—¿No seremos nosotros los reyes del sigilo? —le susurró Ravi a Pip.

Cara lo escuchó y soltó un ruido por la nariz.

—He dicho en silencio. Eso quiere decir que nada de bromas ni onomatopeyas de cerdos. —Que era exactamente como reaccionaban ellos a los nervios.

Pip fue la primera en llegar a la puerta abierta. La espectacular luz plateada de la luna se reflejaba en las paredes del pasillo, como si les estuviera iluminando el camino, guiándolos hacia el salón. Pip dio un paso hacia el interior, pero se detuvo al escuchar una carcajada que venía desde dentro. Había más de una persona. Y, por sus risas corales, parecían dos chicos y una chica. Sonaban jóvenes, y posiblemente colocados, alargando las risas más tiempo del esperable.

Pip avanzó con pasos silenciosos. Ravi la seguía de cerca, aguantando la respiración.

—Yo creo que puedo meterme unos veintisiete en la boca de una vez —dijo una de las voces.

—Ni se te ocurra, Robin.

Pip dudó. ¿Robin? ¿Era el Robin que ella conocía? ¿El que iba a un curso menos que ella y que jugaba al fútbol con Ant? ¿Al que vio comprándole drogas a Howie Bowers el año pasado?

Entró en el salón. Había tres personas sentadas sobre los cubos del revés y estaba lo bastante iluminado como para ver que no eran solo tres siluetas en la oscuridad; tenían una linterna apuntando hacia el techo en el primer cajón de un aparador de madera torcido. Y los tres sujetaban cigarrillos encendidos.

—Robin Caine —dijo Pip provocando que los tres dieran un respingo. No reconoció a los otros dos, pero la chica chilló y casi se cae de su cubo; y el otro chico tiró el cigarro—. Ten cuidado, no vayas a provocar un incendio —dijo mirando cómo el chaval se tropezaba para recogerlo, al mismo tiempo que se subía la capucha para esconderse la cara.

Robin por fin se fijó en ella y dijo:

—Joder, tú no.

—Joder, yo sí, me temo —dijo Pip—. Y compañía —añadió conforme los demás se colocaban detrás de ella.

—¿Qué estáis haciendo aquí? —Robin le dio una calada a su porro. Demasiado larga, de hecho, y se le puso la cara roja al intentar contener la tos.

—No, ¿qué estáis haciendo vosotros aquí? —Pip le devolvió la pregunta.

Robin levantó el porro.

—Eso ya lo había pillado. Pero... ¿venís aquí a menudo? —quiso saber.

—¿Me estás tirando ficha? —preguntó Robin retrocediendo rápidamente cuando Ravi se colocó al lado de Pip.

—Bueno, la mierda que habéis ido dejando ya responde a mi pregunta. —Pip señaló la colección de envoltorios y botellas de cerveza vacías—. Sabéis que estáis dejando vuestras huellas en la posible escena de un crimen, ¿verdad?

—A Andie Bell no la mataron aquí —argumentó el chico volviendo a centrarse en el porro.

Sus amigos estaban muy callados y miraban a todas partes menos a ellos.

—No me refiero a eso. —Pip cambió de postura—. Jamie Reynolds lleva cinco días desaparecido. Vino aquí justo antes de que su rastro desapareciese. ¿Tenéis alguna información?

—No —dijo Robin seguido rápidamente por sus amigos.

—¿Estuvisteis aquí el viernes por la noche?

—No. —Robin miró la hora en su teléfono—. Oye, en serio, os tenéis que pirar. Va a venir alguien dentro de poco y no puedes estar aquí cuando llegue.

—¿Quién?

—A ti te lo voy a decir —se burló Robin.

—¿Y si me niego a irme hasta que no os vayáis vosotros? —dijo Pip dándole una patada a un bote de Pringles vacío para que rodara hacia los tres amigos.

—Precisamente tú no querrás estar aquí, te lo aseguro —dijo Robin—. Seguramente él te odie más que nadie porque prácticamente metiste a Howie Bowers en la cárcel.

Pip conectó los puntos en su cabeza.

—Ah —dijo arrastrando el sonido—. Así que es un asunto de drogas. ¿La vendéis? —dijo fijándose en la gran mochila negra a rebosar que reposaba sobre la pierna de Robin.

—Yo no vendo droga. —El chico arrugó la nariz.

—Bueno, lo que hacéis aquí parece más bien uso personal. —Señaló la mochila que ahora Robin intentaba esconder empujándola detrás de sus piernas.

—No soy camello, ¿vale? Simplemente la recojo de unos tíos en Londres y la traigo aquí.

—Entonces eres una mula —sugirió Ravi.

—Me dan maría gratis —dijo Robin a la defensiva.

—Caray, eres todo un hombre de negocios —ironizó Pip—. O sea, que alguien te ha coaccionado para que trafiques con drogas por el condado.

—Que te jodan. No me ha coaccionado nadie. —Volvió a mirar el teléfono, esta vez con el pánico reflejado en el negro de sus pupilas—. Por favor, va a llegar de un momento a otro. Esta semana ya está bastante mosqueado porque alguien lo ha dejado plantado; novecientas libras que no va a recuperar, o algo así. Os tenéis que ir.

En cuanto Robin terminaba de pronunciar la última palabra, todos lo oyeron: el sonido de unas ruedas sobre la gravilla, el murmullo de un coche aparcando y el ruido metálico del motor atravesando la noche.

—Ha llegado alguien —informó Connor.

—Mierda —dijo Robin tirando el porro en el cubo que había detrás de él.

Pip ya se había dado la vuelta y se dirigía, pasando entre Connor y Cara, hacia el pasillo para llegar a la puerta abierta. Se quedó plantada en el umbral, con un pie adelantado, adentrándose en la noche. Entornó los ojos para intentar convertir la oscuridad en formas reconocibles. El coche había aparcado delante del de Robin, era de un color más claro, pero...

Y, de pronto, Pip dejó de ver, cegada por la potencia de las luces largas del coche.

Se cubrió los ojos con las manos mientras el motor volvía a arrancar y salía a toda velocidad por Sycamore Road, desapareciendo en una nube de polvo y golpes de gravilla.

—¡Chicos! —Pip llamó a los demás—. ¡A mi coche! ¡Ya! ¡Corred!

Ella ya se estaba moviendo a toda velocidad por la hierba hasta el remolino de polvo de la carretera. Ravi la alcanzó en la esquina.

—¡Llaves! —le gritó, y Pip las sacó del bolsillo de su chaqueta y se las dio a Ravi.

Abrió el escarabajo y se metió en el lado del pasajero. Cuando Pip se sentó en el asiento del conductor, Ravi ya había metido las llaves en el contacto. Ella las giró y encendió las luces, iluminando a Cara y Connor, que corrían hacia ellos.

Se lanzaron dentro y Pip aceleró antes de que a su amiga le diera tiempo a cerrar la puerta.

—¿Qué has visto? —preguntó Ravi mientras Pip doblaba una esquina, persiguiendo al otro coche.

—Nada. —Apretó el pedal y escuchó cómo la gravilla se levantaba y golpeaba los laterales del coche —. Pero él debe de haberme visto a mí en la puerta. Y ha huido.

—¿Por qué? —preguntó Connor agarrando el reposacabezas del asiento de Ravi.

—No lo sé. —Pip aceleró aprovechando que la carretera bajaba una colina—. Pero huir es lo que hace la gente culpable. ¿Esas son sus luces de atrás? —Entornó los ojos para intentar ver mejor.

—Sí —afirmó Ravi—. Joder, va muy rápido. Tienes que acelerar.

—Ya voy a setenta —dijo Pip mordiéndose el labio y apretando un poco más el pedal.

—Izquierda, ha ido hacia la izquierda —señaló Ravi.

Pip giró en la esquina hacia otro camino estrecho.

—Venga, venga, venga —la animó Connor.

Pip ya lo estaba alcanzando y podía ver la carrocería blanca del coche resaltar entre los oscuros setos que había a cada lado de la carretera.

—Tengo que acercarme más para poder leer la matrícula —dijo Pip.

—Está acelerando otra vez —indicó Cara metiendo la cabeza entre los asientos de Pip y Ravi.

Pip aceleró hasta que el velocímetro marcó ochenta, acortando cada vez más la distancia entre los dos coches.

—¡Derecha! —exclamó Ravi—. ¡Ha ido hacia la derecha!

Era una curva cerrada. Pip levantó el pie del pedal y tiró del volante. Tomaron la curva a toda velocidad, pero algo no iba bien.

Pip notó que el volante se le escapaba, se le resbalaba de las manos.

Estaban derrapando.

Intentó girarlo para poner el coche recto.

Pero iba demasiado rápido y se le fue. Había alguien gritando, pero no sabía quién por el chirrido de las ruedas. Patinaron a la izquierda, luego a la derecha, para terminar dando un trompo.

Todos estaban gritando cuando el coche por fin se detuvo en la dirección contraria, con el morro incrustado en los setos que bordeaban la carretera.

—Joder —dijo Pip dándole un puñetazo al volante y haciendo sonar la bocina del coche una milésima de segundo—. ¿Estáis todos bien?

—Sí —dijo Connor con la respiración entrecortada y la cara sonrojada.

Ravi se giró para mirar a Cara, temblando, antes de volverse para mirar a Pip. Y ella sabía perfectamente lo que estaba viendo en sus ojos, el secreto que ellos tres sabían y del que Connor jamás se enteraría: la hermana de Cara y Max Hastings sufrieron un accidente de coche cuando tenían esta edad, y Max convenció a sus amigos para dejar a un hombre gravemente herido tirado en la carretera. Eso fue lo que lo empezó todo, y lo que terminó con el hermano de Ravi asesinado.

Y ellos acababan de estar horriblemente cerca de sufrir algo parecido.

—Ha sido una estupidez —admitió Pip con esa sensación en el estómago acaparándola cada vez más, como si quisiera llevársela. Era culpa, ¿verdad? O vergüenza. Se suponía que esta vez no iba a ser así, no iba a volver a perderse—. Lo siento.

—Es culpa mía. —Ravi entrelazó sus dedos con los de ella—. Te he dicho que aceleraras. Lo siento.

—¿Habéis podido ver alguno la matrícula? —preguntó Connor—. Lo único que he visto yo ha sido la primera letra, y era o una N o una H.

—No la he visto —dijo Cara—. Pero era un coche deportivo blanco.

—Un BMW —añadió Ravi, y Pip apretó los dedos contra su mano. Ravi se giró hacia ella—. ¿Qué?

—Que... conozco a alguien con ese coche —dijo en voz baja.

—Sí, bueno, y yo también —respondió él—. A más de uno, seguramente.

—Sí. —Pip suspiró—. Pero a quien conozco yo es el nuevo novio de Nat da Silva.

JUEVES
6 DÍAS DESAPARECIDO
Veintisiete

Bostezó mientras miraba fijamente la tostada que tenía delante. No tenía nada de hambre.

—¿Por qué estás tan cansada esta mañana? —le preguntó su madre mirándola por encima de una taza de té.

Pip se encogió de hombros moviendo la tostada por el plato. Josh estaba sentado frente a ella. Tarareaba mientras engullía una cucharada de cereales y balanceaba los pies bajo la mesa hasta que le dio una patada sin querer evitarlo. Ella no reaccionó, sino que cruzó las piernas. De fondo sonaba la radio sintonizada en la emisora local, como siempre. La canción ya estaba terminando y el locutor empezó a hablar por encima de la batería.

—¿Pasas demasiado tiempo con el tema ese de Jamie? —preguntó su madre.

—No es un tema, mamá —dijo Pip sintiendo cómo se iba molestando cada vez más, como si fuera una capa bajo su piel, cálida e inestable—. Es su vida. Puedo estar cansada por eso.

—Vale, vale —dijo ella recogiendo el cuenco vacío de Josh—. Y yo puedo estar preocupada por ti.

Pip desearía que no lo estuviera. No necesitaba que se preocuparan por ella.

Jamie sí.

La pantalla del teléfono de Pip se iluminó con un mensaje de Ravi:

273

Voy a los juzgados a esperar el veredicto.

¿Cómo estás? Bs.

Pip se levantó y alcanzó el teléfono. Con la otra mano cogió el plato y tiró la tostada a la basura. Notaba cómo la miraba su madre.

—Todavía no tengo hambre —explicó—. Me comeré una barrita de cereales en el instituto.

Solo había dado unos cuantos pasos por el recibidor cuando la llamó su madre.

—¡Que solo voy al baño! —contestó.

—¡Pip, ven aquí ahora mismo! —gritó su madre. Y era un grito de verdad. Un sonido que Pip no le escuchaba muy a menudo: áspero y aterrado.

Ella sintió frío al instante, una sensación que la dejó completamente pálida. Dio media vuelta y fue corriendo a la cocina, patinando con los calcetines sobre el suelo de roble.

—¿Qué, qué, qué? —dijo mirando de Josh a su madre, que se acercó a la radio para subir el volumen.

—Escucha —dijo.

—«... un hombre que paseaba a unos perros descubrió el cuerpo aproximadamente a las seis de la mañana de ayer en el bosque junto a la A413, entre Little Kilton y Amersham. La policía continúa en la escena. El fallecido aún no ha sido identificado, pero se ha descrito como un hombre blanco de unos veinte años. La causa de la muerte es, de momento, desconocida. Un portavoz de la policía de Thames Valley ha dicho...»

—No. —Esa palabra había debido de salir de ella, pero no recordaba haberla pronunciado. No recordaba haber movido los labios, ni el rasguño de la palabra al subir por la garganta, que se le estrechaba cada vez más—. No, no, nono-nono.

No sentía nada más allá de un entumecimiento, sus pies pesados se hundían en el suelo y las manos se le caían dedo a dedo.

—¿P... i... p?

A su alrededor todo se movía muy despacio, como si la habitación estuviera flotando, porque estaba allí con ella, en el centro del pánico.

—¡Pip!

Y todo volvió a su foco, a su tiempo, y podía escuchar los latidos de su corazón. Vio a su madre, que también tenía una mirada aterrada.

—Vete —le dijo agarrándola por los hombros y dándole la vuelta—. ¡Vete! Llamaré al instituto para decir que llegas tarde.

—«A continuación, una de mis canciones favoritas de los años ochenta. Aquí tenemos... *Sweet Dreams*.»

—No... No p-puede estar...

—Vete —le repitió empujándola hacia el recibidor justo cuando el teléfono de Pip empezó a vibrar con una llamada de Connor.

Fue Connor quien le abrió la puerta con los ojos rojos y un tic en el labio superior.

Pip entró sin decir nada. Lo agarró del brazo, por encima del codo, durante un segundo largo y silencioso. Y luego lo soltó para decir:

—¿Dónde está tu madre?

—Aquí. —Su voz sonaba como un graznido.

Llevó a Pip hasta el frío salón. La luz no era la más adecuada, demasiado violenta, demasiado intensa, demasiado viva. Y Joanna estaba acurrucada, enrollada en una vieja manta en el sofá, con la cara enterrada en un pañuelo.

—Ha venido Pip —dijo Connor prácticamente susurrando.

Joanna levantó la mirada. Tenía los ojos hinchados y un aspecto diferente, como si se hubiera roto algo detrás de su cara.

No dijo nada, simplemente extendió los brazos y Pip se acercó torpemente para sentarse en el sofá. Joanna la rodeó en un abrazo y Pip se lo devolvió, sintiendo el corazón acelerado de Joanna en su pecho.

—Tenemos que llamar al detective Hawkins, de la comisaría de Amersham —dijo Pip retrocediendo—. Y preguntarle si han identificado el...

—Arthur está hablando con ellos ahora mismo.

Joanna se apartó un poco para dejar un hueco entre ellas para Connor. Y una vez que este se sentó, presionando su pierna contra la de Pip, ella escuchó la voz de Arthur cada vez más fuerte conforme salía de la cocina y caminaba hacia ellos.

—Sí —dijo entrando en la sala con el teléfono en la oreja, parpadeando cuando se dio cuenta de que Pip estaba allí. Tenía la cara grisácea y la boca tensa—. Jamie Reynolds. No, Reynolds. Con R. Sí. ¿Número del caso? Eh... —Miró a Joanna.

Ella empezó a levantarse del sofá, pero Pip intervino.

—Cuatro, nueve, cero —dijo, y Arthur fue repitiendo los números—, cero, uno, cinco, dos, nueve, tres.

Arthur asintió mirándola.

—Sí. Desparecido desde el viernes por la noche. —Se mordió el pulgar—. El cuerpo que han encontrado en la A413 ¿saben ya quién es? No. No vuelva a ponerme en esp...

Se inclinó hacia la puerta y la cerró, apoyando la cabeza sobre un dedo, arrugándose la frente. Esperaba.

Y esperaba.

Era la peor espera que Pip había experimentado en su vida. La presión que sentía en el pecho era tan grande que tenía que esforzarse mucho para que el aire pudiera pasar y salir por la nariz. Con cada respiración pensaba que iba a vomitar y se tragaba la bilis.

«Por favor», pensaba. No sabía a quién dirigía esos pensamientos. A alguien. A quien fuera. «Por favor, por favor, por favor, que no sea Jamie. Por favor.» Se lo había prometido a Connor. Le había jurado que encontraría a su hermano. Le había prometido que lo salvaría. «Por favor. Por favor. Él no.»

—¿Os parece bien que esté aquí? —murmuró en silencio.

Connor asintió y le agarró la mano, uniendo las dos palmas sudorosas. Pip vio que también le agarraba la mano a su madre por el otro lado.

Y esperaban.

Arthur tenía los ojos cerrados y se apretaba los párpados con la mano libre, tan fuerte que debía de dolerle, y su pecho se elevaba con movimientos irregulares.

Y esperaban.

Hasta que...

—¿Sí? —dijo Arthur abriendo los ojos de golpe.

A Pip le latía el corazón tan intensamente y tan rápido que parecía que no era más que eso: un corazón con piel vacía alrededor.

—Hola, detective —dijo Arthur—. Sí, por eso he llamado. Sí.

Connor le apretó aún más la mano a Pip, tanto que notó los huesos.

—Sí, entiendo. Entonces es... —A Arthur le temblaba la mano—. Sí, comprendo.

Se quedó en silencio, escuchando lo que le decían al otro lado del teléfono.

Y entonces su expresión se desmoronó.

Se partió por la mitad.

Se inclinó hacia delante y aflojó la mano con la que agarraba el teléfono. Se puso la otra en la cara y gritó. Un sonido agudo e inhumano que le destruyó todo el cuerpo.

Connor soltó la mano de Pip y abrió la boca.

Arthur se levantó con la cara llena de lágrimas.

—No es Jamie —dijo.

—¿Cómo? —Joanna se levantó de un salto, agarrándose la cara.

—No es Jamie —repitió Arthur, ahogándose en un sollozo y soltando el teléfono—. Es otra persona. Su familia lo acaba de identificar. No es Jamie.

—¿No es Jamie? —insistió Joanna como si todavía no se lo creyera.

—No es él —aseguró Arthur apresurándose hacia delante para atraerla hacia él, fundiéndose los dos en un abrazo entre sollozos—. No es nuestro chico. No es Jamie.

Connor se separó de Pip con las mejillas sonrojadas y marcadas por las lágrimas, y se unió al abrazo de sus padres. Se apretaron y lloraron; un llanto de alivio y de dolor y de confusión. Lo habían perdido durante un tiempo. Durante unos minutos, en sus cabezas y en la de ella, Jamie Reynolds había muerto.

Pero no era él.

Pip se apretó los ojos con la manga de la sudadera y notó cómo las cálidas lágrimas empapaban la tela.

«Gracias —pensó hacia esa persona invisible en su cabeza—. Gracias.»

Tenían otra oportunidad.

Ella disponía de una última oportunidad.

Nombre del archivo:

 Asesinato para principiantes. TEMPORADA 2:
Entrevista con Arthur Reynolds.wav

Pip: Vale, ya estoy grabando. ¿Está bien?

Arthur: Sí, estoy listo.

Pip: ¿Por qué no ha querido involucrarse o que le entrevistara hasta
           ahora?

Arthur: ¿Sinceramente? Porque estaba enfadado. Estaba convencido
          de que Jamie había vuelto a escaparse. Y él sabe cuánto nos
          preocupamos la primera vez que lo hizo. No quería ceder ante la
          idea de Joanna y Connor de que había desaparecido de verdad
          porque realmente no lo creía. No quería creer que pasaba
          algo. Cualquiera diría que prefiero estar enfadado con Jamie.
          Pero estaba equivocado. O eso creo. Ya ha pasado demasiado
          tiempo. Y, si estuviera por ahí, ya se habría enterado de tu
          pódcast a estas alturas. Habría vuelto a casa si hubiera podido.

Pip: ¿Y por qué pensó que Jamie se había vuelto a escapar? ¿Por la
           discusión antes del homenaje?

Arthur: Sí. No me gusta que discutamos, solo quiero lo mejor para él.
          Quiero hacer que tome buenas decisiones para su vida, que se
          dedique a algo que le guste. Sé que puede hacerlo. Pero parece
          estar atascado desde hace varios años. Puede que yo no lo haya
          enfocado de la manera correcta. No sé cómo ayudarlo.

Pip: ¿Y sobre qué fue la discusión del viernes?

Arthur: Pues... Fue algo que llevaba ya un tiempo acumulándose. Me
         había pedido prestado un montón de dinero y, yo qué sé, dijo
         algo que me llevó a hablar de responsabilidad y de encontrar un
         trabajo. Jamie no quería escucharme.

Pip: ¿Cuándo le pidió dinero?

Arthur: Pues... Joanna estaba en bádminton, así que debía de ser martes.
         Sí, el 10 de abril.

Pip: ¿Le dijo para qué lo necesitaba?

Arthur: No, eso es lo que me molestó. No quiso decírmelo. Simplemente
         me dijo que era muy importante. Por supuesto, me negué. Era
         una cantidad ridícula.

Pip: Si no es indiscreción, ¿cuánto dinero le pidió Jamie?

Arthur: Novecientas libras.

Pip: ¿Novecientas?

Arthur: Sí.

Pip: ¿Novecientas libras exactas?

Arthur: Sí. ¿Por qué? ¿Qué ocurre?

Pip: Es que... Hace poco he escuchado esa misma cantidad,
         relacionada con otra persona. Con un tío que se llama Luke
         Eaton. Mencionó que había perdido novecientas libras esta
         semana. Y creo que está metido en rollos de dr... Bueno, ya
         sabe. Lo investigaré. Vamos a seguir. Cuando se fue del pub el
         viernes por la noche, ¿a qué hora llegó a casa?

Arthur: No recuerdo fijarme en la hora exacta, pero desde luego fue
         antes de las 23.30. Puede que a eso de las 23.20 pasadas.

Pip: Y no había nadie, ¿verdad? ¿No vio a Jamie?

Arthur:	No, estaba yo solo. Me fui a la cama, pero escuché llegar a Connor más tarde.
Pip:	¿Y no hay forma de que Jamie hubiera podido entrar antes que Connor? ¿Justo después de que usted llegara?
Arthur:	Qué va. Estuve un rato en el salón. Me habría enterado.
Pip:	Creemos que Jamie pasó por casa a recoger la sudadera y el cuchillo, así que debió de marcharse antes de que usted llegara. ¿Sabe algo del cuchillo?
Arthur:	No. Ni siquiera me había fijado en que no estaba hasta que me lo dijo Joanna.
Pip:	¿Dónde estuvo el fin de semana pasado, tras la desaparición Jamie? Connor me ha dicho que no pasó mucho tiempo en casa.
Arthur:	Estaba buscándolo con el coche. Pensaba que lo encontraría en algún sitio, desahogándose. Y que podría hablar con él, arreglar las cosas, conseguir que volviera a casa. Pero no lo encontré.
Pip:	¿Está bien, señor Reynolds?
Arthur:	No. Estoy muerto de miedo. Aterrado por la posibilidad de que discutir fuera lo último que hice con mi hijo. Las últimas palabras que le dije estaban llenas de rabia. Nunca le dije que lo quería, y me da pavor no volver a tener esa oportunidad. Jamie acudió a mí, me pidió ayuda y yo lo aparté. «Una cuestión de vida o muerte» fue lo que te dijo tu madre del dinero, ¿no? Y yo se lo negué. Soy su padre, se supone tiene que poder acudir a mí para lo que sea. Me pidió ayuda y le dije que no. ¿Y si todo esto es culpa mía? Si le hubiera dicho que sí, quizá... quizá...

Veintiocho

Los árboles ondeaban en Cross Lane y se apartaron cuando Pip pasó por debajo de ellos, persiguiendo su sombra sin llegar a alcanzarla nunca.

Llevó a Connor al instituto una vez que se calmaron los nervios y dejó allí el coche, pero no entró con él. Su madre ya había llamado para avisar de que llegaría tarde, así que lo iba a aprovechar. Además, ya no podía seguir evitándolo: tenía que hablar con Nat da Silva. En este momento, todos los caminos apuntaban a ella.

Incluso por el que Pip iba caminando.

Tenía la mirada fija en la puerta azul mientras subía el camino de hormigón y llegaba junto a la casa.

Respiró hondo para prepararse y llamó al timbre con dos cortos toques metálicos. Esperó jugueteando nerviosa con el pelo y sin haber conseguido todavía disminuir el ritmo cardíaco.

Detrás del cristal mate de la puerta, una figura borrosa caminaba pesadamente hacia la puerta.

Se abrió y apareció Nat con el pelo recogido y un eyeliner grueso que resaltaba sus pálidos ojos azules.

—Hola —dijo Pip lo más alegre que pudo.

—No me jodas —respondió Nat—. ¿Qué quieres ahora?

—Tengo que hacerte algunas preguntas sobre Jamie —respondió ella.

—Sí, bueno, ya te dije todo lo que sabía. No sé dónde está

y todavía no se ha puesto en contacto conmigo. —Nat intentó cerrar otra vez la puerta.

—Han encontrado un cuerpo —soltó Pip para impedírselo. Funcionó—. No era Jamie, pero podría haber sido él. Han pasado seis días, Nat, y aún no ha contactado con nadie. Jamie tiene problemas de verdad. Y puede que tú seas la persona que mejor lo conoce. Por favor. —Le tembló la voz—. No lo hagas por mí. Ya sé que me odias y lo entiendo. Pero, por favor, ayúdame, por los Reynolds. Acabo de estar en su casa y, durante veinte minutos, todos pensamos que Jamie estaba muerto.

Fue algo sutil, casi demasiado como para darse cuenta, pero la mirada de Nat se suavizó. Algo triste y brillante apareció en sus ojos.

—¿De verdad...? —dijo lentamente—. ¿De verdad crees que le ha pasado algo?

—Intento mantener la esperanza, por su familia —dijo Pip—. Pero... no lo sé.

Nat relajó el brazo y se mordió el labio.

—¿Jamie y tú seguíais hablando estas últimas semanas?

—Sí, de vez en cuando —dijo Nat.

—¿Te habló alguna vez de una tal Layla Mead?

Nat miró hacia arriba, pensando, mordiéndose aún más el labio inferior, hasta que desapareció por completo.

—No. Es la primera vez que escucho ese nombre.

—Vale. Ya sé que me dijiste que no, pero ¿vino Jamie a tu casa después del homenaje, como habíais planeado? ¿A eso de las 22.40?

—No. —Nat inclinó la cabeza y le cayó un pequeño mechón de pelo sobre los ojos—. Ya te lo dije: la última vez que lo vi fue en el homenaje.

—Es que... —comenzó a decir Pip—. Bueno, un testigo vio a Jamie entrar en tu casa a esa hora. Dijo que lo vio en Cross Lane y describió exactamente tu casa.

Nat parpadeó y desapareció la suavidad de su mirada.

—Me importa una mierda lo que diga tu puto testigo. Se equivoca —aseguró—. Jamie no apareció por aquí.

—Está bien. Lo siento. —Pip levantó las manos—. Solo preguntaba.

—Ya me lo habías preguntado y ya te había respondido. ¿Algo más? —Nat volvió a agarrar el borde de la puerta.

—Sí, una última cosa —dijo Pip mirando nerviosa los dedos de la chica sobre la puerta. La última vez que estuvo aquí, Nat se la cerró en las narices. «Ándate con cuidado, Pip»—. Se trata de tu novio, Luke Eaton.

—Ya sé cómo se llama mi novio —dijo Nat—. ¿Qué pasa con él?

—Pues... —No sabía de qué forma afrontarlo, así que lo hizo rápido—. Creo que anda metido en rollos de drogas. Un chaval las recoge de una banda en Londres y supongo que la reparte entre varios camellos por todo el condado.

La expresión de Nat se tensó.

—Y las recoge... en la granja abandonada donde encontraron el cuerpo de Andie. Pero también es el último sitio en el que estuvo Jamie antes de que le pasara algo. Así que creo que puede estar relacionado con Luke.

Nat apretaba tan fuerte la puerta que se le estaban poniendo los nudillos blancos.

—Pero eso no es todo —continuó Pip sin darle a Nat oportunidad de hablar—. El chaval al que Luke utiliza para transportar la droga me dijo que estaba enfadado esta semana porque había perdido novecientas libras. Y esa es exactamente la cantidad de dinero que Jamie le pidió prestado a su padre hace un par de semanas.

—¿Qué estás intentando decirme con todo esto? —preguntó Nat con la cabeza inclinada y la mirada sombría.

—Que a lo mejor Luke también se dedica a prestar dinero

a la gente, le dejó pasta a Jamie para algo, pero este no se la pudo devolver, por eso se la pidió a su padre y por eso estaba lo bastante desesperado como para intentar robarla del trabajo diciendo que era una cuestión de vida o muerte. —Hizo una pausa y se atrevió a mirar a Nat—. Y luego me acordé de que, cuando hablé contigo la otra vez, me pareció ver que reaccionabas cuando Luke dijo que el viernes por la noche no salió de casa; así que simplemente quería saber...

—¿Simplemente querías saber? —Le tembló el labio superior y Pip notó que irradiaba rabia como si fuera calor—. ¿Cuál es tu problema? Estás metiéndote en la vida de la gente. No puedes dedicarte a joder reputaciones para pasártelo bien.

—No lo hago para...

—No tengo nada que ver con Jamie. ¡Y Luke tampoco! —gritó Nat retrocediendo—. Déjame en paz de una puta vez, Pip. —Le tembló la voz—. Por favor. Déjame en paz.

Y su cara desapareció tras la puerta cuando la cerró de un portazo. El sonido le llegó a Pip hasta el estómago y se quedó con ella mientras se marchaba.

Cuando giró hacia Gravelly Way para volver al instituto, tuvo por primera vez aquella sensación. Un escalofrío que le subía por el cuello, como si fuera electricidad estática sobre su piel. Y supo lo que era, ya había sentido eso antes. Unos ojos. Alguien la miraba.

Se paró en mitad de la calle y miró hacia atrás, pero solo había un hombre al que no conocía empujando un cochecito y mirando hacia abajo.

Miró hacia el frente, recorriendo con la mirada todas las ventanas de las casas que alineaban la calle y se cernían sobre ella. No había nadie, ninguna cara aplastada contra el cristal lleno de vaho. Comprobó los coches aparcados en la carretera. Nada. Ni un alma.

Pip juraría que lo había sentido. O puede que se estuviera volviendo loca.

Continuó caminando hacia el instituto agarrándose las correas de la mochila. Tardó un rato en darse cuenta de que no escuchaba sus propios pasos. No solo los suyos. Había otros que sonaban levemente a su derecha. Pip miró.

—¡Buenos días! —gritó una voz desde el otro lado de la calle. Era Mary Scythe, del periódico, paseando a un labrador negro.

—Buenos días. —Pip le devolvió el saludo, pero le sonó vacío hasta a ella misma.

Afortunadamente le sonó el teléfono. Se giró y descolgó.

—Pip —dijo Ravi.

—Ay, Dios —dijo envolviéndose en su propia voz—. No te vas a creer lo que ha pasado esta mañana. En las noticias han dicho que han encontrado un cadáver, un chico blanco de unos veintitantos años. Me entró el pánico, fui a casa de los Reynolds, pero llamaron a la policía y no era el cuerpo de Jamie, era de otra persona...

—¿Pip?

—... y por fin Arthur accedió a hablar conmigo. Me ha dicho que Jamie le pidió novecientas libras, la misma cantidad que Robin dijo que Luke había perdido esta semana...

—¿Pip?

—... es demasiada casualidad como para que no sea nada, ¿verdad? Así que he estado en casa de Nat y me ha vuelto a insistir en que Jamie no fue a verla después...

—Pip, de verdad, necesito que te calles y me escuches.

De pronto percibió un tono cortante con el que Ravi jamás le había hablado.

—¿Qué? Perdona. ¿Qué pasa? —dijo dejando de andar.

—El jurado ya ha dado su veredicto —dijo.

—¿Tan pronto? ¿Y?

Pero Ravi se quedó callado, y ella escuchó claramente un clic cuando se le quedó el aire atrapado en la garganta.

—No —dijo con el corazón acelerado tras recuperarse de aquel clic y lanzarse contra sus costillas—. ¿Ravi? ¿Qué? No, no me digas... no puede...

—Lo han declarado inocente de todos los cargos.

Pip no escuchó lo que dijo a continuación porque se le llenaron los oídos de sangre, como el sonido de una avalancha, como un vendaval atrapado en su cabeza. Apoyó la mano en la pared que tenía a su lado y se inclinó hacia ella, bajando lentamente hasta que se sentó en el frío hormigón de la acera.

—No —susurró, porque si lo decía un poco más fuerte, gritaría.

Sentía el grito dentro de ella, luchando por salir. Se agarró la cara y mantuvo la boca cerrada mientras se clavaba las uñas en las mejillas.

—Pip —dijo Ravi amablemente—. Lo siento muchísimo. No me lo podía creer. Sigo sin creérmelo. No es justo. No está bien. Si pudiera hacer algo por cambiarlo, lo haría. ¿Pip? ¿Estás bien?

—No —dijo con la mano en la boca.

Nunca volvería a estar bien. Esto era lo peor que podía ocurrir. Lo había considerado, había tenido pesadillas sobre ello, pero sabía que no podía pasar en realidad. No pasaría. Y, sin embargo, acababa de pasar. La verdad ya daba igual. Max Hastings era inocente. A pesar de que ella tuviera una grabación en la que lo admitía todo. A pesar de que ella sabía que era culpable sin ningún lugar a dudas. Pero no. Ella, Nat da Silva, Becca Bell y todas las chicas de su universidad eran las mentirosas. Y acababa de quedar en libertad un violador en serie.

Pensó inmediatamente en Nat.

—Ay, mierda —dijo quitándose la mano de la boca—. Ravi, te tengo que dejar. Tengo que volver a casa de Nat y comprobar que está bien.

—Vale. Te qui... —dijo, pero era demasiado tarde.

Pip ya había pulsado el botón rojo y se había levantado del suelo para volver por Gravelly Way.

Sabía que Nat la odiaba. Pero también que no debería estar sola al escuchar la noticia. Nadie debería estar solo para enterarse de algo así.

Pip corrió y sus zapatillas golpeaban incómodas contra la acera, sacudiéndole todo el cuerpo. Le dolía el pecho, como si su corazón quisiera rendirse. Pero continuó corriendo, esforzándose aún más cuando giró la esquina hacia Cross Lane, de vuelta hacia esa puerta azul.

Esta vez llamó con los nudillos, no se acordó del timbre porque en su mente ya estaba balbuceando, rebobinando los últimos minutos. No podía haber pasado, ¿verdad? No podía ser real. No parecía real.

La silueta de Nat emergió frente al cristal mate y Pip intentó leerla, estudiarla, averiguar si su mundo ya había estallado.

Abrió la puerta y se le tensó la mandíbula en cuanto vio a Pip.

—¿Qué cojones haces aquí otra vez? Ya te he dicho...

Pero entonces se debió de fijar en la respiración de Pip. Del horror que debía de tener dibujado en la cara.

—¿Qué pasa? —preguntó rápidamente Nat abriendo del todo la puerta—. ¿Jamie está bien?

—¿T-Te has enterado? —dijo Pip con una voz que le sonó extraña, como desconocida—. El veredicto.

—¿Qué? —Nat entornó los ojos—. No, todavía no me ha llamado nadie. ¿Ya han terminado? ¿Qué...?

Y Pip vio el momento exacto en el que ocurrió. El instante en el que la cara de Nat se convirtió en un libro abierto. El momento en el que le cambió la mirada.

—No —dijo, pero fue más un suspiro que una palabra.

Se apartó de la puerta y se llevó las manos a la cara mientras soltaba un grito ahogado con la mirada perdida.

—¡No! —Esta vez la palabra se convirtió en un grito desgarrador.

Nat se apoyó contra la pared del pasillo y la golpeó con tanta fuerza que se descolgó una foto enmarcada y se hizo añicos al caer al suelo.

Pip entró en la casa y la agarró por los brazos mientras se deslizaba por la pared, pero se resbaló y cayeron juntas. Nat, directa al suelo, Pip, de rodillas.

—Lo siento mucho —dijo Pip—. Lo siento muchísimo.

Nat estaba llorando y las lágrimas se tiñeron al pasar sobre el maquillaje, cubriéndole la cara de surcos negros.

—No puede ser verdad —lloró—. No puede ser verdad. ¡JODER!

Pip se sentó y le pasó a Nat los brazos por la espalda. Pensaba que la apartaría, que se la quitaría de encima. Pero no lo hizo. Se dejó caer sobre Pip y subió los brazos hasta abrazarla. Fuerte. Con la cara enterrada en su hombro.

Nat gritó, un sonido acolchado que se perdió en el jersey de Pip, que notó cómo la respiración cálida y puntiaguda se esparcía por su piel. Y el gritó se rompió y se convirtió en un chillido que las agitó a las dos.

—Lo siento —susurró Pip.

Veintinueve

El grito de Nat no la abandonó. Podía sentirlo pavoneándose bajo su piel. Notó cómo hervía cuando entró en la clase de Historia dieciocho minutos tarde y el señor Clark le dijo:

—Pip, ¿qué horas son estas? ¿Crees que tu tiempo vale más que el mío?

Y ella respondió:

—No, señor, lo siento —dijo en voz baja, cuando, en realidad, lo único que quería hacer era dejar salir el grito y decirle que sí, que seguramente ese fuera el caso.

Se sentó al lado de Connor, en el fondo de la clase, apretando el boli con fuerza hasta que reventó y los trozos de plástico se desperdigaron entre sus dedos.

Sonó el timbre y Connor y ella salieron del aula. Él se había enterado del veredicto por Cara, porque Ravi le había enviado un mensaje preocupado porque no había vuelto a saber nada de Pip.

—Lo siento —fue todo lo que dijo Connor de camino a la cafetería.

Era lo único que podía decir, igual que Pip, pero no había «lo siento» suficientes para arreglar esto.

Se encontraron con los demás en la mesa de siempre, y Pip se sentó al lado de Cara, apretándole la mano en señal de agradecimiento.

—¿Se lo has contado a Naomi? —preguntó Pip.

Cara asintió.

—Está destrozada, no se lo puede creer.

—Sí, menuda mierda —dijo Ant en voz alta, interviniendo al mismo tiempo que engullía su segundo sándwich.

Pip lo miró.

—¿Dónde te metiste ayer? No viniste a la batida.

Ant puso una expresión ofendida mientras tragaba.

—Era miércoles. Tenía entreno —dijo sin ni siquiera mirar a Connor.

—¿Lauren? —inquirió Pip.

—Pues... Mi madre me obligó a quedarme para repasar francés. —Tenía un tono agudo y defensivo—. No creía que pretendieras que fuéramos todos.

—El hermano de tu mejor amigo ha desaparecido —soltó Pip consciente de que Connor se ponía tenso a su lado.

—Ya, lo entiendo. —Ant sonrió rápidamente a Connor—. Y lo siento, pero no creo que ni Lauren ni yo podamos cambiar eso.

Pip quería seguir echándoles la bronca, alimentando el grito que esperaba bajo su piel, pero alguien detrás de Ant la distrajo. Tom Nowak se reía escandalosamente con unos amigos.

—Disculpad —dijo Pip, aunque ya se había levantado de su mesa y estaba atravesando el caos de la cafetería.

—Tom —dijo más fuerte que sus risotadas.

Este dejó su botella de Coca-Cola abierta sobre la mesa y se giró para mirarla. Pip se dio cuenta de que algunos de sus amigos, en el banco de enfrente, estaban cuchicheando y dándose codazos.

—Ey, ¿qué pasa? —saludó con una sonrisa falsa que aumentó la rabia de Pip.

—Me mentiste, ¿verdad? —dijo, aunque no era una pregunta y no esperaba ninguna respuesta. Al menos había dejado de sonreír—. No viste a Jamie Reynolds el viernes por la noche. Dudo mucho que estuvieras cerca de Cross Lane. Dijiste esa calle porque estaba cerca de la fiesta *destroyer* y el resto fue culpa mía. Guie accidentalmente tu testimonio. Viste cómo reaccioné a esa calle, al color de la puerta, y lo usaste para manipularme. ¡Hiciste que me creyera una historia que nunca ocurrió!

La gente de otras mesas miraba y se creó una ola de cabezas medio giradas.

—Jamie no fue a casa de Nat da Silva aquella noche y tú nunca fuiste testigo de nada. Eres un mentiroso. —Se mordió el labio—. Pues buen trabajo, Tom, has conseguido salir en el pódcast. ¿Qué esperas conseguir con eso?

Tom tartamudeó levantado un dedo mientras buscaba las palabras.

—¿Fama en internet? —soltó Pip—. ¿Tienes un Sound-Cloud que quieras promocionar o algo así? ¿Qué mierda te pasa? Hay una persona desaparecida. La vida de Jamie está en juego y te parece una idea fantástica hacerme perder el tiempo.

—Yo no...

—Eres patético —dijo ella—. Y ¿sabes una cosa? Ya has firmado el consentimiento para que use tu nombre, así que esto también aparecerá en el pódcast. Que te aproveche el odio de todo internet.

—No, no puedes... —comenzó a decir Tom.

Pero la rabia se había apoderado de la mano de Pip y la llevó hasta la botella abierta de Coca-Cola. Sin pensárselo dos veces —ni siquiera una—, Pip la volcó sobre su cabeza.

Una cascada de líquido marrón burbujeante cayó encima de Tom, empapándole el pelo y la cara. Cerró los párpados para evitar que le entrara en los ojos. La cafetería se llenó de gritos ahogados y risas nerviosas antes de que el chico pudiera reaccionar.

—¡Serás zorra! —Se levantó y se limpió los ojos con las manos.

—No te vuelvas a cruzar en mi camino —le advirtió Pip tirando la botella vacía a los pies de Tom con un ruido que hizo eco en la ahora prácticamente silenciosa cafetería.

Se fue sacudiéndose las gotitas de refresco de las manos, y con cientos de ojos clavados en ella, pero ninguno capaz de mirar directamente a los suyos.

Cara la estaba esperando en el lugar de siempre: en la puerta doble junto al aula de Lengua, la segunda clase del día. Pero mientras Pip cruzaba el pasillo para encontrarse con ella, se dio cuenta de algo: murmullos a su paso, gente agrupándose para hablar tras las manos, mirándola. Era imposible que todos hubieran estado en la cafetería. Aunque, de todos modos, a Pip le daba igual lo que pensaran. Era de Tom Nowak de quien deberían cuchichear, no de ella.

—Hola —dijo cuando alcanzó a su amiga.

—Oye... —Cara también se comportaba de forma extraña, torciendo la boca como hacía siempre que algo no iba bien—. ¿Todavía no lo has visto?

—¿El qué?

—El artículo de *WiredRip*. —Cara miró su teléfono—. Alguien ha copiado el enlace en el evento de Facebook que creaste para buscar a Jamie.

—No —dijo Pip—. ¿Por? ¿Qué dice?

—Pues... —Cara se calló. Miró hacia abajo y tecleó algo en su teléfono, luego se lo dio a Pip—. Creo que deberías leerlo.

 **Tendencia**

Puede que la temporada 2 del pódcast «Asesinato para principiantes» no sea lo que parece...

«Asesinato para principiantes» ha vuelto con fuerza esta semana a nuestros oídos, con el lanzamiento el martes del primer episodio de un nuevo misterio. Jamie Reynolds, de 24 años, ha desaparecido en el pueblo de Pip Fitz-Amobi. La policía no piensa buscarlo, así que ella se ha puesto manos a la obra, subiendo los episodios durante el transcurso de la investigación.

Pero ¿hay un motivo real por el que la policía no esté buscando a Jamie?

Una fuente cercana a Pip nos ha contado, en exclusiva, que toda esta temporada del pódcast es ni más ni menos que un montaje. Jamie Reynolds es el hermano mayor de uno de los mejores amigos de Pip, y nuestra fuente afirma que la desaparición ha sido organizada por los tres para crear una apasionante nueva temporada del pódcast y capitalizar la popularidad de la primera. El incentivo de Jamie para participar en su propia desaparición es financiero, ya que Pip les ha prometido a los hermanos una gran suma de dinero una vez que la temporada se emita y se haya asegurado nuevos contratos con los patrocinadores.

¿Qué pensáis vosotros? ¿De verdad ha desaparecido Jamie Reynolds? ¿Nos estamos dejando engañar por la Reina del Crimen? Comparte tu opinión en los comentarios.

Treinta

Otro pasillo lleno de miradas. Corrillos.

Pip mantuvo la cabeza baja mientras se abría paso hacia su taquilla. Ya habían acabado las clases, así que había habido tiempo de sobra para que el artículo se extendiera por todo el instituto, evidentemente.

Y no podía llegar hasta su taquilla. Había un grupo del último curso justo delante, hablando en un círculo cerrado de mochilas. Pip se paró y los miró hasta que una de las chicas la vio. Abrió mucho los ojos mientras codeaba y hacía callar a sus amigas. El grupo se abrió de inmediato y sus compañeras se apartaron, dejando de lado los susurros y las risillas.

Pip abrió su taquilla y metió los libros de Política. Al retirar la mano, notó un pequeño trozo de papel doblado que alguien debía de haber metido por la rendija de la puerta.

Lo cogió y lo abrió.

Con letras negras muy grandes, decía: «Es la última advertencia, Pippa. Aléjate».

El grito en su interior volvió a aparecer y trepaba por su cuello. Cuánta imaginación. La misma nota que Elliot Ward había dejado en su taquilla el pasado octubre.

Pip cerró el puño con el papel dentro, convirtiéndolo en una bola que tiró al suelo antes de cerrar de un portazo la taquilla.

Cara y Connor estaban esperándola detrás.

—¿Va todo bien? —preguntó Cara con preocupación.

—Sí —contestó Pip dándose la vuelta para caminar con ellos por el pasillo.

—¿Lo has visto? —preguntó Connor—. Hay gente que se lo está creyendo, dicen que les había parecido que era todo como demasiado elaborado. Como si hubiera un guion.

—Te lo he dicho mil veces —dijo Pip. Le salió una voz grave, transformada por el enfado—. Nunca leas los comentarios.

—Pero...

—¡Ey! —la voz de Ant gritó cuando doblaban la esquina tras pasar junto al departamento de Química. Él, Lauren y Zach estaban detrás de ellos y venían desde la otra dirección.

Esperaron a que llegaran y se colocaran a su lado.

—Todo el instituto está hablando de ti —dijo Ant.

Pip vio que la estaba mirando de reojo.

—Es que todo el instituto está lleno de idiotas —dijo Cara acelerando el paso para colocarse al otro lado de su amiga.

—Puede ser. —Ant se encogió de hombros mirando a Lauren—. Pero hemos pensado que... No sé, sí que es verdad que parece todo un poco oportuno.

—¿Qué es lo que parece oportuno? —dijo Pip. Y ahí estaba ese gruñido en su voz. Puede que nadie más lo escuchara, pero ella sí.

—Pues todo esto de Jamie —intervino Lauren.

—Anda, ¿en serio? —Pip le lanzó una mirada de advertencia, intentando hacerle daño con los ojos—. Connor, ¿te parece oportuno que tu hermano haya desaparecido?

La boca de Connor se abrió, pero no estaba seguro de cómo responder y lo único que le salió fue un graznido entre sí y no.

—Ya sabes lo que quiero decir —continuó Ant—. Todo eso del impostor, para no tener que nombrar a un culpable, porque no existe. Que todo ocurriera la noche del homenaje de Andie y Sal. El cuchillo perdido y que lo encuentres junto a esa granja abandonada. Es todo un poco... oportuno, ¿no?

—Cállate, Ant —dijo Zach en voz baja, rezagándose para mantener la distancia, como si supiera que estaba a punto de pasar algo.

—¿Qué cojones dices, tío? —Cara se quedó mirando incrédula a Ant—. Vuelve a decir la palabra «oportuno» y te reviento.

—Eh, tranquila. —Ant se rio nervioso levantando las manos—. Solo he hecho un comentario.

Pero Pip no estaba escuchando sus comentarios porque le pitaban los oídos, como un silbido estático roto por su propia voz que le preguntaba: «¿Colocaste tú el cuchillo? ¿Podrías haber colocado el cuchillo? ¿Jamie ha desaparecido? ¿Layla Mead es real? ¿Algo de esto es real?».

Y no sabía cómo podía seguir andando porque no se notaba los pies. Solo sentía una cosa. El grito se le había enrollado en la garganta, apretándola cada vez más, como si buscara su propio final.

—No me enfadaré —estaba diciendo Ant—. Sinceramente, si todo esto está preparado, me parece una idea increíble. Solo que, eso, te pueden pillar. Y no nos dijiste nada a Lauren y a mí.

Cara no aguantó más.

—O sea, que básicamente estás llamando a Connor y a Pip mentirosos, ¿no? Madura un poco, Ant, y deja de dedicar tu vida a ser un gilipollas.

—Oye —lo defendió Lauren—. Eres tú la que está siendo una gilipollas.

—Ah, ¿sí?

—Chicos... —dijo Connor, pero la palabra se perdió en cuanto la pronunció.

297

—¿Dónde está Jamie? —preguntó Ant—. ¿En algún hotel de lujo o algo así?

Pip sabía que solo la estaba haciendo rabiar, pero no podía controlarlo, no podía...

La puerta doble se abrió al final del pasillo y apareció la directora, la señora Morgan, con los ojos entornados y la mirada encendida.

—¡Pip! —gritó desde el otro lado del pasillo—. Tengo que hablar contigo urgentemente, antes de que te vayas a casa.

—Te han pillado —susurró Ant provocando una risotada en Lauren—. Venga, se acabó el juego. Ya nos puedes contar la verdad.

Pero bajo la mirada de Pip todo se había convertido en fuego.

No podía controlar los pies.

Balanceó estrepitosamente los brazos.

Golpeó las manos contra el pecho de Ant, lo empujó, arrastrándolo con todas sus fuerzas por el ancho del pasillo.

Lo golpeó contra las taquillas.

—¿Qué...?

Pip apretó el antebrazo contra el cuello de Ant, impidiendo que se moviera. Lo miró fijamente a los ojos, aunque los suyos se habían quemado hasta quedarse en cenizas, y lo soltó.

Le gritó en la cara. Un alarido que le desgarró la garganta y le llenó los ojos de lágrimas, alimentándose de aquel agujero sin fin que tenía en el estómago.

Pip chilló y en ese momento solo existían ellos: ella y su grito.

Tenía el teléfono bocabajo en el suelo. Llevaba una hora sin mirarlo, sentada debajo de su escritorio con los dedos enganchados entre los pies. Tenía la cabeza apoyada contra la pata de la mesa y escondía los ojos de la luz.

No había bajado a cenar, dijo que no tenía hambre, aunque su padre había subido y le había dicho que no tenían por qué hablar del tema delante de Josh. Pero ella no quería participar en una falsa tregua en mitad de la discusión. Una discusión que no podía acabar porque ella no estaba arrepentida. Y eso era lo que su madre quería.

Llamaron a la puerta de casa. Reconoció la forma de llamar: largo-corto-largo. La puerta se abrió y se cerró, y escuchó los pasos, que también reconoció: las deportivas de Ravi golpeando el suelo antes de quitárselas y dejarlas junto al felpudo.

Lo siguiente que escuchó fue la voz de su madre junto a las escaleras.

—Está en su cuarto. A ver si consigues que entre en razón.

Ravi no la vio al entrar en la habitación. Hasta que ella dijo, en voz baja:

—Estoy aquí.

Él se agachó, doblando las rodillas hasta que su cara se encontró con la de Pip.

—¿Por qué no coges el teléfono? —preguntó.

Pip miró su móvil, bocabajo y fuera de su alcance.

—¿Estás bien? —preguntó él.

Y lo que ella quería decir, más que nada en el mundo, era que no. Salir de debajo del escritorio y caer sobre sus brazos. Quedarse allí, en su mirada, arropada en ella y no volver a salir nunca más. Dejar que él le dijera que todo iba a acabar bien, aunque ninguno de los dos lo supiera. Quería ser la Pip que era cuando estaba con Ravi, aunque solo fuese durante un rato. Pero esa Pip no estaba. Y puede que se hubiera ido para siempre.

—No —respondió ella.

—Tus padres están preocupados.

—No necesito su preocupación. —Sorbió por la nariz.

—Yo estoy preocupado —dijo él.

Ella volvió a apoyar la cabeza contra el escritorio.

—Tampoco necesito la tuya.

—¿Puedes salir de aquí abajo y hablar conmigo? —pidió amablemente—. Por favor.

—¿Sonrió? —preguntó ella—. ¿Sonrió cuando lo declararon inocente?

—No le vi la cara.

Ravi le ofreció una mano a Pip para ayudarla a salir de debajo del escritorio. Ella no la cogió, salió sola y se levantó.

—Seguro que sonrió. —Pasó un dedo por el borde de la mesa, apretando hasta que le dolió.

—¿Qué más da?

—Sí que da —dijo ella.

—Lo siento. —Ravi intentó mirarla a los ojos, pero su mirada no paraba de escabullirse—. Si pudiera hacer algo para cambiarlo, lo haría. Lo que fuera. Pero ya no podemos hacer nada. Y encima te expulsan por este enfado que tienes por lo de Max... no se merece nada de eso.

—Entonces ¿él gana?

—No...

Ravi abandonó la frase a la mitad y se acercó a Pip con los brazos extendidos para darle un abrazo. Y puede que fuera porque la cara angular de Max se le apareció en la cabeza, o porque no quería que su novio se acercara demasiado a ese murmullo que seguía dentro de ella después del grito, pero se apartó de él.

—¿Qué...? —Dejó caer los brazos, se le oscureció la mirada, cada vez más profunda—. ¿Qué haces?

—No lo sé.

—¿Qué pasa? ¿Quieres odiar al mundo entero, incluso a mí?

—A lo mejor —dijo ella.

—Pip...

—¿Qué sentido tiene? —Se le enganchó la voz a la garganta seca—. ¿Qué sentido tiene todo lo que hicimos el año pasado? Pensaba que mi objetivo era conseguir la verdad. Pero ¿a que no sabes qué? La verdad no importa. ¡No importa! Max Hastings es inocente, yo soy una mentirosa y Jamie Reynolds no ha desaparecido. Ahora esa es la verdad. —Se le empaparon los ojos—. ¿Y si no puedo salvarlo? ¿Y si no soy lo suficientemente buena? No valgo, Ravi, yo...

—Lo encontraremos —la cortó él.

—Necesito hacerlo.

—¿Y te crees que yo no? Puede que no lo conozca tan bien como tú, pero necesito que Jamie esté bien; es un sentimiento difícil de explicar. Conocía a mi hermano, era amigo suyo y de Andie en el instituto. Es como si estuviera pasando otra vez seis años después, y ahora tengo la ocasión, por mínima que sea, de ayudar a salvar al hermano de Connor, ya que no la tuve de salvar al mío. Sé que Jamie no es Sal, pero tengo la sensación de que todo esto es como una segunda oportunidad. No estás sola en esto, deja de apartar a la gente de tu lado. Deja de apartarme a mí.

Pip se agarró al escritorio, tan fuerte que los huesos casi le atraviesan la piel. Ravi tenía que apartarse de ella por si no era capaz de controlarlo. El grito.

—Quiero estar sola.

—Vale —dijo Ravi rascándose la picadura fantasma de la nuca—. Me iré. Sé que solo estás desvariando porque estás enfadada. Yo también lo estoy. No lo haces a propósito. Y lo sabes —suspiró—. Avísame cuando te acuerdes de quién soy. Y de quién eres.

Ravi se acercó a la puerta, con la mano paralizada en el aire encima del pomo y la cabeza ligeramente ladeada.

—Te quiero —dijo enfadado, sin mirarla.

Agarró el pomo y salió cerrando la puerta tras él.

Treinta y dos

Me pone enferma.

Eso es lo que decía el mensaje de Naomi Ward.

Pip se sentó en la cama e hizo clic en la foto que le había mandado.

Era una captura de pantalla de Facebook. Una publicación de Nancy Tangotits: el perfil de Max Hastings. Había una foto de él, su madre, su padre y el abogado, Christopher Epps. Estaban en la mesa de un restaurante de lujo. En el fondo, columnas de mármol y una jaula para pájaros de color azul grisáceo. Max estaba sujetando el teléfono para que entraran todos en el encuadre. Y estaban sonrientes, todos, con copas de champán en las manos.

Se trataba del hotel Savoy, en Londres, y el pie de foto decía: «De celebración...».

La habitación empezó a encogerse, a cerrarse alrededor de Pip. Las paredes dieron un paso hacia dentro y las sombras de las esquinas se estiraron para alcanzarla. No podía estar allí. Tenía que salir o se ahogaría.

Caminó torpemente hasta la puerta, con el teléfono en la mano, y pasó de puntillas por delante del cuarto de Josh hasta las escaleras. Su hermano ya estaba en la cama, pero había ido a verla antes, para susurrarle:

—He pensado que a lo mejor tenías hambre. —Y le había dejado una bolsa de patatas fritas que había cogido de la cocina—. No se lo digas a papá y a mamá.

Pip escuchó a sus padres viendo la tele en el salón, esperando a que empezara su programa favorito a las nueve. Estaban hablando, era un murmullo amortiguado al otro lado de la puerta, pero pudo escuchar claramente una palabra: su nombre.

Se puso las deportivas en silencio, cogió sus llaves y se escabulló por la puerta, cerrándola con mucho cuidado al salir.

Estaba lloviendo, mucho, las gotas caían con fuerza sobre la acera y le salpicaban los tobillos. Le daba igual, no pasaba nada. Tenía que salir para aclararse las ideas. Puede que la lluvia ayudara a apaciguar la rabia hasta que dejara de arder y solo quedaran las brasas.

Atravesó la carretera, corrió hacia el bosque. Estaba oscuro, no se veía nada, pero estaba más protegida del aguacero. Y aquello también estaba bien, hasta que algo que no vio crujió entre la maleza y la asustó. Volvió a la carretera, a salvo en la acera iluminada por la luna, empapada. Debía de tener frío —estaba tiritando—, pero no lo notaba. Y no sabía adónde ir. Solo quería andar, estar fuera, donde nada pudiera encerrarla. Así que caminó hasta el final de Martinsend Way y dio la vuelta; se paró antes de llegar a su casa y giró y volvió a recorrer otra vez la calle. Arriba y abajo, una y otra vez, persiguiendo sus pensamientos, intentando desenredarlos.

A la tercera vuelta ya le goteaba el pelo. Se paró de golpe. Había movimiento. Alguien caminaba por la acera de la casa de Zach. Pero ya no era la casa de Zach. La figura era Charlie Green y llevaba una bolsa negra llena hacia los contenedores.

Dio un brinco cuando la vio salir de la oscuridad.

—Ay, Pip, disculpa —dijo riéndose, tirando la bolsa en el contenedor—. Me has asustado. ¿Estás...? —Hizo una pausa y la miró—. Jolines, estás empapada. ¿Por qué no te has puesto una chaqueta?

No sabía qué responder.

—Bueno, ya casi estás en casa. Anda, entra y sécate —dijo amablemente.

—N-n.... —tartamudeó tiritando—. No puedo ir a casa. Todavía no.

Charlie inclinó la cabeza para intentar mirarla a los ojos.

—Ah, bueno —dijo incómodo—. ¿Quieres venir un rato a la nuestra?

—No. Gracias —añadió cortante—. Prefiero quedarme fuera.

—Entiendo. —Charlie se quedó pensando, mirando hacia su casa—. Y... ¿te apetece sentarte en el porche y así te resguardas de la lluvia?

Pip estuvo a punto de negarse, pero ya estaba empezando a notar el frío. Asintió.

—Vale, genial —dijo Charlie haciéndole un gesto para que lo siguiera. Subieron los escalones y él se detuvo—. ¿Te apetece algo de beber? ¿Una toalla?

—No, gracias —dijo Pip sentándose en un escalón seco.

—Como quieras. —Charlie asintió y se apartó el pelo rojizo de la cara—. ¿Estás bien?

—He... —empezó Pip—. He tenido un mal día.

—Ah. —Él se sentó un escalón más abajo que ella—. ¿Quieres que lo hablemos?

—No sé muy bien cómo.

—He escuchado tu pódcast, incluso los nuevos episodios de Jamie Reynolds —comentó—. Se te da muy bien. Y eres muy valiente. Sea lo que sea lo que te inquieta, estoy seguro de que lo solucionarás.

—Hoy han declarado inocente a Max Hastings.

—Ah. —Charlie suspiró estirando las piernas—. Joder. Qué mal.

—Por decirlo suavemente. —Sorbió por la nariz y se secó el agua de la lluvia que le caía por la punta.

—Bueno —continuó él—, si te sirve de algo, el sistema

judicial es un gran proveedor del bien y del mal. Pero, a veces, se equivoca tanto como acierta. He tenido que aprenderlo a la fuerza y es difícil de aceptar. ¿Qué tienes que hacer cuando quienes deberían protegerte te fallan?

—He sido una ingenua —dijo Pip—. Prácticamente les he servido a Max Hastings en bandeja después de todo lo que salió a la luz el año pasado. Y de verdad creí que había sido una especie de victoria, que el mal recibiría su castigo. Porque era la verdad, y la verdad era lo más importante para mí. Era en lo único en lo que creía, lo único que me importaba: descubrir la verdad, costara lo que costase. Y la verdad era que Max era culpable y se enfrentaría a la justicia. Pero la justicia no existe y la verdad no importa en el mundo real, y ahora lo han soltado.

—La justicia sí existe —la contradijo Charlie mirando hacia la lluvia—. Puede que no la que tiene lugar en las comisarías de policía o en los tribunales, pero existe. Y, si te paras a pensarlo, esas palabras (bien y mal, correcto e incorrecto) no importan en el mundo real. ¿Quién decide qué significan? ¿Las personas que no han entendido nada y han dejado a Max en libertad? No. —Negó con la cabeza—. Creo que todos podemos decidir qué significa para nosotros el bien y el mal, lo correcto y lo incorrecto, no debemos dejar que nos digan qué tenemos que asumir. Tú no has hecho nada mal. No te atormentes por los errores de los demás.

Ella lo miró con el estómago encogido.

—Pero ya no importa. Max ha ganado.

—Solo gana si tú se lo permites.

—¿Qué puedo hacer yo? —preguntó.

—Después de escuchar tu pódcast, me parece que hay muy poco que no puedas hacer.

—No he encontrado a Jamie. —Se puso a pellizcarse las uñas—. Y ahora la gente cree que no ha desaparecido de verdad, que me lo he inventado todo. Que soy una mentirosa, y que soy mala y...

—¿De verdad te importa? —preguntó Charlie—. ¿Le das importancia a lo que piense la gente cuando tú sabes que tienes razón?

Ella se quedó callada un instante, con la respuesta deslizándose en su garganta. ¿Por qué le importaba? Estaba a punto de decir que le daba igual, pero ¿no era ese el origen del agujero que había tenido en el estómago todo este tiempo? El vacío que llevaba seis meses creciendo. La culpa por lo que había hecho la última vez, por su perro muerto, por no ser buena, por poner a su familia en peligro y por ver la decepción cada día en los ojos de su madre. Por sentirse mal por los secretos que tuvo que guardar para proteger a Cara y a Naomi. Sí que era una mentirosa, esa parte era verdad.

Y, lo que es peor, para sentirse mejor con todo eso, dijo que esa no era ella, que nunca volvería a ser aquella persona. Que había cambiado..., que era buena. Que casi se había perdido la última vez y que no volvería a ocurrir. Pero no había sido así, ¿verdad? No se había perdido. De hecho, probablemente se había conocido a sí misma. Y estaba cansada de sentirse culpable por eso. Cansada de avergonzarse de quién era. Seguro que Max Hastings no se había avergonzado ni un solo día de su vida.

—Tienes razón —concluyó. Y conforme se levantó, al estirarse, se dio cuenta de que el agujero de su estómago, que llevaba meses tragándosela desde dentro, empezaba a desaparecer. A llenarse hasta que apenas fue perceptible—. A lo mejor no tengo que ser buena, o lo que los demás piensan que es ser bueno. Y puede que no tenga que caer bien. —Se giró hacia él con movimientos rápidos y ligeros pese a la ropa pesada por la lluvia—. Que le den por culo al qué dirán. ¿Sabes quién cae bien? La gente como Max Hastings, que entra en un tribunal con unas gafas de pega y encandila a todo el que pase por su lado. No quiero ser así.

—Pues no lo seas —la animó Charlie—. Y no te rindas por su culpa. La vida de una persona depende de ti. Y sé que lo vas a encontrar. Encuentra a Jamie. —Le sonrió—. Puede que haya gente que no cree en ti, pero, si te sirve de algo, tu vecino, el de dos puertas más abajo, sí.

Fue consciente de cómo aparecía en su cara una sonrisa. Pequeña, fugaz. Pero ahí estaba. Y era real.

—Gracias, Charlie.

Necesitaba escuchar eso. Todo. Igual no habría prestado atención si se lo hubiera dicho alguien más cercano a ella. Habría estado demasiado enfadada, se habría sentido demasiado culpable, habría habido demasiadas voces. Y la voz en su cabeza también le dio las gracias.

—No hay de qué.

Pip se levantó y salió al chaparrón. Se quedó mirando la luna, cuya luz titilaba entre las cortinas de agua.

—Tengo que hacer una cosa.

Treinta y tres

Pip se quedó sentada en el coche a mitad de Tudor Lane, un poco más arriba de su casa para que nadie la viera. Tenía los pulgares sobre el teléfono y reprodujo el audio una vez más.

«—Max, en una fiesta *destroyer* de marzo de 2012, ¿drogaste y violaste a Becca Bell?

»—¿Qué? No, claro que no, joder.

»—¡MAX! Ni se te ocurra mentirme o te juro por Dios que te arruino la vida. ¿Echaste Rohypnol en la bebida de Becca y luego tuviste sexo con ella?

»—Sí, pero, o sea... No fue una violación. Ella no dijo que no.

»—Porque tú la drogaste, asqueroso yonqui violador. No tienes ni idea de lo que hiciste.»

Le pitaron los oídos intentando expulsar la voz de Max y escuchar la suya. El bien y el mal no importaban. En esa situación solo había ganadores. Y él solo ganaría si ella se lo permitía. Eso era la justicia.

Así que lo hizo.

Pulsó el botón para subir la grabación de esa llamada a su página web y lo publicó en la cuenta de Twitter del pódcast. Junto al audio, subió una publicación que decía: «Última actualización del juicio de Max Hastings. Me da igual lo que crea el jurado, es culpable».

Listo, se acabó.

No había vuelta atrás. Esta era ella, y no pasaba nada.

Soltó el teléfono en el asiento del copiloto, agarró el bote de pintura que había cogido del garaje y se metió la brocha en el bolsillo trasero. Abrió la puerta para coger la última herramienta: el martillo de su padre. Y salió en silencio del coche.

Subió la carretera andando, pasó por delante de una casa, de dos, de tres, de cuatro, y se paró delante de la de los Hastings, deslumbrante con su puerta pintada de blanco. Estaban todos fuera, en su elegante cena en el Savoy. Y Pip estaba aquí, frente a su casa vacía.

Subió el camino, pasó por delante del roble y se paró ante la puerta. Dejó el bote de pintura en el suelo y usó la parte de atrás del martillo para hacer palanca y abrir la tapa. Estaba lleno por la mitad, hundió la brocha en la pintura verde mate y escurrió el exceso.

No había vuelta atrás. Respiro hondo, dio un paso hacia delante y presionó la brocha contra la puerta. Empezó desde arriba del todo, bajando y subiendo, agachándose para coger más pintura cuando las líneas se secaban.

Las letras eran irregulares y goteaban, expandiéndose desde la puerta hasta los ladrillos claros que había a cada lado. Volvió a repasarlas, dejándolas más profundas y más oscuras y, cuando terminó, tiró la brocha, que dejó una pequeña salpicadura de pintura en el camino al caer. Recogió el martillo y le dio vueltas entre los dedos, sintiendo bien el peso en las manos.

Se dirigió hacia el lado izquierdo de la casa. Preparó el brazo y echó hacia atrás el martillo. Luego realizó un movimiento hacia la ventana.

Se rompió. Los pequeños cristales se dispersaron por dentro y por fuera de la casa, como purpurina, como lluvia cubriendo sus deportivas. Aflojó la mano sobre el mango y escuchó el crujido de los cristales bajo sus pies mientras se acercaba a la siguiente ventana. Cogió impulso y la golpeó. El ruido del vidrio roto se perdió entre la lluvia. Y otra ventana. Con el primer impulso, se resquebraja; con el segundo, explota. Pasó por la puerta y por las palabras que había escrito, hacia la ventana del otro lado. Una. Dos. Tres. Hasta que las seis ventanas de la fachada frontal quedaron completamente destrozadas. Abiertas. Expuestas.

Pip notaba la respiración acelerada en su pecho, le dolía el brazo mientras desandaba el camino hacia la calle. Tenía el pelo aplastado y empapado, goteándole por la cara mientras miraba la destrucción. Su destrucción.

Pintadas por toda la fachada, en el mismo color verde bosque que el nuevo cobertizo de los Amobi, las palabras:

VIOLADOR
TE COGERÉ

Pip las leyó una y otra vez; observó lo que había hecho.

Y buscó, en lo más profundo de su ser, bajo su piel, pero no lo encontró. El grito ya no estaba ahí, esperándola. Lo había vencido.

¿Puedes salir?

Le escribió con las gotas de lluvia golpeando contra la pantalla, que ya no reconocía su dedo.

«Leído», apareció bajo el mensaje unos segundos más tarde.

Miró desde fuera cómo se encendía la luz detrás de la ventana de la habitación de Ravi, y la cortina se movió durante tan solo un segundo.

Pip siguió el progreso cuando se encendió la luz del des-

313

cansillo en la ventana del medio y luego la luz del recibidor, que brillaba a través del cristal de la puerta. La silueta de Ravi se dirigía hacia ella.

Se abrió la puerta y él se quedó de pie a contraluz, con una camiseta blanca y un pantalón de chándal. La miró, luego miró la lluvia, y salió, con los pies descalzos chapoteando por el camino.

—Qué noche más agradable —dijo entornando los ojos para evitar las gotas que le caían por la cara.

—Lo siento. —Pip lo miró con el pelo empapado—. Siento haberlo pagado todo contigo.

—No pasa nada —dijo él.

—Sí que pasa. —Negó con la cabeza—. No tenía derecho a enfadarme contigo. Creo que estaba enfadada conmigo, más que nada. Y no solo por todo lo que ha pasado hoy. O sea, sí, es por eso, pero también porque he estado mintiéndome a mí misma bastante tiempo, intentando separarme de aquella persona que se obsesionó con encontrar al asesino de Andie Bell. He intentado convencer a todo el mundo de que esa no era yo, para así poder creérmelo yo también. Pero ahora creo que sí soy yo. Y puede que sea egoísta, y una mentirosa e irresponsable y obsesiva, pero me parece bien hacer cosas malas cuando soy yo quien las hace, y puede que sea hipócrita y que nada de eso sea bueno, pero me sienta bien. Me siento yo misma, y espero que te parezca bien porque... yo también te quiero.

Apenas había terminado de hablar cuando Ravi ya le había puesto una mano en la cara, agarrándole la mejilla, apartándole con el pulgar la lluvia de la boca. Movió el dedo hacia abajo y le levantó la barbilla para besarla. Un beso largo y apasionado, con las caras mojadas, ambos intentando no sonreír.

Sin embargo, la sonrisa terminó apareciendo, y Ravi le contestó:

—Tenías que haberme preguntado. Sé perfectamente quién eres. Y me encanta. Y te quiero. Ah, por cierto. Yo te lo he dicho primero.

—Sí, enfadado —dijo Pip.

—Solo porque soy un chico melancólico y misterioso. —Frunció los labios y puso una mirada muy seria.

—Eh, Ravi.

—Dime, Eh, Pip.

—Tengo que contarte algo. Algo que acabo de hacer.

—¿Qué has hecho? —Se puso serio de verdad—. Pip, ¿qué has hecho?

VIERNES
6 DÍAS DESAPARECIDO
Treinta y cuatro

Sonó el despertador en la mesilla de noche de Pip.

Bostezó y sacó un pie del edredón. Luego se acordó de que estaba expulsada, así que volvió a meter el pie y se inclinó para apagar la alarma.

Pero incluso medio dormida, vio el mensaje que le esperaba en la pantalla. Recibido hacía siete minutos, de Nat da Silva.

Hola, soy Nat. Tengo que enseñarte algo.
Es sobre Jamie. De Layla Mead.

Todavía no se le habían despegado los ojos, pero Pip se incorporó de un salto y se quitó el edredón de encima de una patada. Sus vaqueros todavía estaban húmedos de la noche anterior, pero se los puso con una camiseta blanca de la cesta de la ropa sucia; seguro que se podía usar una vez más.

Estaba peleándose para desenredarse el pelo cuando entró su madre para despedirse antes de irse a trabajar.

—Voy a llevar a Josh al colegio —dijo.

—Vale. —Pip hizo una mueca cuando el cepillo se quedó atrapado en un nudo—. Que tengas un buen día.

—Este fin de semana tenemos que hablar en condiciones sobre lo que te está pasando. —Su madre tenía una mirada severa, pero se esforzó en que su voz no lo fuese—. Ya sé que sientes mucha presión, pero acordamos que no sería como la última vez.

—Nada de presión. Ya no —aseguró Pip consiguiendo deshacer el enredo—. Y siento mucho que me hayan expulsado.

No lo sentía. Para nada. En lo que a ella respectaba, Ant se lo merecía. Pero si eso era lo que su madre quería escuchar para dejarla en paz, pues mentiría. Su madre tenía buenas intenciones, Pip lo sabía, pero ahora mismo solo servían para molestarla.

—No pasa nada, cariño —dijo—. Sé que el veredicto ha debido de afectarte mucho. Y todo lo que está pasando con Jamie Reynolds. Igual te conviene quedarte hoy en casa, estudiar un poco. Disfrutar de algo de normalidad.

—Vale, lo intentaré.

Pip esperó, escuchando desde la puerta de su habitación cómo su madre le decía a Josh que se pusiera los zapatos al derecho y metiéndole prisa para salir. El motor del coche, las ruedas sobre la carretera. Les dio una ventaja de tres minutos y se fue.

La cara de Nat apareció por la rendija, con los ojos hinchados y el pelo blanco peinado hacia atrás, con marcas de haberse pasado los dedos por él.

—Ah, eres tú —dijo abriendo por completo la puerta.

—He leído tu mensaje —dijo Pip con el pecho encogido al ver la mirada triste de Nat.

—Sí. —Nat dio un paso hacia atrás—. Creo que... Creo que deberías entrar.

Le hizo unas señas a Pip para que pasara antes de cerrar la puerta y guiarla por el pasillo hasta la cocina. Lo más lejos que Pip había llegado en esa casa.

Nat se sentó a la pequeña mesa de la cocina, ofreciéndole a su invitada un asiento en frente. Ella se sentó incómoda en el borde. El ambiente de la estancia se tensaba cada vez más.

Nat se aclaró la garganta y se frotó un ojo.

—Mi hermano me ha contado algo esta mañana. Me ha dicho que anoche vandalizaron la casa de Max Hastings, y que alguien escribió «Violador» en la puerta.

—Ah..., ¿en serio? —dijo Pip tragando con fuerza.

—Sí. Pero, por lo visto, no saben quién ha sido. No hubo ningún testigo ni nada.

—Vaya... qué... qué lástima. —Pip tosió.

Nat la miró fijamente. Había algo diferente, algo nuevo en su mirada. Y Pip sabía que se había percatado.

Y, de pronto, pasó algo; Nat alcanzó la mano de Pip desde el otro lado de la mesa. La agarró con fuerza.

—Y he visto que has subido el audio —dijo moviendo su mano sobre la de Pip—. Vas a tener problemas por eso, ¿verdad?

—Seguramente.

—Conozco esa sensación —dijo Nat—. La ira. Como si quisieras prenderle fuego al mundo y ver cómo arde.

—Sí, algo así.

Nat le apretó aún más la mano y luego la soltó, dejando la suya apoyada sobre la mesa.

—Creo que tú y yo nos parecemos mucho. Antes no lo pensaba. Quería odiarte, y lo hice. También detesté así a Andie Bell; durante un tiempo sentía que era lo único que tenía. Y ¿sabes por qué quería odiarte tanto? Además de porque eres un coñazo. —Golpeó la mesa con los dedos—. Porque escuché tu pódcast y me hizo no odiar a Andie tanto. De hecho, me dio pena, así que te odié a ti aún más, si cabe. Sin embargo, creo que llevo todo este tiempo odiando a quien no debía. —Sorbió por la nariz con una pequeña sonrisa—. Tú no estás mal.

—Gracias —dijo Pip.

La sonrisa de Nat se fue desvaneciendo poco a poco, hasta que desapareció.

—Y tenías razón. —Nat empezó a pellizcarse las uñas—. Sobre Luke.

—¿Tu novio?

—Ya no lo es. Aunque él todavía no lo sabe. —Se rio, pero sin alegría.

—¿En qué tenía razón?

—En lo que viste cuando le preguntaste dónde estuvo la noche que desapareció Jamie. Luke dijo que estuvo toda la noche solo en casa. —Hizo una pausa—. Estaba mintiendo, tú tenías razón.

—¿Le has preguntado dónde estuvo? —quiso saber Pip.

—No. A Luke no le gusta que le hagan preguntas. —Nat se movió incómoda en la silla—. Pero después de que Jamie no viniera y de que ignorara todas mis llamadas, fui a casa de Luke a verlo. Él no estaba allí. Y su coche tampoco.

—¿A qué hora fue eso?

—A medianoche, más o menos. Luego volví a casa.

—¿Y no sabes dónde estaba Luke? —Pip se inclinó hacia delante con los codos sobre la mesa.

—Ahora sí. —Nat cogió su teléfono y lo dejó sobre la mesa—. Anoche estuve pensando en lo que dijiste ayer de que era posible que Luke tuviese algo que ver con la desaparición de Jamie. Así que le miré el teléfono mientras dormía. Me metí en su WhatsApp y ha estado hablando con una chica. —Se volvió a reír, con una risa pequeña y vacía—. Se llama Layla Mead.

Pip notó cómo ese nombre se arrastraba sobre su piel, trepaba por su espalda, saltando de vértebra en vértebra.

—Me dijiste que Jamie también había hablado con ella —continuó Nat—. He estado hasta las cuatro de la mañana escuchando los dos episodios. No sabes quién es Layla, pero Luke sí. —Se pasó la mano por el pelo—. La noche que desapareció Jamie fue a conocerla.

—¿En serio?

—Eso es lo que decía el mensaje. Llevaban varias semanas hablando. He leído todos los mensajes. Por lo visto se conocieron en Tinder, minipunto para mí. Y los mensajes son, ya sabes, muy explícitos. Otro minipunto para mí. Pero no se conocieron hasta el viernes por la noche. Mira. —Desbloqueó su teléfono y abrió la galería de fotos—. Hice dos capturas de pantalla y me las mandé. Ya había pensado en enseñártelas porque, no sé..., así volverías y yo no estaría sola. Y cuando me enteré de lo de la casa de Max fue cuando decidí escribirte. Mira. —Le pasó el teléfono a Pip.

Esta leyó la primera captura de pantalla: los mensajes de Luke a la derecha y los de Layla a la izquierda.

He estado pensando en ti...

¿Sí? Yo también en ti.

Espero que nada bueno :)

Ya me conoces.

No, pero me gustaría.
No quiero esperar más. ¿Quedamos esta noche?

Vale, ¿dónde?

En el aparcamiento de Lodge Wood.

A Pip se le cortó la respiración con el último mensaje de Layla. El aparcamiento de Lodge Wood; su equipo de búsqueda lo inspeccionó el miércoles, entraba dentro de su zona.

Miró rápidamente a Nat antes de pasar a la segunda captura.

¿Un aparcamiento?

No llevaré mucha ropa...

¿Cuándo?

Ahora.

Luego, diez minutos después, a las 23.58:

¿Vienes?

Estoy llegando.

Y, mucho más tarde, a las 00.41, un mensaje de Luke:

¿Qué cojones? Te voy a matar.

Pip miró a Nat.

—Lo sé —dijo asintiendo—. No hay más mensajes de ninguno de los dos. Pero sabe quién es Layla. ¿Crees que está relacionada con Jamie?

—Sí —aseguró Pip pasándole a Nat el teléfono sobre la mesa—. Creo que está muy relacionada con Jamie.

—Necesito que lo encuentres —suplicó Nat con un temblor en el labio que no había visto antes, y los ojos brillantes—. Jamie es... muy importante para mí. Y necesito que esté bien.

Ahora fue Pip quien estiró el brazo hasta el otro lado de la mesa y agarró la mano de Nat, acariciándole los nudillos con el pulgar.

—Estoy haciendo todo lo que puedo.

Treinta y cinco

Ravi estaba nervioso, se movía mucho, agitando el aire a su lado mientras andaban.

—¿Cuánto miedo daba el tío este? —preguntó metiendo la mano en el bolsillo de la chaqueta de Pip.

—Bastante —respondió ella.

—Y es un traficante de drogas.

—Creo que es más que eso —dijo ella mientras doblaban la esquina de Beacon Close.

—Joder —soltó Ravi—. El jefe de Howie. ¿A este también lo vamos a chantajear?

Pip se encogió de hombros y le hizo una mueca.

—Lo que haga falta.

—Chachi. Guay —dijo Ravi—. Me encanta ese nuevo lema, cubre todos los frentes. Sí. Genial. Está todo bien. ¿Qué casa es?

—El número trece. —Pip señaló la casa con el BMW aparcado fuera.

—¿Trece? —Ravi la miró con los ojos entornados—. Fantástico. Otra buena señal, claro que sí.

—Venga ya —dijo Pip intentando no sonreír, dándole un par de palmaditas en la espalda cuando subían por el camino en el que estaba el coche, el mismo que habían perseguido el miércoles por la noche.

Pip lo miró y luego miró a Ravi, después apretó el dedo contra el timbre. El sonido era agudo y punzante.

—Estoy seguro de que todo el mundo teme el día en el que Pip Fitz-Amobi llame a su puerta —susurró Ravi.

La puerta se abrió de golpe y Luke Eaton apareció frente a ellos, con las mismas bermudas negras y una camiseta gris que resaltaba contra los colores de los tatuajes que subían por la pálida piel de su cuello.

—Hola. Otra vez —dijo malhumorado—. ¿Qué te pasa ahora?

—Tenemos que hacerte unas preguntas sobre Jamie Reynolds —respondió Pip estirándose todo lo que pudo.

—Qué lástima —soltó Luke rascándose una pierna con el pie contrario—. No me gustan nada las preguntas.

Golpeó la puerta con firmeza.

—No, pe... —dijo Pip, pero era demasiado tarde. La puerta dio un portazo antes de que le diera tiempo a pronunciar las palabras—. ¡Mierda! —gritó muy alto y con ganas de darle un puñetazo a la madera.

—Ya sabía yo que no iba a hablar... —Pero la voz de Ravi se apagó cuando vio a Pip en cuclillas, apretando los dedos contra el buzón para mantenerlo abierto—. ¿Qué estás haciendo?

Acercó más la cara y gritó por la pequeña apertura rectangular.

—¡Sé que Jamie te debía dinero cuando desapareció! ¡Si hablas con nosotros, te daré las novecientas libras que te debe!

Se levantó dejando que el buzón se cerrara con un golpe metálico. Ravi la miró enfadado, vocalizando:

—¿Qué?

Pero Pip no tenía tiempo para responder, porque Luke estaba abriendo de nuevo la puerta, moviendo la mandíbula mientras preparaba una respuesta.

—¿Todo el dinero? —preguntó chasqueando la lengua.

—Sí. —La palabra salió de ella como un soplido, pero firme—. Las novecientas. Te las daré la semana que viene.

—En efectivo —puntualizó él mirándola a los ojos.

—Sí, como quieras. —Pip asintió—. A finales de la semana que viene.

—De acuerdo. —Abrió por completo la puerta—. Trato hecho, Sherlock.

Pip entró en el rellano y sintió a Ravi detrás de ella cuando Luke cerró la puerta, encerrándolos a los tres en el pasillo demasiado estrecho. Luke pasó delante de ellos y golpeó a Pip con el brazo, no sabría decir si intencionadamente o no.

—Aquí me tienes —dijo mirando hacia atrás, invitándolos a entrar en la cocina.

Había cuatro sillas, pero ninguno se sentó. Luke se apoyó sobre la encimera, con las rodillas dobladas y despreocupado, y los brazos tatuados abiertos, dejando caer todo el peso sobre ellos. Pip y Ravi se quedaron de pie, juntos, en la entrada, con los dedos de los pies en la cocina y los talones en el pasillo.

Luke abrió la boca para hablar, pero Pip no podía permitirle tomar el mando, así que se apresuró a formular la primera pregunta.

—¿Por qué te debe Jamie novecientas libras?

Luke dejó caer la cabeza hacia delante y sonrió pasándose la lengua por los dientes.

—¿Está relacionado con drogas? ¿Te compró…?

—No —respondió Luke—. Jamie me debía novecientas libras porque yo le había dejado novecientas libras. Acudió a mí hace un tiempo, desesperado por que le prestara dinero. Supongo que Nat le diría que a veces lo hago. Así que lo ayudé, con un interés enorme, por supuesto —añadió con una risa sombría—. Le dije que le daría una paliza si no me lo devolvía a tiempo, y va el desgraciado y desaparece. Porque ha desaparecido, ¿no?

—¿Te dijo para qué necesitaba el dinero? —preguntó Ravi.

Luke lo miró.

—No le pregunto a la gente sus mierdas porque no me interesan.

Pero Pip estaba más preocupada por el cuándo que por el por qué. ¿La amenaza de Luke había sido más fuerte de lo que estaba dando a entender, algo que Jamie hubiera considerado de vida o muerte? ¿Le pidió a su padre dinero e intentó robar en la oficina de la madre de Pip porque temía lo que Luke pudiera hacerle si no le devolvía el dinero a tiempo?

—¿Cuándo te pidió Jamie la pasta? —preguntó Pip.

—No sé. —Luke se encogió de hombros y se pasó la lengua por los dientes otra vez.

Pip trazó la línea temporal en su cabeza.

—¿Fue el lunes 9? ¿El martes 10? ¿Antes?

—No, después —aseguró Luke—. Estoy bastante seguro de que era viernes, así que sería hace exactamente tres semanas. Oficialmente, ya se le ha pasado el plazo de devolución.

Pip recolocó las piezas en su cabeza: no, Jamie acudió a él después de haber hablado con su padre y de intentar robar la tarjeta de crédito. Así que ese debió de ser su último recurso, y la situación de vida o muerte era otra cosa. Miró a Ravi y, por el movimiento rápido de sus ojos, supo que él estaba pensando lo mismo.

—De acuerdo —dijo Pip—. Ahora tengo que preguntarte sobre Layla Mead.

—Por supuesto —se rio.

¿Qué le hacía tanta gracia?

—Quedaste con Layla el viernes pasado, a eso de la medianoche.

—Así es —respondió.

Por un segundo pareció que lo había pillado por sorpresa, luego empezó a golpear los dedos contra la encimera, descompensando el corazón de Pip.

—Y sabes quién es de verdad.

—Exacto.

—¿Quién es? —dijo Pip con voz desesperada, exponiéndose por completo.

Luke sonrió enseñando demasiado los dientes.

—Layla Mead es Jamie.

Treinta y seis

—¿Que qué? —dijeron Pip y Ravi al unísono, buscando la mirada del otro.

Pip negó con la cabeza.

—No puede ser.

—Pues es. —Luke sonrió disfrutando claramente de la situación—. Estuve escribiéndome con Layla aquella noche y quedamos en vernos en el aparcamiento de Lodge Wood, y ¿quién estaba allí esperándome? Jamie Reynolds.

—P-pero, pero... —El cerebro de Pip cortocircuitó—. ¿Viste a Jamie? ¿Estuviste con él después de medianoche?

La misma hora, pensó, en la que el ritmo cardíaco se le había acelerado por primera vez.

—Sí. El muy cabrón pensó que estaba haciendo algo inteligente, que iba un paso por delante de mí. Fingir ser una chica para tomarme la delantera. Puede que lo hiciera para intentar alejarme de Nat, no lo sé. Lo habría matado si hubiera seguido aquí.

—¿Qué pasó en el aparcamiento con Jamie? —preguntó Ravi.

—Poca cosa —dijo Luke pasándose una mano por la cabeza casi rapada—. Salí del coche, grité el nombre de Layla y fue él quien salió de detrás de los árboles.

—¿Y? —dijo Pip—. ¿Qué pasó después? ¿Hablasteis?

—La verdad es que no. Estaba muy raro, como asustado; que, por otro lado, debería estarlo, por tocarme las narices.

—Luke se volvió a pasar la lengua por los dientes—. Llevaba las dos manos en los bolsillos. Y solo me dijo tres palabras.

—¿Cuáles? —preguntaron Pip y Ravi al unísono.

—No lo recuerdo exactamente, pero fue raro. Algo como «niño brujo kit» o «niño brocha pi», no sé, no entendí bien la segunda parte. Y después, se quedó mirándome, como esperando mi reacción. Así que, evidentemente, yo le dije: «¿Qué coño haces?», y entonces Jamie se dio la vuelta y se piró sin decir nada más. Fui corriendo detrás de él, lo habría matado de haberlo cogido, pero estaba muy oscuro y lo perdí de vista entre los árboles.

—¿Y? —insistió Pip.

—Y nada. —Luke se enderezó y se crujió los huesos del cuello—. No lo encontré. Me fui a casa. Y Jamie desapareció. Supongo que le habría tocado las pelotas a alguien más y ese lo encontraría. Sea lo que sea lo que le haya pasado, se lo merece. Bola de sebo asquerosa.

—Jamie fue a la granja abandonada justo después de quedar contigo —dijo Pip—. Sé que tú vas ahí a recoger tus... cosas de negocios. ¿Por qué iría él hasta allí?

—No lo sé. Yo no fui aquella noche. Pero está aislado, apartado, es el mejor lugar del pueblo para llevar a cabo cualquier actividad privada. Y ahora tendré que buscarme otro punto de recogida gracias a vosotros —refunfuñó Luke.

—¿Está...? —dijo Pip, pero el resto de la frase se desmoronó antes de que ella misma siquiera supiera qué iba a decir.

—Eso es todo lo que sé de Layla Mead, de Jamie. —Luke agachó la cabeza y levantó un brazo señalando al pasillo detrás de ellos—. Ya os podéis largar.

Pero no se movieron.

—Ya —dijo más alto—. Tengo cosas que hacer.

—Está bien —aceptó Pip dándose la vuelta para marcharse e indicándole a Ravi con la mirada que hiciera lo mismo.

—¡Una semana! —gritó Luke detrás de ellos—. Quiero mi dinero el próximo viernes y no me gusta que me hagan esperar.

—Entendido —dijo Pip tras haber dado dos pasos. Pero, de pronto, un pensamiento apareció en su cabeza, se reordenó y se estableció. Pip se giró—. Luke, ¿tienes veintinueve años? —preguntó.

—Sí. —Bajó las cejas, que se unieron en el hueco de su nariz.

—¿Y cumples treinta dentro de poco?

—En un par de meses. ¿Por qué?

—No, por nada. —Negó con la cabeza—. Tendré tu dinero el jueves.

Pip siguió caminando por el pasillo hasta salir por la puerta que Ravi le estaba sujetando con urgencia en los ojos.

—¿A qué ha venido eso? —preguntó Ravi cuando se cerró la puerta tras ellos—. ¿De dónde vas a sacar novecientas libras, Pip? Es un tío peligroso, no puedes dedicarte a...

—Me imagino que tendré que aceptar esos acuerdos de patrocinio. Cuanto antes —dijo Pip girándose para mirar los rayos del sol que brillaban sobre el coche blanco de Luke.

—Cualquier día me da un ataque —dijo Ravi cogiéndole la mano para doblar la esquina—. Jamie no puede ser Layla, ¿verdad? ¿Verdad?

—No —respondió Pip antes incluso de pensarlo. Y cuando lo pensó—: No, no puede ser. He leído los mensajes entre los dos. Y toda la movida de Stella Chapman. Además, Jamie estuvo hablando con Layla fuera de la fiesta *destroyer*, tuvo que estar al teléfono con una persona de verdad.

—Entonces ¿qué? ¿Layla envió a Jamie a la cita con Luke? —aventuró Ravi.

—Sí, puede ser. A lo mejor es de eso de lo que hablaron por teléfono. Y seguramente Jamie llevara el cuchillo en el bolsillo de la sudadera cuando fue a ver a Luke.

—¿Por qué? —Ravi arrugó la frente, confuso—. Nada de esto tiene sentido. ¿Y qué cojones es eso de «niño brujo kit»? ¿Luke se está quedando con nosotros?

—No parece precisamente un bromista. Además, acuérdate de que George escuchó a Jamie decir por teléfono algo de un niño.

Pusieron rumbo a la estación de tren, donde Pip había dejado el coche para que su madre no viera que estaba conduciendo por High Street.

—¿Por qué le has preguntado su edad? —quiso saber Ravi—. ¿Quieres cambiarme por alguien más mayor?

—Ya son muchos como para que sea una coincidencia —dijo más para ella que para responder a Ravi—. Adam Clark, Daniel da Silva, Luke Eaton, e incluso Jamie, que mintió sobre su edad; pero todas las personas con las que ha hablado Layla tienen veintinueve años o acaban de cumplir los treinta. Y, es más, son todos chicos blancos con pelo castaño y que viven en el mismo pueblo.

—Sí —dijo Ravi—. Layla tiene un prototipo de chico muy específico.

—No sé. —Pip se miró las deportivas, todavía húmedas de la noche anterior—. Todas estas similitudes, todas las preguntas que hace... Es como si Layla estuviera buscando a alguien en concreto pero no supiera cómo hacerlo.

Pip miró a Ravi, pero se le fue la vista hacia un lado, hacia alguien de pie al otro lado de la carretera. En la puerta de la nueva cafetería que habían abierto. Una chaqueta negra, pelo rubio despeinado sobre los ojos. Pómulos muy marcados.

Había vuelto.

Max Hastings.

Estaba con otros dos chicos a los que Pip no reconocía, hablando y riéndose en mitad de la calle.

Pip se vació y volvió a llenarse con un sentimiento oscuro y frío, rojo y ardiente. Paró de andar y se quedó mirándolos.

¿Cómo se atrevía a estar ahí plantado, riéndose, en ese pueblo? ¿En mitad de la calle, donde todo el mundo podía verlo?

Pip cerró las manos, clavando las uñas en las de Ravi.

—¡Ay! —Este la soltó y la miró—. Pip, ¿qué...? —Luego siguió su mirada hacia el otro lado de la carretera.

Max debió de sentir algo porque, en ese preciso momento, levantó la mirada, cruzó con ella la carretera y los coches aparcados. Hasta llegar a Pip. Directamente a ella. Su boca formaba una línea recta, ligeramente encorvada en uno de los extremos. Levantó un brazo con la mano abierta y saludó, convirtiendo la línea de su boca en una sonrisa.

Pip sintió cómo crecía dentro de ella, ardiente, pero Ravi explotó primero.

—¡No la mires! —le gritó a Max por encima de los coches—. ¡Que ni se te ocurra ponerle la vista encima! ¿Me oyes?

La gente que caminaba por la calle se giró para mirar. Cuchicheos. Caras asomadas a las ventanas. Max bajó el brazo, pero no dejó de sonreír en ningún momento.

—Vamos —dijo Ravi volviendo a coger a Pip de la mano—. Larguémonos de aquí.

Ravi se tumbó en la cama de Pip, lanzando y recuperando un par de calcetines enrollados. Lanzar cosas siempre le ayudaba a pensar.

Pip estaba en el escritorio, con el ordenador cerrado delante de ella, metiendo un dedo en el pequeño tarro de chinchetas y dejando que lo pincharan.

—Una vez más —dijo Ravi siguiendo con la mirada cómo subían los calcetines hacia el techo y bajaban hasta sus manos.

Pip se aclaró la garganta.

—Jamie va al aparcamiento de Lodge Wood. Lleva el cuchillo que ha cogido de su casa. Está nervioso, enfadado, es lo que nos dice su ritmo cardíaco. Es posible que Layla lo haya preparado todo para que Luke estuviera allí. No sabemos por qué. Jamie le dice dos palabras a Luke, lo examina esperando una reacción y se marcha. Luego va a la granja abandonada. El corazón se le acelera aún más. Está más asustado y, de algún modo, el cuchillo termina entre la hierba, a los pies de los árboles. Entonces se quita la Fitbit, o se rompe, o...

—O se le para el corazón. —Recoge y lanza los calcetines.

—Y el teléfono se apaga unos minutos después y no se vuelve a encender —añadió Pip dejando caer el peso de la cabeza sobre sus manos.

—Bueno —comenzó Ravi—. Luke no ha ocultado sus ganas de querer matar a Jamie, porque cree que es él el que se hizo pasar por Layla. ¿Puede ser que lo siguiera hasta la granja?

—Si fuera Luke el que le ha hecho algo a Jamie, no creo que hubiera estado dispuesto a hablar con nosotros, ni siquiera por novecientos pavos.

—Bien visto —dijo Ravi—. Pero al principio mintió. Podría haberte dicho que vio a Jamie cuando hablaste con él y con Nat la primera vez.

—Ya, pero él fue al aparcamiento a engañar a Nat, y ella estaba presente. Además, supongo que prefiere que no se lo relacione con personas desaparecidas, teniendo en cuenta a lo que se dedica.

—Vale. Pero las palabras que le dijo Jamie a Luke tienen que ser importantes. —Ravi se sentó apretando los calcetines con una mano—. Esas palabras son la clave.

—¿Niño brujo kit? ¿Niño brocha pi? —Pip lo miró con escepticismo—. No suenan muy a clave.

—A lo mejor Luke no se enteró bien. O puede que tengan otro significado que todavía no hemos encontrado. Vamos a buscar. —Señaló el ordenador.

—¿Buscar?

—Merece la pena intentarlo, Gruñona.

—De acuerdo. —Pip encendió el portátil. Hizo doble clic en Google Chrome y apareció una página del buscador en blanco—. A ver.

Tecleó «niño brujo kit» y pulsó intro.

—Exacto, tal como sospechaba, los resultados son un montón de disfraces de Halloween de brujas y jugadores de quidditch. No ayuda demasiado.

—¿Qué quiso decir Jamie? —Ravi pensó en voz alta, lanzando otra vez la bola de calcetines—. Intenta la otra.

—Vale, pero ya te digo que no creo que sirva de nada —advirtió Pip borrando la barra del buscador y escribiendo «niño brocha pi». Pulsó intro y el primer resultado, como era de esperar, era una página web sobre juegos infantiles, con un apartado de «Pintura»—. ¿Ves? Te he dicho que no tenía sentido...

La frase se cortó a mitad de camino y se quedó ahí, en su garganta, mientras Pip entornaba los ojos. Justo debajo de la barra de búsqueda, Google le estaba preguntando: «Quizá quisiste decir: Niño Brunswick».

—Niño Brunswick —dijo en voz baja, tanteando las palabras en los labios. Así, juntas, le resultaban familiares por algún motivo.

—¿Qué es eso?

Ravi se levantó de la cama y se acercó al escritorio mientras Pip hacía clic en la sugerencia de Google. La página de resultados cambió, mostrando artículos de todos los canales de noticias. Pip los repasó uno a uno.

—Claro —dijo mirando a Ravi, esperando que él también lo reconociera. Pero no fue así—. Los niños de Brunswick —explicó ella—. Es el nombre que dio la prensa a los menores desconocidos involucrados en el caso de Scott Brunswick.

—¿El caso de quién? —dijo leyendo por encima del hombro de Pip.

—¿Has escuchado alguno de los pódcasts de crímenes que te he recomendado? —dijo ella—. Prácticamente todos hablan de este caso, es uno de los más famosos de todo el país. Ocurrió hace unos veinte años. —Miró a Ravi—. Scott Brunswick era un asesino en serie. Bastante sangriento, de hecho. Y obligó a su hijo pequeño, el Niño Brunswick, a ayudarlo a engatusar a las víctimas. ¿De verdad no has escuchado hablar de él?

Ravi negó con la cabeza.

—Mira, léelo —le dijo haciendo clic en uno de los artículos.

Inicio > Caso real > El asesino en serie más infame de Gran Bretaña > Scott Brunswick, «El Monstruo de Margate»

Escrito por Oscar Stevens

Entre 1998 y 1999, la ciudad de Margate, en Kent, sufrió una oleada de horribles asesinatos. En el trascurso de tan solo trece meses, desaparecieron siete adolescentes: Jessica Moore, de 18 años; Evie Frenche, de 17; Edward Harrison, de 17; Megan Keller, de 18; Charlotte Long, de 19; Patrick Evans, de 17, y Emily Nowell, de 17. Sus restos quemados se descubrieron más tarde, en la costa, colocados con un kilómetro y medio de separación entre sí y todos con la misma causa de la muerte: contusión en la cabeza.[1]

Emily Nowell, la última víctima del Monstruo de Margate, fue encontrada tres semanas después de su desaparición, en marzo de 1999, pero la policía tardaría aún dos meses más en dar con el asesino.[2]

La policía se centró en Scott Brunswick, un conductor de montacargas de 41 años que llevaba toda su vida viviendo en Margate.[3] Brunswick era quien más se parecía al retrato robot elaborado por la policía después de que un testigo viera a un hombre conduciendo bien entrada la madrugada por la zona en la que más tarde se descubrirían los cadáveres.[4] Su vehículo, una furgoneta Toyota blanca, también encajaba con la descripción del testigo.[5] Varios registros en la casa de Brunswick revelaron el recuerdo que había guardado de cada una de las víctimas: un calcetín.[6]

Pero había muy pocas pruebas forenses que lo relacionaran con los asesinatos.[7] Y cuando el caso llegó a los tribunales, la fiscalía dependía de pruebas circunstanciales y de su testigo principal: el hijo de Brunswick, que tenía 10 años en el momento del último crímen.[8] Brunswick, que vivía solo con su hijo, había utilizado al niño para cometer los asesinatos. Le daba instrucciones para que se acercara a las víctimas potenciales en lugares públicos —un parque infantil, una piscina municipal y un centro comercial— y las convenciera para que lo acompañasen hasta donde Brunswick los esperaba para raptarlos.[9, 10, 11] El hijo también había ayudado en la eliminación de los cuerpos.[11, 12]

El juicio de Scott Brunswick comenzó en septiembre de 2001 y su hijo —apodado el Niño Brunswick por la prensa—, que ahora tiene 13 años, ofreció un testimonio esencial a la hora de asegurar un veredicto de culpable por unanimidad.[13] Scott Brunswick fue sentenciado a pasar el resto de su vida en la cárcel, pero después de tan solo siete semanas en la prisión de alta seguridad de Frankland, en Druham, recibió una paliza mortal por parte de otro preso.[14, 15]

Por su asistencia en los asesinatos, el Niño Brunswick fue sentenciado por un tribunal juvenil a 5 años en un centro de menores.[16] Cuando cumplió 18 años, el tribunal de la condicional recomendó su liberación. El Niño Brunswick obtuvo una nueva identidad gracias al programa de protección de testigos y se impuso una medida cautelar a la prensa de todo el mundo mediante la que se prohibía la publicación de cualquier tipo de detalle sobre él.[17] El ministro del Interior declaró que se establecían estas medidas por el riesgo de «posibles venganzas contra el individuo si se revela su verdadera identidad, debido al papel que desempeñó en los terribles crímenes de su padre».[18]

Treinta y siete

Connor los miró a los dos, con los ojos entornados, la mirada sombría, arrugando la piel pecosa de la nariz. Había ido directamente hasta allí en cuanto recibió el mensaje de Pip en el que le decía que tenía nueva información bastante importante; salió del instituto en mitad de la clase de Biología.

—¿Qué estás diciendo? —preguntó girando nervioso en la silla del escritorio.

Pip bajó un poco la voz.

—Digo que, quienquiera que sea Layla Mead en realidad, creemos que anda buscando al Niño Brunswick. Y no solo porque Jamie se lo dijera a Luke. El Niño Brunswick tenía diez años cuando se produjo el último asesinato, en marzo de 1999, y trece en septiembre de 2001, cuando comenzó el juicio. Eso quiere decir que ahora mismo tendría veintinueve o treinta recién cumplidos. Todas las personas con las que habló Layla, incluido Jamie al principio, porque mintió sobre su edad, tenían treinta años o los cumplirían pronto. Y les hacía muchas preguntas. Está intentando averiguar quién es el Niño Brunswick, estoy segura. Y, por algún motivo, piensa que esa persona está en nuestro pueblo.

—Pero ¿qué tiene todo esto que ver con Jamie? —preguntó Connor.

—Todo —aseguró Pip—. Creo que está involucrado en esto por culpa de Layla. Fue a ver a Luke Eaton, una cita que había preparado ella, y le dijo «Niño Brunswick», esperando algún tipo de reacción. Una reacción que Luke no le dio.

—¿Porque él no es el Niño Brunswick? —dijo Connor.

—No, no creo que lo sea —contestó Pip.

—Pero entonces —intervino Ravi— sabemos que después de encontrarse con Luke, Jamie fue directamente a la granja abandonada y ahí ocurrió... lo que sea que ocurrió. Así que hemos estado teorizando y puede que... —Ravi miró a Pip—. Puede que fuera a encontrarse con otra persona. Alguien más que Layla pensara que podría ser el Niño Brunswick. Y esta persona... sí que reaccionó.

—¿Quién? ¿Quién más estuvo ahí? —dijo Connor—. ¿Daniel da Silva o el señor Clark?

—No. —Pip negó con la cabeza—. O sea, sí, Layla también habló con ellos dos. Pero uno es policía y el otro, profesor. El Niño Brunswick no podría ser ninguna de esas dos cosas, y creo que Layla lo averiguó cuando habló con ellos. En cuanto Adam Clark le dijo que era profesor, ella dejó de hablar con él, lo eliminó. Es otra persona.

—Entonces ¿qué significa todo esto?

—Creo que significa que si encontramos al Niño Brunswick —Pip se colocó el pelo detrás de las orejas—, encontraremos a Jamie.

—Esto es una locura. ¿Cómo narices vamos a hacer eso? —dijo Connor.

—Investigando —respondió Pip arrastrando su ordenador por encima de la cama hasta sus piernas—. Averiguando todo lo que podamos sobre el Niño Brunswick. Y por qué Layla Mead cree que está aquí.

—Cosa que no es nada fácil con una medida cautelar que prohíbe que se publique nada sobre él —apuntó Ravi.

Ellos ya habían empezado a investigar y estaban leyendo la primera página de resultados de la búsqueda, apuntando cualquier detalle que pudieran encontrar, que, de momento, no iba más allá de su rango de edad. Pip imprimió la fotografía de la ficha policial de Scott Brunswick, pero no se le parecía a nadie que ella conociera. Tenía la piel pálida, barba de varios días, pecas, ojos marrones y pelo castaño: era un hombre. No había ni rastro del monstruo que había sido en realidad.

Pip volvió a su búsqueda y Ravi, a la suya, Connor se les unió usando su teléfono. Pasaron otros diez minutos hasta que uno de ellos volvió a hablar.

—He encontrado algo —dijo Ravi—. Entre los comentarios anónimos de uno de estos artículos viejos. Rumores sin confirmar de que en diciembre de 2009, el Niño Brunswick vivía en Devon y le reveló su identidad real a una amiga anónima. Ella se lo dijo a varias personas y él tuvo que mudarse a la otra punta del país y recibir otra identidad nueva. Hay mucha gente que se queja de que es malgastar el dinero de sus impuestos.

—Apúntalo —dijo Pip leyendo otro artículo que era básicamente la misma información pero con distintas palabras.

Fue ella la siguiente en encontrar algo interesante y leyó de la pantalla:

—«En diciembre de 2014 se dictó una sentencia de nueve meses de prisión contra un hombre de Liverpool que admitió desacato judicial al publicar fotos de quien afirmaba que era el Niño Brunswick de adulto.» —Respiró—. «La afirmación resultó ser falsa y el fiscal general expresó su preocupación, aclarando que la orden en vigor no era solamente para proteger al Niño Brunswick, sino también para proteger a los civiles que pueden haber sido identificados erróneamente como él y, como consecuencia, puestos en peligro.»

Poco después, Ravi se levantó de la cama y acarició el pelo de Pip antes de bajar a preparar unos sándwiches.

—¿Alguna novedad? —preguntó a la vuelta ofreciéndole un plato a Pip y otro a Connor. A su propio sándwich le faltaban ya dos bocados.

—Connor ha encontrado algo —dijo Pip examinando otra página de resultados tras buscar «Niño Brunswick Little Kilton». Las primeras páginas de resultados fueron de artículos sobre ella del año pasado: «La niña detective de Little Kilton que resolvió el caso de Andie Bell».

—Sí —dijo Connor parando de masticar para hablar—. En un Subreddit de un pódcast sobre el caso, en los comentarios, alguien dice que ha oído rumores de que el Niño Brunswick vive en Dartford. Se publicó hace varios años.

—¿Dartford? —dijo Ravi volviendo a colocarse detrás de su ordenador—. Estaba justo leyendo un artículo sobre un hombre de allí que se suicidó después de que un montón de gente en internet publicara rumores sobre que él era el Niño Brunswick.

—Ah, pues entonces seguramente los rumores hablaran de él —dijo Pip escribiendo eso en sus notas y volviendo a su búsqueda.

Ya iba por la página nueve de los resultados de Google, e hizo clic en el tercer enlace empezando desde arriba, una publicación de 4Chan en la que un OP resumió brevemente el caso y terminó con la frase: «El Niño Brunswick está ahí fuera, puede que os lo hayáis cruzado y no lo sepáis nunca».

Los comentarios eran variopintos. La mayoría contenía amenazas violentas sobre lo que le harían si lo encontraran. Algunas personas publicaron enlaces a artículos que ya habían leído. Una dijo en una respuesta a una amenaza de muerte concreta: «Solo era un niño cuando ocurrieron los asesinatos, su padre lo obligó a ayudarlo». A lo que otra había respondido: «Aun así, deberían encerrarlo de por vida, seguramente sea igual de cruel que su padre, la semilla del mal... va en la sangre».

Pip estaba a punto de pasar a su oscura esquina particular de internet cuando un comentario casi al final de la página llamó su atención. De hace cuatro meses:

Anónimo Sáb 29 dic 11.26.53

Sé dónde está el Niño Brunswick. Está en Little Kliton. Ya sabéis, ese pueblo del que tanto se ha hablado últimamente en las noticias, donde una chica resolvió el caso de Andie Bell.

A Pip se aceleró el corazón nada más leerlo, haciendo eco en su pecho conforme sus ojos volvían a repasar la referencia que hacían de ella. La errata en Little Kilton: por eso no había aparecido antes en los resultados.

Bajó para leer más comentarios del hilo.

Anónimo Sáb 29 dic 11.32.21

¿De dónde sacas eso?

Anónimo Sáb 29 dic 11.37.35

El primo de mi colega está en la cárcel, en Grendon. Por lo visto su nuevo compañero de celda es de ese pueblo y dice que sabe quién es el Niño Brunswick. Le contó que había sido su colega y que le reveló su secreto hace un par de años.

Anónimo Sáb 29 dic 11.39.43

¿En serio? :)

A Pip le costaba respirar, el aire apenas le llegaba hasta la garganta. Se puso tensa y Ravi lo notó, mirándola con sus ojos oscuros. Connor empezó a hablar desde el otro lado de la habitación y Pip lo hizo callar para que le dejara pensar.

La cárcel de Grendon.

Pip conocía a alguien allí. Era donde habían enviado a Howie Bowers tras declararse culpable de tráfico de drogas. Empezó la condena a principios de diciembre. Este comentario tenía que hablar de él sí o sí.

Lo que quería decir que Howie Bowers sabía quién era el Niño Brunswick. Y eso significaba... Un momento... Se le paralizó la mente, empezó a despegar los meses, a diseminarlos en busca de un recuerdo escondido.

Cerró los ojos. Concentrada.

Y lo encontró.

—Mierda.

Dejó que el ordenador se le deslizara de las piernas mientras se levantaba, se dirigía hacia el escritorio para coger su teléfono, que estaba encima.

—¿Qué? —preguntó Connor.

—Mierda, mierda, mierda —murmuró mientras desbloqueaba su móvil y revisaba las fotos.

Deslizó el dedo hacia abajo para pasar hacia atrás. Más atrás. Abril, mayo, el cumpleaños de Josh, los cortes de pelo para los que Cara necesitaba consejo, y más atrás, hasta enero y la fiesta de Nochevieja de los Reynolds, y Navidad y La ciudad de invierno con sus amigas, y su primera cena con Ravi, y noviembre y las capturas de pantalla de los primeros artículos sobre ella, y las fotos de cuando estuvo tres días ingresada en el hospital, y las fotos que había hecho de la agenda de Andie Bell cuando ella y Ravi se habían colado en casa de los Bell y, anda, no se había dado cuenta del dibujito con el nombre de Jamie rodeado de estrellas. Más atrás. Y se detuvo.

El 4 de octubre. La colección de fotos que había utilizado para chantajear a Howie Bowers para que hablara con ella el año pasado. Las que él le obligó a borrar pero que recuperó después, por si acaso. Un Robin Caine más joven que le daba dinero a Howie a cambio de una bolsa de papel. Pero no era eso. Eran las fotos que había hecho justo unos minutos antes de eso.

Howie Bowers de pie contra la valla. Alguien aparece de entre las sombras y se reúne con él. Ese alguien le entrega un sobre con dinero, pero no se lleva nada. Con un abrigo beige y el pelo castaño más corto que ahora. Las mejillas sonrojadas.

Stanley Forbes.

Y aunque las figuras en las fotos no se movían, tenían las bocas abiertas y Pip casi podía recordar la conversación que había escuchado hacía siete meses. «Esta es la última vez, ¿te queda claro? —había mascullado Stanley—. No puedes seguir pidiéndome más. No tengo.»

La respuesta de Howie había sido casi demasiado baja como para poder oírla, pero juraría que había dicho algo como: «Pero si no me pagas, lo contaré». Stanley lo había mirado y le había respondido: «No creo que te atrevas».

Pip había guardado aquel momento. Stanley con desesperación y rabia en los ojos, mirando fijamente a Howie.

Y ahora sabía por qué

Ravi y Connor la contemplaban en silencio cuando ella levantó la mirada.

—¿Y? —preguntó Ravi.

—Sé quién es el Niño Brunswick —afirmó—. Es Stanley Forbes.

Treinta y ocho

Se quedaron allí sentados, en silencio. Pip escuchó algo escondido tras el silencio, un murmullo imperceptible en sus oídos.

Nada de lo que habían encontrado podía demostrar lo contrario.

Hacía cuatro años, en un artículo del *Kilton Mail* sobre los precios de las casas, Stanley había mencionado que tenía veinticinco años, lo que lo coloca en el rango de edad adecuado. No parecía tener perfiles en ninguna red social, lo que marcaba otra casilla. Y estaba esa otra cosa que recordó Pip del pasado domingo por la mañana.

—No siempre reconoce su nombre. La semana pasada dije «Stanley» y no reaccionó. Su compañera dice que le pasa continuamente, que tiene oído selectivo. Pero puede que sea porque no lleva mucho llamándose así, no tanto como con su nombre original.

Y todos estuvieron de acuerdo: eran demasiadas señales, demasiadas coincidencias como para que no fuera cierto. Stanley Forbes era el Niño Brunswick. Se lo dijo a su amigo, Howie Bowers, que luego le dio una puñalada por la espalda y utilizó su secreto para extorsionarlo. Howie se lo reveló a su compañero de celda, que se lo contó a su primo, que se lo dijo a un amigo, que luego publicó el rumor en internet. Y así fue como Layla Mead, sea quien sea, busque lo que busque, descubrió que el Niño Brunswick vivía en Little Kilton.

—¿Y qué quiere decir esto? —dijo Connor rasgando el denso silencio.

—Si Layla consiguió reducir a dos los sospechosos a ser el Niño Brunswick —dijo Ravi contando con los dedos— y envió a Jamie a confrontarse con ambos aquella noche... Eso significa que fue Stanley con quien se reunió en la granja antes de su desaparición. Lo que quiere decir...

—Lo que quiere decir que Stanley sabe qué le pasó a Jamie. Fue él quien lo hizo —dijo Pip.

—Pero ¿por qué está involucrado Jamie en todo esto? —preguntó Connor—. Es una locura.

—Eso no lo sabemos, pero ahora mismo no es lo más importante. —Pip se levantó y la escalofriante energía nerviosa le bajó también hasta las piernas—. Lo importante es que encontremos a Jamie. Y para ello necesitamos a Stanley Forbes.

—¿Cuál es el plan? —dijo Ravi levantándose también, con un crujido de las rodillas.

—¿Llamamos a la policía? —Connor fue el último en levantarse.

—No me fío de ellos —dijo Pip. Y nunca volvería a hacerlo; mucho menos después de todo el asunto de Max. No tenían derecho a ser los que decidieran qué estaba bien y qué estaba mal—. Tenemos que entrar en casa de Stanley —añadió—. Si se llevó a Jamie, o —miró a Connor—... lo hirió, las pistas de su paradero estarán allí. Necesitamos que Stanley salga para poder entrar. Esta noche.

—¿Cómo? —preguntó Connor.

Y la idea ya estaba ahí, como si hubiera estado esperando a que Pip la encontrara.

—Vamos a hacernos pasar por Layla Mead —dijo—. Tengo otra tarjeta SIM, la puedo poner en mi teléfono y así no reconocerá mi número. Le enviamos un mensaje como Layla, proponiéndole que nos veamos en la granja esta noche. Ella debió de escribirle la semana pasada, pero se encontró a Jamie en su lugar. Estoy segura de que Stanley quiere conocer a la verdadera Layla, averiguar quién ha descubierto su verdadera identidad y qué es lo que quiere. Irá. Estoy segura.

—Vas a necesitar un teléfono de prepago como el de Andie Bell un día de estos —dijo Ravi—. De acuerdo. Convéncelo para que vaya a la granja y en ese momento, entramos todos en su casa a buscar algo que nos lleve hasta Jamie.

Connor asentía.

—No —dijo Pip parándolos a los dos para que volvieran a prestarle atención—. Todos no. Uno de nosotros tiene que ir a la granja para entretener a Stanley el tiempo suficiente para que los otros puedan buscar bien. Y para avisarlos cuando vuelva. —Miró a Ravi a los ojos—. Yo lo haré.

—Pip, p... —empezó a decir Ravi.

—Sí —lo interrumpió ella—. Yo vigilaré la granja y vosotros dos iréis a casa de Stanley. Vive dos puertas más abajo de Ant, en Acres End, ¿no? —le hizo la pregunta a Connor.

—Sí, sé dónde es.

—Pip —insistió Ravi.

—Mi madre llegará pronto —agarró a Ravi por el brazo—, así que os tenéis que ir. Le diré a mis padres que voy a tu casa. Nos encontraremos a la mitad de Wyvil a las nueve, nos dará tiempo de enviar el mensaje y de prepararnos.

—Vale. —Connor le guiñó un ojo y salió de la habitación.

—¡No le digas nada a tu madre! —gritó Pip a su espalda—. Todavía no. Tenemos que mantener esto en un círculo lo más cerrado posible.

—Entendido. —Dio un paso más—. Vamos, Ravi.

—Dame un momento. —Y le hizo un gesto con la barbilla a Connor para indicarle que fuera bajando.

—¿Qué? —Pip miró a su novio conforme se acercaba y su respiración le ondeaba el pelo.

—¿Qué estás haciendo? —dijo con amabilidad, mirándola a los ojos—. ¿Por qué te has ofrecido voluntaria para vigilar? Lo haré yo. Tú deberías ir a casa de Stanley.

—No —dijo notando cómo se le calentaban las mejillas por estar tan cerca de él—. Connor tiene que ir porque es su hermano. Pero tú también. Es tu segunda oportunidad, ¿te acuerdas? —Se apartó un mechón de pelo que se le había enredado en las pestañas, y Ravi le agarró la mano y la presionó contra su cara—. Quiero que lo hagas tú. Encuéntralo, Ravi. Encuentra a Jamie, ¿vale?

Él le sonrió y entrelazó los dedos con los de ella durante un instante largo en el que se detuvo el tiempo.

—¿Estás segura? Vas a estar sola...

—Estaré bien —dijo—. Solo voy a vigilar.

—Vale. —Bajó las manos y apoyó la frente sobre la de ella—. Lo vamos a encontrar —susurró—. Todo saldrá bien.

Y, por un momento, Pip se atrevió a creerlo.

Soy Layla.

Nos vemos en la granja a las 11.

:)

Allí estaré.

Treinta y nueve

La granja abandonada, iluminada por la luna, brillaba con un color plateado por los andrajosos bordes. La luz atravesaba las grietas, las hendiduras y los agujeros de la planta de arriba, donde una vez hubo ventanas.

Pip se quedó a unos veinte metros de la casa, escondida en una pequeña agrupación de árboles al otro lado de la carretera. Observó el viejo edificio, intentando no estremecerse cuando el viento soplaba entre las hojas, creando en su mente palabras a través de los sonidos sin voz.

Se iluminó la pantalla de su teléfono, que vibraba sobre su mano. El número de Ravi.

—¿Sí? —dijo en voz baja cuando descolgó.

—Hemos aparcado al final de la calle —susurró él—. Stanley acaba de salir de su casa. Está entrando en el coche. —Pip escuchó cómo Ravi separaba la boca del teléfono y le murmuraba a Connor algo que no llegó a oír—. Vale, acaba de pasar por nuestro lado. Va hacia allí.

—Entendido —dijo apretando los dedos alrededor del teléfono—. Entrad lo más rápido que podáis.

—Ya vamos —respondió Ravi sobre el ruido de la puerta de un coche cerrándose con cuidado.

Pip escuchó los pies de Ravi y Connor golpeando la acera, subiendo el camino, y el corazón le latía al mismo ritmo acelerado de los pasos.

—No hay llave de repuesto debajo del felpudo —dijo

Ravi tanto a Connor como a Pip—. Vamos por la parte de atrás antes de que nos vea alguien.

La respiración de Ravi repiqueteaba en el teléfono mientras él y Connor rodeaban la pequeña casa, a tres kilómetros de ella, pero bajo la misma luna.

Escuchó el ruido de un pomo moviéndose.

—La puerta de atrás está cerrada —escuchó Pip que decía Connor desanimado.

—Ya, pero el pestillo está justo al lado del picaporte —indicó Ravi—. Si rompo la ventana, puedo abrirlo.

—No hagas mucho ruido —aconsejó Pip.

Al otro lado del teléfono, Pip escuchó un crujido y unos gruñidos cuando Ravi se quitó la chaqueta y se la enrolló en el puño. Escuchó un golpe seco, luego otro, seguido por el ruido de los cristales rotos.

—No te cortes —dijo Connor.

Pip escuchó la respiración agitada de Ravi mientras se retorcía para abrir la puerta.

Un clic.

Un crujido.

—Estamos dentro —susurró él.

Ella escuchó a uno de los dos aplastar los cristales del suelo al entrar, y justo en ese momento, dos ojos amarillos parpadearon en mitad de la noche al otro lado de la carretera. Las luces de un coche, cada vez más grandes conforme avanzaban por la carretera de la vieja granja hacia ella.

—Ya está aquí. —Pip bajó la voz cuando el coche negro giró en Sycamore Road con el ruido de la goma contra la gravilla, hasta que se detuvo en un lado de la carretera.

Ella había dejado su coche más arriba para que Stanley no lo viera.

—Quédate agachada —le aconsejó Ravi.

La puerta del coche se abrió y Stanley Forbes salió, con

una camisa blanca que rasgaba la oscuridad. Le caía el pelo marrón sobre la cara, escondiéndola en la sombra cuando cerró la puerta y se dirigió hacia la granja iluminada.

—Ha entrado —dijo Pip mientras Stanley accedía por el hueco frontal, adentrándose en la oscuridad que había detrás.

—Estamos en la cocina —dijo Ravi—. Está oscuro.

Pip se acercó más el teléfono a la boca.

—Ravi, que Connor no escuche esto, pero si encuentras algo relacionado con Jamie: su teléfono, algo de ropa..., no lo toques. Son pruebas, por si acaso esto no sale como queremos.

—Entendido —dijo y sorbió con fuerza por la nariz, o soltó un grito ahogado, Pip no sabía muy bien qué había sido

—¿Ravi? —dijo ella—. Ravi, ¿qué ocurre?

—Mierda —susurró Connor.

—Hay alguien aquí —dijo Ravi con la respiración acelerada—. Escuchamos una voz. Hay alguien aquí.

—¿Qué? —dijo Pip notando el miedo escalándole por la garganta y cerrándosela.

Y luego, atravesando el teléfono y la respiración aterrada de Ravi, Pip escuchó gritar a Connor.

—¡Jamie! ¡Es Jamie!

—¡Connor, espera, no corras! —gritó Ravi apartándose el teléfono de la oreja.

Un crujido.

Y pasos corriendo.

—¿Ravi? —susurró Pip.

Una voz amortiguada.

Un golpe seco.

—¡Jamie! ¡Jamie, soy yo, Connor! ¡Estoy aquí!

El teléfono volvió a crujir y reapareció la respiración de Ravi.

—¿Qué está pasando? —dijo Pip.

—Está aquí, Pip —dijo Ravi con la voz temblorosa mientras Connor gritaba al fondo—. Jamie está aquí. Está bien. Está vivo.

—¿Está vivo? —dijo, como si las palabras no encajaran bien en su cabeza.

Y, tras los gritos de Connor, que se habían convertido en unos sollozos frenéticos, Pip pudo escuchar débiles restos de una voz amortiguada. La de Jamie.

—¡Ay, Dios, que está vivo! —dijo mientras se apoyaba contra un árbol, con las palabras partiéndose en dos en su garganta—. ¡Está vivo! —dijo solo para volver a escucharlo.

Las lágrimas le inundaron los ojos, así que los cerró. Y pensó en esas palabras, más fuerte de lo que jamás había pensado en nada: «Gracias, gracias, gracias, gracias».

—¿Pip?

—¿Está bien? —preguntó secándose los ojos con la manga de la chaqueta.

—No podemos llegar hasta él —dijo Ravi—. Está encerrado en una habitación. Creo que es el baño de la planta de abajo. Está cerrado con llave y la puerta está encadenada por fuera. Pero parece que sí.

—¡Pensaba que estabas muerto! —dijo Connor llorando—. Estamos aquí, ¡vamos a sacarte de ahí!

La voz de Jamie se escuchó más fuerte, pero Pip no conseguía entender lo que decía.

—¿Qué está diciendo Jamie? —dijo colocándose de nuevo mirando hacia la granja.

—Dice... —Ravi hizo una pausa para escuchar—. Dice que nos tenemos que ir. Que nos tenemos que ir porque ha hecho un trato.

—¿Cómo?

—¡No pienso irme sin ti! —gritó Connor.

Pero algo en la oscuridad distrajo a Pip del teléfono. Stanley reapareció de entre la oscuridad, caminando por el pasillo hacia fuera.

—Se está marchando —susurró Pip—. Stanley está saliendo.

—Joder —dijo Ravi—. Escríbele desde el teléfono de Layla y dile que espere.

Pero ya había cruzado el umbral y tenía la mirada fija en su coche.

—Es demasiado tarde —dijo Pip notando los latidos del corazón en los oídos al tomar la decisión—. Voy a distraerlo. Vosotros sacad a Jamie, llevadlo a algún sitio seguro.

—No, Pip...

Pero ya tenía el teléfono en la mano y el pulgar sobre el botón rojo mientras salía de detrás de los árboles y cruzaba la carretera, esparciendo la gravilla entre sus pies. Cuando llego a la hierba, Stanley levantó la mirada y se dio cuenta de su movimiento bajo la luz de la luna.

Él se paró.

Pip aminoró la marcha y caminó hasta el hueco de la puerta, junto a él.

Stanley tenía los ojos entornados, intentando atravesar la oscuridad.

—¿Hola? —dijo a ciegas.

Y cuando ella estuvo lo bastante cerca para que él la viera, su cara se derrumbó.

—No —dijo con la respiración acelerada—. No, no, no. Pip, ¿eres tú? —Dio un paso atrás—. ¿Tú eres Layla?

Cuarenta

Pip negó con la cabeza.

—No soy Layla —dijo con las palabras deformadas por los rápidos latidos de su corazón—. Yo te he enviado el mensaje esta noche, pero no soy ella. No sé quién es.

La cara de Stanley recobró la compostura en la oscuridad, pero lo único que Pip podía ver era el blanco de sus ojos y el de su camisa.

—T-tú... —tartamudeó casi sin voz—. ¿Sabes...?

—¿Quién eres? —dijo Pip amablemente—. Sí, lo sé.

Le tembló la respiración y dejó caer la cabeza sobre el pecho.

—Ah —dijo sin ser capaz de mirarla.

—¿Podemos hablar dentro? —Pip hizo un gesto hacia la entrada.

¿Cuánto tiempo necesitarían Ravi y Connor para romper la cadena y la puerta y sacar a Jamie? Como mínimo, diez minutos, pensó.

—De acuerdo —dijo Stanley prácticamente susurrando.

Pip entró primero, controlando por encima de su hombro a Stanley, que la seguía por el oscuro pasillo con la mirada baja y derrotada. En el salón, al fondo, Pip pasó por encima de los envoltorios y las botellas de cerveza, hasta llegar al aparador de madera. El primer cajón estaba abierto y la linterna que Robin y sus amigos habían utilizado seguía apoyada en el borde. Pip la cogió y la colocó hacia arriba, apuntando a la estancia oscura, llena de siluetas escalofriantes. Stanley casi estaba camuflado entre ellas. Encendió la luz y todo cobró vida.

Stanley entornó los ojos.

—¿Qué quieres? —preguntó moviendo nervioso las manos—. Te puedo pagar una vez al mes. No gano mucho, mi trabajo en el periódico es mayoritariamente voluntario, pero tengo otro empleo en la gasolinera. Puedo hacerlo.

—¿Pagarme? —dijo Pip.

—P-para que no se lo digas a nadie —explicó—. Para guardar mi secreto.

—Stanley, no he venido a hacerte chantaje. No le voy a decir a nadie quién eres, te lo prometo.

Se podía leer la confusión en su cara.

—Pero entonces... ¿qué quieres?

—Solo quería salvar a Jamie Reynolds. —Levantó las manos—. Es a lo único que he venido.

—Está bien. —Stanley sorbió por la nariz—. No he parado de repetirte que está bien.

—¿Le has hecho daño?

El brillo de los ojos marrones de Stanley se convirtió en algo parecido a la rabia.

—¿Que si le he hecho daño? —dijo con un tono de voz más alto esta vez—. Claro que no le he hecho daño. Intentó matarme.

—¿Cómo? —A Pip se le cortó la respiración—. ¿Qué pasó?

—Lo que pasó es que esta mujer, Layla Mead, empezó a hablar conmigo a través de la página de Facebook del *Kilton Mail* —explicó Stanley, de pie en la pared del fondo—. Terminamos intercambiando los números y empezamos a escribirnos mensajes. Durante semanas. Me gustaba..., o eso creía. Y el viernes pasado me escribió por la noche, tarde, pidiéndome que nos viéramos aquí. —Hizo una pausa para mirar las paredes resquebrajadas que lo rodeaban—. Cuando llegué, ella no estaba. Esperé diez minutos fuera. Y de pronto apareció alguien: Jamie Reynolds. Lo noté raro, jadeando, como si hubiera estado corriendo. Vino hacia mí y lo primero que dijo fue: «El Niño Brunswick». —Stanley tosió—. Y, evidentemente, yo me quedé impactado. Llevo más de ocho años viviendo aquí y nunca se había enterado nadie, excepto...

—¿Howie Bowers? —preguntó Pip.

—Sí, excepto él. —Stanley sorbió por la nariz—. Pensé que era mi amigo, que podía confiar en él. Lo mismo que supuse de Layla. En fin, que entré en pánico y lo siguiente que recuerdo es que Jamie se abalanzó sobre mí con un cuchillo. Conseguí apartarme de su camino y quitarle el arma de las manos. Luego nos peleamos junto a aquellos árboles al lado de la casa, y yo le decía: «Por favor, por favor, no me mates». Y, durante la pelea, lo empujé y lo tiré al suelo. Creo que se quedó inconsciente durante unos segundos, y después de eso parecía como mareado, puede que tuviera una contusión.

»Y luego... No supe qué hacer. Sabía que si llamaba a la policía y les decía que alguien había intentado matarme porque conocía mi identidad, tendría que irme. Una nueva ciudad, un nuevo nombre, una nueva vida. Y no me apetece. Este es mi hogar. Me gusta vivir aquí. Tengo amigos. Nunca había tenido amigos. Y como Stanley Forbes ha sido la primera vez que casi he sido feliz. No podía volver a empezar en otro sitio siendo otra persona, acabaría conmigo. Ya lo he hecho antes, cuando tenía veintiún años y le revelé quién era a la chica de la que estaba enamorado. Ella llamó a la policía y me trajeron aquí, con este nombre. No podía volver a pasar por eso, empezar de cero una vez más. Solo necesitaba un poco de tiempo para pensar qué hacer. Nunca consideré hacerle daño.

Miró a Pip con los ojos brillantes, llenos de lágrimas, esforzándose por que ella lo creyera.

—Ayudé a Jamie a levantarse y lo llevé hasta mi coche. Parecía cansado, todavía algo mareado, así que le dije que lo llevaría al hospital. Cogí su teléfono y lo apagué, por si acaso intentaba llamar a alguien. Luego conduje hasta mi casa y lo ayudé a entrar. Lo metí en el baño de la planta de abajo porque es la única habitación con cerrojo por fuera. No... No quería que saliera. Me daba miedo que volviera a intentar matarme.

Pip asintió y Stanley continuó.

—Simplemente necesitaba tiempo para pensar en cómo arreglar aquella situación. Jamie me pedía disculpas a través de la puerta, me decía que lo dejara salir, que se quería ir a casa. Pero yo necesitaba pensar. Me asusté al imaginar que alguien pudiera rastrear su teléfono, así que lo destrocé con un martillo. Después de varias horas, puse una cadena entre el pomo de la puerta y una tubería, así podía abrir un poco sin que Jamie fuese capaz de salir. Le pasé un saco de dormir y unos cojines, un poco de comida y un vaso para que pudiera llenarlo en el lavabo. Le dije que tenía que pensar y volví a encerrarlo. No dormí en toda la noche, pensando. Todavía sigo creyendo que Jamie era Layla, que había estado semanas hablando conmigo para poder tenderme una trampa y matarme. No podía dejarle ir por si volvía a intentarlo y le decía a todo el mundo quién soy. Y tampoco podía llamar a la policía. Era una situación imposible.

»Al día siguiente tuve que ir a trabajar a la gasolinera, si no aparezco ni llamo para decir que estoy enfermo, mi agente de la condicional empieza a hacerme preguntas. No podía levantar sospechas. Cuando llegué a casa por la noche, todavía no tenía ni idea de lo que hacer. Preparé la cena y abrí la puerta para pasarle la comida a Jamie, y entonces empeza-

mos a hablar. Me dijo que no tenía ni idea de lo que significaba el Niño Brunswick. Solo lo había hecho porque una chica que se llamaba Layla Mead se lo había pedido. La misma
con la que yo había estado hablando. Estaba coladito por
ella. Ella le había contado las mismas cosas que a mí: que su
padre era muy controlador y no la dejaba salir y que tenía un
tumor cerebral inoperable. —Stanley sorbió por la nariz—.
Aunque, según Jamie, a él le contó más cosas que a mí. Le
dijo que había un ensayo clínico pero que su padre no la dejaba participar y que no tenía forma de pagarlo, que moriría
si no lo hacía. Él estaba desesperado por salvarla, pensaba
que la quería, así que le dio mil doscientas libras para el ensayo. Me dijo que la mayoría lo había pedido prestado. Layla
le dio instrucciones para que se lo dejara sobre una lápida en
el cementerio y se marchara, que ella lo recogería cuando
pudiera escaparse de su padre. Y también lo obligó a hacer
otras cosas: entrar en casa de una persona y robar un reloj
que había pertenecido a su madre, porque su padre lo había
dado a la beneficencia y alguien lo había comprado. Le pidió
que fuera a pelearse con un tipo la noche de su cumpleaños
porque estaba haciendo lo imposible para que ella no entrara
en el ensayo clínico que le salvaría la vida. Jamie se lo creyó
todo.

—¿Y Layla lo envió aquí aquel viernes por la noche?
Stanley asintió.

—Jamie descubrió que Layla era una impostora y que había utilizado fotos de otra persona. La llamó en cuanto se
enteró y ella le dijo que tenía que utilizar fotos falsas porque
tenía un acosador. Pero que todo lo demás era real.

»Luego le explicó que el acosador le había mandado un
mensaje amenazando con matarla esa misma noche porque
se había enterado de que ella y Jamie estaban juntos. Le aseguró que no sabía quién era, pero que tenía dos posibles sos-

pechosos y que estaba segura de que ambos llevarían a cabo su amenaza. Dijo que les escribiría un mensaje a los dos para quedar en un lugar apartado y luego le pidió a Jamie que lo matara antes de que él acabase con ella. Le pidió que dijera las palabras «el Niño Brunswick» a los dos, y que su acosador sabría lo que significaba y reaccionaría.

»Al principio, Jamie se negó. Pero ella lo convenció. En su cabeza, o lo hacía o perdía a Layla para siempre, y por su culpa. Pero él afirma que, cuando me atacó, en realidad no quería hacerlo. Que para él fue un alivio que le quitara el cuchillo de las manos.

Pip lo vio todo, reprodujo la escena en su cabeza.

—Entonces ¿Jamie habló con Layla por teléfono? —preguntó—. ¿Sabemos seguro que es una mujer?

—Sí —respondió Stanley—. Pero yo aún no confiaba del todo en él. Seguía pensando que podía ser Layla y que me estaba mintiendo, que si lo dejaba salir, o me mataba o contaba mi secreto. Así que, después de esta conversación con Jamie (hablamos prácticamente durante toda la noche del sábado), llegamos a un trato. Trabajaríamos juntos para averiguar quién era Layla, si era cierto que no era él y si existía de verdad. Y cuando... Si la encontrábamos, yo le daría dinero para que mantuviera mi secreto. Jamie no diría nada a cambio de que yo no denunciase a la policía su agresión. Acordamos que se quedaría en el baño hasta que encontráramos a Layla y yo estuviera seguro de que podía confiar en él. Me cuesta fiarme de la gente.

»A la mañana siguiente, en la oficina del *Kilton Mail*, viniste a contarme lo de Jamie y vi los carteles con su cara por todo el pueblo. Me di cuenta de que tenía que encontrar rápido a Layla y pensar en una coartada sobre el paradero de Jamie durante todo este tiempo antes de que tú te acercaras demasiado. Eso era lo que estaba haciendo en el cementerio aquel día, también buscaba la tumba de Hillary F. Weiseman, para ver si me llevaba hasta Layla. Pensé que solo tardaríamos un día o dos y todo acabaría bien, pero aún sigo sin saber quién es. He escuchado tus episodios y sé que Layla te ha escrito. Entonces supe que no podía ser Jamie, que me estaba contando la verdad.

—Yo tampoco he averiguado quién es —confesó Pip—. Ni por qué ha hecho todo esto.

—Yo sé por qué. Quiere verme muerto —dijo Stanley secándose las lágrimas de un ojo—. Igual que mucha gente. Me he pasado toda la vida cubriéndome las espaldas, esperando a que pasara algo como esto. Yo solo pretendo vivir una vida tranquila, y quizá hacer algo bueno con ella. Sé que no soy bueno, que no lo he sido. Todo lo que dije sobre Sal Singh, la forma en la que traté a su familia... Cuando ocurrió aquello, aquí, donde yo vivo, pensé en lo que Sal había hecho, en lo que yo pensaba que había hecho, y vi a mi padre. Vi a un monstruo como él. Y, no sé, me pareció una buena oportunidad para enmendar mis errores. Pero me equivoqué. Me equivoqué muchísimo. —Stanley se secó el otro ojo—. Sé que no es una excusa, pero no me he criado precisamente en los mejores entornos, ni con las mejores personas. Lo aprendí todo de ellos, pero estoy esforzándome por desaprender todo lo que vi, todas las ideas. Intento ser una persona mejor. Porque lo peor que me podría pasar sería parecerme remotamente a mi padre. La gente piensa que soy exactamente igual que él, y siempre me ha aterrado que tuvieran razón.

—No eres como él —dijo Pip dando un paso hacia delante—. Eras solo un crío. Tu padre te obligó a hacer esas cosas. No fue culpa tuya.

—Pero se lo podría haber contado a alguien. Podría haberme negado a ayudarlo. —Stanley se pellizcó la piel de los nudillos—. Seguramente me hubiera matado, pero al menos esos niños estarían vivos. Y habrían hecho algo mejor con sus vidas que lo que he hecho yo con la mía.

—Tu vida no se ha acabado, Stanley —lo animó ella—. Podemos trabajar juntos para encontrar a Layla. Ofrecerle dinero o lo que quiera. No le contaré a nadie quién eres. Y Jamie tampoco. Puedes quedarte aquí, puedes seguir con esta vida.

Los ojos de Stanley se llenaron con un ligero brillo de esperanza.

—Seguramente él les esté contando a Ravi y a Connor ahora mismo todo lo que pasó y...

—Espera, ¿qué? —dijo Stanley y, en un abrir y cerrar de ojos, la esperanza se desvaneció—. ¿Ravi y Connor están en mi casa?

—Eh... —Pip tragó con fuerza—. Sí. Lo siento.

—¿Han roto una ventana?

Pip tenía la respuesta escrita en la cara.

Stanley dejó caer la cabeza hacia delante y espiró todo el aire de una vez.

—Entonces ya se ha acabado todo. Las ventanas tienen una alarma silenciosa que da un aviso a la comisaría local. Llegarán en quince minutos. —Se llevó una mano a la cara antes de seguir hablando—. Se acabó. Adiós a Stanley Forbes.

Las palabras se paralizaron en la boca de Pip.

—Lo siento muchísimo —se disculpó—. No tenía ni idea, yo solo quería encontrar a Jamie.

Él la miró e intentó esbozar una débil sonrisa.

—No pasa nada —dijo en voz baja—. De todos modos, nunca me he merecido esta vida. Este pueblo siempre ha sido demasiado bueno para mí.

—No... —Pero nunca llegó a terminar la frase, que se estrelló contra los dientes apretados.

Oyó un ruido cerca. El sonido de unos pasos lentos.

Stanley debió de oírlo también. Se giró y caminó hacia Pip.

—¡¿Hola?! —gritó una voz en el recibidor.

Pip tragó, esforzándose por bajar el nudo de la garganta.

—Hola —respondió a quien fuera que se estuviera acercando.

Los pasos eran tan solo una sombra entre las sombras, hasta que se adentraron en el círculo de luz de la linterna.

Era Charlie Green. Llevaba una chaqueta con la cremallera hasta arriba y sonreía amablemente a Pip.

—Ah, me imaginé que serías tú —dijo—. He visto tu coche aparcado en la carretera y luego me he fijado en que había luz aquí dentro, así que he pensado que debía comprobar qué pasaba. ¿Estás bien? —dijo mirando a Stanley durante un segundo antes de volver la vista hacia ella.

—Sí, sí. —Pip sonrió—. Estamos bien. Solo estamos charlando.

—Vale —dijo Charlie con un suspiro—. Oye, Pip, ¿me dejas tu teléfono un segundo? El mío se ha quedado sin batería y tengo que enviarle un mensaje a Flora.

—Claro —dijo—. Por supuesto.

Se sacó el teléfono del bolsillo de la chaqueta, lo desbloqueó y dio unos pasos hasta Charlie, ofreciéndoselo sobre su mano tendida.

Él lo cogió y le rozó ligeramente la piel.

—Gracias —dijo mirando la pantalla mientras Pip volvía junto a Stanley.

Charlie apretó el teléfono en su mano. Lo bajó y se lo metió en el bolsillo de la chaqueta.

Pip lo miró confusa. No entendía nada en absoluto y no era capaz de escuchar sus propios pensamientos porque su corazón latía demasiado fuerte.

—El tuyo también —dijo Charlie mirando a Stanley.

—¿Qué? —dijo este.

—Tu teléfono —repitió Charlie con calma—. Dámelo. Ya.

—Yo n-no... —tartamudeó Stanley.

La chaqueta de Charlie crujió cuando echó la mano hacia atrás, tensando la boca hasta convertirla en una línea recta, sin labios. Cuando volvió a sacar la mano, tenía algo en ella.

Algo oscuro y puntiagudo. Algo que sujetó tembloroso apuntando a Stanley.

Era una pistola.

—Dame tu teléfono. Ya.

Cuarenta y uno

El teléfono golpeó el viejo suelo de madera y pasó entre los envoltorios y las botellas de cerveza dando vueltas hasta llegar a los pies de Charlie.

Todavía apuntaba firmemente a Stanley con la pistola en la mano derecha.

Dio un paso hacia delante y Pip pensó que iba a recoger el teléfono, pero no lo hizo. Levantó un pie y clavó con fuerza el talón sobre la pantalla, haciéndola añicos. La luz del móvil parpadeó y se apagó al mismo tiempo que Pip se estremecía por el ruido repentino sin dejar de mirar el arma.

—Charlie..., ¿qué estás haciendo? —dijo con la voz tan temblorosa como las manos.

—Venga ya, Pip —dijo sorbiendo por la nariz y siguiendo con la mirada la línea de la pistola—. Seguro que ya lo has averiguado.

—Tú eres Layla Mead.

—Yo soy Layla Mead —repitió con una expresión que Pip no sabía si era una mueca o una sonrisa burlona—. Aunque no todo el mérito es mío, Flora se encargó de la voz cuando la necesité.

—¿Por qué? —quiso saber Pip.

El corazón le latía tan rápido que parecía ser una nota sostenida.

Charlie torció la boca a la hora de responder, alternando la mirada entre ella y Stanley. Pero la pistola no se movió al ritmo de los ojos.

—El apellido también es de Flora. ¿Quieres saber cuál es el mío? Nowell. Charlie Nowell.

Pip escuchó el grito ahogado de Stanley y observó la estupefacción en sus ojos.

—No —dijo en voz baja, apenas perceptible.

Pero Charlie sí lo escuchó.

—Sí —dijo—. Emily Nowell, la última víctima del Monstruo de Margate y su hijo, era mi hermana. Mi hermana mayor. ¡¿Me recuerdas ahora?! —le gritó a Stanley mientras agitaba el arma—. ¿Te acuerdas de mi cara? Yo nunca recordé la tuya y me odio por ello.

—Lo siento. Lo siento muchísimo —dijo Stanley.

—¡No me vengas con esas! —gritó Charlie. Los tendones de su cuello se hincharon como las raíces de un árbol—. He escuchado cómo le contabas tu triste historia. —Señaló a Pip con la cabeza—. ¿Quieres saber lo que hizo? —le preguntó a ella, pero no esperaba una respuesta—. Yo tenía nueve años y estaba en el parque. Mi hermana Emily estaba cuidándome, enseñándome a utilizar los columpios grandes cuando se nos acercó un niño. Se dirigió a Emily y le dijo, con los ojos grandes y tristes: «He perdido a mi mamá, ¿me ayudas a buscarla, por favor?». —Charlie movía la mano mientras hablaba, girando la pistola de un lado a otro—. Y, por supuesto, ella lo ayudó. Era la persona más buena del mundo. Me dijo que me quedara en el tobogán con mis amigos mientras ella ayudaba al pequeño a buscar a su mamá. Y se fueron. Pero Emily nunca volvió. Estuve horas esperando solo en el parque. Cerraba los ojos y contaba «tres, dos, uno» y rezaba para que apareciera. Pero no lo hizo. La encontraron tres semanas después, mutilada y quemada. —Charlie parpadeó tan fuerte que las lágrimas cayeron directamente sobre el cuello de su camisa, sin rozarle la cara—. Vi cómo secuestrabas a mi hermana y en lo único en lo que yo pensaba era en si podía o no bajar de espaldas por el tobogán.

—Lo siento. —Stanley rompió a llorar y levantó las manos con los dedos muy separados—. Lo siento muchísimo. En tu hermana es en quien más pienso. Fue muy amable conmigo. Yo...

—¡Cómo te atreves! —gritó Charlie con la saliva acumulada en la comisura de los labios—. ¡Sácala de tu asquerosa cabeza! ¡Fuiste tú quien la eligió, no tu padre! ¡Fuiste tú! ¡Tú la escogiste! Tú ayudaste a raptar a siete personas sabiendo exactamente lo que les iba a ocurrir, incluso ayudaste a que les ocurriera. Pero, oh, el Gobierno te regala una nueva vida brillante y hace como si eso no hubiera pasado. ¿Quieres saber cómo ha sido mi vida? —Su voz se convirtió en un gruñido conforme le subía por la garganta—. Tres meses después de encontrar el cuerpo de Emily, mi padre se colgó. Fui yo quien lo encontró al volver del colegio. Mi madre no lo pudo soportar y se dio al alcohol y las drogas para aliviar todo su dolor. Casi me muero de hambre. Un año después, le quitaron la custodia y empecé a pasar de una familia de acogida a otra. Algunas eran buenas conmigo, otras, no. Cuando cumplí los diecisiete, vivía en la calle. Pero conseguí poner orden en mi vida, y solo hubo una cosa que me ayudó a hacerlo. Ninguno de los dos os merecíais vivir después de lo que hicisteis. Alguien se encargó de tu padre, pero a ti te dejaron en libertad. Yo sabía que algún día te encontraría y te mataría con mis propias manos, Niño Brunswick.

—Charlie, por favor, baja el arma y... —dijo Pip.

—No. —Charlie no la miró—. Llevo diecinueve años esperando este momento. Compré esta pistola hace nueve años con la convicción de que algún día la usaría para matarte. Llevo mucho tiempo preparado, esperando. He seguido cada pista, cada rumor sobre ti en internet. He vivido en diez pueblos diferentes en los últimos siete años, buscándote. Y en cada uno había una versión de Layla Mead, buscando a todos los hombres de tu edad y descripción, acercándome a ellos hasta que alguno me confesara quién era en realidad. Pero no estabas en ninguno de esos otros pueblos. Estabas aquí. Y te he encontrado. Me alegro de que Jamie fracasara. He de hacerlo yo. Así es como debe ser.

Pip miró cómo el dedo de Charlie se doblaba y se tensaba sobre el gatillo.

—¡Espera! —gritó. «Gana un poco de tiempo, que siga hablando.» Si la policía estaba en casa de Stanley, puede que Ravi los enviase aquí. «Por favor, Ravi, diles que vengan.»—. ¿Qué pasa con Jamie? —dijo rápidamente—. ¿Por qué lo involucraste?

Charlie se pasó la lengua por los labios.

—Se me presentó la oportunidad. Empecé a hablar con él porque encajaba con el perfil del Niño Brunswick. Luego descubrí que me había mentido sobre su edad y lo descarté. Pero estaba muy entregado. Se había enamorado de Layla como nadie, no paraba de escribir diciendo que haría lo que fuera por mí. Y eso me hizo pensar. —Sorbió por la nariz—. Me ha llevado años aceptar que sería yo el que mataría al Niño Brunswick y que, seguramente, lo pagaría con mi vida, que terminaría con la sentencia de cadena perpetua que él debería haber recibido. Pero Jamie me hizo pensar: si lo único que yo quería era ver al Niño Brunswick muerto, ¿por qué no convencer a otra persona para que lo hiciera? Así yo podría tener una vida con Flora. Ella insistió mucho en eso, en la posibilidad de seguir juntos. Está al tanto del plan desde que nos conocimos a los dieciocho años. Me ha seguido por todas partes buscándolo, ayudándome. Tenía que intentarlo, al menos. Se lo debía.

»Así que empecé a poner a prueba a Jamie, a ver qué conseguía que hiciera. Y fue mucho —dijo—. Jamie dejó mil doscientas libras en efectivo en un cementerio en mitad de la noche por Layla. Le dio una paliza a un desconocido, aunque nunca antes se había peleado con nadie. Por Layla. Se coló en mi casa y robó un reloj. Por Layla. Cada vez le pedía cosas más complicadas, y creo que habría funcionado. Que habría conseguido llevarlo hasta el punto de matar por ella. Pero todo se torció en el homenaje. Supongo que es lo que ocurre cuando juntas un pueblo entero en un solo lugar.

»He elaborado todo este plan de Layla nueve veces antes. Me di cuenta rápido de que es mejor utilizar fotos de una chica local y manipularlas un poco. Los hombres siempre sospechan menos si ven fotos en lugares que reconocen, y una cara que les puede resultar mínimamente familiar. Pero aquí no salió bien y Jamie descubrió que Layla no era real. En ese momento todavía no estaba listo; ni yo tampoco. Aun así, teníamos que intentar llevar a cabo el plan aquella noche, mientras Jamie todavía estuviera bajo el hechizo de Layla.

»Yo no sabía todavía quién era el Niño Brunswick. Lo había reducido a dos sospechosos: Luke Eaton y Stanley Forbes. Ambos tenían la edad y la apariencia. No podía descartar a ninguno por su empleo, ni habían mencionado a ningún familiar, y ambos evitaban las preguntas sobre su infancia. Así que tuve que mandar a Jamie a matar a los dos. Supe que todo se había ido al traste cuando me enteré de que había desaparecido. ¿Lo has matado? —le preguntó a Stanley.

—No —susurró él.

—Jamie está vivo y está bien —aclaró Pip.

—¿En serio? Me alegro. Empezaba a sentirme culpable por todo lo que le pasó —dijo Charlie—. Y, por supuesto, después de que mi plan se torciera, no pude hacer nada más para averiguar cuál de los dos era el Niño Brunswick. Pero no pasa nada, porque sabía que tú lo harías. —Se giró para mirar a Pip con una pequeña sonrisa—. Sabía que tú lo encontrarías por mí. He estado vigilándote, siguiéndote. Esperándote. Llevándote por la dirección correcta cuando necesitabas ayuda. Y lo has conseguido —le dijo enderezando el arma—. Lo has encontrado por mí, Pip. Gracias.

—¡No! —gritó poniéndose delante de Stanley con las manos hacia arriba—. Por favor, no dispares.

—¡PIP, APÁRTATE DE MÍ! —le gritó Stanley empujándola—. No te me acerques. ¡Quédate donde estás!

Ella se detuvo. El corazón le latía tan rápido y con tanta fuerza que sentía como si se le clavaran las costillas en él, como pequeños dedos huesudos atravesándole el pecho.

—¡Atrás! —gritó Stanley con la cara pálida empapada por las lágrimas—. No pasa nada. Quédate ahí.

Pip obedeció y dio cuatro pasos hacia atrás, girándose hacia Charlie.

—Por favor, no lo hagas. ¡No lo mates!

—Tengo que hacerlo —dijo él entornando los ojos hacia donde apuntaba la pistola—. Esto es exactamente de lo que hablamos, Pip. Cuando la justicia se equivoca, la gente como tú y como yo tenemos que intervenir para hacer lo correcto. Da igual que los demás piensen que somos buenos o malos, porque nosotros sabemos que estamos haciendo lo que tenemos que hacer. Tú y yo somos iguales. Y, en el fondo, lo sabes. Sabes que esto es lo correcto.

Pip no sabía qué responderle. No sabía qué otra cosa decir a parte de:

—¡POR FAVOR! ¡No lo hagas! —Se le desgarró la voz en la garganta, las palabras se resquebrajaban mientras ella las obligaba a salir—. ¡Esto no es lo correcto! Era solo un niño. Un niño asustado de su propio padre. No es culpa suya. ¡Él no mató a tu hermana!

—¡Claro que sí!

—No pasa nada, Pip —le dijo Stanley temblando tan fuerte que apenas podía hablar. Levantó una mano para tranquilizarla, para que se quedara donde estaba—. Tranquila.

—¡NO! ¡POR FAVOR! —gritó ella encogiéndose—. Charlie, por favor, no lo hagas. Te lo ruego. ¡POR FAVOR! ¡NO!

Charlie movió los ojos, nervioso.

—¡POR FAVOR!

Miraba a Stanley, luego a ella.

—¡Te lo ruego!

Apretó los dientes.

—¡Por favor! —gritó Pip.

Charlie la miró, observó cómo lloraba. Y bajó el arma.

Respiró hondo un par de veces.

—N-no me arrepiento. —Se apresuró a decir.

Levantó el arma y Stanley soltó un grito ahogado.

Charlie disparó.

El sonido desgarró el suelo bajo los pies de Pip.

—¡NO!

Disparó otra vez.

Y otra.

Y otra.

Otra.

Otra.

Hasta que solo quedaron clics vacíos.

Pip chilló mientras veía a Stanley tambalearse sobre sus pies y caer estrepitosamente contra el suelo.

—¡Stanley! —Corrió hacia él y se arrodilló a su lado. La sangre ya inundaba las heridas y había salpicaduras rojas en la pared de atrás—. ¡Dios mío!

Stanley daba bocanadas de aire con un quejido extraño en la garganta. Tenía los ojos muy abiertos. Estaba asustado.

Pip oyó un ruido detrás de ella y giró la cabeza. Charlie había bajado el arma y miraba cómo Stanley agonizaba en el suelo. Luego miró a Pip a los ojos. Asintió una sola vez antes de darse la vuelta y salir corriendo; el sonido de sus botas se alejaba por el pasillo.

—Se ha ido —dijo Pip mirando a Stanley.

Pero en esos pocos segundos, la mancha de sangre se había expandido, empapando la camisa hasta que solo quedaron pequeños huecos de blanco entre el rojo.

«Tienes que detener la hemorragia. Para la hemorragia.» Lo miró: un disparo en el cuello, otro en el hombro, otro en el pecho, dos en el estómago y uno en el muslo.

—Tranquilo, Stanley —dijo quitándose la chaqueta—. Estoy aquí. Todo saldrá bien.

Rompió la costura de una de las mangas, mordiendo hasta conseguir hacer un agujero, y la arrancó. ¿Por dónde sangraba más? Por la pierna. Debía de haberle dado en la arteria. Pip pasó la manga por debajo del muslo de Stanley llenándose las manos de sangre caliente. Hizo un nudo sobre la herida, apretándolo todo lo que pudo y anudándolo de nuevo para mantenerlo bien sujeto.

Él la miraba.

—Tranquilo —dijo retirándose el pelo de los ojos y dejándose una pequeña mancha de sangre en la frente—. Todo va a salir bien. Ya vienen a ayudarnos.

Arrancó otra manga, la arrugó y presionó con ella la herida del cuello. Pero Stanley tenía seis agujeros y ella solo dos manos.

Él parpadeó despacio. Se le cerraron los ojos.

—Ey —dijo agarrándole la cara. Volvió a abrir los ojos de golpe—. Stanley, no te duermas. Háblame.

—No pasa nada, Pip —dijo mientras ella seguía arrancando más trozos de tela de su chaqueta, haciendo bolas y presionándolas contra las demás heridas—. Esto iba a pasar tarde o temprano. Me lo merezco.

—No —dijo haciendo fuerza con las manos sobre los

agujeros del pecho y del cuello. Notaba cómo salía la sangre a borbotones.

—Jack Brunswick —dijo él en voz baja mirándola a los ojos.

—¿Cómo? —dijo ella apretando todo lo que podía, viendo cómo la sangre se escapaba entre sus dedos.

—Jack, ese era mi nombre —explicó con un parpadeo pesado y lento—. Jack Brunswick. Y luego fui David Knight. Por último, Stanley Forbes. —Tragó saliva.

—Eso es, sigue hablándome —lo animó Pip—. ¿Qué nombre te gustaba más?

—Stanley. —Sonrió despacio—. Es un nombre muy gracioso. No era gran cosa, y no siempre fue bueno, pero fue el mejor de los tres. Lo estaba intentando. —Sonó un crujido en su garganta. Pip lo sintió en los dedos—. Sigo siendo su hijo, sea cual sea mi nombre. Sigo siendo ese niño que hizo todas esas cosas. Sigo podrido.

—No, no es verdad —dijo Pip—. Eres mejor que él. Mucho mejor.

—Pip...

Y ella lo miró. Una sombra atravesó su cara, una oscuridad que venía de arriba, algo tapaba la luz de la linterna. Pip miró hacia arriba y lo olió de pronto. Humo. Humo negro que se arremolinaba por el techo.

Y entonces oyó las llamas.

—Ha prendido fuego a la granja —se dijo a sí misma, con el estómago encogido mientras veía cómo entraba el humo por el recibidor, desde la cocina. Y supo que solo disponía de unos minutos antes de que toda la casa fuera presa de las llamas.

—Tengo que sacarte de aquí —dijo.

Stanley la miró y parpadeó en silencio.

—Vamos.

Pip lo soltó para ponerse de pie. Se resbaló con la sangre que lo rodeaba mientras se colocaba entre sus piernas. Se agachó y le agarró por los pies. Tiró de él.

Se dio la vuelta para colocarse de frente y poder ver hacia dónde iba, arrastrando a Stanley detrás de ella, sujetándolo por los tobillos, intentando no mirar el camino rojo que iba dejando a su paso.

Llegaron al pasillo. La habitación de la derecha estaba completamente en llamas: un vórtice furioso que se elevaba por todas las paredes y se extendía por el suelo, escupiendo fuego por el hueco de la puerta. Y, sobre su cabeza, el aislamiento del techo ardía soltando ceniza sobre ellos.

El humo cada vez estaba más bajo y oscuro. Pip tosió al respirarlo. Y el mundo comenzó a dar vueltas a su alrededor.

—¡Todo va a salir bien, Stanley! —gritó hacia atrás, agachando la cabeza para apartarla del humo—. Te sacaré de aquí.

Era muy complicado arrastrarlo por la moqueta. Pero clavaba los talones y tiraba todo lo fuerte que podía. El fuego comenzaba a subir por la pared que tenía al lado —caliente, demasiado caliente— y parecía que su piel se llenaba de ampollas y los ojos le ardían. Apartó la cara y continuó.

—¡Tranquilo, Stanley! —Tenía que gritar por encima de las llamas.

Pip tosía con cada respiración. Pero no lo soltó. Y cuando llegó al umbral, se llenó los pulmones con el frío y limpio aire del exterior, llevando a Stanley hasta la hierba, justo antes de que la moqueta empezara a quemarse.

—Hemos salido, Stanley —dijo Pip tirando de él por el césped mal cuidado para alejarlo todo lo posible de la casa ardiendo.

Se agachó despacio y miró el incendio. El humo escapaba por los agujeros de la planta superior, en los que una vez había habido ventanas, y tapaba las estrellas.

Tosió de nuevo y miró a Stanley. La sangre húmeda brillaba bajo la luz de las llamas, él no se movía. Tenía los ojos cerrados.

—¡Stanley! —Se tiró al suelo a su lado, agarrándole otra vez la cara. Pero no abrió los ojos—. ¡Stanley!

Pip acercó la oreja a su nariz en busca de respiración. Ni rastro. Colocó un dedo sobre su cuello, justo encima de un agujero de bala. Nada. No tenía pulso.

—No, Stanley. Por favor, no.

Pip se puso de rodillas, colocando la base de la mano sobre su pecho, al lado de uno de los agujeros. La cubrió con la otra mano, se inclinó y empezó a empujar con fuerza.

—Stanley, no. Por favor, no me dejes —dijo procurando mantener los brazos rectos mientras le comprimía el pecho.

Contó hasta treinta y le cerró la nariz, colocó la boca sobre la de él y le insufló aire. Una. Dos.

Volvió a poner las manos sobre el pecho y a presionar.

Sintió cómo algo cedía bajo la palma de su mano, un crujido. Se le había roto una costilla.

—No te vayas, Stanley. —Se quedó mirando su cara inmóvil y puso todo el peso de su cuerpo sobre él—. Puedo salvarte. Te lo prometo. Puedo salvarte.

«Respira. Respira.»

Vio un destello con el rabillo del ojo cuando explotaron las llamas. Las ventanas de la planta de abajo estallaron hacia fuera y los remolinos de fuego y humo se elevaban engullendo el exterior de la granja. Hacía muchísimo calor, incluso allí, a seis metros de distancia, y el sudor recorría la frente de Pip mientras seguía comprimiendo el pecho de Stanley. ¿O se trataba de sangre?

Otro crujido bajo su mano. Otra costilla rota.

«Respira. Respira.»

—Vuelve, Stanley. Por favor. Te lo ruego.

Ya le dolían los brazos, pero no podía parar. Presionar y respirar. No sabía durante cuánto tiempo tenía que hacerlo. El tiempo había dejado de existir. Solo estaban ella, el calor crepitante de las llamas y Stanley.

uno	siete	catorce	veintiuno	veintiocho
dos	ocho	quince	veintidós	veintinueve
tres	nueve	dieciséis	veintitrés	treinta
cuatro	diez	diecisiete	veinticuatro	«respira»
cinco	once	dieciocho	veinticinco	«respira»
seis	doce	diecinueve	veintiséis	
	trece	veinte	veintisiete	

Lo primero que escuchó fue la sirena.

«Treinta y respira. Respira.»

Luego unas puertas de un coche cerrándose, voces que gritaban cosas que ella no entendía porque ya no existían las palabras. Solo del uno al treinta y respira.

Alguien le puso la mano en el hombro, pero se la apartó. Era Soraya. Daniel da Silva estaba de pie a su lado, con el reflejo del fuego en su mirada horrorizada. Y, en ese momento, se produjeron unos estruendos dignos del fin del mundo al derrumbarse el techo presa de las llamas.

—Pip, deja que yo me encargue —se ofreció Soraya amablemente—. Estás cansada.

—¡No! —gritó ella sin respiración, con el sudor cayéndole sobre la boca abierta—. Puedo seguir. Puedo hacerlo. Puedo salvarlo. Se va a poner bien.

—Los bomberos y la ambulancia llegarán de un momento a otro —dijo Soraya intentando mirarla a los ojos—. Pip, ¿qué ha pasado?

—Charlie Green —dijo entre masaje y masaje—. Charlie

Green, del número 22 de Martinsend Way. Ha disparado a Stanley. Llama a Hawkins.

Daniel se apartó para hablar por la radio.

—Hawkins ya viene de camino —la informó Soraya—. Ravi nos dijo dónde estabas. Jamie Reynolds está bien.

—Ya lo sé.

—¿Estás herida?

—No.

—Déjame a mí.

—No.

La siguiente sirena no tardó en sonar y los médicos la rodearon con sus chaquetas fluorescentes y sus manos cubiertas por guantes morados.

Una doctora le preguntó a Soraya cuál era el nombre de Pip y se agachó despacio para que esta pudiera verla.

—Pip, soy Julia. Lo estás haciendo genial, cariño. Pero voy a encargarme yo del masaje cardíaco a partir de ahora, ¿te parece bien?

Pip no quería, no podía parar. Pero Soraya la agarró y la apartó, y ella no tuvo fuerza para resistirse, así que las manos moradas reemplazaron las suyas sobre el pecho hundido de Stanley.

Se desplomó sobre la hierba y se quedó mirando la pálida cara de Stanley, que brillaba naranja por el reflejo de las llamas.

Otra sirena. El camión de bomberos se colocó a un lado de la granja y empezó a salir gente de él. ¿Algo de todo esto seguía siendo real?

—¡¿Hay alguien más dentro?! —le gritó alguien.

—No. —Sintió como si su voz no le perteneciera.

Los médicos se intercambiaron.

Pip miró detrás de ella y vio a un pequeño grupo de personas. ¿Cuándo ha ocurrido todo esto? Personas con batas y abrigos, de pie, observando la escena. Llegaron más policías uniformados para ayudar a Daniel da Silva a apartar a los curiosos y acordonar la zona.

¿Cuánto tiempo pasó hasta que lo escuchó? No lo sabía.

—¡Pip! —La voz de Ravi luchó contra las llamas para llegar hasta sus oídos—. ¡Pip!

Ella se puso de pie y vio el terror en la cara de Ravi, que la miraba. Siguió sus ojos. Tenía la camiseta blanca completamente empapada de sangre de Stanley. Las manos rojas. Manchas por el cuello y por la cara.

Él corrió hacia ella, pero Daniel se interpuso y lo echó hacia atrás.

—¡Déjame pasar! ¡Necesito verla! —le gritó Ravi a Daniel a la cara, esforzándose por soltarse.

—No puedes, ¡es la escena de un crimen!

Daniel lo empujó hacia atrás, hacia el grupo de personas, cada vez más grande. Levantó los brazos para que Ravi se quedara allí.

Pip volvió a mirar a Stanley. Uno de los médicos se había rendido y hablaba a la radio. Pip solo pudo oír unas palabras por encima del ruido del fuego y de toda aquella bruma en su cabeza.

—Control médico.... Veinte minutos... Sin cambios... Declarar...

Tardó unos minutos en ordenar las palabras en su cabeza para que tuvieran algún sentido.

—Esperen —dijo Pip. El mundo se movía muy despacio a su alrededor.

La doctora asintió mirando a su compañero. Suspiró tranquila y apartó las manos del pecho de Stanley.

—¿Qué está haciendo? ¡No pare! —Pip se abalanzó hacia delante—. ¡No está muerto! ¡No pare!

Se tiró al lado de Stanley y se quedó allí quieta, sobre el césped ensangrentado. Soraya le agarró la mano.

—¡No! —le gritó Pip. Pero la agente era más fuerte. Llevó a Pip hacia sus brazos y la envolvió con ellos—. ¡Déjame! ¡Tengo que...!

—Se ha ido —dijo con calma—. No podemos hacer nada, Pip. Se ha ido.

Entonces todo se desmoronó. El tiempo se saltaba las palabras, unas medio escuchadas; otras medio entendidas. «Forense» y «Hola, ¿me escuchas?».

Daniel estaba intentando hablar con ella, pero lo único que ella podía hacer era gritarle.

—¡Te lo dije! ¡Te dije que terminaría muriendo alguien! ¿Por qué no me escuchaste?

Alguien la agarra para contenerla.

El detective Hawkins ya ha llegado, ¿de dónde ha salido? Su cara no dice gran cosa, ¿también está muerto, como Stanley? Ahora se encuentra en el coche, conduciendo, y Pip va en el asiento de atrás, viendo cómo el fuego se aleja conforme ellos avanzan. Sus pensamientos ya no forman líneas rectas, son cascadas que

se apartan

de ella

como ceniza.

En la comisaría hace frío, debe de ser por eso que está temblando. Una habitación en la que nunca ha estado. Y con ella está Eliza.

—Tengo que llevarme tu ropa, cielo.

Pero no es capaz de desvestirse, tienen que despegar cada prenda. La piel que hay debajo ya no es la suya, arañada y roja por la sangre. Eliza sella la ropa y todo lo que queda de las pruebas de Stanley en una bolsa transparente. Mira a Pip.

—También necesito el sujetador.

378

Tiene razón. También está completamente rojo.

Ahora Pip lleva una camiseta blanca nueva y un pantalón de chándal gris, pero no son suyos; ¿de quién son, entonces? Y «cállate»   porque alguien está hablando con ella. Es el detective Hawkins:

—Solo es para descartarte —dice—. Para eliminarte.

Ella no lo quiere decir, pero ya se siente eliminada.

—Firma aquí.

Lo hace.

—Es una prueba de residuos de armamento —dice otra persona a la que Pip no conoce.

Le está pasando algo pegajoso y adhesivo por las manos y los dedos, y metiéndolo en unos tubos.

Otro «firma aquí».

—Es para descartarte, ¿lo entiendes?

—Sí —dice Pip, dejando que cojan su dedo, lo presionen sobre la tinta y luego sobre el papel.

Pulgar, índice, corazón. Las líneas de sus huellas dactilares parecen galaxias.

—Está en *shock* —escucha decir a alguien.

—Estoy bien.

Otra habitación en la que Pip está sentada sola. Tiene un vaso de plástico transparente entre las manos, pero se dobla   y   se agita, como para avisarla de un terremoto. Un segundo… aquí no hay terremotos. Pero el terremoto llega igualmente porque está en su interior, los temblores, no puede sostener el vaso de agua sin derramarla.

Una puerta se cierra cerca de ella, pero antes de que el sonido llegue a sus oídos, ha cambiado.

Es un arma. Dispara dos, tres, seis veces, y, oh, Hawkins está otra vez en la sala, sentado frente a ella, pero él no escucha el arma. Solo Pip la oye.

Él le hace preguntas.

—¿Qué ha pasado?

—Describe el arma.

—¿Sabes dónde ha ido Charlie Green? Su mujer y él han desaparecido. Parece que han empaquetado sus pertenencias con mucha prisa.

Lo tiene todo escrito. Pip tiene que leerlo, recordarlo. Firma abajo del todo.

Y después, Pip hace una pregunta:

—¿La habéis encontrado?

—¿A quién?

—A la niña de ocho años a la que raptaron en su jardín.

Hawkins asiente.

—Ayer. Está bien. Estaba con su padre. Una pelea doméstica.

Y «Ah» es lo único que Pip puede decir a eso.

La dejan sola otra vez escuchando los disparos que nadie más puede oír. Hasta que nota una mano suave sobre su hombro y se estremece. Una voz aún más suave.

—Tus padres han venido a recogerte.

Los pies de Pip siguen la voz,   arrastrando el resto de su cuerpo con ellos. A la sala de espera, demasiado iluminada, y al primero que ve es a su padre. No puede pensar en qué decirle a él y a su madre, pero no importa porque lo único que quieren   hacer es   abrazarla.

Ravi está detrás de ellos.

Pip va hacia él y apoya los brazos sobre su pecho. Cálido. Seguro. Este siempre es un lugar seguro y Pip espira escuchando el sonido de su corazón. Pero,   ay,   no, los disparos también están ahí,   escondidos detrás de cada latido.

Esperándola.

Siguen a Pip conforme se marcha. Se sientan detrás en el

coche oscuro. Se acurrucan con ella en la cama. Pip se agita y se tapa los oídos y les pide a los disparos   que   se vayan.

Pero   no   se   van.

DOMINGO
16 DÍAS DESPUÉS

Cuarenta y dos

Iban todos vestidos de negro porque así es como debía ser.

Los dedos Ravi estaban entrelazados con los suyos y, si Pip los hubiera apretado un poco más, se habrían roto, estaba segura. Partidos por la mitad, como costillas.

Sus padres estaban al otro lado, con las manos juntas al frente, la mirada baja y la respiración de su padre al mismo ritmo que el aire que ondeaba entre los árboles. Ahora se daba cuenta de todo eso. Más allá estaban Cara y Naomi Ward, y Connor y Jamie Reynolds. Ambos llevaban trajes de chaqueta negros que no les quedaban bien del todo porque se los habían cogido prestados a su padre. Eran un poco estrechos por aquí, demasiados largos por allá...

Jamie estaba llorando y todo su cuerpo temblaba dentro de su traje. Se le enrojecía la cara al intentar tragarse las lágrimas cuando miraba detrás de Pip, al ataúd.

«Un ataúd de pino robusto con los laterales sobrios, de 213 por 71 por 58 centímetros con un revestimiento interior de satén blanco.» Lo había elegido ella. Él no tenía familia, y sus amigos... desaparecieron en cuanto se supo la historia. Todos. Nadie lo reclamó, así que Pip se encargó de organizar el funeral. Eligió enterrarlo, en contra de la «opinión profesional» del director de la funeraria. Stanley murió con los tobillos en sus manos, asustado y desangrándose mientras el fuego lo prendía todo a su alrededor. Pip no creía que él hubiera querido que lo incineraran, que lo quemaran como su padre había hecho con aquellos siete chicos.

Un entierro, eso es lo que habría querido, insistió Pip. Salieron hacia el lateral izquierdo del cementerio, más allá de la tumba de Hillary F. Weiseman. Los pétalos de las rosas se balanceaban en el viento encima del ataúd. Estaba colocado sobre una tumba abierta, dentro de un marco metálico con cuerdas y una moqueta verde de césped artificial, para que no pareciera lo que era: un agujero en el suelo.

Deberían haber asistido varios miembros del cuerpo de policía, pero el detective Hawkins le escribió un email para explicarle que sus supervisores le habían advertido que asistir al funeral sería «demasiado político». Así que, ahí estaban, solo ellos ocho. Y la mayoría, por Pip. No por él, el muerto dentro del ataúd de pino robusto. Menos Jamie, o eso creía ella cuando le vio los ojos rojos.

El cuello blanco del sacerdote estaba demasiado apretado y los músculos le salían por encima mientras leía el sermón. Pip miró más allá de él, a la pequeña tumba gris que había elegido. Un hombre con cuatro nombres diferentes, pero ella eligió el de Stanley Forbes, la vida que él habría querido, la que estaba intentando tener. Ese sería el nombre tallado sobre él, para siempre.

Stanley Forbes
7 de junio de 1988 - 4 de mayo de 2018
Sí eras mejor

—Y, antes de una última oración, Pip, ¿querías decir unas palabras?

El sonido de su nombre la pilló de improviso y dio un respingo. Se le aceleró el corazón y, de pronto, notó las manos mojadas, pero no era sudor, era sangre, era sangre, era sangre...

—¿Pip? —le susurró Ravi, apretándole ligeramente los dedos.

Y no, no había sangre. Solo se lo había imaginado.

—Sí —dijo tosiendo para aclararse la voz—. Sí. Eeeh, quería daros las gracias a todos por venir. Y a usted, padre Renton, por la misa. —Si Ravi no estuviera agarrándole la mano, le temblaría, aleteando contra el viento—. No conocía demasiado a Stanley, pero creo que, durante las últimas horas de su vida, conseguí saber quién era de verdad. Él...

Pip se detuvo. La brisa arrastraba un sonido. Un grito. Volvió de nuevo, esta vez más fuerte. Más cerca.

—¡Asesino!

Levantó la mirada de golpe y se le tensó el pecho. Había un grupo de unas quince personas caminando hacia ellos, sujetando pancartas en las manos.

—¡Estáis llorando a un asesino! —gritó un hombre.

—Y-y-y... —tartamudeó Pip mientras sentía cómo el grito volvía a crecer en su estómago, quemándola por completo.

—Continúa, Pipsicola. —Su padre estaba detrás de ella, con una mano sobre su hombro—. Lo estás haciendo muy bien. Yo me encargo de ellos.

El grupo se acercaba cada vez más, y Pip reconoció algunas caras: Leslie, de la tienda; y Mary Scythe, del *Kilton Mail*, y ese era... ¿el del medio era el padre de Ant, el señor Lowe?

—Eh... —dijo temblorosa, viendo cómo su padre se apresuraba hacia ellos. Cara le sonrió alentadora y Jamie asintió—. Esto... Stanley... Cuando supo que su vida estaba en peligro, lo primero que hizo fue protegerme y...

—¡Que arda en el infierno!

Cerró los puños.

—Y se enfrentó a su propia muerte con valentía y...

—¡Escoria!

Soltó la mano de Ravi y se fue.

—¡No, Pip!

Él intentó sujetarla, pero se escapó de su mano y continuó andando, pisando con fuerza sobre el césped. Su madre la estaba llamando, pero no era ella misma. Tenía los dientes apretados a medida que avanzaba por el camino y el vestido negro ondeaba tras ella al ritmo del viento. No apartaba la vista de las pancartas escritas en rojo, con letras que chorreaban.

«Engendro de asesino»

«Monstruo de Little Kilton»

«Charlie Green = HÉROE»

«Púdrete en el infierno, Niño Brunswick»

«En nuestro pueblo NO»

Su padre miró hacia atrás e intentó cogerla cuando pasó por su lado, pero iba demasiado rápido y el ardor de su interior era demasiado fuerte.

Se chocó contra el grupo, empujando con fuerza a Leslie y tirándole la pancarta al suelo.

—¡Está muerto! —les gritó mientras les empujaba hacia atrás—. ¡Dejadlo en paz! ¡Está muerto!

—¡No debería enterrarse aquí! Este es nuestro pueblo —dijo Mary poniendo su pancarta delante de Pip y tapándole la vista.

—¡Era tu amigo! —Pip le dio un golpe a la pancarta y se la arrancó a Mary de las manos—. ¡Era tu amigo! —rugió, bajando el cartel con todas sus fuerzas contra una rodilla. Se rompió en dos y le tiró los trozos a Mary—. ¡DEJADLO EN PAZ!

Fue hacia el señor Lowe, que escapó de ella. Pero Pip no llegó hasta él. Su padre la había agarrado por detrás y le sujetaba los brazos. Pip se apoyó sobre él pataleando con los pies hacia ellos, pero se estaban apartando de ella. Mientras su padre la arrastraba, vio algo nuevo en sus caras. Miedo, quizá.

Se le nubló la vista llena de lágrimas de rabia cuando miró hacia arriba, con los brazos inmovilizados en la espalda y la voz relajante de su padre en los oídos. El cielo estaba de un color azul pálido y cremoso, atravesado por pequeñas bolsas de nubes. Un cielo muy bonito para ese día. A Stanley le habría gustado, pensó, mientras gritaba.

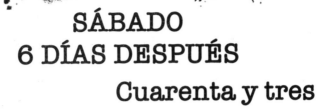

SÁBADO
6 DÍAS DESPUÉS
Cuarenta y tres

El sol trepaba por sus piernas dejando parches con forma de las hojas del gran sauce del jardín de los Reynolds.

Era un día cálido, pero el escalón de piedra en el que se había sentado le daba frío a través de los vaqueros nuevos. Pip parpadeó hacia los rayos de luz en movimiento, observándolos uno a uno.

Una reunión, según el mensaje de Joanna Reynolds, pero Jamie bromeó diciendo que era una barbacoa de «¡Sorpresa!, no estoy muerto». A Pip le hizo gracia. Nada le había hecho demasiada gracia en las últimas semanas, pero eso sí.

Los adultos estaban alrededor de la barbacoa, y Pip se dio cuenta de que su padre no paraba de mirar las hamburguesas a las que todavía no se les había dado la vuelta, muriéndose de ganas por reemplazar a Arthur Reynolds a los mandos de la parrilla. Mohan Singh se reía e inclinaba hacia atrás la cabeza para darle un trago a la cerveza, haciendo que la botella brillara con la luz del sol.

Joanna estaba inclinada sobre la mesa de picnic, quitando el film transparente de los cuencos: ensalada de pasta, de patata y ensalada de verdad. Cada una con su cuchara para servir. Al otro lado del jardín, Cara estaba de pie charlando con Ravi, Connor y Zach. Ravi le daba de vez en cuando una patada a una pelota de tenis para que Josh la recogiera.

Pip miró a su hermano, que gritaba mientras corría detrás de la pelota. Su sonrisa era pura e ingenua. Diez años.

Los mismos que tenía el Niño Brunswick cuando... La cara de Stanley muriendo se le cruzó por la cabeza. Pip cerró los ojos, pero no consiguió que desapareciera. Respiró, tres inspiraciones profundas, como su madre le había dicho que hiciera, y volvió a abrir los ojos. Apartó la mirada y dio un sorbo de agua con la mano sudorosa contra el cristal del vaso.

Nisha Singh y la madre de Pip estaban con Naomi Ward, Nat da Silva y Zoe Reynolds, charlando sin que ella pudiera escuchar lo que decían. Era agradable ver a Nat sonreír, pensó Pip. Había cambiado, en cierto modo.

Y Jamie Reynolds caminaba hacia ella, con la nariz pecosa arrugada. Se sentó en el escalón, a su lado, y sus rodillas se rozaron al acomodarse.

—¿Cómo estás? —le preguntó pasando el dedo por la boquilla de la botella de cerveza.

Pip no contestó.

—¿Cómo estás tú? —dijo.

—Bien. —Jamie la miró con una sonrisa que se alargaba por las mejillas sonrosadas—. Bien, pero... no puedo parar de pensar en él. —La sonrisa desapareció.

—Ya lo sé —dijo Pip.

—No era lo que la gente esperaba —continuó Jamie calmado—. Intentó meter un colchón por el hueco de la puerta del baño para que estuviera cómodo. Y todos los días me preguntaba qué quería cenar, a pesar de tenerme miedo. Por lo que casi le hice.

—No lo habrías matado —dijo Pip—. Estoy segura.

—No. —Jamie sorbió por la nariz mirando la Fitbit destrozada que todavía llevaba en la muñeca. Dijo que no se la pensaba quitar nunca; quería tenerla como recuerdo—. Sabía que no era capaz de hacerlo, incluso con el cuchillo en la mano. Y estaba cagado de miedo. Pero eso no es excusa. Le conté todo a la policía. Pero sin Stanley, no tienen suficiente en mi contra. No me parece justo.

—No es justo que estemos los dos aquí y él no —añadió Pip sintiendo una tensión en el pecho y el sonido de las costillas rompiéndose en su cabeza—. Ambos llevamos a Charlie hasta él, de algún modo. Y nosotros estamos vivos y él no.

—Yo estoy vivo gracias a ti —dijo Jamie sin mirarla—. A ti, a Ravi y a Connor. Si Charlie hubiera averiguado la identidad de Stanley antes de aquella noche, puede que me hubiera matado a mí también. Prendió fuego a la granja contigo dentro...

—Ya —dijo Pip. Era lo que decía cuando no encontraba ninguna otra palabra que encajara.

—Los encontrarán —aseguró él—. A Charlie Green y a Flora. No pueden huir para siempre. La policía dará con ellos.

Eso es lo que Hawkins le había dicho aquella noche: «Los encontraremos». Pero pasó un día, y otro, y estos se convirtieron en semanas.

—Ya —repitió.

—¿Mi madre ha dejado de abrazarte? —preguntó Jamie.

—No, todavía no —respondió ella.

—A mí tampoco —se rio.

Pip miró cómo Joanna le daba un plato a Arthur junto a la barbacoa.

—Tu padre te quiere mucho, lo sabes, ¿no? —dijo Pip—. Sé que no siempre lo sabe mostrar, pero lo vi en el momento en el que pensaba que te había perdido para siempre. Te quiere, Jamie. Muchísimo.

Los ojos del chico se iluminaron, brillantes bajo la claridad del sol.

—Ya lo sé —dijo con un nudo en la garganta. Tosió para bajarlo.

—He estado pensando —dijo Pip girándose para mirarlo—. Lo único que Stanley quería era una vida tranquila, aprender a ser mejor persona y hacer algo bueno. Y ya no va a poder hacerlo. Pero nosotros seguimos aquí, estamos vivos. —Hizo una pausa mirando a Jamie a los ojos—. ¿Me prometes una cosa? ¿Me prometes que tendrás una buena vida? Una vida plena, feliz. Que vas a vivir bien, por él, porque él ya no puede.

Jamie le sostuvo la mirada con un temblor en el labio inferior.

—Te lo prometo —dijo—. Pero tú también tienes que hacerlo.

—Lo intentaré —asintió ella, secándose los ojos con la manga al mismo tiempo que Jamie hacía lo mismo. Se rieron.

Jamie le dio un sorbo a la cerveza.

—Voy a empezar hoy —decidió—. Creo que voy a solicitar un puesto de prácticas en el servicio de ambulancias.

Pip le sonrió.

—Es un buen comienzo.

Miraron a los demás durante un momento. A Arthur se le cayeron un montón de perritos calientes al suelo y Josh se apresuró a cogerlos al grito de: «¡La regla de los cinco segundos!». Nat se reía con fuerza y relajada.

—Y —continuó Jamie— me imagino que ya le habrás dicho a todo el mundo que estoy enamorado de Nat da Silva, así que supongo que debería comentárselo a ella en algún momento. Si no siente lo mismo, podré pasar página. Sin prisa, pero sin pausa. Y se acabaron las desconocidas de internet.

Levantó la botella de cerveza hacia ella.

—Por una buena vida —dijo.

Pip levantó su vaso de agua y brindó con la botella de Jamie.

—Por él —añadió.

Jamie le dio un abrazo rápido e inestable, diferente a los toscos de Connor. Luego se levantó y cruzó el jardín hacia Nat. La miraba de forma diferente, más llena, quizá. Más iluminada. Ella se giró hacia él con hoyuelos en las mejillas y la risa todavía en la voz. Y Pip creyó ver, puede que tan solo durante un segundo, la misma expresión en los ojos de Nat.

Los observó a los dos bromeando con la hermana de Jamie y no se dio cuenta de que Ravi se acercaba a ella hasta que se sentó y enganchó un pie bajo su pierna.

—¿Estás bien, Sargentita? —preguntó.

—Sí.

—¿Te quieres unir a nosotros?

—Estoy bien aquí —dijo.

—Pero estamos todos...

—He dicho que estoy bien —repitió Pip, pero no era ella realmente quien hablaba—. Lo siento. No quería ser borde. Es que...

—Ya lo sé —la tranquilizó Ravi agarrándole la mano, entrelazando los dedos con los suyos de esa forma en la que encajaban a la perfección—. Irá a mejor. Te lo prometo. —La acercó más a él—. Estaré aquí siempre que me necesites.

Ella no lo merecía. Ni un poquito.

—Te quiero —dijo Pip mirando fijamente sus ojos marrones oscuros, llenándose de ellos, expulsando todo lo demás.

—Yo también te quiero.

Pip se movió y se inclinó apoyando la cabeza en el hombro de Ravi mientras miraban a los demás. Habían formado un círculo alrededor de Josh mientras él intentaba enseñarles a bailar el *floss*, moviendo los brazos y las caderas sin control.

—Joder, Jamie, das vergüenza ajena —se rio Connor cuando su hermano se golpeó inexplicablemente en la entrepierna y se desternillaba de risa.

Nat y Cara se engancharon y se cayeron al césped entre risas.

—¡Miradme! ¡A mí me sale! —decía el padre de Pip. Y era verdad, le salía.

Incluso Arthur Reynolds lo intentaba, aún junto a la barbacoa, pensando que nadie lo miraba.

Pip se rio pensando en lo ridículos que estaban todos, y sonó como un graznido en su garganta. Se sentía bien en el banquillo, con Ravi. Aparte. Con un hueco que la separaba de todo el mundo. Con una barricada a su alrededor. Iría con ellos cuando estuviera preparada. Pero, de momento, solo quería estar sentada, lo suficientemente lejos como para poder abarcarlos a todos de un solo vistazo.

Era de noche. Su familia había comido demasiado en casa de los Reynolds y estaban medio dormidos en el salón. La habitación de Pip estaba a oscuras y ella tenía la cara iluminada por el fantasmal brillo de su ordenador. Se sentó al escritorio mirando a la pantalla. Iba a estudiar para los exámenes, eso fue lo que les dijo a sus padres. Porque ahora mentía.

Terminó de teclear en la barra de búsqueda y pulsó intro.

«Últimas veces que se ha visto a Charlie y Flora Green.»

Los habían visto hacía nueve días, una cámara de seguridad los había captado sacando dinero de un cajero automático en Portsmouth. La policía lo había verificado, Pip lo había visto en las noticias. Pero aquí —Pip hizo clic—, alguien había comentado en un artículo publicado en Facebook, afirmando que había visto a la pareja ayer en la gasolinera de Dover, en un coche nuevo: un Nissan Juke rojo.

Pip arrancó una página de su cuaderno, hizo una bola y lo lanzó hacia atrás. Se encorvó, mirando de nuevo la pantalla, mientras escribía en una hoja todos los detalles. Volvió a buscar.

«Tú y yo somos iguales. Y, en el fondo, lo sabes.»

La voz de Charlie apareció en su cabeza. Y lo que más miedo le daba era que no sabía si estaba equivocado o no. No era capaz de encontrar la diferencia entre ellos, solo sabía que existía. Era un sentimiento que iba más allá de las palabras. O quizá, solo quizá, solamente fuese esperanza.

Se quedó allí, haciendo clic en enlaces durante horas, saltando de artículo en artículo, de comentario en comentario. Y estaban con ella, por supuesto. Siempre la acompañaban.

Los disparos.

Estaban ahí, sonando en su pecho, golpeándole las costillas. Apuntando con sus ojos. Estaban en sus pesadillas, y en los golpes de sartenes, y en las respiraciones intensas, y en los lápices que se caían, y en los truenos, y en las puertas que se cerraban, y cuando había mucho ruido, y cuando todo estaba en silencio, y cuando estaba sola y cuando no, y en el pasar de las páginas, y en el teclear del ordenador y en cada clic y en cada crujido.

Los disparos estaban allí.

Ahora vivían dentro de ella.

AGRADECIMIENTOS

Al mejor agente del mundo, Sam Copeland. Gracias por estar siempre ahí y por compartir todo esto conmigo: los momentos malos y los buenos. Y por responder a todas mis «preguntas rápidas» que, en realidad, ocupan dieciocho párrafos.

A todo el equipo de Egmont, por trabajar contrarreloj y contra todo pronóstico para que este libro se hiciera realidad. Gracias al equipo editorial por ayudarme a darle forma a esta secuela: Lindsey Heaven, Ali Dougal y Lucy Courtenay. Gracias a Laura Bird por el alucinante diseño de la portada, y por complacer mi incesante necesidad de más salpicaduras de sangre. Gracias a las superestrellas de las relaciones públicas, Siobhan McDermott y Hilary Bell, por su increíble trabajo y por ser siempre tan entusiastas, incluso después de escucharme dar la misma respuesta en las entrevistas una y otra vez. A Jas Bansal (que no tiene nada que envidiarle al genio que lleva el Twitter de Wendy's), gracias por hacer que sea tan fácil trabajar contigo. Estoy ansiosa por ver las divertidas estrategias de marketing que has creado. ¡Y gracias a Todd Atticus y a Kate Jennings! Al equipo de derechos y ventas, gracias por hacer tan buen trabajo llevando la historia de Pip al mundo y a las manos de los lectores. Y un agradecimiento especial a Priscilla Coleman por la increíble ilustración del juicio que aparece en este libro: ¡sigo impresionada!

Un agradecimiento enorme a todos los que contribuyeron a que *Asesinato para principiantes* fuera un éxito. He podido continuar la historia de Pip gracias a vosotros. A los blogueros y críticos que alabaron el libro en internet, nunca podré agradeceros lo suficiente todo lo que habéis hecho por mí. Gracias a los libreros de todo el país por vuestro increíble apoyo y entusiasmo por el primer libro; entrar en una librería y verlo en las estanterías ha sido un verdadero sueño hecho realidad. Y gracias a todos los que lo eligieron y se lo llevaron a casa; Pip y yo estamos aquí por vosotros.

Como Pip y Cara saben, no hay amistad más fuerte que la de las chicas adolescentes. Por ello, gracias a mis amigas, mis florecillas del bosque, que han estado conmigo desde que tenía la edad de mis protagonistas: Ellie Bailey, Lucy Brown, Camilla Bunney, Olivia Crossman, Alex Davis, Elspeth Fraser, Alice Revens y Hannah Turner. (Gracias por dejarme robaros parte de vuestros nombres.) Y a Emma Thwaites, mi amiga de toda la vida, gracias por ayudarme a pulir mis habilidades narrativas con todas esas obras de teatro y canciones terribles que escribimos durante nuestra infancia; y a Brigitta y Dominic, también.

A mis amigos escritores, por andar conmigo este camino (a veces) aterrador. A Aisha Bushby, no estoy segura de si hubiera podido superar el intenso proceso de escritura de este libro sin ti como compañera constante. Gracias a Katya Balen por su inmensa y aguda sabiduría, y por los mejores cócteles que he tomado en mi vida. A Yasmin Rahman, por estar siempre ahí y por tus controversias / inmersión profunda en varias series de televisión. A Joseph Elliot, por ver siempre el lado bueno, y por ser un compañero de primera en las *escape rooms* y en los juegos de mesa. A Sarah Juckes, primero por tener unos petos tan guais, y por ser tan trabajadora e inspiradora. A Struan Murray, por ser tan asquerosamente talentoso en todo, y por ver los mismos canales raritos

de YouTube que yo. A Savannah Brown, por nuestras queda-
das de escritura, y por hacerme callar para que pudiera escribir este libro en lugar de quedarme hablando sin parar. Y a
Lucy Powrie, por todas las cosas asombrosas que haces para
UKYA, y por tu alucinante manejo de internet; podrías enseñarle un par de cosas a Pip.

A Gaye, Peter y Katie Collis, por volver a estar entre los
primeros lectores de este libro y por ser siempre unos anima-
dores tan geniales. En un universo alternativo, este libro se
habría titulado, en inglés, *Good Girl, Bad Ass* *guiño*.

Gracias a toda mi familia, que leyó y apoyó el primer libro, con una mención especial a Daisy y Ben Hay, y a Isabella
Young. Está bien saber que el entusiasmo por los asesinatos
va en la sangre.

A mi madre y a mi padre, por dármelo todo, incluso mi
pasión por las historias. Gracias por creer siempre en mí,
hasta cuando ni yo misma lo hacía. A mi hermana mayor,
Amy, por todo tu apoyo (y tus adorables hijos), y a mi hermana pequeña, Olivia, por sacarme de casa mientras escribía
este libro y, seguramente, evitar que me volviera loca. A Da-
nielle y George: lo siento, todavía sois muy pequeños para
este libro. Intentadlo en unos años.

El agradecimiento más grande, como siempre, es para
Ben, por mantenerme con vida, literalmente, mientras escribía durante tres meses muy intensos. Y gracias por ser el mo-
delo «voluntario» del hombro de Jamie Reynolds. Vivir con
una escritora tiene que ser la bomba, pero a ti se te da muy
bien.

Y, por último, a todas las chicas a las que alguna vez no
las han creído o han dudado de ellas. Sé cómo os sentís. Estos
libros son para todas vosotras.

¿Podrá Pippa resolver
este nuevo misterio?

Uno

Ojos sin vida. Eso es lo que se dice, ¿no? Vacíos, vidriosos, vacuos. Los ojos sin vida se habían convertido en unos compañeros constantes que la seguían a todas partes, apenas a un parpadeo de distancia. Se escondían en lo más profundo de su mente y la escoltaban durante sus sueños. Eran los de él, el momento exacto en el que pasó de estar vivo a dejar de estarlo. Los percibía en el vistazo más rápido y en las sombras más oscuras; y, a veces, también en el espejo, en su propia cara.

Y Pip los estaba viendo ahora mismo, mientras la atravesaban. Unos ojos sin vida en la cabeza de una paloma muerta en el camino de entrada a su casa. Vidriosos y vacíos, excepto por su reflejo poniéndose de rodillas. No para tocarla, sino para acercarse lo suficiente.

—¿Estás lista, Pipsicola? —preguntó su padre a su espalda.

Ella se estremeció cuando la puerta de casa se cerró con un golpe violento, escondiendo la detonación de una pistola en su eco. La otra compañera de Pip.

—S-Sí —dijo, levantándose y recomponiendo la voz. «Respira. Respira hondo»—. Mira. —Señaló—. Una paloma muerta.

Él se agachó para verla. Se le arrugó la piel negra alrededor de los ojos entornados, y también el traje de tres piezas a la altura de las rodillas. Luego puso una expresión que ella conocía muy bien; estaba a punto de decir algo ingenioso y ridículo, como:

—¿Esto es lo que vamos a cenar? —soltó.

Sí. Justo en el clavo. Últimamente, casi todo lo que salía de su boca eran bromas; como si estos días se estuviera esforzando especialmente para hacerla reír. Pip cedió y le sonrió.

—Pero solo si de acompañamiento hay puré de ratata —le siguió el juego, apartándose por fin de la mirada vacía de la paloma y poniéndose su mochila cobriza sobre un hombro.

—¡Ja! —Su padre le dio una palmadita en la espalda, sonriente—. Qué morbosa que es mi niña...

Otra vez se le mudó el gesto en cuanto fue consciente de lo que había dicho y de los diferentes significados que tenían esas palabras. Pip no podía escapar de la muerte, ni siquiera en esa mañana de finales de agosto en un momento de relax con su padre. Parecía que era lo único para lo que vivía.

Su padre zanjó la incomodidad del momento, siempre fugaz, y le hizo un gesto con la cabeza para que entrara en el coche.

—Vamos, no puedes llegar tarde a la reunión.

—Sí —contestó Pip.

Abrió la puerta del coche y se acomodó en su asiento sin saber muy bien qué más decir. A medida que el coche avanzaba, su mente se iba quedando atrás, con la paloma.

La alcanzó cuando pararon en la estación de tren de Little Kilton. Estaba concurrida y el sol se reflejaba en las hileras de coches.

Su padre suspiró.

—El comemierda del Porsche me ha vuelto a quitar el sitio.

Comemierda: otro término que Pip se arrepintió enseguida de haberle enseñado.

Los únicos huecos libres estaban en el otro extremo, cerca de la valla, donde no llegaban las cámaras. El lugar favorito de Howie Bowers. Un fajo de dinero en un bolsillo y una pequeña bolsa de papel en el otro. Sin que Pip pudiera evitarlo, el clic del cinturón se convirtió en los pasos de Stanley Forbes sobre el hormigón, detrás de ella. De pronto, se hizo de noche. Howie no está en la cárcel, sino aquí, bajo el brillo naranja de las farolas, con los ojos entre tinieblas. Stanley lo alcanza y le da el precio que ha de pagar por su vida, por su secreto. Y se gira hacia Pip, con los ojos sin vida y con seis agujeros en su cuerpo, escupiendo sangre sobre su camiseta y hasta el suelo; sangre que, sin saber cómo, ahora está en sus manos. Tiene las palmas cubiertas y...

—¿Vienes, Pipsicola? —Su padre estaba aguantándole la puerta.

—Sí —respondió ella, secándose las manos en sus pantalones más elegantes.

El tren a Londres Marylebone estaba igual de concurrido que la estación. Los pasajeros de pie, chocando hombro con hombro y disculpándose con sonrisas incómodas cada vez. Había demasiadas manos en la barra de metal, así que Pip se agarró al brazo flexionado de su padre para mantener el equilibrio. Ojalá hubiera funcionado.

Vio a Charlie Green dos veces en el tren. La primera por detrás de la cabeza de un hombre, antes de que la moviera para leer mejor el periódico. La segunda era un hombre esperando en el andén con una pistola en la mano. Pero en cuanto cogió el carrito, su cara se transformó y perdió cualquier parecido con Charlie, y la pistola solo era un paraguas.

Habían pasado cuatro meses y la policía aún no lo había encontrado. Su mujer, Flora, se había entregado en una comisaría de Hastings hacía ocho semanas. Parece que se separaron en algún momento de la huida. Ella no sabía dónde estaba su marido, pero, según los rumores de internet, había conseguido llegar a Francia. Aun así, Pip lo buscaba. No porque quisiera que lo pillaran, sino porque necesitaba que lo encontraran. Y esa diferencia era esencial, la razón por la cual las cosas no volverían jamás a la normalidad.

Su padre la miró.

—¿Estás nerviosa por la reunión? —le preguntó por encima del chirrido del freno del tren al entrar en Marylebone—. Todo irá bien. Solo tienes que escuchar a Roger, ¿vale? Es un abogado excelente, sabe de lo que habla.

Roger Turner era un compañero de bufete de su padre; un hacha en casos de difamación, por lo visto. Lo encontraron unos minutos más tarde, esperando fuera del viejo edificio de ladrillo rojo en el que habían reservado la sala para la reunión.

—Hola de nuevo, Pip —dijo Roger extendiéndole una mano. Ella comprobó rápidamente que las suyas no estuvieran llenas de sangre antes de estrechársela—. ¿Qué tal el fin de semana, Victor?

—Bien, gracias, Roger. Y hoy tengo sobras para comer, así que todo apunta a que será un lunes estupendo.

—Pues vamos a ir entrando, entonces. ¿Estás lista? —Roger le preguntó a Pip mientras miraba el reloj; llevaba un maletín brillante en la otra mano.

Pip asintió. Notaba de nuevo las palmas mojadas, pero era sudor. Solo sudor.

—Todo irá bien, cariño —le dijo su padre colocándole bien el cuello de la camisa.

—Sí, he hecho miles de mediaciones. —Roger sonrió echándose hacia atrás el pelo grisáceo—. No tienes que preocuparte por nada.

—Llámame cuando acabéis. —El padre de Pip se inclinó

para darle un beso en la cabeza—. Nos vemos en casa esta noche. Roger, a ti te veo luego en la oficina.

—Sí, hasta luego, Victor. Despúes de ti, Pip.

Estaban en la sala de reuniones 4E, en la última planta. Pip pidió que subieran por la escalera porque, si su corazón se aceleraba por eso, no lo haría por nada más. Así era como lo racionalizaba, por eso salía a correr cada vez que notaba presión en el pecho. Corría hasta que apareciera un dolor diferente.

Llegaron a la última planta, el viejo Roger iba varios pasos por detrás de ella. En el pasillo, frente a la sala 4E, había un hombre con un traje muy elegante que sonrió cuando los vio.

—Tú debes de ser Pippa Fitz-Amobi —dijo. Otra mano que apretar, otra comprobación de que no hubiera sangre en las suyas—. Y tú, su abogado, Roger Turner. Soy Hassan Bashir, vuestro mediador independiente.

Hassan sonrió, levantándose las gafas con un dedo. Parecía amable y tan entusiasmado que casi daba saltitos. Pip no quería arruinarle el día, pero iba a hacerlo, sin ninguna duda.

—Encantada de conocerte —dijo carraspeando.

—Lo mismo digo. —Para sorpresa de Pip, le chocó la mano—. La otra parte ya está en la sala, listos para dar comienzo a la reunión. A no ser que tengáis alguna pregunta antes. —Miró a Roger—. Creo que deberíamos ir empezando.

—Sí, perfecto.

El abogado dio un paso adelante mientras Hassan sujetaba la puerta de la sala 4E. Dentro había silencio. Roger entró y le hizo a Hassan un gesto de agradecimiento con la cabeza. Y luego pasó Pip. Inspiró, estiró los hombros y expulsó el aire entre los dientes apretados.

Lista.

Lo primero que vio al entrar en la sala fue su cara. Sentado al otro lado de una mesa muy larga, con los pómulos alineados con la boca y el pelo rubio despeinado hacia atrás. Levantó la mirada y la miró con un brillo algo oscuro y malévolo en los ojos.

Max Hastings.

Disfruta con la trilogía de Holly Jackson

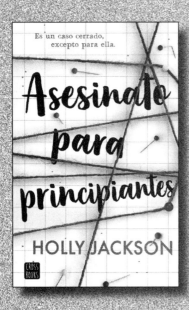